新選組裏表録

地虫鳴く

木内　昇

集英社文庫

目次

新選組裏表《うらうえ》録

地虫鳴く

明治三十二年六月　東京

　ゲホッとむせて、そのまましばらくの間、咳《せ》き込《こ》んだ。

　その場にいた史談会の編纂者《へんさんしゃ》たちは、苦しげな老人を前に互いに顔を見合わせる。議事を進行していた寺師宗徳《てらしむねのり》が「お水をお持ちしようか」と声を掛けた。老人は、少し落ち着いたらしく、息を荒くしながらも首を横に振った。

「歳《とし》のせいでしょうか、このところ病がちにございまして、どうも途切れ途切れで申し訳ございません」

「こちらこそ、遠いところをお呼び立ていたしまして」

　編纂に当たる者たちが息を抜いて筆を置いた。

「北海道はいかがです。随分と開拓が進んだと聞きます」

　まだ軽く咳《せき》をしている老人に、寺師が気を遣って世間話をはじめた。

「ええ随分。私が出仕した当初はまだまだ荒れ野原でしたが」

「林檎《りんご》農園を営んでいらっしゃるのでしたな」

「ええ、地面が多いのでなかなか苦労が絶えません」

そろそろ、寺師君、と声がして、寺師は軽く頷《うなず》いた。

「では阿部さん、話の続きを、よろしいかな」

老人は、こくりと首を動かした。

——では、阿部隆明君の証言より。

編纂委員が声高に言った。

「私は赤報隊から徴兵七番隊となりまして、それから遊軍隊となりまして、隊長を致しおりました。吉仲直吉は兵士でありました」

「赤報隊にお入りになりまする前はやはり京都においでになりましたか」

「さようでございます。その前は私は京都薩州藩《さつしゆうはん》の遠武橘次《とおたけきつじ》のところにおりました。そのことについて私は、秦《はた》（篠原泰之進《しのはらたいのしん》）が前回に申し上げましたこともあるし、事実が相違いたしておりますから、実はそのことを——この史談会というものは将来歴史に残るということですから、それでは大いに秦のお話をいたしましたところが、相違いたしておるから、ぜひ私がこの史談会へ出ましてお話をいたさなければならぬと申したところが、吉仲、そのことを申し入れたはずでございます。

近藤勇《こんどういさみ》を討ちましたのが私でございます。その事実が間違っておりますから、それをお話するつもりでございます。けれども少し事情あって、只今《ただいま》申し上げかねます。追って申し上げるつもりであります」

「そうするとやはり新選組へお入りになりましたか」

「さようです」

「本来生国はどこでございます」

「私は秋田県下でございます」

「新選組のできましたのは確か慶応三年」

「もっと以前でございます。戊辰《ぼしん》の年は私は三十一歳でありました。新選組のできたのは、私は二十五歳でありました」

「まだ前になりますか」

「山岡鉄太郎が新徴組を率いまして京都へ上りまして、同年江戸へ新徴組を率いて帰りました」

「なるほど。そのとき貴公はご一緒でしたか」

「私は翌年大坂へ参りまして、谷万太郎《たにまんたろう》と申す撃剣家《げっけんか》におりました。その年は拙者《せっしゃ》二十六歳のときでありました。年号はわかりません」

「そうして何年頃新徴組へお入りになりましたか」

「私は新徴組には入りません。新徴組を山岡が率いて江戸へ帰る時分に、新徴組からわかれまして、新選組と申しまするものが成り立ちました。すなわち水戸の者でございまして、隊長が芹沢鴨《せりざわかも》という者であります。近藤勇というのが副長であったのです。芹沢鴨が隊長で近藤勇が副長で、京都へ新選組として別にわかれて残ったのでございます。これが勤王家で、我々が京都へ残って、そうして御所の御守衛をしなければならぬという名義であったようです。その時分には私が入りませぬから、知りませぬでございました。そのことについては大分長くなりますが、少しその当時の者の名を表すと、同志者の非を暴かねばならざること故に、それで見合わせるがよかろうということで、そのために申し上げかねます」

「なあにそれは構うことはございませぬ。他に連帯しました事実も、たくさんこの方へ挙がっております」

老人は、ふっと息を吐いて、言葉を切った。「やはりお水をいただけますか」と遠慮がちに頼んで、それが運ばれると一息に飲んだ。「これは、どうも」と器を妙な具合に掲げた。

「近藤と申しまするのは代々八王子の撃剣家でございます。勇は百姓の子でありますけれども、なかなかこのことにかけましては熱心なものでございました。

高弟には沖田総司《おきたそうじ》、これがまあ勇の一弟子で、なかなかよくつかいました。その次は斎藤一《さいとうはじめ》と申します。それからこれは派が違いまするけれども、永倉新八《ながくらしんぱち》という者がおりました。この者は沖田よりはちと稽古《けいこ》が進んでおりました。それからというものは、つまりまあ正義ということは何事か、勤王というは何事か、さっぱり知らぬのでございます。まるで無茶苦茶なのでございます。

近藤の論というものは、徳川においても同じく勤王であるからして徳川を助けてどこまでもやらねばならぬというような論でございまして、そうすれば我々も同じ勤王であるという論である……」

つらつらと捲《まく》し立てていた老人が突然言葉をしまって、空《くう》を見た。

「どうなさった」と寺師は案じ顔を向けた。

「いえ、全く山賊のような輩《やから》だったと、なにか彼らの顔を久しぶりに思い出しまして」

「暗殺も多かったとか」

「心に従わぬものは大抵《たいてい》」

「それで貴公も、新選組を抜けられましたか？」

「ええ、あのときは。ひどいところに入ってしまったものだと、すぐに思いましてね。たしか蛤御門《はまぐりごもん》の戦《いくさ》の前、いや、池田屋の事変の前でございましたでしょうか。新選組を抜けた当初は高野十郎と名乗っておりまして」

「では、その頃のお話をもう少し詳しく」

ええ、と老人は言って、息を吸い込んだ。

頬骨《ほおぼね》は鋭角で、目が鋭かった。痩《や》せて、しなびて、腰の曲がった身体《からだ》の中で、そこだけがなにか、とても生きていた。

第1章　流　転

一

　道場の裏背戸を、控えめに叩《たた》く者がある。

　座敷で、火鉢に手を翳《かざ》していたふたりは動きを止めて目だけで話し、音を忍ばせ戸口に寄った。双方、肥軀の割には敏捷《びんしょう》である。

「なにか御用か？」

　年かさのほうが板戸の向こうに問い、面差しに気弱さを滲《にじ》ませたもう一方の若い男がそれでも慣れた手つきで脇差《わきざし》を抜いた。

「わしじゃ。正木《まさき》じゃ」

　潜めた声を聞くや若いほうが刀を収め、慌てて心張棒をはずした。と、粗末な紺の木綿をからげ、股引《ももひき》に印半纏《しるしばんてん》を着込んだ男が転げ込んできた。町人のなりだが、近くに寄ると小鬢《こびん》に面擦《めんず》れがある。

「とうとう降ってきました、先生方」

正木直太郎《なおたろう》は頭に乗せたしらみしぼりの手拭《てぬぐ》いを引き、肩に積もった白いものを手早くはたいてぶるっと震えた。

先生と呼ばれたふたりの男は、同じような仕草で揚戸《あげど》を細く開け、外の様子をうかがった。

なるほど粉雪が舞い、うっすらと通りを覆っている。正木のものだろう、大股《おおまた》な雪駄《せった》の跡が一筋だけ、積もったばかりの新雪を汚していた。

「して、石蔵屋の様子は？」

「へえ、それが谷先生、田中がまだ戻らんのです。どうも鳥毛屋《とりげや》にしけこんでいる様子で。外からうかがうだけでは、はっきりしたことはわからねぇのですが」

歯切れの悪い正木に、谷三十郎《たにさんじゅうろう》は聞こえよがしに舌打ちをして再び座敷に上がり込んだ。正木はすがるような目で、土間に残った三十郎の弟・谷万太郎を見上げた。万太郎は笑みを浮かべて場を取りなし、正木の肩を二度ほど叩いてから、三十郎のあとに続いた。

「のう、万太郎。あんな気の利かぬ門人を飼っておくなど、ぬしも相変わらず人がいい」

三十郎は火鉢の前に乱暴に座り込んで、五徳の上でちんちん音を立てている鉄瓶から湯飲みに湯を注《つ》いだ。

「はじめから、石蔵屋の手代に銭でも握らせれば容易《たやす》く済む事ではないんか」

仕立てのいい羽二重《はぶたえ》の短袖《たんしゅう》を着込んでいるが、弛《たる》んだ下膨れの顔肉のせいか襟《えり》が猪《い》首《くび》を締め付けているようで見苦しい。

「そいは無理じゃ、兄上。石蔵屋の主人は、本多大内蔵《ほんだおおくら》いうて武者小路《むしやのこうじ》家の家臣じゃ。そいがぜんざい屋に化けて勤王の連中に手ぇ貸しとる。無論、御店者《おたなもの》もみなその息がかかっとる。下手《へた》に手代に渡りをつけりゃあ、それこそ命取りじゃ。正木の落ち度ではねえ」

人のよい丸顔に困惑を浮かべた万太郎の言葉を、三十郎は鼻を鳴らして遮った。

「いずれにしても、だ。新選組組頭のわしがこうしてわざわざ出張っておるんじゃ。大坂詰めのおぬしらが相応の仕度をせんでどうするんじゃ」

「石蔵屋に出入りしとる土佐者の噂《うわさ》を聞いてから、わしらも念入りに探ったんじゃ。田《た》中顕助《なかけんすけ》、那須盛馬《なすもりま》ゆう主幹の名も、今夜ここで会合があることも、摑《つか》むまでは難儀したんじゃ」

「その田中も那須も、石蔵屋にはおらんではないか」

「その代わり、主人に化けた本多大内蔵と大利鼎吉《おおりていきち》ゆう土佐の脱藩者がおる」

「そんな小物相手に、大袈裟《おおげさ》な得物《えもの》はいらんだろう」

座敷の隅に立てかけられた万太郎の手槍《てやり》を顎《あご》でしゃくって、三十郎は苦り切った。

二年前の文久三年（一八六三）、八月十八日の政変で、反幕派公卿《くぎょう》、三条実美《さんじょうさねとみ》以下七卿を、会津と薩摩が御所から追放した。その翌年、新選組が池田屋で多勢の勤王浪士を斬《き》り、それに憤った長州勢が藩兵を率いて上京。朝廷へ入京の許しを請うが叶《かな》わず、ついに御門を砲撃するという事態に至った。禁門の変である。ここでも薩摩、会津の兵に阻まれ潰走《かいそう》した長州勢は朝敵となり、以降京から表向きは姿を消している。それまで天誅《てんちゅう》だなんだと、佐幕派を斬って暴れ回っていた勤王激派の動きも静まり、平穏を取り戻しつつあると思いきや、網の目をくぐるようにこうして大坂で厄介事が出来《しゅったい》する。

長州藩に匿《かくま》われ、三田尻《みたじり》に潜伏していた土佐脱藩の勤王激派が続々と大坂に入って来ているのだ。田中顕助、大橋慎三、井原応輔《いはらおうすけ》、那須盛馬ら十数名。石蔵屋を根城に密会を繰り返し、同志を募って大坂市中の焼き討ちを謀《はか》っているという報が、大坂南堀江で道場を開いている谷万太郎の元に持ち込まれたのは、ひと月余り前のことであった。万太郎は、すぐに壬生《みぶ》の屯所《とんしょ》にいる三十郎に使いを出した。出物があったときはまず内々に三十郎だけに報《しら》せ、指示を仰ぐ、というのは、並み居る隊士の中にあって少しでも手柄を占有するために兄弟の間で決めているやり方である。

「この件、事前に出張の願いだけ局長に聞き入れていただき、他に広めず隠密裡《おんみつり》に動く」

というのが、三十郎の判じであった。土佐の田中といえば、かねてから新選組が目を付けている人物である。そんな大物を、みすみす他の隊士に差し出すことはない。己が陣頭指揮を執ってさばけば大きな手柄となる。

兄の思惑を形にするため、田中らが一堂に会す日を探り、討ち入りの準備を推し進めてきたのは万太郎である。石蔵屋のある松屋町筋《まつやまちすじ》瓦屋町《かわらやまち》は谷道場から一里と離れていない。道場の門人である正木と、交互に瓦屋町に出向き店の様子を探るのだが、気取られぬよう神経をすり減らすばかりで彼らの子細はようとして知れない。焦《じ》れた三十郎から矢継ぎ早に催促が入る。冷や汗をかき続け、ようやっと田中らが集まる日に目星をつけたのが三日前の正月五日。急ぎ京から三十郎を呼んで、こうして道場に籠《こ》もって討ち入りの頃合いを計っている。

しかしその獲物が十分にいないとなれば、無駄に危ない橋を渡るだけのことだ。徒労は、三十郎がなにより忌み嫌うところである。湯を飲むうちに、足の指を細かに震わせ、それが次第に速さを増し、止まらなくなった。畳を伝っていく微《かす》かな振動によって、苛《いら》立《だ》ちが座敷の隅々まで伝播《でんぱ》していく。

「……のう、兄上」

万太郎が改まった様子で、三十郎の前に膝《ひざ》をついた。

「なにをそんなに焦っていんさる」

正木が土間で袴《はかま》を着けながら、障子の開け放たれた座敷を不安げに覗《のぞ》き込んだ。

「わしら、先の池田屋でも手柄を挙げたばかりぞ。公方《くぼう》様からの金一封、会津様からも感状をいただき、近藤先生からも直々に労をねぎろうてもろうたじゃねぇか。なにより昌武《まさたけ》は近藤先生の養子じゃ。局での立場は約束されたようなもんじゃ。不安に思うことぁどこもねぇじゃろう」

三十郎の顔が赤く膨らみ、手に持っていた湯飲みを壁目掛けて投げつけた。

「そのっ、国言葉を捨てんか！」

万太郎は横を向いて溜息《ためいき》をつき、正木は慌てて座敷に上がり、無言のまま湯飲みの破片を拾いはじめる。

そのとき、座敷奥にある道場の暗闇《くらやみ》がさりと動いた。気配を察した正木が目を凝らすと、ざらっと人影が浮かび上がった。

「ひっ」と声にならぬ悲鳴を上げ、正木は咄嗟《とっさ》に腰に差したばかりの脇差に手を掛ける。

それを万太郎が制した。

「ええんじゃ、わしが呼んだ仲間じゃ」

闇を拭うようにして、鼻の先から男の姿が現れた。小柄で、顔の肉が薄く、暗く頑迷な目を持った男だ。

「正木はまだ会《お》うたことがないかもしれんな。こいつは高野というんじゃ。高野十郎。たまにうちの道場にも通いよるんじゃが」

高野と呼ばれた男は尻をついたままの正木に振り向きもせず、谷兄弟の間に割り込むようにしゃがんだ。

「で、今宵《こよい》の討ち入りはどうなさるんで、両先生」

癇《かん》が立った声である。

「もう五ツ半だ。このまま兄弟喧嘩《きょうだいげんか》に付き合って夜明かしは真っ平ですぜ」

「やる」

意外にも三十郎が応《こた》えた。

「これ以上日延べにして、局の監察にかぎつけられても詮無《せんな》い。石蔵屋にいるふたりだけでも討ち取れば、それなりの形にはなろう。まずは手柄じゃ」

やにわに立ち上がって大刀を差した。弟の万太郎は槍が得手だが、この三十郎は剣のほうが強い。とはいえ腕は、いずれにしても万太郎のほうが遥かに上ではある。

「よいか」

三十郎は他の三名を睨《ね》めつけた。

「それぞれの動きは頭に入っておるな。すべて決めた通りに運べ。くれぐれも仕損じなきよう」

言うだけ言うと、足並みも揃《そろ》えずにひとり戸を引き開けて雪の中に踏み出した。高野がそれに続き、万太郎と正木はそこではじめて我に返って慌てて得物を身につける。

「あやつも門人ですかい？」

正木が問うても、

「そのようなものだ」

と、万太郎の口振りは鈍かった。

「信用できる奴《やつ》なんで？」

「剣は凡手だが肝は据わっとる」

ふたりは三十郎たちに追いつくため、早足で辻《つじ》へと出ていった。小路を両端から圧迫している家々の板塀は、身に付いた汚れを雪に隠され、普段より他人行儀に遠ざかって見えた。色を失った暗がりの中で、ひとつきりついている灯《あか》りに照らされた山茶花《さざんか》の赤だけが生々しく揺れていた。

「あいつにはいつ稽古をつけてやってるんで？」

「いや。門人といっても、わしが稽古をつけておるわけではない。道場には寄るが、剣を振るうこともない。あの男には、兄上とわしの間で密書を運ばせておるのよ」

「へえ。隠密ですかい？」

担いだ槍をぐっと上げて、万太郎が笑った。

「いや、そんなたいそうなものではない。金をやって、使いを頼んでおるだけじゃ。あれでもともとは新選組隊士じゃ。脱走して今は仕官もできずくすぶっておるが、兄上が気に入っておってな。それで今宵の討ち入りも高野に加勢を請うたんじゃ」

正木は腑《ふ》に落ちぬ顔で頷いた。どうも同じ舟に乗る気にはなれぬ物遠な雰囲気を、高野という男は放っていた。正木の意を察したのか、万太郎が付け足す。

「兄上もおかしな男に肩入れをする。斬り込みの前には必ず暗い場所にいたがるような陰気、わしは好かんじゃがのう」

「御幣担《ごへいかつ》ぎかなんかで？」

「いや。あいつの癖じゃ。暗いところに籠もるんが滅法好きと言いよる」

足の裏で雪が鳴っている。先を行く三十郎と高野に追いついたふたりは、歩調を揃え、石蔵屋への道を辿《など》っていった。


高野十郎が居を据えている大坂新町《しんまち》の町家に、ひょっこり浅野薫が顔を出したのは、石蔵屋討ち入りから十日ばかりも過ぎた日のことである。「居」とはいえ深間になった後家の長屋に転がり込んでいるだけのことで、自分の荷などひとつもない。ここ何年もそういう暮らしを送っている。いや、身につけているものがすべて、という暮らし方は、故郷《くに》を出たときからずっと変わっていないのかもしれなかった。

突然の訪客を迎え入れた女は、好色を丸出しにして「こんなかわいいお知り合いがおんのやったら、なんで早《は》よ会わせてくれへんの」と冗談とも本気ともつかぬことを高野に言った。

「お前、なぜここがわかった?」

こんな仮寓《かぐう》でも、他人に踏み込まれるのは穏やかではない。浅野も高野の不快を察したらしく「突然申し訳ない」と丁重に詫《わ》びた。

「ぬしの居所を探しておってな、南堀江で訊《き》いたらここじゃ言うて」

「次男坊かえ。口が軽《かり》ぃな。谷道場には折を見て顔を出しているんだ。言伝《ことづて》があるなら預かっておいてくれてもよさそうだ」

「いや、わしが無理強いしたんじゃ。どうしてもぬしと直接談ぜなならんことがあって急いどったのよ」

「新選組が、俺《おれ》にいったいなんの用だ」

傍らで科《しな》を作っていた女がはっと身を固くした。池田屋以来、新選組の名は一躍知れ渡ったが、上方ではその存在を英雄視する者は少なく、大概は、冷酷非情な殺戮《さつりく》集団として見ている。高野は自らの過去を秘していたから、女が驚き、身構えるのも無理はない。

高野は立ち上がって大刀を差し、

「少し歩こう」

と戸口をくぐった。浅野は律儀に女に目礼すると、続いて表に出た。

穏やかな陽気である。冷気が耳や足首を遠慮なく刺したが、空が遠くまで抜けている。通りに出ると、物売りの声が賑《にぎ》やかだ。竿《さお》を担いで走る者、屋台で餅《もち》を焼く者。ところどころに湯気があがり、うまそうな匂《にお》いと笑いを交えた軽口が漂ってくる。

浅野は切れ長の大きな目を忙《せわ》しなく動かしながら、「さすがに馬琴《ばきん》が、江戸六分、京四分というただけのことはある。ここらは京とは趣が違うのう」と、しきりに感心した。

「おめぇ、大坂ははじめてかい？」

「ここら辺りははじめてじゃのう。商人《あきんど》の威勢がええ。京は店に入ってもなんも置いとらん。もったいつけて奥に隠しよるんじゃ」

おかしそうに笑って、ヒクヒクと鼻を動かした。

同時期に入隊したこともあって、高野が新選組にいた時分懇意にしていたほとんど唯一の男である。もとは備前《びぜん》の医者だった。それが尊皇攘夷《そんのうじょうい》の思想を学ぶうちにどうしても京に出て志を遂げたくなったのだ、と随分前に話していた。屯所でも暇があれば書見し、国事のことばかり話すのではじめは極端に鬱陶《うっとう》しかったが、この殺伐とした世には場違いと思えるほど裏表のない善人で、どうあっても憎む気にはなれなかった。気も利いて、大抵のことはそつなくこなす。池田屋のときには市中探索に回り、有力な報をいくつも挙げ、手柄に貢献した。局長の近藤勇をほとんど尊崇といっていいほど慕っており、近藤もまたこの純朴な男に大きな期待を寄せている。高野がいくらあがいても築けなかった局内での関係を、当たり前のように手にしてきた男だった。

道頓堀川《どうとんぼりがわ》に差し掛かったとき、浅野は足を止めて振り向いた。

「のう高野、新選組に戻る気はないか？」

急ぎ談じたいこととはそれだったかと、重々しい心持ちになった。そのくせ、内側のどこかが不細工にざわつきはじめている。

「考えもなしにそんなことを言うもんじゃねぇ」

「わしの一存ではないんじゃ。ぬしを呼び戻せ、とわしは言い付けられたんじゃ。誰にじゃと思う？」

浅野の顔に浮かんだ喜色を見て、高野は耳をとがらせて次の言葉を待った。一呼吸置いてから浅野は言った。

「近藤先生じゃ。局長自ら、こたびの石蔵屋の件、ことのほかご満悦じゃな。谷先生にはもちろん金一封が出たし、隊外の功労者にも入隊を勧めろと下知があったんじゃ。たった四人で土佐勤王派の謀り事を潰《つぶ》したんじゃ。当然のお達しじゃろう」

期待が外れて、高野はそっと肩を落とす。

石蔵屋の経緯をことさら大手柄のように書き立てた書状を壬生の屯所に送ったのは、

万太郎と正木である。無論、そう書くように指示したのは三十郎だ。

「兄上が近藤先生に直々にご報告なされればよい」

と万太郎はいなしたが、「わしが自ら手柄を言上《ごんじょう》するのは野暮じゃ。書状をもってこそわしの武功も引き立つのだ」と言い、ひとりだけさっさと京に引き上げた。どうせ自分ではさりげなく報告するに止《とど》め、書状を読んだ近藤が賛辞を贈った際に、尾ひれを付けて己の奮戦を語ったのであろう。自分を大きく見せるためには、どんな小細工も厭《いと》わぬ男だ。三十郎のしたり顔が目に浮かんだ。

石蔵屋の一件は、浅野が言うような厚遇を招くものではない。むしろお粗末な顚末《てんまつ》であった。

あの日、雪の中を石蔵屋に辿り着いた四人は、店の灯が既に消えているのを見て、ぴっちり閉ざされた油障子に寄った。中の気配をうかがうも、やけに静まって人気《ひとけ》がない。田中や那須が戻っていないのは明らかで、元をただせば、この日に勤王激派の集会があるという話からして噂の範疇《はんちゅう》でしかなかったのではないか、と高野は見ていた。

——屑《くず》を摑まされおって。

谷兄弟の詰めの甘さが腹立たしかった。が、ここまできて決行を取りやめれば徒労というに止まらず失策となる。

「よいか、ふたりを必ず仕留めればいい。それで面目は保てる」

なんの面目だ、と高野は鼻白んだ。三十郎にはなんの逡巡《しゅんじゅん》もないようだった。一度開き直ると、己の落ち度や失態を完全に忘れ、そこになんら疑問や羞恥《しゅうち》を感じないのがこの男の強さであり醜さでもある。

大刀を抜き放つと、三十郎は戸口を蹴破《けやぶ》り、三和土《たたき》に仁王立ちになって大喝した。

「新選組だ！　御用改めである！」

万太郎が顔を歪《ゆが》め、小さく舌打ちをした。池田屋に押し入った折の近藤の第一声を、高野も聞《き》き齧《かじ》っていた。今の疾呼が、それとまったく同じであることにも気付いた。こんなときまで形から入る兄を、まともな神経を持つ万太郎は恥じたのだ。

店の奥では女がふたり、闖入者《ちんにゅうしゃ》に腰を抜かしている。「大利は!?」万太郎が短く叫び、そのまま階段の暗がりを一気に駆け上がった。高野もそれに続く。襖《ふすま》を開け放つと、角行灯《かくあんどん》だけの暗がりで男がふたり、既に立ち上がってこちらを睨《にら》んでいた。大柄の男は脇差を抜いていたが、もうひとりは得物を持っていない。

「ぬしゃ、このまま行け！」

こちらを見据えながら、剣を構えた男がもうひとりに低く言った。おそらくこれが大利鼎吉だろう。となると、丸腰が石蔵屋の主《あるじ》・本多大内蔵。

――敵はひとりも同然ではないか。

思った途端、気が抜けた。万太郎は手槍を構え、間合いを詰めていく。すぐ後ろで正木の犬のような息づかいが聞こえる。

本多大内蔵は躊躇《ちゆうちよ》したままその場を動かない。

「なにをしちょる。ここはわしに任せて、みなに逃げよと報せるんじゃ。壬生浪《みぶろ》の剣などわしひとりで十分やき」

大利の言葉が終わらぬうちに「やっ」と凄《すさ》まじい気合いで万太郎の槍が突き出された。すんでのところで大利がかわし、下から槍を払う。ジンという鈍い音が響き、再び両者間合いを開けた。高野は正眼に構え、大利の胴を見据えてジリジリ畳を踏み進める。と、目の端で人影が動き、見ると本多が背を翻して窓から飛び降りるところだった。

「しまった!」

高野が追いすがって斬りつけたが届かず、裏の空き地に落ちた影はあっという間に闇に紛れた。

「おいお前!」

剣を構えて震えている正木を顎でしゃくり、本多を追うよう指示すると奴はからくり人形のように何度も頷いて、階段を駆け下りていった。

残りひとりなら容易に片が付く。こちらにはまだ三人いる。

万太郎は槍先を大利の肩のあたりにピタリと定め、捻《ひね》り出すように突きを見舞った。穂が肩をかすめたらしく「うっ」と短い呻《うめ》き声が上がった。大利は次第に壁際に寄る。

呼吸を計りながら身をずらすと、壁には血の跡がベッタリ付いた。万太郎に気を取られている大利の隙《すき》を、高野がついた。胴目掛けて突きを食らわす。あっけなく切っ先が大利の脇腹をぐにゃりとえぐった。言いしれぬ快感が身を駆け抜けた。それでも大利は微塵《みじん》も引かず「壬生浪の剣はこげなもんか」と毒づく。目の中に、異様な光を見た。滅びるものが放つ光だ、と高野は妙なことを思った。もうすぐに、この男の居場所はこの世のどこにもなくなるのだ。こめかみがずきずき鳴って、意識が遠のいた。

「ぬしらのような狗《いぬ》が、わしら勤王家に敵《かな》うと本気で思うちょるんか」

この土佐言葉も。乱れた鬢も。もうすぐに、なくなる。

「剣ではない。思想じゃ。思想が新しい世を作るんじゃ」

大利の吐いた声が、高野を昂揚《こうよう》させた。喉《のど》が奇妙な叫び声を上げ、そのまま斬り下げると、大利は高野の剣を脇差ではじいた。その刹那《せつな》、鈍い音がして大利の刃は真っ二つに折れ、剣先が宙に舞った。彼は、夢でも見ているような顔つきで手元に残った柄《つか》を眺めていた。その口許《くちもと》がなにかを言おうと開きかけたとき、万太郎の槍がそれを遮った。大利は、終わりを受け入れられぬ顔をしたまま槍を胸に突き刺して崩れ落ちた。

仕留めた万太郎もまた、肩で息をしながら呆然《ぼうぜん》とした顔をしている。高野が見遣《みや》ると、一瞬目を泳がせ、「手間を取らせおって」と言い繕った。

気が付けば、ひとりを相手に半刻《はんとき》ほども戦っていたようだ。

「手間？　そんな悠長なことじゃなかったぜ。頭数じゃ勝っていたが、こっちのほうが危なかったじゃねぇか」

高野が言うと、万太郎はあからさまに不快な表情を作り、振り向きもせず階段を下りていった。

自らを嘲笑《ちょうしょう》するような物言いは高野の癖だ。ひとつところに留《とど》まれず、挫折《ざせつ》を繰り返す間に身に付いた、己を逃す手管である。こうでもしなければ、ことあるごとに己の卑小さを真に受けなければならない。同志に対してもその癖を剝《む》き出すので、場の空気をくじいたり、疎まれたりすることも多かったが、そんなことはまるで気にならなかった。

血刀をぶら下げて階下に行くと、兄弟ふたりが言い争っている。

――そういえば三十郎は斬り合いの間どこにいた？

見れば、三十郎は座敷にいた女ふたりを縛り上げ、その目の前に刀を突き出している。

「だから言うておるだろう。わしは、この者たちを取り押さえておったのじゃ」

胴間声で三十郎ががなる。

「たかが女ふたり、放っておけばよかろう。なぜわしらに加勢せなんだ」

「なにを言う！　こやつらはここの主の妻女と老母じゃ。召し取って詮議せんでいかにする」

肥えたふたりのいがみ合いを聞き流して、高野は唾《つば》を吐いた。框《かまち》に腰掛けぼんやり外を眺めていると、正木が血相変えて駆け込んできて「本多を逃しました」と愚にも付かぬ報告をした。

浅野と肩を並べて道頓堀川を東に歩き、上大和橋《かみやまとばし》まで来たところで、高野は欄干に身を預けて、またひとつ溜息をついた。石蔵屋の件は、三十郎の好きにさせればいいと思っていた。事の真相を浅野に打ち明ける気もなかった。

「てっきり、喜ぶと思うて来たんじゃがのう」

浮かぬ顔の高野を見て、浅野が肩を落とす。

「もう新選組は御免かや？」

「戻ったところで隊規があるじゃねぇか」

新選組には鉄の隊規がある。法度《はっと》と呼ばれるそれは、「士道に背きまじきこと」にはじまり、脱走、訴訟、金策を禁じた四箇条からなっている。この法度に背けば例外なく、切腹である。

「それもこの度に限っては近藤先生のお計らいでおかまいなしになったんじゃ。高野、ぬしのことは先生も感心されておったぞ。局を抜けても陰ながら新選組のために働いてくれていたと、そりゃあもうご満悦じゃった。のう、戻らんか？　池田屋以降、隊士も増えて活気もある、重要なお役も任されるようになってみな揚々と働いておる」

「土方《ひじかた》は？　土方はなんと言っている」

「土方先生か……？」

浅野は怪訝《けげん》な顔をしながらもしばらく思案していたが、「いや、なんも」と応えた。

「けど心配するこたぁねえ。その座にはおったんじゃ。ぬしの復隊には詮議も罰もせんという近藤先生のお言葉も聞いておいでだ。まさか戻ったおぬしをいきなり斬るようなことはないじゃろう」

「……法度を使う価値もねぇ、か」

真下の堀で鯉《こい》が跳ねて、水面《みなも》に映った高野の影をぐらぐら揺らした。

「なあ浅野。土方は俺のことなんざ覚えてねぇのだろう？」

「そねーなことはなかろう」

「いや、大方そうさ。新選組が発足したばかりのどさくさに紛れて入隊して、半年もしねぇで飛び出したんだ。毎日のように悶着《もんちゃく》が出来して、隊士の出入りも激しい頃だぜ。俺のようななんの取柄もねぇ平隊士を副長が覚えているはずはねぇさ」

その半年の間に、近藤とともに局長を務めていた芹沢鴨が何者かによって殺された。同じく芹沢の腹心だった平間重助や、平山五郎も襲われ、平山は死に、平間は逃走した。同じく芹沢派で、副長を務めていた新見錦《にいみにしき》は、それより前に土方歳三《としぞう》によって詰め腹を切らされている。これで芹沢一派はほぼ壊滅し、江戸の試衛館の同朋《どうぼう》だという近藤勇、土方歳三、山南敬助《やまなみけいすけ》といった連中が、隊の実権を握ることになった。芹沢をやったのは長州の刺客《しかく》だ、というのがもっぱらの噂だったが、新しく布《し》かれた陣を見て、もしや近藤派の策謀ではないかという思いに行き当たったとき高野は背筋が凍った。会津藩お預かりならば十分なお扶持《ふち》にありつける、と軽い気持ちで潜り込んだ一介の警護隊が、思いも寄らぬ狂気を孕《はら》んでいることに怖気立《おぞけだ》ったのだ。

局内は次第に厳しく統制されていった。主に副長の土方の采配《さいはい》で、息苦しいまでの規律が敷かれ、お陰でみながみな新選組隊士としての自覚を持たざるを得なくなった。出自や前歴にこだわらぬ実力主義で、いったいどこでそんなに細かい隊士の働きぶりを仕入れているのだと恐々とするほど、土方は個々の性質や力を把握していた。「これは」と思った者は新規入隊であろうと重用し、駄目だと見切りをつければその後歯牙《しが》にも掛けない。その、生殺しの一群に高野も放り込まれていたわけだ。ろくなお役も与えられず腐っていた矢先、芹沢派で唯一命を繋《つな》いでいた野口健司《のぐちけんじ》が取るに足らぬことで切腹に処されたのを見て、高野はその夜のうちに屯所を抜けた。身を隠しつつ逃げている最中、局中で顔を見知っていた谷三十郎に大坂でばったり出会い、万太郎の道場に身を寄せて兄弟間の私的な通屈《つうくつ》を担うようになった。今からちょうど一年前のことである。

「そげに土方先生を気にせんでもええじゃろう。局長がお許しを下さっておるんじゃ。だからわしもこうしてぬしを迎えに来られた。なんも臆《おく》することはない」

自分でも気付かぬうちに高野はギリギリと爪《つめ》を嚙《か》んでいた。

「あそこじゃすべてを操っているのは土方だぜ」

「どがいな意味じゃ？」

「……まあいいさ」

「なあ、くどいようじゃが、戻らんか。このまま谷道場に寄宿しておっても、ぬしにゃ物足りんじゃろう？」

物足りぬ、ということはない。どうせ自分にできることなどこの程度だ。

「谷先生は組頭を務めておられるし、万太郎殿も新選組の活動を大坂で支えていんさる。それを手伝うことも立派なお役じゃが……」

谷兄弟は、備中国《びっちゅうのくに》松山藩では上士の家の出である。父親は旗奉行で百二十石を賜《たまわ》っていたというから裕福な家だ。三十郎は幼い頃から剣術と槍術《そうじゅつ》を叩き込まれ、一通り刀槍を操れるようになり、その腕を買われて主君・板倉勝静《いたくらかつきよ》の御近習《ごきんじゅ》になった。その華々しい出世の道がどうして途絶えたのか、高野は知らない。家老の内儀と不義密通をしたとも、権高な態度が近寄衆《ちかよりしゅう》の反感を買ったのだともいうが、兄弟もその話題には触れたがらない。ともかく、なにかが起こり、谷兄弟はお役罷免《ひめん》の上お家まで取り潰しとなり、故郷《くに》を追われることになった。三十郎、万太郎、それから昌武という十四になったばかりの末弟は大坂に流れ着き、しばらくは南堀江に開いた道場で槍術を教え口を糊《のり》していたが、新選組の噂を聞き、武功を挙げるために兄弟揃って入隊した。

発足したばかりの新選組は、会津藩お預かりとはいえ、食い詰めた百姓や浪人の寄せ集めである。その中にあって三十郎の出自は際だっていた。お陰で彼は体《てい》よく幹部に収まり、さらに、どんな手を使ったのか、末弟の昌武を近藤勇の養子に入れ、近藤周平を襲名させるという地固めも成した。一方で万太郎は、入隊後も南堀江の道場に残り、正木のような浪人を門弟に取りながら新選組の大坂での拠点を担っている。

「でもな、ぬしは谷先生の手伝いだけで収まる男ではねぇ」

浅野は言った。

「俺はここで十分さ。なにせ、おあしがいいからな」

「いや、ぬしはもっと大きな事をする人物じゃ。これからの世は、尊皇攘夷じゃ。天朝を尊び、夷狄《いてき》を払う、いずれ朝幕が結び、異国に負けぬ国にする。それに助力するんが人の道じゃとわしゃ思うとる」

この間斬った土佐人が喚《わめ》いていた言葉が甦《よみがえ》りそうになって、高野は一度頭を振った。浅野とあの土佐人の思想とやらのどこがどう違うのか、高野にはまるでわからなかった。

浅野の言葉は、常に裏がなくまっすぐだ。それだけに、剣も学問も佇《たたず》まいも、すべてが自分より優れているこの男が口にする期待は、息を詰まらせた。浅野はおそらく周りの人間と繋がって伸び伸びと仕事をこなしているのだ。それだけで十分なはずなのに、自分のような塵芥《じんかい》を諭しにわざわざ大坂まで下ってくるなど物好きが過ぎる。浅野の好意を素直に受け止められる才など己が持っていないことも知っているから、余計に惨めになる。

「お前は、好漢を絵に描いたような男だねぇ」

皮肉な口振りを気にする風もなく、浅野は表情を和らげた。

「のう高野。ぬしが考えとるほど、世ん中は複雑じゃねーかもしれんぞ」

身を翻して、浅野は橋を渡っていった。堀端に咲いていた福寿草に目を留め、春が来とるのう、とひとりごちた。

浅野と別れ、家に戻った高野を、女は案じ顔で出迎えた。

「なんの話ですのん？」

「なに、入隊のお誘いさ」

女の悲鳴を聞き流し、土間の瓶《かめ》からすくった水を飲み干した。

「なんであんたが？　なんであんたがあんな怖い連中に目ぇつけられたん？」

「声を張るな。壁続きだ。別に命を狙《ねら》われているわけでもねぇさ。あの男とは古い馴染《なじ》みなんだ」

「で、どうしますのん？」

「断る」

女は安堵《あんど》した様子でへなへなとその場に崩れた。

「胸に悪いわ。あんた、今新選組なんぞに入ったら終わりやで」

「なぜだ？」

「だって、そうやんか。池田屋のあと禁門の変でもさんざん人を斬ったんや。長州さんがどんだけあいつらの命を狙《ねろ》てるか、想像しただけでもぞっとするわ」

「新選組は長人に負けるってのかい？」

「そら、そうや」

やけに自信がある。

「ここんとこは景気がええけど、このままあんな田舎侍《いなかざむらい》に牛耳られたら難儀やで。遊び方もまともに知らんよおな連中やないの。大坂でも随分ひどい押借りを働いたゆう話やし」

女は月に幾日か、知人が営んでいる出合茶屋《であいぢやや》を手伝っている。大方そこで仕込んできた噂話だろう。

上方では何故《なぜ》か、無謀を働き続けた長州者の人気が高い。遊びの羽振りがいいからだとも、洒脱《しゃだつ》な者が多いからだともいう。対して、治安を守ってきた会津や新選組は軽んじられている。そもそも大坂の町人たちは、商業を繁栄させこの町に富をもたらした豊《とよ》臣贔屓《とみびいき》、その代わり徳川のことは、幕府のお膝元、江戸の町人たちほど重くは捉《とら》えていない節がある。とはいえ最近ではその江戸でも、幕府の権威、武士への崇拝は地に堕ちたも同然だった。黒船来航以降の弱腰外交が、幕府の弱体を露呈させたのである。御公儀を揶揄《やゆ》する川柳が流行《はや》るのはまだご愛敬《あいきょう》としても、湯屋あたりで幕政を罵《ののし》り、それが下っ引きの耳に入って牢《ろう》にぶち込まれるなどといった悲惨な話も後を絶たず、それによってますます民が幕府に懐疑を抱《いだ》く、という悪循環ができあがりつつある。

高野が故郷の出羽《でわ》楢野《しょうじの》を出て辿り着いた八年前の江戸は、安泰で活気ある町だった。道端では、朝鮮飴《ちょうせんあめ》やらところてんやら、物売りたちが見たこともない食べ物を勧めており、川開きだ、六阿弥陀詣《ろくあみだもうで》だと四六時中楽しみごとが用意されているのも、高野には物珍しかった。毎日の食い物をかき集めることだけに執心していたそれまでの暮らしの中では、想像すらできぬ光景であった。

農家の次男坊として育ち、少年の時分に飢えから逃がすようにして人に預けられ、そのあとすぐにほとんど無一文で江戸に出ただけに、高野は食っていくためならどんな仕事も厭わずやった。味噌漉《みそこ》しや笊《ざる》を売って歩いたこともあるし、芝居茶屋の裏方を務めたこともある、廓《くるわ》の油差しまでして日銭を稼いだ。ただただ、身を粉にして働いた。明日も、昨日もなかった。それでも、飯にありつければ十分にありがたかった。

そこで止まっていればよかったのだ。だのに腹が満ちてくると、余計なことも考えるようになる。いつの頃からか、往来を闊歩《かっぽ》する二本差しが目障りで仕方なくなった。「たいしたこともできねぇくせに、肩で風切りやがって」と内心がいちいちざわついた。今まで直視する暇もなかった己の貧しさをはじめて賤蔑《せんべつ》した。

――なんで俺ばかりが苦労を背負い込まされてるんだ。

頭に浮かぶのは理不尽ばかりだ。

場末の道場に通って剣術の真似事《まねごと》をしはじめたのもその頃のことで、そうこうするうち桜田門外で井伊《いい》大老が斬られるという事件が起こり、各国からの脱藩者が攘夷だと叫んで立ち上がり、それを世間では草莽《そうもう》の志士などともてはやし、刃傷沙汰《にんじょうざた》が茶飯事になって、世情は坂を転げ落ちるように暗く物騒になっていった。その代わり、武士ではない者も徴用され、奉行所の下番や浪士団といった場で力をふるうことができるようになった。それは高野にとって、まったく都合のいい世の中に違いなかった。

「なあ、あんた、聞いてんのんか？」

女が焦れたように高野の袖《そで》を引っ張る。

「京なんかへ行ったら終《しま》いやで。壬生浪なんて出自もはっきりせんような奴らが集まっとるとこに入ったら、なにが起こるかわからんで」

「わかってる」

応えながら内心では、出自が問われないから俺が収まっていられたのだ、と自嘲めかした反駁《はんばく》をしていた。

「ほんまにな、壬生浪だけはあかん。特に土方とかいうお人は怖ろしいゆう噂やで」

高野は手にしていた柄杓《ひしやく》を瓶の中に落とした。

「なぜ土方の名を知っている」

荒らげた声に女は驚いて身を引き、「そんなん、誰でも知っとるわ」と消え入るような声で言った。

「あの人らは、大坂では京屋さんを常宿にしとるでしょう。せやから姿を見た人も多いんや。それに池田屋の件があってお偉い人の噂は誰でも細かく知っててんのやし」

「そういうことじゃねぇ。なぜ真っ先に土方の名が出たんだ」

「だってあん人は、浪人衆の中で抜きん出とるてみなゆうわ。なんでもえらい美丈夫やいうけど、あんな冷たい目ぇした人、見たことないて、座に着いた芸妓《げいぎ》はんが言うてたんや。どこぞの大名みたいやって」

「あいつは武州の百姓だぜ」

「まさか！」

女は口許を押さえて笑い出した。

「そらすごい風格やいう噂え。刀から着物から上物をつけて、また御髪《おぐし》がきれいやと芸妓ら騒いでおったけど」

「大坂じゃ芹沢のほうが名が知れていると思っていたが」

ああ、あの人、と女は顔を歪めた。

「押借り働いてしょむないて評判は悪かったわ。みな、田舎侍て虚仮《こけ》にしてたんちゃうやろか。ただ土方さんゆう人は、そういう下司《げす》なところがあらへんのやて。へえ、百姓なん。それがほんまやったらうまいこと化けとるんやなぁ」

――化けているのではない。

それが奴の本性だ。百姓という持って生まれた身分こそが、あの男にとってはなにかの間違いだったのだ。近藤の後ろに控えて、一隊を見事に統制し、情を介さず駒《こま》のごとく人を使う。そうやって無作為に集めた荒夷《あらえびす》を器用に操り、あれだけの活躍を成し、新選組という存在を世に知らしめたのだ。

実の弟を近藤の養子にまでして局中の地位を築いた谷三十郎が、未《いま》だにああして焦って手柄を欲しがるのも、結局は土方がまるで谷などいないものかのように振る舞うからだろう。備中の御近習だったという谷の経歴に近藤は目を細めたが、土方はまるで取り合わなかった。それを不可解に思い、己の出自がどれほど希有《けう》であるかを訴え続ける三十郎に対し、「かほどに重宝をされていたのであれば、お手前はなぜ藩を抜けられた」と問うただけだという。三十郎は以降、必ずあいつの鼻を明かすと躍起になっている。が、はなから力量が違う。土方が本気で三十郎を相手にすることも、同じ土俵に立つこともないだろう。そしてこの自分も、土方の前では三十郎と同じなのだ。

「そうだ、あいつはたかが百姓なんだ」

低くつぶやくと、下腹に澱《おり》が溜《た》まっていくような不快に襲われた。

——その、自分と同じ百姓に、俺は鼻も掛けられないでいる。

理不尽に囚《とら》われる前にいつもの自嘲を含んだ言葉が頭に浮かんだが、今度ばかりは、そこから自分をうまく逃がすことはできないだろう、という予感があった。この一年、何度も同じ思いに駆られてきたのだ。だからこそ、三十郎なんぞに手を貸して細々と働いてもきたのだ。

一心不乱に爪を嚙む高野を、女が不安げに見上げている。高野は黙って座敷に上がり奥の薄暗い三畳間に寝ころんだ。不審顔のまま竈《かまど》の前に立った女を見、それから目だけ動かして部屋中を見渡した。自分の荷がひとつもないことだけが救いだ、と思った。

二

夕暮れが迫っていた。壬生の屯所は西日を受けて、墨を混ぜたような黄金色に塗り変わっていた。前庭の夾竹桃《きょうちくとう》が、それだけしんなりと暗闇に沈んでいる。

この刻限でも屯所では、隊士たちが、体を休める時間も惜しいといった様子で、庭に出て思い思いに竹刀《しない》を振ったり、荷を運んだりときびきび働いており、威勢のいい声が満ちていた。

その動きが一斉に止まった。黒縮緬《くろちりめん》の羽織に白い襟も冴《さ》え冴《ざ》えとした男がひとり、門をくぐってくるところだった。

「伊東先生、ご苦労様でございます」

年若い隊士が真っ先に声を掛けたのに、みなが続いた。

伊東甲子太郎《いとうかしたろう》は、隊士たちの視線の中を泳ぐように歩んでいく。憧憬《しょうけい》の籠もった礼に笑顔で応え、話し掛けられれば気さくに立ち話をした。玄関口まで来て、迎えに出た小姓に「篠原君を見たかね？」と訊き、「お部屋においでです」という答えを受け取ると、柔らかに頷いて邸内に入っていった。

隊士たちはその後ろ姿を見届けてから、また竹刀を振りはじめた。

発足して未だ二年とは思えぬ堂々たる一隊では、このところ誰もが意気軒昂である。

昨年の夏、池田屋で長州、土州の尊攘激派を斬り伏せ、彼らが企てていた京焼き討ちの計画を無に帰した功労によって一躍その名が知れ渡ると、局中には一気に活気が満ちた。隊士のほとんどが浪人や農民といった身分の低い者だっただけに、幕府や会津藩から受けた賞賛は、着実に彼らの気持ちを鼓舞した。壬生浪と蔑《さげす》まれていた自分たちも手柄を挙げれば世間から認められるのだ、という真実を、誰もが格別なものとして受け止めていた。隊士の数も増え、今や百人に届きそうな勢いである。八木、前川という二軒の家に間借りしている壬生の屯所は、隊士の頭数に見合わなくなり、近々もう少し広いところに移るという噂がちらほらと聞こえてきている。

冬の日暮れは足が速い。

辺りに闇が濃くなった頃、副長の土方歳三が組頭の井上源三郎を従えて前川の門をくぐった。大たぶさに結った髪がゆるりと背に揺れる。紋付きの半上下《はんがみしも》を着ているから、大方黒谷にでも行ったのだろう。わずかに残る夕日が上質な生糸を不規則に浮かび上がらせた。優雅な身のこなしに反して、尋常ではなく目が鋭い。この男の癖で、その目でザッと周囲を見渡す。

隊士たちはみな動きを止めてそのまま固まり、目を伏せて黙礼した。きりきりと軋《きし》んだ緊張感が場に満ちて、その重々しい空気を裂くように、土方は大きく歩を運ぶ。肩の張った背中が屋敷に消えてやっと、隊士たちの凍結が解かれ、景色がゆるやかに動き出した。

早々に市中の見廻《みまわ》りを終え、この日、篠原泰之進はひとり前川邸の座敷に休んでいた。

「おや、ご帰還だ」

開け放った障子の向こうに、伊東が廊下を渡ってくるのが見える。彼のいつも涼やかな目が、篠原を認めた途端険しさを孕んだ。そのまま伊東は足を速めて篠原の部屋に向かい、入室するなり後ろ手に障子を閉めた。

「聞いたか、篠原君」

先程とは別人かと見まごうほどの形相で言う。

「何事だ、尋常な様子じゃねぇな」

「天狗党《てんぐとう》だ。水戸の天狗党だ」

言ううちに頰《ほお》のあたりが波打ちはじめたのを見て、篠原は身を起こした。

「幕府が、降伏した天狗党を斬罪《ざんざい》に処したのだ。三百人以上を打ち首にした。これは開闢《かいびゃく》以来の暴挙ではないか」

まあ座らぬか、となだめるが伊東は呆然とそこに突っ立っている。しばらくあって、ようよう部屋の隅に投げ出すように身を置いた。

勤王激派の魁《さきがけ》的な存在である水戸天狗党が兵を挙げたのは、元治元年（一八六四）三月のことである。昨今注目を集めている「尊皇攘夷」という思想は、約二百年前に水《み》戸《と》光圀《みつくに》が編纂した尊皇の書「大日本史」に端を発したものだ。もともとは天皇中心の国体を唱えるものだったが、相次ぐ飢饉《ききん》や外国船来航といった内憂外患にさらされ、その方向性は次第に幕府の政治を非難する内容に変貌《へんぼう》していった。そういう中で、徳川親藩でありながら、幕命よりも朝命を重んじる、とする尊攘激派が水戸藩内に生まれた。彼ら激派は、帝《みかど》の勅許もとらずに日米修好通商条約に調印し、さらに安政の大獄を行った大老・井伊直弼《なおすけ》を、桜田門外で斬殺する事件まで起こすなど、行いは日に日に過激になっていった。今、その激派の中心にあるのが天狗党である。

水戸の尊皇攘夷派が幕府の命を重んじる鎮派と、第一に勤王を唱える尊攘激派に分かれているように、この時期の日本は、諸藩もこれと等しくふたつの思想によって引き裂かれていたといえるだろう。異国に打ち勝つ強い国体を作るには、勤王か、佐幕か。同じく尊皇攘夷という思想を持ちながら、目指すところには大きな隔たりがあったのだ。藤田小四郎《ふじたこしろう》、田丸稲之衛門《たまるいなのえもん》、武田耕雲斎《たけだこううんさい》らが中心となった天狗党が挙兵したのは、攘夷の勅命を受けながら、いっかな港を閉鎖できずにいる幕府への抗議であった。筑波山《つくばさん》で蜂起した百五十の兵は七百まで膨れ上がり、太田、下仁田《しもにた》、馬籠《まごめ》と行軍を続けた。幕府はこれを追捕《ついぶ》するための兵を出すが敗戦を繰り返し、天狗党は尊皇攘夷の志を朝廷に訴えるべく京を目指した。

伊東甲子太郎もまた、水戸学に無縁ではない。水戸学の大家、藤田東湖《ふじたとうこ》に傾倒した彼は、その才をもって頭角を現し、同じ学問を志す多くの朋友にも恵まれた。藤田東湖の子息で、伊東とは剣友であった藤田小四郎や、武田耕雲斎とも旧知の仲であった。

「武田先生も、小四郎君も首を落とされた。咎人《とがにん》の如《ごと》く、だ。しかもひどい虐待までしたという。越前新保《えちぜんしんぼ》で降伏した彼らを敦賀《つるが》の鰊蔵《にしんぐら》に禁固し、着物を剝《は》いだうえ制裁を加え、終いに斬首したのだ」

「しかし新保まで持ちこたえた天狗党がなぜ急に降伏したんだ」

「一橋慶喜《ひとつばしよしのぶ》公が幕命を受けて、天狗党鎮撫《ちんぶ》の兵を挙げたからさ。彼らは京を目指すからにはまず慶喜公にお目通りを願い、自らの主張を訴えようとしていたはずだ。慶喜公も水戸の出だ。同国がゆえ慶喜公に窮状を訴えることに望みを繋いだんだろう。それが捕手《とりて》として兵を挙げた」

一橋慶喜は、禁裏御守衛総督として京に詰めている人物だ。父親は水戸学の家元、前藩主の徳川斉昭《とくがわなりあき》だけに、天狗党も期待するところがあったはずである。

「僕も、慶喜公のことはかねてより尊崇していたのだが……」

「会津の連中は、煮え切らぬ御仁だと口を揃えて言うがな」

篠原はさして深く考えず、聞き知っていることをそのまま口に出した。だが伊東の顔はなにか決定的なことを聞いたかのように歪んで、そのまま沈み込んでいった。

遠くから隊士たちの呑気《のんき》な笑い声が聞こえ、時分どき炊き出しの香が漂ってきている。

そのままどれくらい経ったろうか。沈黙に飽いた篠原が新たな言葉を継ごうと伊東を見たとき、既にその顔からは激高が消《き》え失《う》せ、いつもの色白で端整で、けれどどこか能面を思わせる顔つきが戻っていた。

「なあ篠原君。遅かれ早かれ幕府は終わるよ」

伊東はしばしば、他に選択の余地はないといった物言いをする。そしてそれは往々にして突飛であり、聞いている篠原をわけもわからぬまま暗中に放り出す。

伊東と共に京に上った加納鷲雄《かのうわしお》や服部武雄《はっとりたけお》といった同志は、目から鼻へ抜けるような伊東の言説に惚《ほ》れ込んでいる。伊東の実弟で、共に新選組に入隊した三木三郎《みきさぶろう》まで兄への賛美を隠さないほどだから、彼の言葉は多大な説得力を持っているのだろう。その整った風体も、言葉の重みを助長する。江戸で彼が主を務めていた道場の近隣の妻女らも、伊東のことを陰で「小団次、小団次」と言いそやし、騒いでいたのだ。歌舞伎《かぶき》の評判絵にも名を連ねる千両役者の四代目市川小団次からとったらしい。いかがわしげな要素は、この男のどこにもないのだ。

「今まで僕は、長州にばかり目がいっていたのかもしれん。闇雲に尊皇攘夷を唱え、朝廷から排斥されると策もなく戦を仕掛け自滅し、しかもアメリカ船やフランス船を砲撃して、逆に四国艦隊に攻め込まれ理不尽な和議を結ばされる羽目になった。ああした愚行の対極にあって事を成そうとした」

篠原の近くに寄って、声を一段落とした。

「しかし、彼らの思想それ自体はけっして過ちではない。それは大狗党も同じだ。有耶《うや》無耶《むや》なまま夷狄に屈していくことが正しいとは僕にはどうしても思えんのだ。諸藩も等しく力を持ち、まず今までにない新しい国体を作ることだ。その上で外交の本質を見据えねばならん。そこに集約されるべきだ」

そう言ってから伊東は「なあ、幕府の敵はどこにあるのだ？」と芝居掛かった寂声を出した。

「夷狄を排せずに、諸藩の勤王家にばかり目を光らせ攻撃する。もうそんな内々の戦をしている時代ではないはずだ。僕らが目指すべきは公武合体ではないのではないか、腐った幕府を引きずっては新たな世は来ないのではないか」

「そうは言うが、公武合体は近藤の持論だぜ。この隊においては衆論にもなっている。それに会津にしたって」

言い掛けると、「会津など」と、伊東は吐き捨てた。篠原が言ったのはなにも新選組が会津の直轄だから、というだけではない。実際、今もっとも朝廷に食い込んでいるのが、会津藩主で、京都守護職を務める松平容保《まつだいらかたもり》なのである。孝明天皇からの多大な信頼を一身に受け、江戸表とも繋がっている。文久三年には薩摩と同盟を組んで、朝廷内で幅を利かせた長州系の勢力を一掃し、池田屋で同志を失ったことに腹を立て、京に攻め入り御所を砲撃した長州藩兵を鎮圧したのも薩摩と会津の軍勢である。雄藩の中では、抜きん出た活躍をしていることは事実なのだ。

「今、薩会同盟というのがあるだろう、あれを僕は信じておらんのだ。薩摩の西郷がなぜ第一次長州征伐の際、禁門の変の見返りとして、長州の三家老を切腹させて済ませたと思う」

「幕府と長州との間に入って仕方なく、だろう」

「いや、それ以前、薩人は、武力で長州を制圧すると息巻いていた。あそこですぐに征長を行えば、長州は完全に潰れたんだ。おかしくはないか？」

その、長州との折衝を買って出たのが西郷吉之助という男だ。第一次長州征伐の折、征長総督・徳川慶勝《とくがわよしかつ》の下で参謀を担っていた。前藩主・島津斉彬《しまづなりあきら》に用いられ公武合体に奔走した人物でもある。現在国父として実権を握っている島津久光とは折り合いが悪いらしく、その逆鱗《げきりん》に触れ何度か島流しにもなったが、今は中央に返り咲き、京の藩邸に詰めて藩政を仕切っている。

「西郷は、藤田東湖先生とも懇意だった。そんな男が中心にいて、会津のようにいつまでも幕府を立てるとは思えぬ。薩摩の藩論は確かに公武合体だが、幕府がこのまま迷走を続ければ、より反幕へと転ずるのではないだろうか。長州は思想家が多いが、僕は薩摩はより政客《せいかく》が多いと思っている。次への道を現実的に探りはじめるのではないか。このまま漠然と新選組にいて会津だけに頼っていては、いずれ幕府と共倒れになる。今のうちに薩摩と繋がりを持ったほうがいいな」

「どうやって？」

篠原が聞き返すと、伊東は不機嫌な顔を作った。

頭の回転が速いせいか、妙にはしょった物言いをする。特に気負うと、その構図や経緯を省いて結果だけを口にするので意を解するのに難渋する。隊士の前で一説ぶつときの理路整然とした話術と、こうした内輪話での言葉は掛け離れている。

「いや、なにしろ、こっちは薩人につてなどねぇからさ」

言い訳がましく言ってみると、伊東は下から覗き込むように篠原を見た。

「篠原君。そういう見切りは、相応の努力をした後に言うものだ」

正論なだけに、黙るしかない。

「富山《とみやま》君を使えばいい」

「富山弥兵衛《やへえ》か？　あの薩摩を抜けてきたとかいう」

「こんなこともあるかと思って、近藤先生に無理を言って入隊させたのだ。彼は仲間を斬ったために藩を追われたろう。それ故、薩人だが、薩摩に恨みを持っている」

「なるほど」

「薩人が通っている座敷でもわかれば話が早い。動きを探れば、その先になにかが必ずあるはずだ」

なにがあるのだ、と訊こうとして、篠原は思いとどまった。伊東は謎掛《なぞか》けのような物言いをする男ではない。この英才も今の段階ではまだ、その「なにか」を摑みあぐねているのだ。

「わかった、ともかく富山と動く」

篠原はさっぱりと返した。

「ただし、僕の意図を富山には伝えるな。こちらの動きが下手に土方に漏れてはまずい」

土方歳三の名を聞き、篠原は肌が粟立《あわだ》った。

脅威という言葉を人間で表すとしたら、あの男に行き着くだろう。ずば抜けた炯眼《けいがん》であり、残酷とも言えるほどの策士である。はっきりと口にはしないが、伊東もおそらく同じ思いのはずだ。自然と内面が顔に出たのだろう。それまで表情をこわばらせていた伊東が、「君は苦い汁でも飲んだような顔をしている」と笑みを漏らした。

「僕は別段、新選組の従順な一隊士として働くことが目的で入隊したのではない。この立場を利用し、尊攘派の人脈を得て、いずれはこの一隊を牛耳り、勤王の活動をすべくここにいるんだ。それを忘れてもらっては困る」

この男が滅多に見せない、意地のようなものを篠原は感じた。新選組に対して、だろうか。いや、おそらくもっと個人的なものだ。

贔屓目ではなく、伊東は、知力も剣も土方を遥かに淩《しの》いでいる。局内での人望もまた、勝っている。けれど篠原は、伊東が時折覗かせる自信に不安を感じることがある。なにしろ彼は、これまで大舞台に立ってなにかを成し遂げたことがないのだ。江戸で北辰一刀流《ほくしんいっとうりゅう》の流れを汲《く》む小さな道場を切り盛りしていただけだ。新選組を一から築いてきた土方とは、その点で差がある。

ただ、胸の内でそういったことを案じるたび、己の老婆心《ろうばしん》だろう、と自戒もするのだ。伊東より八つも年長で、大志を抱きながらも尻が重く、機を逸することも多かった己と比べるから、彼の自信に満ちた言動が苛烈《かれつ》に映るのだ、と。伊東は木だ、齢《よわい》三十にやっと届いたばかりなのだ。

「僕が新選組の局長に座ったとき、後ろ楯《うしろだて》には薩摩がついている。会津ではなく、薩摩だ。そういう道を模索する」

周囲を憚《はばか》って囁《ささや》くように進められた会話を打ち切ると、伊東はなにもなかったような顔で部屋を出ていった。

廊下のほうから「伊東先生、今度、史学をご教授いただきたいのですが」という若い隊士の控えめながらも親しみの籠もった声がして、それに和やかに応える伊東の声が篠原の耳に聞こえてきた。

薩人がよく使う島原の揚屋《あげや》は、富山のお陰で容易に知れた。

ただ、うまくいったのはそこまでで、足繁《あししげ》く通っても薩摩の人間が現れることはなかった。それでも他に術《すべ》もなく、連日同じ店に上がって出入りする者を張っている。どうも能がないと篠原は歯がみしたが、探索自体に不慣れな自分が、こうした地道な策に甘んじるのも致し方なかろうと心中で言い訳を重ねている。

いたずらに膳《ぜん》のものを突つきつつ、篠原は、先刻よりぼんやりと廊下を行き来するお運びを目で追っていた。

「おや、こちらお閉めしますねぇ」

通りかかった仲居が細く開いた部屋の障子に手を掛けたのを、慌てて止めた。

「悪いな。こっちが頼んで開けているんだ。この方の庭も風流な造りだ。そいつを眺めながら飲みたくてね」

仲居は怪訝な顔をして、竹が三本植わっただけの形ばかりの庭を見た。縁側の向こうには灯籠《とうろう》に照らされた立派な庭園があるのに、とその顔が言っている。それでも当たり障りのない笑顔を作って仲居が立ち去ってから、篠原は苦笑いを浮かべ、差し向かって座っている富山弥兵衛に言った。

「まあ、仕様があるめぇ」

「もちっと気の利いた言い訳があいそうじゃっどん」

笑みを含んだ目で言って、富山は杯を干した。丈も低く、全体に丸っこい男である。見た目にはおとなしそうだが、横暴な一面があり、同郷人を斬ったのも些細《ささい》な言い争いが元だったというから穏やかではない。ちんまりとした目は、なるほど近くで見ると不穏な光を宿しており、変に気を遣いながら酒席を共にする日が続いている。

「しかし薩人はいつ来るかねぇ。二本松の藩邸を張るよりは気楽だが、本腰入れて酒が飲めねぇのも存外つれぇ。こう毎日じゃ、懐も寒くなるしな」

「薩摩はここを利用しよっと。そや間違いなかですから」

富山は肩をいからせた。糞真面目《くそまじめ》な側面も持っているのだ。

玄関口近くの部屋で結構だ、と敷居をまたぐたびに女中に告げて、普通なら敬遠するような落ち着かぬ場所にある小座敷に通るのが習いである。芸妓も呼ばず、ちびちび酒を舐《な》めて客が入るたび玄関に目を遣る。いくら安い部屋だといっても、こうして一刻も二刻も粘られたのでは、店も鬱陶しかろう。

富山には、京に潜伏する不逞《ふてい》浪士を挙げるための探索だと伝えてあった。長州や土州の脱藩者が薩摩に接触を図っているという噂がある、そんな出任せまで吹いた。薩人の面体を知っている富山に、その真偽を探って欲しい、ただし、内々の隊務であるからけっして他の隊士には漏らさぬよう。いずれも篠原が考えた苦しい偽言である。が、富山は造作もなく信じ、根を詰めて探索をしている。

「お前が藩邸に詰めていた時分には、上役には誰がついていた？」

「内田仲之助ゆう御仁でごわす。こんお人は幕府が苦手でごあした。よか感情を持っておりもさん」

「薩摩はみなそうかい？」

「みなちゅうわけではあいもはん。じゃっどん、内田さぁは姉小路公知《あねがこうじきんとも》の一件があいもんで」

「ああ、あの公卿が暗殺された件かい」

「あんとき田中新兵衛《たなかしんべえ》さぁに嫌疑が掛かい、町奉行に引っ立てられもした。なんでん現場に新兵衛さぁの刀が落ちていたちゅう話でしたが、あん人はそげん落ち度を晒《さら》す人じゃなか」

篠原も、薩摩の田中新兵衛の名は以前から聞き知っている。その剣技で名を成し、人斬り新兵衛と恐れられた男だ。

「内田さぁは奉行所に日参して新兵衛さぁの無実を訴えもしたが、そんときに応対した奉行が幕府の永井尚志《ながいなおむね》ゆう人物で、こん男が一向に聞きいれん。挙げ句、新兵衛さぁが無実をはらすため自決したもんで、一層恨みが募っておいもす」

「そんなことがあったかい」

「薩人も一本気で思い込みが激しかけど、幕府のお役人、あん衆《し》も融通が利かん。おいにはどっちもどっちに見えもす」

「俺には薩人は存外柔軟に思えるがな。会津を見ろ。朝廷にも幕府にも従順すぎてなにやら悲愴に見えることもあるぜ」

「おいは会津のそげな武士らしかとこい惚れもした。国んこつ本気で考えちょっとのはあん衆だけやっで」

「薩摩は違うかい？」

「義を貫く気質より、政《まつりごと》の巧者が多か土地でごあす。結局は表舞台に出うのが目的ござんで」

「幕府も朝廷も踏み台というわけかい」

「そこまではゆっちょいもはんが……、ただ禁門の変も池田屋が誘因になったでござんで、長州と会津の私闘やゆいて薩摩は傍観する気でおりもした。そいが長州討伐の勅命が下ると、大義名分を得て長州を潰す機を得た、ゆいて兵を集めたでごあす。そういう打算が多分にある、義だけでは動かんのです」

物音に気付いて表玄関を見遣ると、武士がふたり、刀箪笥《かたなだんす》の前に立っていた。

京では揚屋での客の迎え入れも静かでさりげない。「おあがりになるよー」という威勢のいい吉原の掛け声に慣れていたせいか、篠原は慎み深い上方の座敷に上がると、場違いなところにいるような気になり、未だにかしこまってしまう。

ふたりの武士は番頭に大刀を預けた。両人とも厳《いか》つい体軀で、一廉《ひとかど》の剣客《けんかく》に見える。背の高いほうに、手代が妙に丁重な挨拶《あいさつ》をしていた。

「あれぇ」

富山が二人連れの武士に目を貼《は》り付けたまま呻いた。

「吉井さぁではなかか」

障子の隙間から身を乗り出さんばかりに、玄関口を凝視した。

「おい、あまり顔を出すな、気取られるぜ」

「構わんど。吉井さぁはおいのこっなど知らんでしょうから」

「お前、なんでもかんでもそう力んでいたんじゃあ、どこかで尻尾《しっぽ》が出るんだぜ」

「あん男……」

「え?」

「あとから入った男、見たこっがあい」

吉井という人物のあとに続いた男がこちらを向いて立っていた。総髪髷《そうはつまげ》に粗末な袷《あわせ》、くたびれた木綿の袴をはいている。頑丈そうな歯がくっきり見えた。いかにも偉丈夫といった体《てい》なのに、帳場のすぐ奥にある何十畳もの広さの台所から漏れてくる湯気に、無邪気な様子で鼻を向けたのが意外であった。

「誰だい？」

富山は思案顔でこめかみを揉《も》んでいる。

「なんでぇ、他愛《たわい》もねぇ」

ふたりが西楼へ上がっていくのを見届けて、「吉井たぁ何者だ」と篠原は訊いた。

「吉井幸輔という名でごあす。元は下士じゃっどん、今は藩を動かしじゃぁ実力者ござんど。西郷さぁがいっぱん心安く付き合っちょる男ごあんど」

「西郷が」

「西郷さぁは久光公と反りが合わず何度も島流しになっておいもす。そいを迎えに行ったのもあん人です」

「政も、西郷と吉井は組んで行っているのかい？」

「おそらくそうだと考えもんどん。吉井さぁは半月ほど前まで西郷さぁと馬関に行っちょったと聞きもした」

「長州征伐の後始末を任されたせいだろう」

「詳しかこつぁ判《わか》いませんが」

「信用できる男か？」

「悪い噂は聞きもさん。人徳はあるらしか。じゃっどん、大久保さぁんごた切れ者じゃなか」

「大久保《おおくぼ》一蔵《いちぞう》か？」

富山は眉《まゆ》をひそめて、一度頷いた。

「あん人は怖ろしかほど頭《びんた》がよか。以前は斉彬公にべったいじゃったのに、殿様が替わったらさっさと乗い換えて、囲碁まで習って久光公に取い入ったらしか」

「囲碁？」

「久光公は囲碁がお好きじゃっで、近づく口実でごあしょう。そこまでやうか、とみなゆておいもした」

へえ、と適当に相づちを打ちつつ、篠原の頭の中で、まだ噂でしか聞いたことのない大久保の像が、なぜだか伊東の姿と重なった。

「吉井はそれなりの力を持っている、か。しかも下士の出なら、はなっからこっちを見下して、居丈高に出ることもねぇな」

独り篠原は口の中でそう言って、杯をあけた。

「それよっか、もうひとといの男が気になりもす」

「薩摩のもんじゃねぇんだろ？　どこぞの浪士か？」

「思い出せん」

「まあいいさ。それよりも吉井だ」

「あん人は藩邸詰めの薩人よ。勤王激派の不逞じゃなかですぞ」

「うん……まあ、そうだが」

篠原は言葉を濁した。

吉井の動きを少し探るか、という気になっていた。吉井という男が西郷吉之助の合駒となっているのかもしれぬ。ならばその合駒から落とすことだ。

庭の竹がざわっと揺れた。座敷に吹き込んだ風はしかし、冷気をほどきつつあった。

＊

ちょうどその頃、商家の手代がひとり、島原大門へ向かっていた。思案橋を渡り、そのまま衣紋橋《えもんばし》を渡って、躊躇《ためら》わずに一軒の揚屋の軒先に辿り着いた。所用を足すためか、折良く裏口から出てきた番頭を「喜兵衛《きへえ》さん」と親しげにその名で呼び止めた。

「ああ、これは駒形屋さん。またこちらで御用ですか」

「ええ、昨日から主人と上ってきましてな、朝からずっと商用で駆けずり回ってますのんや」

「えらいご苦労やなぁ」

「大坂だけでも手一杯やのに、京にまで手を広げようとはうちの主も無体なことを考えますわ」

　軽口を叩いて笑い合ったあと、「ところで」と手代は切り出した。

「急なことですまんのやけどな、今夜は西楼の例の部屋は空いてますかいな」

「ああ、そら……」

　番頭は気の毒そうな顔を作った。

「たった今、お入りになったばっかりや」

「そら、ほんまかいね。わしはいつも機を逃すわいな」

「今、置屋に差紙を出したとこですわ。せっかく大坂から出てきはったのに申し訳ありまへんなぁ。他の部屋やったらご用意できるんやけどなぁ」

「主人はあの座敷が気に入っとりましてな。あそこでないと気が乗りまへんのんや。気難しい人や」

「そうでっか。今日は、たぶん、お泊まりや」

「ほな吉井様やな」

「まあ、さいですわ」

　京の人間は口が堅い。特によそ者には排他的と言っていいほど内実を明かさない。が、ひとたび懇意になると、むしろ噂好きともいえる一面を垣間見せる。開けっぴろげの江戸のように無分別に噂が広まることはないが、目や耳があらゆる所にあり、それが伝わるべき所に伝わっていくのである。

「しかし残念や。吉井様は薩摩のお方とご一緒か？」

「さあそれが、薩摩の方ではないどすなぁ。お国訛《くになま》りが土佐の方でな、あまり見ん顔やけど」

「そしたら薩摩の藩邸に出入りしておられる方かのう。確か寺石様とかなんとか」

「ああ、そうですわ。寺石貫夫《てらいしやすお》様、確か帳簿にはその名がありましたな。さすが駒形屋さんや。お顔が広い」

「なに、うちとこも薩摩のお屋敷、伏見も二本松も何度も上がっとんのやけど、なかなかあんじょう取り引きがいかんと往生しとるさかいにな」

手代が大袈裟に眉を八の字にすると、番頭は奥に聞こえぬよう小さく笑った。

「吉井様にはわしが来たことは伏せておいてな。同じ西楼を争っていると知れたら、それこそ商いに味噌が付くよってにな」

「もちろんそうさせてもらいます。一度揚屋に上がれば、わしら使用人が俗世のことを言うては、商売になりまへんからの。壬生浪も長州さんも憂き世を忘れて楽しめるようにするのがわてらの商いやさかい」

互いにかち合わぬよう心配りをするのも腕の見せ所だと言わんばかりに、番頭は鼻を膨らました。

「ほな喜兵衛はん、今日は残念やったが、また寄らしてもらいますわ」

手代は、揚屋の番頭と別れ、とぼとぼと大門に向かった。門を出て、堀を渡り、肩を落としたまま歩を進めた。

そのまま大宮通に出るや、不意に歩みを緩め、立ち止まって素早く周囲を見渡した。誰もいないことを確かめるとぐっと背を反らせ、今度は滑るような早足で壬生の方角へと身を運んでいった。

三

鴨川縁《かもがわべり》で釣り糸を垂れている男を見つけ、「……あんなところに」と浅野薫は嘆息し、土手を下っていった。

露を含んだ草を踏みつけるたびに、草履がツルツルと小気味よく滑った。足音に驚いたらしく、草むらのあちこちから雲雀《ひばり》が上がった。

このところすっかり弛《ゆる》んできた陽気に誘われたのだろう、男は草紙を顔に乗せ、うたた寝を決め込んでいる。

「先生。起きて下され、尾形先生」

肩を揺すると、ずり落ちた草紙の下から尾形《おがた》俊太郎《しゅんたろう》のぼんやりした造作の顔が現れた。目が糸のように細い。その目をしばたたかせ、おちょぼ口があくびをした。

この風貌と、武士とは思われぬやけに丁寧な言葉遣い、それに、ほほほと聞こえる甲高い笑い声のせいで、隊士たちは尾形のことを「長袖様《ちょうしゅうさま》、長袖様」と陰で囃《はや》している。武士ではなく、公家のように見えるというのである。中には「それよりも、艶二郎《えんじろう》じゃ」という隊士もある。山東京伝が描いた黄表紙「江戸生艶気樺焼《えどうまれうわきのかばやき》」の主人公で知的ながら一風変わった艶二郎の、どことなくとぼけていて憎めない雰囲気が、尾形と重なるというのである。

「いくら非番だからといって、こんな目立つところで昼寝は危ない。どこに長人の目があるかわからんですよ」

尾形はのっそり起きあがって、伸びをひとつした。

「眠るつもりはなかったんですがね。この糸がちっとも動かないものだから退屈してしまいましてね」

組頭という幹部にありながら、尾形は浅野のような平隊士にも低姿勢を崩さなかった。飄々《ひょうひょう》として、怒ることもなく、新選組という無骨な男たちがしのぎを削る集団にあって、その姿は常に超然としている。

「肥後《ひご》の産というのは過激な男が多いと思うていたが」というのも、陰で尾形を語るとき何度となく登場する言葉である。真っ先に開国を唱えた儒学者・横井小楠《よこいしょうなん》の名は広く知られるところであり、また肥後勤王党の河上彦斎《かわかみげんさい》が開明的な思想家・佐久間象山《さくましょうざん》を暗殺したのも記憶に新しい。その「人斬り彦斎」と恐れられている男とこの尾形とが同国だとはどうも結びつかない。性急な時勢になんら感化されていない尾形は、隊士たちがする与太話の格好の餌食《えじき》である。といって誰もその人柄を厭うているわけではない。むしろ厳しい隊務の中、束《つか》の間《ま》、心を弛めようと尾形の話を出している向きもある。

「ここではなにが釣れますか？」

「さて。私も糸を垂れるのは今日がはじめてなんですよ。鮎《あゆ》でも掛からないかと思いましてね」

浅野は吹き出した。

「まだ三月じゃ、先生」

「あぁ……」

尾形の細い目が僅《わず》かに見開かれた。

「先生はいつも穏やかですのう。慌てたり、動転することはないでしょう」

「ありますよ」

「へえ、そいつはどんなときです？」

「この糸に魚が掛かったら慌てふためきます。釣り上げ方はわかりませんからな」

ほ、ほ、ほ、と例の甲高い笑い声を立てた。

「それで浅野君。私をお捜しでしたか？」

「ええ。土方先生がお呼びです」

そう告げた浅野の顔がみるみる曇った。

「なにか嫌なお話でしょうか？」

「え？　いや、どんなお話か私は存じません。ただ先生をお呼びするように申しつかっただけです」

「でも君はどうも憂鬱そうな顔になりましたよ」

浅野は応えず、尾形の隣に腰を下ろした。しばらくは黙って対岸に芽吹いた新緑を眺めていた。それから思い切ったように口を開いた。

「わしには合点のいかんことのあるんです」

躊躇いながらも、言葉を継いだ。

「なぜ、山南先生は腹を切らねばならんかったじゃろうか。私には未だそれがわからんのです。あれほどどええ方じゃったに、なんで誰も助けんかったかと……」

「それは脱走をなさった、隊規に背いたからでしょう」

「それにしても酷《むご》い。あん方は江戸の頃から近藤先生や土方先生の朋輩《ほうはい》じゃったとええます。そいをあんなに容易く葬るなぞ、非情じゃ思えてならんんじゃ」

川面は、一心に春の陽を転がして揺れていた。尾形はただ、それを眺めていた。

「そうは思われませんか、先生。山南先生はわしら平隊士にも丁寧に思想を説いて下すった。あん方がおったからわしらも安心できた。厳しいお役目の中で、支えになっておりたんじゃ」

「私もあの方のことはとても好きでしたから、君の気持ちはよくわかります」

「これはあくまでも噂ですが、山南先生に腹を切らせたんは、土方先生の差し金じゃとええます。ご自分より山南先生が隊士たちに信頼されておるから嫉妬《しっと》したんじゃ、て」

「それは誰が言っているのです？」

「みな言っとります。山南先生の仇《かたき》を討つんじゃいう者も出てきとります」

「いや、はじめに言い出した方がいるでしょう」

浅野はしばらく考え込んでいた。尾形がなぜそんなことを訊くのかと僅かに訝《いぶか》しんでいるようだった。けれど尾形の穏やかな口振りは、なにか問うても詮索にも詰問にも聞こえぬ特質を持っていた。

「……おそらく、伊東先生かと」

尾形は納得したように、ひとつ小さく頷いた。

「伊東先生は特に山南先生と懇意にされとったんじゃから。山南先生が亡くなって心底哀《かな》しんどるからでしょうが」

「春風に吹き誘われて山桜　散りてぞ人に惜しまるるかな」

「は？」

「伊東先生が山南先生を偲《しの》んでお詠みになった歌ですよ。ご存知ないですか」

「それは存じていますが……」

「見事な歌です。ですからついね、覚えてしまいまして」

浅野ははぐらかされたと思ったのだろう、戸惑った様子で眉根を寄せた。尾形はそんな浅野に頓着する風もなく、さて戻りますか、と腰を上げた。背を丸めて歩き出した姿は、とても剣士には見えない。実際尾形は、その学問を買われて入隊し、出世をしてきた男であった。

「ねぇ、浅野君。今年の桜は特別にきれいだったと思いませんか？」

「……はあ」

「本当にきれいだった。私が京に上ってから見た中でもっとも美しい桜でした」

橋の中央で立ち止まって、祇園 社《ぎおんのやしろ》のほうに目をやった。鴨川に沿って、遠くの稜線《りようせん》の青や、寺社の朱、近くにこんもり盛り上がる緑が、見事な配置で広がっている。上流からの風が、足下を抜けて、目の前の景色に向かっていった。

「山南先生が逝《い》かれたあとに、私はひとりで祇園まで歩きました。そのとき頭の上で怖いくらいに桜が咲いておったんですよ。近くで見るとなにかこう、花びらの一枚一枚が別々の生き物のように見えましてねぇ。それが陽を受けて、光を蓄えておって、それはもう……」

感極まった声になり、それを恥じるように尾形はうつむき、また歩き出した。

ゆらゆらと、ひ弱い背中が歩調に合わせて揺れる。しばらくはそのままだったが、なにを思ったか急に歌沢《うたざわ》を吟じはじめた。

「花に遊ばば祇園の花よ、ゆら鬼どこだ、とらまいて、酒のましょ、のましょ、月のはいる、山科《やましな》よりは一里半、しのぶすがたのわからなく、渡す文箱《ふばこ》は大石や、重き仰せもみつぐきに」

いい喉である。

「忠臣蔵ですな」

後ろに従った浅野が声を掛けると、尾形は前を向いたまま言った。

「人が集まれば様々な思惑が絡んでいくものです。けれどね、浅野君。忠臣蔵はもはや、今は昔の物語ですよ」

春の霞《かすみ》が吹き込んできて、小路へと入った尾形を包み込んだ。霞の向こうに浮かぶ尾形は、幻なのか現実なのか曖昧《あいまい》なまたゆたっているばかりだった。

堀川を西に行こうとするのを「もう壬生ではありませんぞ」と浅野に止められ、越したばかりの屯所に辿り着いた。

——また大層なところに移ったものだ。

西本願寺の堂々とした本堂を横目に見ながら、尾形はまだ慣れぬ新たな在所に戸惑っている。山南敬助もこの屯所移転に異を唱えていたことを、ふと思い出した。

総長の役にあった山南がなぜ局を脱したか、詳しいことはもう藪《やぶ》の中である。浅野が言うように、明らかに性質の違う土方との確執や意見の相違も一因かもしれない。ただ、山南ほどの人物が、感情だけのことであそこまでの騒ぎを起こすだろうか、という疑いを尾形はずっと抱えている。山南の冴えない顔色に何度も接していたし、池田屋以前から寝込みがちだったのも見てきていた。頭が良く潔癖な人物だ。そぐわぬと悟りつつひとつところに身を置き続けるのは、想像以上に辛《つら》いことだったろう。それでも、山南に欠けているものがあったとは、尾形には思えなかった。あれほどできた人物に、そう出会えるものではないとすら思っている。むしろ、新選組という集団が特殊なのだ。

近藤や土方といった面々のある種動物のような勘が、この一隊の行方を決めている。成すべき事、必要な人物、統制の仕方、権力の得方……。武州から上ってきたばかりの、知識も下地も頼れる知人すらなかった男たちは、自らの嗅覚《きゅうかく》だけを頼りに難事を越えてきた。学もあり理を突き詰める山南からすれば、そのやり方は強引で無茶苦茶に見えていたのかもしれない。ところが彼らの方策は、山南の論より確実に的を射るのである。そこで他人を責めず自分を責めたのは、山南らしいといえばそうなるが、その結果が切腹というのは確かに酷すぎる。

山南のことを思うたび、尾形は総身がきりきりと痛んだ。

けれど、近藤や土方の生き様を否定する気にもまた、なれなかった。彼らには、尾形が想像もしないことを平気で成す痛快さがあった。常識と掛け離れた意外な道程についていく面白さがあった。藩や身分のしがらみがなく働ける新選組という場所は、尾形にとって大きな魅惑を含んで見えた。

――しかし、山南先生の件は、土方先生の失策だ。

そう、尾形は思っている。裁きに関する是非ということではなく、時期が悪かった。去年の秋に伊東甲子太郎が入隊してからというもの、局はそれまでの統率をただでさえ欠いているのだ。平隊士たちはものの見事に、温厚で賢明な伊東に心酔してしまい、その反動のように土方を疎んじはじめた。これまでの、厳しすぎるやり方が仇《あだ》になったのだろう。もっとも、伊東は古参隊士の沽券《こけん》を傷つけぬようそうまく立ち回っているので表立った対立には至らなかったが、局が土方派と伊東派に二分されているのは明白であった。

尾形が伊東にはじめて会ったのは、隊士を徴募するという近藤について東下した折である。黒縮緬の紋付き羽織、仙台平《せんだいひら》の袴を着けた伊東は、旗本といってもなんら遜色《そんしょく》ないほどの風格を備えていた。乱れのない総髪、色はすっきりと白く、鼻梁《びりょう》が高く、奥二重の目は涼やかである。伊東道場なる小さな剣術道場の主という肩書きが、かえって疑わしく感じられるほどだった。

伊東は、藤堂平助《とうどうへいすけ》のかつての師匠筋にあたるのだという。藤堂は、近藤が江戸で道場主を務めていた試衛館の出で、同じくそこの門人であった土方や沖田総司と共に京に上った古参隊士のひとりだが、池田屋で負った傷を治すため江戸へ下っていた。その間に伊東を訪ね、入隊を請うたらしい。

伊東は、近藤と対座するなり、

「お噂はかねがね聞いております。かねてより一度ご尊顔を拝したいと願っておりました」

と、普通なら尻の穴がむずむずするようなこそばゆいことを、朗々とした声で述べた。けれどそれが嫌味にはならぬ、独特の余裕を身につけていた。

――近藤先生はお気に召されるに相違ない。

既に入隊は決まったようなものだと悟って、これから同志となる人物を、尾形はよくよく眺めていた。

近藤はこうした品と学識を兼ね備えた人物を特に好む。「兵は東国に限る」とわざわざ江戸に下って隊士を募集している割には、武芸者よりも識者に関心を示す。この江戸行きに同行した武田観柳斎《たけだかんりゅうさい》はまさにその素質を持っているし、尾形臼身もまたこつこつと積んできた学問のために優遇されているのだ。けれど最早《もはや》時勢の流れは、学問だけで抗しうるものではなくなっている。黒船来航以来性急な変化を繰り返している世の中がどこへ向かっているのか、尾形にもとんと見当がつかなかった。これからは既存の知識に頼るだけでは無理だ、というのが唯一わかっていることである。

伊東が参入してからというもの、屯所でも隊士らが国政を論じ合う光景をよく目にするようになった。付け焼き刃の知識で、頭でっかちに考え込む隊士も増えてきた。

わさわさと落ち着かぬ時期に、伊東と同じく人気を集めていた山南を切腹に追いやったのだ。いくら隊規に背いたからとはいえ、隊士たちに親身に接し続けた山南の首を斬れば、局内に不満が噴出するのは道理である。切腹を下知した土方が非難されるのも致し方ないし、その反動としてまた一層伊東の人気が高まるのも自然な流れだ。

——私だったらどうするだろうか。

尾形はいつも、土方の行いに接するたびに考える。

まず山南の命は救うだろう。敢《あ》えて例外を作り、自らの温情を見せ、今後一切例外は認めぬことを声高に言って一件を終わらせる。となれば自分の株は上がる。分裂しかけた隊士たちも戻ってくる。伊東や山南より一枚も二枚も上手であることを示す絶好の機会だった。そうすれば土方は随分楽になったろう。鬼だなんだと揶揄されることもなく、いちいち威圧的に命じて隊士を動かす気苦労も減ったはずだ。

ただそうなったら、山南はどうなるか。彼が今までと同じように、この一隊にそぐわず煩悶することには変わりがない。本人の希望でもあったろう「武士らしい最期《さいご》」という選択肢を取り上げて、蛇の生殺しの如く局に留め、その影が一層薄らいでいくのに任せるか、それとも有耶無耶なまま逼塞《ひっそく》を認めてしまうか。それはいずれにしても、本当の意味で山南を、その存在を、永遠に葬り去ることになる。そのはうが土方にとっては、辛い選択だったのかもしれない。

いろいろに思いを巡らせながら足早に廊下を行くと、向こうから篠原泰之進と富山弥兵衛がやってきた。柔術をやっているせいか硬質ながたいを持つ篠原と、丸めた粘土のような富山は好対照で、尾形は思わず笑いを堪《こら》えた。

「巡邏《じゅんら》ですか？」

尾形が訊くと、「そのようなものです」と律儀に篠原が応えて、お互いすれ違った。やたら思想を語りたがる伊東派の中にあって、篠原だけは異質だな、ということをそのときはじめて尾形は思った。

ひとつ断って障子を開けた。と、文机に向かっていた後ろ姿が筆を置いた。

尾形に座るよう言いつけてから、ゆっくりと座の向きを変えた。

「非番なのに、申し訳ない」

腹に響く声である。険しくはない、むしろ湿ったまろみのある声音だ。近藤のように声を張ることもなく、淡々と話す。が、一語一語がずっしりと重い。

土方はこちらに向いて一旦《いったん》なにか話し出そうと口を開きかけ、それを止めて尾形の上から下まで素早く目を走らせ、なあ、と溜息の混じった声を漏らした。

「その袴」

「は？」

「ひでぇ皺《しわ》だ」

「あ、これは。先程まで外におりましたもので」

「そういう汚れじゃねえ。君はそいつを幾日はき続けている？」

「いえ、まあ……それは」

「火熨斗《ひのし》をするなりなんなりして少しは手入れせい。そういう世話を平隊士にやらせてもいいんだと常々言っているだろう」

「これは至りませんで」

尾形が面目なさそうにうなだれるのを、土方はまあいい、といなし、

「君の意見を訊きたい」

と改まった様子で、机の上からまだ墨の乾いていない紙を取り上げて尾形の前に置いた。

隊士の名前がズラリと並び、その上に役名が書かれている。

「新しい役当《やくあて》を考えているのだがね」

相変わらずの無表情だが、役当などと芝居言葉を持ち出したところをみると、これでも場を和まそうと少しは気を遣っているのかもしれない。

「俺のよく知らん人物に役を持たせねばならんわけができてな」

前屈《まえかが》みになって懐から扇子を出すと、広げた紙上の一点を指し、とんとんと二度ほど叩いた。

「どういう人物だ？」

富山弥兵衛と書いてある。

「やあ、今お会いしたばかりだ。伊東先生のご紹介で入隊した薩摩の方ですね」

「他の芋とはもう切れているんだろうな」

「ああそれは」

尾形は笑みを浮かべて頷いた。

「なんでも薩摩のお仲間を斬ったとかで、逃げ隠れしているところを伊東先生に救われたらしいですから。もう戻りたくとも藩には戻れますまい。富山君は、朴訥《ぼくとつ》とした素直な若者です」

土方は黙って頷き、扇子をそのまま横に動かした。阿部十郎、という名前の上でピタりと止めて、またとんとんと紙を叩く。

「あ、その方なら」

そこまで言って、尾形はふと口をつぐんだ。

「なにか引っかかるか？」

「いえ。石蔵屋の件でお手柄だった方ですね。一度局を抜けたのを、近藤先生が特別復隊をお許しになったほどの活躍だったとか。私は以前阿部君が局にいた頃のことを、どうしてか覚えてはおらんのですが」

ほう、そうか、と土方は意外そうな顔をした。

「確か石蔵屋のときは高野十郎君と名乗ってらして」

「そんなことは知っている」

「浅野君とは懇意にされておりますねぇ。浅野君はいい人物です」

「善人に善人がつくとは限らんぜ」

「まあ、そうですが」

「このところの様子を知りてぇんだ。最近、こいつと接したか？」

「ええ、一度酒の席で一緒になりました」

浅野に誘われたその席で、阿部十郎は少し異様に映るくらい意気軒昂だった。己あっての新選組にするのだと、何度も繰り返し言っていた。酒の勢いもあって気が大きくなっているのだろう、と尾形は思った。若い者の大言壮語はもともと嫌いではないのだ。が、阿部の言葉はどういうわけか、濡《ぬ》れ草履を引っかけてしまった感触にも似た不快感を覚えるものだった。ねじ曲がった性質を端々に感じた。ただその歪みを的確に言い表す言葉を、尾形が負っている背景から探すことは難しかった。

「そうですねぇ……阿部君のことは私にはまだわかりません」

わからないと答えたのに、土方はそれ以上問わなかった。得心したように、そうか、とだけ言った。

「富山は伊東の、阿部は谷三十郎の推しだ」

伊東はともかく、谷三十郎は実弟の昌武が近藤と養子縁組を結んでいるから多少の融通もきくのだろう。谷が近藤に含み、近藤が土方に命じた、といったところか。

「隊も大きくなると役を決めるのひとつとっても手間を食って仕様がねぇ。まあ、ふたりとも伍長《ごちょう》だ。大した役でもねぇんだが」

土方は声音を緩めて言ったあと、膝を崩して片膝を立て、膝の上に肘《ひじ》をついて首の後ろを掻《か》いた。普段、誰も寄せ付けぬ壁を作っているが、たまにこうして遊冶郎《ゆうやろう》のごとき砕けた風を垣間見せる。これが伊東とのもっとも大きな違いである。ふたりとも聡明《そうめい》だが、なにか事に当たるとき、伊東は愚々と思い詰めて答えを探す節がある。が、土方は、まるでその出来事と戯れ、遊んでいるように見えることすらある。尾形は、その分、土方に面白味を感じている。

土方の、剣だこだらけのゴツゴツした手がスッと右に動き、扇子が尾形の名前を指した。役名には、諸士取調役兼監察と書いてある。隊士の活動を陰で監視し、また局内外での探索や諜報《ちょうほう》を行う役である。これまで副長助勤、組頭と、平隊士をまとめる役を担ってきた尾形には、少しばかり違和感のある役どころだった。

「降格というわけではないんだぜ」

「あ、いや。私は別に」

「お前も、少しは欲を出したほうがいい」と、土方は呆《あき》れて苦笑した。

「隊士をまとめる役は力技でもできる。各組の組長はそれなりの武功者を立てた」

なるほど、沖田総司、永倉新八、斎藤一、原田左之助《はらださのすけ》といった局内屈指の剣客が顔を揃えている。彼らは試衛館の出で、その技量は近藤、土方共によく知るところだ。同じく名を連ねた武田観柳斎は軍学の知識が豊富だし、谷三十郎は刀槍の名手、松原忠司《まつばらちゅうじ》は柔術に長《た》けている。

「これは楽しい。錚々《そうそう》たる面々だ」

尾形が顔をほころばせるのを、土方は不思議そうに眺めた。

「組長も重要だが、これからは今まで以上に監察の役が肝となると俺は思っている。局中もそうだが、外の動きを探ることが、これからの時世、要《かなめ》になる。諸藩の動向を君に探ってもらいたい。山崎と組んで動いて欲しい」
山崎《やまざき》烝《すすむ》は早い時期から監察方として動いている人物だが、その姿を滅多に屯所で見かけることがなく、酒席にも顔を出さないので、尾形はこれまでまともに口をきいたこともなかった。

「山崎さん、ですか」

「今までは俺が直接、山崎を動かしていたんだが、このところ黒谷に呼ばれることも多い」

確かに土方は、近藤と共にしばしば黒谷の金戒光明寺《こんかいこうみょうじ》にある京都守護職本陣に赴き、主に長州征伐のことを会津の公用方と談じ合っている。禁門の変で御所に砲撃した長州への征伐がこの一月に終結したばかりだというのに、はやくも第二次征長を幕府は練っているのだ。

第一次長州征伐に向かった幕府軍が解兵したのは去年の十二月のことである。征長総督・徳川慶勝の参謀長、薩摩の西郷吉之助が長州との仲立ちをし、国司《くにし》信濃《しなの》、福原越後《ふくはらえちご》、益《ます》田《だ》右《う》衛門《えもん》介《のすけ》の三家老が切腹、藩主父子自筆の謝罪状の提出といった条件を長州が呑んで、戦を避けた。長州は幕府に恭順したかに見えたが、再び藩内で倒幕派が力を持ちはじめ、さらに幕府が藩主父子の江戸召致を求めたがそれにも応じない。それが、第二次征長を幕府が推し進める、直接のきっかけとなった。

「そこで、だ。お前が俺の役目、引き継いでみねぇか」

「引き継ぐといいますと……」

「山崎に動きの指示を与えてやって欲しい」

「いや、指示と申されましても、探索に関しては山崎さんのほうが遥かにお詳しいはずですし……」

「なにも一緒に探れってんじゃねぇんだ。山崎が摑んだ報から推察して、次の指針を示してくれりゃあいい。そうすればあとは全部あいつが引き受ける。ちょいと入れ込んでいる探りものがあってな、山崎ひとりでは手が足りねぇんだ」

土方が好奇に満ちた上目遣いで尾形を見た。尾形がその「入れ込んでいる探りもの」を推察できるか、試している風でもある。

「薩摩、でしょうか？」

尾形が応えると、土方はなぜか勝ち誇ったような顔で頷いた。

「薩摩は次の長州征伐に参戦することを渋っている。しかもこの間の天狗党の件で流罪に処された党員の引き受けを拒んだ。もとから幕府に対して強気だが、このところ度が過ぎている」

「なにか、裏で動きがある、と？」

「さあな、そこまではまだわからん。ただ、薩人と土州の脱藩者が頻繁に島原で会っている」

「土州？」

「寺石という名を使っているらしいが、中岡慎太郎という奴じゃねえかという話だ。都落ちした七卿を匿うのに奔走していた男だ」

「それも、山崎さんが？」

土方が頷き、尾形は密《ひそ》かに舌を巻いた。

「あいつは大坂の産だろう。必要とあらばつてを辿って、大店《おおだな》の主人の登楼に紛れ込むようなこともできるんだ。あの男は島原じゃ、大坂の大店の手代ということになっているさ」

「ああそれで……」

それで山崎は、幾度となく催された隊を挙げての酒宴に、けっして姿を見せないのだ。新選組隊士であることを茶屋や揚屋に知れぬようにするためなのだ。

「しかし、その中岡さんとやらが七卿を擁護していたとすれば、長州とも繋がっておりますね」

「それよ。そうなると厄介だ。薩摩は異国から武器も手に入れていると聞く。薩摩と長州に接点はなかろうが、土州の人間を通して、そいつが長人に流れたらことだ」

「しかしいかに窮地に立たされたとはいえ、長州が薩摩の庇護《ひご》を受けるとも思えませぬ。

これまでさんざ、薩摩にはやり込められてきたのです」

「長州からすればそうだろう。奴らは暴挙ばかりするが、俺からすればまだわかりやすい。ただ、薩摩はどこに筋道が通っているのか皆目見当がつかん」

「長州より現実的なのでしょう、政略的といいますか……」

「だからそこを今後、君に探って欲しい」

「そんな大役が私に務まりますでしょうか」

「俺に訊くな。その答えを出したから、君にこの役を命じている。あとは君の問題だ」

「はあ……」

戸惑う尾形を後目《しりめ》に、土方はまた畳に置いた紙に目を落とした。つられて尾形も、監察の役に当たっている隊士名を改めて眺めた。

山崎烝、芦屋昇《あしやのぼる》、吉村貫一郎、尾形俊太郎、篠原泰之進、新井忠雄、服部武雄。七名が同役に名を連ねていた。

「主軸は君と山崎だ。それから」

と土方は扇子を持ち直した。

「ここから下は、別物だと思ってくれ」

そう言って尾形と篠原の間に線を引いた。見れば、篠原以下の三名は、伊東と懇意の者である。

「伊東の強い推しでな。致し方なく監察にも奴の腹心を置く羽目になった。君と山崎の動きは局内でも極密だ。他の監察にも漏らすな」

そんな不自由をするくらいならどうして容易く伊東の意見を取り入れたのだ、と尾形は訊かない。その代わり、目で紙を辿って「副長　土方歳三」と書かれた隣に伊東甲子太郎の名を見つけた。役職には「参謀」と書いてある。

——ほう。

と尾形は思った。局長の近藤が頂点にあり、その下に副長土方、これは今までと一緒である。ただ、これまで沖田や永倉と等しく組頭であった伊東を、昇格させて土方と並ぶ地位に置いた。

——これは果たし状ではないか。

そう、尾形は合点した。

局長、副長による合議の席に、今後は伊東が加わることになる。土方はそれを自ら望んだのだろう。伊東の力量を認め、その人物を信頼したからではない。自分が必死に作り上げてきた新選組を思わぬ力で異なる方向に導きはじめた伊東と、真っ向から対峙《たいじ》する覚悟を決めたのだ。この時世にあって穏やかすぎた山南を、実務上は無役ともいえる「総長」という雛壇《ひなだん》に上げてお構いなしにしたのとは違う。伊東の息が掛かった隊士も公平に役職に就け、敢えて隊を二分して、伊東か土方、どちらが生き残るか勝負を挑んでいるのだ。

――しかし、伊東先生がこの意味に気付くだろうか。

これで力を得たりと勘違いして天狗になれば、勝負はあっさり決してしまう。残酷なことにならねばいいが、と案じながら、尾形は土方という人物の強靭《きょうじん》さに、内心震え上がっていた。

「尾形君」

「あ、はい」

「よいな。この件、君が舵取《かじと》りだということを忘れるな」

土方は紙を拾い上げてもう一度ゆっくりそれに目を通し、丁寧に丸めて懐に押し込んだ。

四

阿部、と姓を改めた高野十郎が西本願寺の屯所に戻ったとき、谷三十郎は苦い顔を作った。

「町飛脚でいてくれたほうが、わしにはなにかと都合がよかったがのう」

隊士に戻れば今までのように勝手に動くわけにはいかない。大坂にいる谷万太郎と京にいる三十郎を繋ぐ私的な使いは、阿部の入隊で途絶えたことになる。

「局中で加勢できることもあろうさ」

「無論、そうしてもらわねば困る。石蔵屋の手柄はわしらがおぬしにもたらしたものじゃからな」

肉を揺らして三十郎が遠ざかったあと、阿部はいたずらに大刀の鯉口を切り、すぐにまたパチリと刀を収めた。

隊士の顔ぶれは阿部がかつていた時分とは随分様変わりし、知っている顔のほうが少ないという有り様だ。戦や斬り込みで死んだ者もあるし、内部の諍《いさか》いで腹を切らされた者もいると聞いた。その割に数は増えており、この広々とした屯所が息苦しく感じられるほどだった。

一年余ぶりに新選組に戻った日、組頭以上が集められた座に通った阿部が型通りの帰還の挨拶を述べると、局長の近藤勇は「石蔵屋の件はお手柄であった」と鷹揚《おうよう》に言った。傍らには近藤の養子となり近藤周平と名を変えた三十郎の末弟が控えていた。養子というよりは下僕といったほうが相応《ふさわ》しい貧相な佇まいである。

「君を局に戻したのは、この周平の強い推しがあってのことだ」

意外な思いで阿部は周平を見た。周平は、決まりが悪そうにうつむいた。こいつの意思ではあるまい。誰かが周平に言わせたのだ。阿部が報を運ぶことを頼みにしていた三十郎の仕業ではなかろう。となると、万太郎の差し金か。南堀江の道場へ阿部が出入りすることを密かに疎んじていた男だ。

「局を脱した者は罰することになっている。が、局を抜けた後も君が我らのために働いていたことに免じてこの度だけは不問とする。ただし今後けっして同じ過ちを繰り返さぬよう」

近藤の威厳に満ちた目で見据えられ、阿部は反射的に平伏した。一介の田舎侍だと見下していた男にいつしか備わっていたただならぬ風格に、あっさり気圧《けお》された形になった。池田屋での活躍が、近藤に自信をつけさせ、局長という立場を意識させ、ここまで人物を大きくしたのだろうと、畳の目を見ながら阿部は思った。

一方で、近藤の横に座した土方歳三は以前と寸分変わらぬ風である。入室したとき阿部に一瞥《いちべつ》をくれただけで、あとは声を掛けることはおろか、目線を合わせようともしなかった。石蔵屋の子細を尋ねるわけでもなく、無論、どうして局を抜けたのかと過去にさかのぼって詰問することもない。阿部が再入隊をする少し前、局を脱した山南を切腹に追い込んだのは土方だと聞いている。それだけにこの日の土方の態度は阿部の胸を暗くした。けなされることよりも罵られることよりも、まるで無き者の如く扱われることのほうが骨身に響く。抗する機会まで奪われるからだ。

その土方がふた月にわたる東下を終え、屯所に戻ってきたのはつい二日ほど前のことだ。伊東甲子太郎という新参者と古参隊士の斎藤一を引き連れて隊士の募集のため江戸へ下っていたらしい。昨年は近藤が行ったというから、江戸での徴募もこれで二度目となるはずだ。五十名ほどの新規隊士が加わり、ただでさえ無駄に人数が多い西本願寺は一層騒々しくなった。京に点在する諸藩の藩邸など、ここに比べればひっそりしたものだ。

古参隊士にしても、阿部のことを覚えている者など皆無に等しかった。それでも阿部のほうでは懐かしい顔を見つけては、複雑な思いでそれを眺めた。永倉新八、原田左之助、井上源三郎といった連中は変わらず意気軒昂で、道場に出て剣術を指南したり、巡邏に出る隊士に大声で指示を出したりしている。沖田総司もまた変わらず飄々としており、これは屯所の中を徘徊《はいかい》しているばかりで組長らしい働きは目に付かない。新選組は一番組から十番組に分かれており、組長はそれぞれの組をまとめる役を担っている。沖田はその先鋒《せんぽう》でもある一番組の組長という重要な責務を負っているのだ。その割には平隊士が指示を仰いでも、

「それは私より永倉さんに訊いたほうがいいな」

と、他人に仕事を押しつけ自分は遊びに出る、という古くからの手を未だに繰り返していた。遊びに行く、といっても女でも酒でもない。壬生寺で遊んでいる子供たちの輪に加わるのである。

「子供はさ、やりたいことをやるんだよね。いろんなことがちゃんと見えているからだろうね」

復隊の挨拶に行った阿部に、壬生寺から帰ってきたばかりの沖田は昂揚を引きずったままそう言った。この男も、自分のことなど覚えておらず、それをごまかすために頓狂な話をしたのだろう、と阿部は密かに嘆息した。

屯所は、それまで西本願寺が北集会所《きたしゆうえしよ》として使っていた三百畳敷きの空間を薄い壁で細かく仕切って平隊士たちの居室としたものである。壬生のように町家でないせいか、こまめに世話をする者もいないのだろう、全体に木賃宿のごとき荒れようで、男所帯の不潔さをそのまま表していた。

廊下を渡り自室へ向かっているとき、

「君」

後ろから声を掛けられ振り向いた。額に大きな傷がある男が立っていた。

「確か、阿部君といったな」

藤堂平助、という男の名を思い出すまでに随分時間がかかった。背の低さを感じさせぬピンと伸びた背筋や、身ぎれいななり、きちっと結い上げられた本多髷は以前のままである。が、双眸《そうぼう》の印象が記憶にあるものとはまるで違っていたためだ。

「復隊したのか」

ええ、というように一度頷くと、藤堂はバツが悪そうに眉宇《びう》を掻いた。

「私も最近まで江戸に行っていて、土方先生と共に戻ってきたばかりだ。池田屋の討ち入りで傷を負ってね。その治療のためだ」

一拍置いてから、「その節は、申し訳がなかったな。君に責《せめ》を負わせるつもりはなかったのだが」と付け足した。「いえ」と努めて明るく返した。これから自分はまたここでやっていくのだ、という意識がどこかにあった。藤堂は、

「よかった。気になっていたんだ」

と、くつろいだ様子で笑う。立ち話のまま、阿部が伍長という役を賜ったことを伝え、それを藤堂が大仰に喜び、「気を入れて励みなさい」と上からものを言うこの若者の癖が出たところで、話は終いになった。藤堂の背を見送りながら胃の腑のあたりが疼《うず》いた。


結成当初だ。局に、長州の間者が紛れていたことがあった。勤工家を斬りまくっていた新選組を探るために送り込まれたらしく、山崎の探索によって名が挙がった。都合六人。土方はすぐさま粛清の指示を出し、斎藤一や沖田総司に加え、藤堂もまた誅殺の役を負った。彼に割り振られたのは、松井龍次郎という男。たまたま阿部と同室だった。藤堂が抜刀して踏み込んだとき、阿部はその松井と、彼が長州の間者であることも

知らずに他愛ないことを話している最中だった。目の前の人間がいきなり一刀斬りつけられて、肩口から血を流すのを見て、ただ混乱した。ぼんやりと座したまま、そこにいた。

「邪魔だ！」

興奮した藤堂に蹴られた勢いで阿部の身体が飛び、その隙に松井が障子を蹴破って表に逃げていき、それを藤堂が追うのを見てもなお、阿部は意味のわからぬまま、そこに転がっていた。

結局、六名のうち三名までは誅殺したものの、あとの三名は逃した。藤堂も松井を取り逃がしたらしい。薩会の策に落ちて長州系の公卿が朝廷から追い落とされた八月十八日の政変後で、長州勤王派の地下活動が盛んだったときだから、この結果に近藤は過剰に腹を立てた。特に間者を仕留められなかった隊士への追及は厳しかった。きっちり仕事をしたのは、斎藤一と原田左之助、林《はやし》信《しん》太郎《たろう》という隊士。沖田と井上、藤堂が仕損じた。井上は平身低頭失敗を詫び、沖田は「ちょっと調子が悪かったんですよ」といい加減なことを答え、藤堂は己の非は認めながらも何故仕留められなかったか、事細かに分析し解説をしはじめた。当然、松井の傍らにいて藤堂の役目を邪魔することになってしまった阿部の名が出た。すぐに近藤に呼ばれて詮議されたが、阿部にはなにひとつ理由はない。ただ、松井がなにをしたのかもわからず、彼が目の前で同志に斬られるのを見て、あまりのことに呆然としたと言う他ない。局長に詮議されていること自体が阿部には不毛だった。潔癖な藤堂のお陰で、いらぬとばっちりを食っているのだ。

阿部は言葉を失って石のように座っているしかなかった。いつでもこうだな、と思っていた。果報がもたらされることはないのに、落とし穴は至る所に用意されているのだ。

「こいつはその場にいただけだろう、関係ないさ」

原田が面倒臭そうに言い、近藤も阿部を責めることの矛盾に気付いたようで口をつぐんだ。藤堂も、己の発言が思わぬ所に飛び火してしまったことに戸惑っているらしく落ち着きがない。

「まあ、ともかくお前はなぜそこでなにもできなかったのか、自分なりに理由を考えろ」

曖昧な言葉で、近藤が締《し》め括《くく》ろうとしたとき、

「でもさぁ、全部に理由があると決め付けるのは間違っているんじゃないかなぁ」

と、沖田が足を崩しながら口を出した。

「私だって、どうしてこの技をこの場面で使ったのか、って訊かれても、大抵わからないからね、自分で。そういうことのほうが多いでしょう」

助け船を出してくれているのか、話をまぜっ返しているだけか……。

それまで門外漢といった顔をしていた土方が突然、

「それとは違うだろう、近藤さんが言っているのは」

と言った。なんの抑揚もない声だった。

「泡を食っちまったもんは仕様がねぇ。だが、その後君はなにをしていた？　藤堂のあとを追ったか？　なにが起こったのか助勤や監察を捕まえて訊いたか？」

「いえ」

「これが私闘だったらどうだ？　松井に罪はなく、藤堂が乱心したともとれるだろう。状況を見て瞬時に判断するには、普段から己でものを見ていなければ無理だ。人物や関係性や様子を、己で把握することだ。それを君はしていない。それどころか状況を判じかねたのに、あとになって他から伝えられた報を聞くだけで、自ら探ることひとつしなかった」

図星を指され、ひどく惨めな気分になった。

「この新選組は他人に請われてはじまったものじゃねぇんだ。俺たちが勝手に志願して今こうして、会津様のお預かりになってなんとか働く場をもらっているんだ。君は尊皇攘夷だなんだと思想を口にするそうだが」

阿部は血の気が引いた。自分が仲間内の酒席で声高に攘夷を語っていることを、土方が知っていたことにゾッとしたのだ。

「付け焼き刃の受け売りなんぞに振り回される暇に、自分がここにいる理由を持て。斬り結ぶことが当たり前の隊務だ。おおもとに理由がなければ、なにかあったときそれこそ無駄死にになる」

　己の浮薄さを、有無を言わさずぶちまけられたような気がした。武士になれたことに舞い上がって、居丈高に構えていた自分が見窄《みすぼ》らしくなった。それと同時になぜこんな目に遭わねばならないのか、という理不尽に目眩《めまい》がした。目の前で澄ましている土方を呪《のろ》うような気持ちになった。

「まあともかくだ。これからは気を引き締めて隊務に臨んでもらわねぇとな」

　当時はまだ田舎浪士の臭《にお》いが強かった近藤が、総髪を乱さぬように親指で頭を掻きながら場を締めた。

「言っていることは正しいんだけど、言い過ぎなんだよな、土方さんは。追いつめる人は嫌われますよ」

　通る声で沖田が言って、ふふふとおかしそうに笑った。

　藤堂がすまない、といった顔で、阿部に頭を下げた。

　あてがわれている座敷の隅に腰を下ろす。薄い壁越しに人の声が念仏のように漏れ聞こえ、ひとときも休まることがない。日の当たらぬ畳はじっとり重く、すえた臭いが鼻につき、その臭いの出所がわからずに日に何度も己の腕のあたりを嗅《か》いで確かめるようなことを繰り返していると、だんだん気が塞《ふさ》いでくる。

からりと障子が開いて、同室の浅野薫が顔を出した。浅野もまた、阿部の復帰に身を砕いたということを他の隊士から聞かされていた。聞きはしたが、そのことで浅野になにか言うことはしなかった。

「おう」

大小を外しながら、浅野は明るく笑い掛ける。

「ぬしは大坂詰めを命ぜられたか？」

「万福寺か？　ああ、明後日《あさって》から向かうよう下知があった」

「ほうか、ならばわしと一緒じゃな」

「せっかく京に戻ったのに、また万太郎の顔を拝むのは鬱陶しい」

本音を言ったのだが、浅野は冗談だと思ったらしく愉快そうに肩を揺らした。

近く、将軍・徳川家茂《とくがわいえもち》が上洛《じょうらく》することになった。文久三年（一八六三）から数えてこれで三度目の上洛である。幕府は第二次長州征伐を進めており、今回の上洛も、将軍自ら陣頭指揮を執って長州に乗り込む前段と言われている。

窮地に立たされているはずの長州は、年が明けてから急に強気になった。薩摩をはじめ諸藩も、以前のように長州征伐を強くうたわなくなった。そのせいで、幕府だけが躍起になって戦にこだわっているような有り様だ。

新選組もまた、征長へ賛同し、自らも戦に加わるべく演習に余念がない。加えて将軍上洛に備えて京坂の治安強化もまたこの一隊に与えられた任務である。阿部らに課せられたのは、その大坂警護の役だ。谷道場の目と鼻の先にある万福寺に詰め、勤王激派がこの機に騒動を起こさぬよう周囲を巡邏することになる。

「公方様をお守りするための仕事じゃ。わしらにとっては大仕事ぞ」

浅野は無邪気に喜んでいた。

「しかし大坂なんぞ守ってどうする。公方様は二条城にお入りになるのだろう」

「そうじゃが、故あって大坂城に入られることもあろう。それに今は京より大坂のほうが勤王家の活動が激しい」

「そうでもねえさ。大坂は雑魚《ざこ》ばかりだ。しかも大坂詰めは谷三十郎が隊長というじゃあねえか」

「ほうじゃ。隊士も二十人ほど出るんじゃ」

「そんな小隊でなにをするというわけでもあるめぇ。存外、大事な時期の厄介払いかもしれんぜ」

「まさか。わしは谷先生から、大坂に出向く隊士は局中の精鋭を集めたと聞いておる。確かに寡兵じゃが、それでも大坂を守るに足る人材を集めたから存分に働くよう、先生も副長から仰せつかったと言っておったぞ」

土方の酷薄な顔がふと浮かんだ。

「なあ浅野よ、その精鋭隊とやらは他にはどんな連中が揃っているんだ？」

「井上先生もおいでになると聞いとる。それから三木三郎……」

「ふうん」

鼻で言って、肘枕《ひじまくら》で寝ころんだ。まともな剣客がひとりもいない。沖田も斎藤も永倉も京に残るのだ。が、意気軒昂な浅野に、さすがにそれを告げる気にはならなかった。

「武功を上げたいのう、阿部よ。わしらの剣が公方様のお役に立つかもしれんと思うと気が騒ぐのう」

「……そうだな」

「阿部、ぬしも新選組に戻ってよかったのう。ぬしほどの人物はいずれきっと大きな働きをするぞ」

阿部はのっそりと起きあがった。それから、喜色を漲《みなぎ》らす浅野を正面から見据えた。

「なあ浅野。俺ぁ前から気に掛かっていたんだが……」

浅野は光によく反射する目を、まっすぐに阿部に向けている。世の中の汚れに微塵も犯されていないその光に、阿部は思わず目を細める。

「おめぇは俺のことを少し買いかぶり過ぎちゃいねぇかい。随分と持ち上げるじゃねぇか」

「そんなことはない。わしは思うたことをそのまま言うとるだけじゃ」

「責めているんじゃねぇんだ。ただそこまで俺を人物だと見込んでいるわけを知りてぇんだ」

「ないを言うんじゃ。同じ釜《かま》の飯を食う間柄を信用せんでどうする」

「じゃあおめぇは、同じ組に属していれば誰でも彼でも信用するのかい？」

「ああ、ほうじゃ。なにしろ同志じゃ。そこで逐一人物を疑っていては勤めにならんからのう」

あっさりと言われ、阿部は拍子抜けがした。

「俺に限ってのことじゃねえんなら安心した」

再びゴロリと寝ころぶと、「ぬしに限ってのこともあるぞ」と浅野の声が背中に聞こえた。

「ぬしゃあ、己のことを卑下しすぎじゃ。そっからはなにもはじまらんからのう。だからわしが、ぬしの代わりにぬしのことを信じておるんじゃ」

阿部は背を向けたまま、浅野のほうを振り返れなかった。

今まで知らなかった重みが、四肢に伝っていった。

五

二本松の薩摩藩邸の斜交《はすか》いに、羅宇屋《らおや》が出ている。煙管《きせる》の雁首《がんくび》と吸い口の間を繋ぐ竹の筒を売る行商だが、御所の近くでさほどの客があるはずもなく、ずっと閑古鳥が鳴いている。それでも羅宇屋は、かれこれ七日ほどもここで商いを続けていた。京の町では風景に見慣れぬものが混じると、やけに浮き立って見えることがある。普通なら売り歩くところを、ひとところで商いをする羅宇屋も、お陰でひどく目立った。けれどさすがの都人も、この羅宇屋が、ついこの間まで辺りをうろついていた研屋《とぎや》だということまでは気付かない。

五月ともなると日が長い。闇が迫るまで羅宇屋は粘って、諦《あきら》めたように店を畳んだ。

「毎日ご苦労はんどすなぁ」

ひとりの女が寄ってきた。どこぞの女房といったところだろう。落とした眉の上に何本も這《は》わせた皺が、無惨に年齢を語っている。自分の住まう辺りに紛れ込んだ異物が、気になって仕方がないという顔をしていた。

「景気はパッとしませんよってに参りますわ。これじゃ大坂からわざわざ来た甲斐《かい》もあらへん」

「へぇ、大坂から」

女は気の毒そうな顔を作った。それでも詮索を楽しんでいることは、薄暮れの光の中でも十分に見て取れる。

「こんなところで商いやなんて、奇特なお人や思てたんえ」

「ここはあきまへんか」

「そらそうどす。お屋敷町や。羅宇やったら祇園や先斗町《ぽんとちょう》のほうが繁盛するえ」

「その代わり商売敵もぎょうさんおる。ここらは穴場やと見当つけたんやがなぁ。お屋敷さんにも売れる思てんけど」

「お屋敷ゆうたかてあんた、しぶちんばかりや」

女は小馬鹿にしたように藩邸を見遣り、声を潜めて笑った。京での薩摩の評判は、同じ西国の長州とは比べものにならないほど悪い。山芋だ唐芋《からいも》だなんだと露骨に言う者まである。禁門の変で出た火も、長州のせいではなく、薩摩や会津の砲撃が原因だと決めて掛かる町人も少なからずいて、「火付の妙薬会津散」「京中を丸焼きにする薩摩芋」などと誹謗《ひぼう》も飛んだ。

ちょうどそのとき、藩邸から男がひとり出てきた。丸に十文字の紋が入った薩摩の提灯《ちょうちん》をさげている。

羅宇屋はぞんざいに「そうでっか」と女の言葉を切り、

「ほんなら、明日から河岸《かし》を変えますすわ」

そう言って、早々に荷を背負って立ち上がった。

「それがええなぁ」

厄介払いに成功してせいせいしている女に一礼すると、足早に藩邸から出てきた武士を追った。

武士の足取りは力強かった。ぐいぐいとねじ込むように土を踏む。蹴り上げて大股で次の土を捉える。小走りであとを追う羅宇屋はことりとも足音を立てぬので、先を急ぐ武士は気付くこともなく、ただ気忙しげに歩を進める。烏丸通《からすまどおり》を七条まで下り、竹田街道に入りしばらく行ったところで、羅宇屋はわざと背中の荷を賑やかに鳴らして武士に駆け寄った。武士は、はっと提灯を翳して振り返った。

「えろうすんまへん。御武家はん、これを落とさしまへんか」

羅宇屋の手には、一本の扇子があった。

「……わしのものではないが」

「え？　確かに今、落とさはったように見えたんやけど」

周りには、いくらかの通行人が往き来している。京から伏見へと続く竹田街道は往来が激しい。羅宇屋と武士が話すのに、みな物珍しそうにひょいと目を留め、慌ただしく通り過ぎていった。

「他の仁じゃろう。わしゃぁこげなもんは持たんきに」

「これはこれは、えろうすんまへん。わしも鳥目やさかい、堪忍しておくれやす」

武士はむっつり頷くと、そのまま竹田街道を下っていった。

羅宇屋はそれを見届けて、頃合いを見計らい密かにきびすを返した。

＊

「お連れさん、お着きになりましたえ」

声を掛けられ、ひとり飲んでいた尾形俊太郎は居住まいを正した。

ほどなくして入ってきたのは、大店の手代といった着流し姿の男である。

尾形は座布団を勧め、女中に新しい酒を頼んだ。人がはけると声を落とし、「ご苦労様です、山崎さん。首尾はいかがでした？」と訊いた。

手代に化けた監察の山崎烝は、ふうっと大きく息を吐き出し、「どないもこないも」とおどけた風に不思議な返答をして、「せや、これ今日の商い道具なんやが、煙管、吸いまっか？」と、短く切った羅宇を取り出した。「いいえ、煙管は」と尾形が断ると「そうか」とさらりと言って懐にしまった。

土方をして、これほど監察に向いた男はいない、と言わしめた人物である。その証《あか》しにどんな風体でもよく似合った。大坂の産で地の利もある。感情も挟まずに淡々と役目をこなし、格別に記憶力がよく、一度見た顔は二度と忘れないという特技まで持っている。ついこの間も、たまたま隊士数人が集まって昼飯に饂飩《うどん》かなにかを啜《すす》っていた席で、山崎はこんな話をしたのである。

「私は不思議な力がありましてな」

愛想のいい笑みを浮かべて切り出した。

「一日のうちに偶然二度以上出会う人が、毎日二、三人いるんですわ」

一同、ほうと声を上げげた。尾形も当然、感嘆の息を漏らした。

「例えば、朝のうちに堀川の辻で行き会った町娘がいたとしましょう。その娘に夕方、四条でまたすれ違う、そんなことはザラにありまっせ」

「へえ！　そいつはすごい。神通力があるのかもしれないよ」

その席にいた沖田など、童子のように目を輝かせていた。

「まさかそんなこともないでしょうが、まあそういうことが日に何度もあるんですわ」

話はそれきりだったが、よくよく考えれば神通力でもなんでもないのだ。仮にこれが自分だったら、朝方堀川ですれ違った娘の着物や顔つきを、いちいち覚えていられるだろうか、と尾形は考えた。覚えていることはおろか、出会ったことすら気付かずに通り過ぎてしまうかもしれない。山崎はそういう細やかな変化を、取り立てて意識することもなく、おそらく瞬時に記憶してしまうのだろう。わざわざ身につけた技でもなかろうから、幼い頃からの習いだったのかもしれない。ともかく、山崎のそんな話を耳にするたび、自分が日々いろいろなものを見落として生きているようで、随分損をしている気になるのだ。

酒が運ばれてくると山崎は、ほんの少し口をつけただけで杯を置いた。それから、

「やはりあきまへんなぁ」と、苦い顔を作った。

「薩摩藩邸は静まったままですわ。主立った薩人の出入りはありまへん」

「公方様がお上りになって、いよいよ長州征伐というときに、要人が京にいないというのもおかしいですね」

「四月のうちに西郷は、おそらく帰藩しとります。大久保一蔵も西に向かった。単に国に帰ったか、どこかで西郷と落ち合うのか、そこまではわからしまへんが。それきりふたりとも帰京しまへん。家老の小松帯刀《こまつたてわき》もずっと藩邸には戻らんままや」

将軍が京に上ってくるとはいえ、長州征伐はなんら進展する様子がなかった。

昨年秋の第一次長州征伐も、会津は幕府に従い積極的だったが、禁裏御守衛総督の一橋慶喜も、また征長総督の徳川慶勝も戦には及び腰だった。その結果、諸藩も戦を回避する方向に藩論が流れ、さらには薩摩が間に入ってことを治めてしまったから、会津ばかりが勇み足を踏んだような格好となった。一橋慶喜、京都所司代の桑名藩主・松平《まつだいら》

乱れはじめた。

定敬《さだあき》、そして京都守護職を務める会津藩主の松平容保からなる一会桑《いちかいそう》政権の歩調がまず乱れはじめた。

それだけでも会津は旗色が悪いのに、これまで朝廷との交渉を一会桑に任せきってい
た幕府が、見当違いな行動を起こした。今年に入って阿部正外《あべまさと》、本荘宗秀《ほんじょうむねひで》の二老中が京へ上り、朝廷に対して、一橋慶喜、松平容保、松平定敬の任を解くことを訴え、一会桑政権を壊滅しようとしたのである。今度は、一会桑と幕府との関係がガタつきだした。

その話を土方から聞いた尾形は、さすがに暗澹《あんたん》たる思いに囚われた。が、当の土方はさして気にする様子もなく、「よくあることだ」と平然としていた。

「勘が鈍い奴がよくやる愚蒙《ぐもう》さ。おそらく第一次長州征伐で長州が恭順したのを幕府の権威が打ち勝ったからだと勘違いでもしているのさ」

この男は権力というものに対して、まるで頓着がないような言い方をすることがよくあった。幕府というものにも権威を見て取ることはなく、「幕府」というひとつの集団程度にしか捉えていないのではないか。対して近藤は、ともかく権力第一主義で、自分の仕えた主君のためなら死をも厭わぬ義侠心《ぎきょうしん》がある。幕府に対しても、天朝に対しても、そして会津に対しても、絶対の忠誠をもって事に当たっている。

「それにしても」

と、尾形は言った。

「この時期に会津侯の任を解いては幕府にとってもよいことはございますまい。朝廷との結びつきも諸藩との交渉も、あの方なしで進むことはございません」

「幕府ははなから会津の意向など意に介していないんだ。厄介なことは押しつけて、甘い汁を吸えればそれでいいんだろう。朝廷との交渉は今後幕府がやると言っているらしい」

「そんな。容易に代われる任ではございますまい」

「以前のように幕府が朝廷を抑えつけて、政《まつりごと》に介入させぬ構図を作ろうとしているんだ。そうなれば朝廷に食い込んでいる一会桑は邪魔になる。一橋公あたりが京で力を持つのも怖《こえ》えのさ」

「公武合体の意志など幕府にはないと……？」

「そこまでは知らん。ただこの件、朝廷がつっぱねて現状は保った。一会桑の排除はなくなる。裏で糸を引いたのは薩摩だ。幕府の意向を一蹴《いっしゅう》するよう、懇意の公家に根回しをしたらしい」

「幕府の直接統治となれば、雄藩もまた、政の表舞台に立つ機を失う！……」

「そういうことだろう。結局は、朝廷の威を借りようって魂胆だ」

土方は嘆息してから、やにわに脇差を抜いて手の爪を器用に削ぎ、しかしどうせ画策するのなら幕府もちったぁうまい方法を使わねぇとな、と伝法な口調で付け足した。

藩同士の対立、同盟、牽制《けんせい》、大きな軸がもつれ合っている時代の中で、諸藩の藩論も二転三転し、内部での暗殺、権力闘争といった複雑な糸までややこしく絡み合っているのが現状だ。尊皇攘夷、尽忠報国、勤王、佐幕、それぞれに志はあっても、間断なく押し寄せてくる大波と小波に飲み込まれ、誰もが行き先を見失って転がっていくようだ。

会津も会津で同国同士の諍いは茶飯事、つい先だっては薩会同盟の立て役者である秋《あき》月悌次郎《づきていじろう》を国元に帰すという椿事《ちんじ》も出来した。公用方の中でも飛び抜けて有能な人物だった。が、下士という出自の割に出来過ぎたことが、周囲の妬《ねた》みを買った。秋月は、唯一薩摩と深いところで繋がっていた人物だったのだ。その橋渡しの役を欠いた今、会津は薩摩の動向に疎くなり、新選組にもたらされる雄藩の報も減っている。同盟が形骸《けいがい》化するのもそう遠くない状況になっているのだ。


空になった尾形の猪口《ちょこ》に山崎が酒を注ぎ、それから一段声を落として言った。

「ただし今日、意外な人物が藩邸から出てきましたんや」

「薩人ではない人物ですか」

「ええ。土州の、おそらく中岡慎太郎」

「ほう」

「わしも以前一度遠目に見かけたことがあるだけやから判じかねたんですわ。ただ試しに声を掛けたら土佐言葉やったから間違いないでしょう」

どうやって話し掛けたのだろうと、尾形は肝を冷やした。

「薩摩の紋が入った提灯をさげとりましたからな、それ以上は踏み込めまへん。ただ、おそらく中岡は伏見に下ると思います。奉行所があるさかい、そこまでは尾行しまへんが、竹田街道に入りましたからな」

「ということは船で」

「今宵は伏見の船宿に泊まり、明朝、淀川《よどがわ》を下り、そのまま西国に向かうと見るのが妥当でしょう」

西郷を追って、ということになるのだろうか。薩摩で彼らが落ち合うとすれば、思いの外厄介なことになりそうだ。

「尾形先生」

「先生はやめて下さい。同役ではないですか」

「でもあなたは文学師範でしょう」

「それは局での指南の時間だけに限ります」

山崎は含み笑いをした。少しでも己の地位を上げようと躍起になっている連中が多い中、低姿勢を崩さぬ尾形のこだわりが可笑しく映ったのだろう。

「では尾形さん。次の指示をうかがいましょう」

山崎は、細密に探索はしても、そこで得た事実から独りよがりな憶測でなんらかの結論を導くことはなかった。監察として着実に成果を上げてきた男である。局内の人間関係も細かに把握しているし、京に出入りする薩摩、長州、土佐藩士をはじめ地下で活動する勤王家たちの顔や行動も詳細に摑んでいた。池田屋であれだけの勤王家を討ち取ることができたのもこの男の働きによるものだし、こうして今、幕府や会津と同じく公武合体を唱えているはずの薩摩、土州の動向を押さえているのも、土方の指示もあるが山崎の機転も大きく作用している。ひとつ言えば十動く、しかもそこで尻尾を摑まれるようなしくじりをしたことがなかった。羽目を外すことも出過ぎることもなく、すくい上げた真実についた泥を、丁寧に取り去るようにして仕事を運ぶ。

尾形は、そうした山崎の「釣果」を料理する役である。ポツポツと上がってくる事実を繫ぎ合わせて推論を導き出し、次なる探索の方向を決める。ふたりがいわば一枚岩となり、監察を進めているのだ。様々な方向に延びた事実の糸を客観的に眺められる分、尾形は目処《めど》を立てやすかったが、一頃新選組が力を置いていた勤王浪士の行動を摑むのとは違い、水面下で蠢《うごめ》いている諸藩の思惑を察していくのは生半可なことではなかった。

禁門の変以降長州は、幕府に恭順の意志を示し、幕府も寛容ともとれる処罰に甘んじ戦を回避した。なのになぜ今頃になって長州は、幕府の命をあからさまに軽んじるのか。煎《せん》じ詰めると薩摩が後ろに控えているような気もしたが、両藩の性質を鑑《かんが》みるとそんな安直なことではなかろうという気もした。

「むしろ夷人の靴を抱くとも、薩賊とは和解せず、と長州では言いますな」

「いや尾形さん、そういう風評は話半分に聞いとったほうがよろしおまっせ。格言だのなんだのもっともらしい言葉に落とし込めるところに、真《まこと》はあらしまへん」

なるほど、と尾形は素直に嘆じ入った。己を無に帰して監察に徹していると思っていたが、これで存外持論を抱いているのかもしれない。表には出さなくとも、そういう核もなければまた、的確に他者を見抜くことはできぬだろう。

「私は薩摩と長州の線がどうも気になるのです。動きを見ている限り、薩摩は幕府より長州に肩入れしているようではないですか」

「まあ、せやな。去年の参預会議で一橋慶喜に諸侯会議の契機を潰されてから、薩摩は一橋を疎んじておるし、ここは西国雄藩同士で組んで、一会桑以上に朝議で発言権を得たいゆう思いがあるのもおかしくはありまへんな」

「ただ、難しいのは、人がおることです」

「は？」

「理論では薩長が組むのがよいとしても、事を運んでいるのは人ですから。感情のねじれといいますか、そういったものが埋まるのには刻もかかりましょうが」

今度は山崎が、納得したように二度ほど頷いた。

「いずれにせよ、舞台は京ではないようですな」

「では西国へ？」

尾形は再び沈黙した。今、西国に行ったところでいかほどの成果があるか、摑めなかった。

「いえ。京に残りましょう。長州と薩摩が動くとしても、相応の下地が固まってからだ。それよりも、少し京での土佐者の動きを探りましょう」

「藩邸でっか？」

「いえ、脱藩者です。土佐藩も、山内容堂《やまのうちようどう》公の目の黒いうちは公武合体という藩論を変えぬはずです。土佐勤王党も厳罰に処されるという噂も出ておるくらいですから。ただ、脱藩者はその藩論には異を唱えておるはず。中岡という御仁しかり。長州、薩摩の双方に通じて動くことができるのはその者たちでしょう」

「坂本龍馬という男を知っておりますか？」と山崎は唐突に訊いた。

「噂だけは。勝様が神戸海軍操練所を任せておられた、確か土佐脱藩の」

「今年の春、その海軍操練所が廃止になりましたな」

尾形は、ええ、と相づちを打った。幕府内もまた勢力争いの舞台となっている。雄藩も含め国全体で政を行おうとする勝海舟、対して大君制《たいくんせい》絶対主義を唱える小栗忠順《おぐりただまさ》というふたつの勢力が公儀を二分している。今回の操練所廃止命令は、その勢力争いに小栗が勝ったことが遠因の、有無を言わせぬ決定だった。

尾形にとって小栗の論はあまりに保守的だが、といって、勝海舟の既成の枠に囚われぬやり方も少し唐突過ぎるように思えた。無駄がなく、開明的ではあるものの、一息にこれまでのものを切り捨て、新しい世を作り上げることが尾形は必ずしも賢明だとは思えずにいる。どんな世にも、そこに棲《す》んだ多くの人々の様々な思いや暮らしがある。残したいものが、必ずある。時代が違うから、とそれらを即座に切り換えてしまえば、どこかに大きな歪《ひず》みができる。その歪みがいらぬ争いや喪失感をもたらすことにもなる。そこにいる民を取りこぼしてしまっては、真に新しい世を作ることなどできないのだ。政の場では大きな変化を迎えねばならぬ局面もあろうが、世の中はゆっくり移ろって欲しいものだと尾形は思う。今回のように外圧がきっかけで世情が動く場合は、特に。

「海軍操練所廃止前後の坂本の動きがちょっと気になってましてなぁ」

山崎は続ける。

「調べておりましたら、なんや意外なことがわかってきまして。坂本は京におって、伏見の薩摩藩邸に出入りしとるんですわ。わしは坂本の面相を知りませぬ故、これは直に確かめたわけやないのんやけど、噂は確かにありますのんや」

「それまで坂本さんとやらは薩摩と懇意だったのですか？」

「さあそこまではわからしまへん。ただ操練所の閉鎖が決まった途端、そがいな出入りが見受けられるようになりましてん」

　なんでそんなことまで知っているのかと尾形が密かに思ったのを見透かしたように、

「わしの女が伏見におりましてな、よく坂本らしき男の姿を見かけるゆうんで。ああ、伏見の寺田屋は、坂本の常宿なんですわ」と薄く笑った。山崎は女を囲っておくような質《たち》ではない。言葉や身振りは飄々としているが、内面は局内でも抜きん出て物堅い。おそらく探索のために下っ引きのような者を雇っているのかもしれない。でなければ、これほど微に入り細を穿《うが》った探索は不可能だろう。

「勝海舟と西郷は面識がありますんや」

「となると、勝先生が西郷と坂本を引き合わせたと？」

　山崎は慎重な様子で「もしかすると」と返す。

「坂本が自発的に薩摩に近づいたか、勝が西郷と引き合わせたか、そこはわかりまへん。ただ、勝と西郷は去年の秋にはじめて会《お》うてるゆうことですな。確か西郷が長州征伐を幕府側にせっつきにいったのが縁だとか」

「そこで西郷と勝先生が懇意になっていれば、坂本を西郷に預けるということも考えられるのでしょうが。しかし西郷は勝先生に会ったあと、長州に恭順を促して戦を回避しましたな。勝海舟がなにかを吹き込んだのか……」

「考えたくはないですわな」

山崎は世間話でもするように言って、愉快そうに笑った。不思議な男である。線が絡まれば絡まるほど楽しそうにしている。

「ともかくこの件、進めましょう。薩摩と土佐、そこから見えることもありましょう」

山崎は素早く頷き、部屋を下がろうとして立ち止まった。

「それから、薩摩の周囲」

と、不意に笑みを浮かべて言った。

「おそらく伊東先生も探っています」

「伊東先生が？」

「ええ。篠原がこそこそ動いておる。これが目も当てられぬ探りようで、どこかで取り返しのつかぬことにならないかと、こっちは冷や汗をかいとります」

この男には珍しく、軽侮をあからさまにした。

「それは新選組のお役とは別に、伊東先生が個人で動かしているということですか」

「まあ、そうでしょう。なにが目的かは知りまへんが、薩摩の要人の動きに目ぇ光らせとる」

山崎が姿を消してしばらく経ってから、尾形はのっそり立ち上がった。

厄介を背負い込んだ心持ちである。伊東が薩摩の動きを嗅ぎ回っているとすれば、確実に自分たちとは異なる目論見《もくろみ》があるという気がしたからだ。単に新選組でのお役の上で薩摩に関心を抱いただけなら、探るより先にまず近藤に上申するはずだ。炯眼を披露して評価を得、危険が伴う監察の仕事は自分の一派以外に任せるだろう。新選組の任務に心から殉じているのではなく、伊東はむしろ、これまで表面を取り繕うことに腐心していると、尾形には見えた。それが、下知もないのに自ら密かに腹心の者を動かし、一切結果を報告せずにいるというのは、隊務とは別の狙いがあるということだ。

店で借りた提灯をさげ五条を西へ進みつつ、外と内、両方がざわめきはじめたことに、どうも憂鬱になった。薩摩はつくづく読めない。こと政に関してはまるでその本音が見えずただ不気味である。加えて、伊東だ。伊東の関心は、局中での出世にのみ焦点が合っていると思っていたが、そんなに単純ではなかったということか。となれば、土方が考えているより遥かに巨材かもしれない。

考えはじめると所構わず集中し、周りが気にならなくなるのはいつもの癖で、そのせいだろう、このときもすぐ後ろをつけてくる足音に気付いたのは、茶屋を出て五町ほども来てからのことだった。スッスッとすり足が一定の距離を保ってついてくる。尾形が歩みを緩めると向こうも歩速を落とし、追い抜くことをしない。ゆっくり振り返っても敵は提灯を持っていないのか、暗闇が広がっているばかりである。掌《てのひら》にじっとり汗が滲んだ。辻斬りか？　物取りか？　それとも自分を新選組隊士だと知っての刺客《しかく》だろうか？　尾形は腕に覚えがない。たとえ相手が物取りだとしてもうち負かせるとは思えない。後ろから聞こえる堂に入ったすり足から察するに、かなりの使い手であることには違いない。斬り合いになれば命はない。背筋に悪寒が走った。

河原町通《かわらまちどおり》を越えたところで、月が翳った。尾形は咄嗟に提灯を吹き消し、一目散に駆け出した。闇に紛れて逃げ切ろうと考えた。すり足が、同じく駆け出した音が聞こえる。尾形の決死の疾走も虚《むな》しく、足音はぐんぐんと間合いを詰める。息が上がる。屯所まではまだ遠い。私の命もこれまでだったか。悔しさと息苦しさで、胸が締め付けられる。頭の中はとうに真っ白だ。

後ろからぐいっと腕を摑まれて、尾形は声にならない悲鳴を上げた。腕を無我夢中で振りほどこうとした。びくとも動かぬ敵の腕を軸に、尾形の身体がふらふらと踊るばかりだった。

「おい、なにを遊んでる」

聞き慣れた声に驚き、きつく閉じた目を開いてみると、三番組組長の斎藤一が訝しげな顔で立っていた。

「さ、斎藤先生でしたか」

安堵のあまりへたり込みそうになるのを、必死に堪えた。

「私はてっきり刺客かと」

辻斬りか物取りと思って逃げたとは、さすがの尾形も口には出せなかった。

「茶屋を出たところから一緒だったんだぜ」

呆れたように斎藤は言ってようやく手を離した。

「ひとりの夜歩きは危ねぇから付くようにと土方に言われて来たんだ。もっともあんたがもうちっとましな使い手なら、夜歩きなぞ少しも危なくはねえんだが」

小馬鹿にしたように言う。尾形より十歳近くも若いが、局内でも一、二を争う剣客である。尾形は「お手間を取らせます」と悄々《しょうしょう》とうなだれた。斎藤は忌々しそうに鼻を鳴らし、

「……剣を磨けよ。どうやら土方はあんたを買っているらしいから」

無愛想に言った。

「だいたい新選組の天下などいつまで続くかわからんぜ」

斎藤がそう付け足したのが尾形には意外だった。剣一筋の男だと思っていたが、敏感に時世の変化を嗅ぎ取っているのかもしれない。

「斎藤先生も薩摩の動きが気になられますか」

尾形の言葉に斎藤は眉をひそめた。

「芋のことなど知るか」

「いえ、でも……」

「政の話はするな。面倒くせぇ」

道端に生えている草をもぎり、にちゃにちゃと噛みながら今度は先導して道を行く。

やけに丈のある斎藤の後ろを、口をつぐんだ尾形が前屈みにとぼとぼとついていく。

屯所の門前で斎藤は「俺の仕事はここまでだ」と言い置いて、再び闇に消えてしまった。暗い境内では松明《たいまつ》を灯《とも》し、沖田総司がひとり竹刀を振るっていた。尾形を見つけると、犬のようにひゅっと首を伸ばし、足早に近づいてきた。

「飲んできたでしょう、尾形さん。いいなぁ。肴《さかな》は？　なにを食べました？」

「いえ、まぁ。適当に二、三つまんだだけで」

この若者の質問は、大抵その意を得ないものである。

「ところで沖田先生は、昨今の世情をどう思われますか？」

沖田はきょとんとして尾形を見返した。

「やだなぁ、尾形さん。珍しく禅問答を吹っ掛ける」

「……いや、禅問答じゃありません。政の話です」

「そうかい。そいつは尚更悪いよ」

「先程斎藤先生にも同じことを言われました」

「そらそうだ。せっかくいい月夜なのに」

「斎藤先生は、新選組の天下はいつまで続くかわからない、と」

甲高い声で、沖田が笑った。

「斎藤君らしい物言いだねぇ。けど大なり小なりみなそれと同じことを思っているんじゃないのかなあ」

「しかし、そのような不安を抱くのはまたどうしてなのでしょう」

監察として幹部隊士がそう感じている根拠を押さえておきたい、と尾形は思ったのだ。

「不安？　不安なんかじゃないよ。当たり前のことさ」

「時勢がそのように見える、と？」

「え？　まあ時勢のことはわからないけどさ。でも絶対って事はこの世にないからね。例えば明らかに自分より弱い奴に、斬り合いになったら負けることもあるでしょう。そのときの状況もあるし、気合いで負けたりすることもある。無論、その逆もあるんだが。どんなに修行を積んだって、真剣での斬り合いになればなにが起こるかわからないからね。斎藤君はつまり、そういうことを言ったんだろう。剣客の考え方さ」

沖田は明るく笑うと、また松明の近くに戻り、素振りをはじめた。引き締まった筋肉が動きに合わせ隆起する。

無駄がない。先程からあれこれと考えを巡らして重くなった頭を持て余しながら、尾形は思った。

考え方も、動きも、生き方も、ひどく簡潔で無駄がない。

こういう人物が持っている嗅覚に、学問はあっけなく敗北する。学を積んだ人間が己の知謀を掛けて張り巡らす水面下の網の目は、こうして己を知って無駄を削ぎ落とした人物からすれば、複雑に考えるまでもない、わかりきった事実なのかもしれない。

「固くなってはいかんな」

尾形は闇に紛れてひとりごちた。

「もっと素直に見ることだ」

自分に言い聞かせるように呟《つぶや》いて、再び前屈みで歩き出した。

六

万福寺の住職は、迷惑顔を隠さなかった。二十余名の隊士を受け入れるのに、その先頭にあった谷三十郎の前で何度となく溜息をついた。隊士が泊まり込むことになる本堂へ上がろうとした三十郎に、既に話はついているにもかかわらず、御仏《みほとけ》の前を汚されまんのんか、とぽそりと言った。

相手が悪い、と阿部十郎が思った刹那、三十郎の腕が動いた。住職は半間《けん》ほど飛ばされ、飾り棚に当たって派手な音を立て崩れ落ちた。

「御坊になにをなさる！」

後見役としてこの一隊に加わっている井上源三郎が一喝したが、三十郎はそのままものも言わず本堂に入っていった。

　井上は、近藤らと共に江戸から上ってきた古参隊士で、試衛館では土方の兄弟子だった男だ。当然、永倉や原田、沖田といった幹部とも懇意なだけに六番組組長を務めるこの男に隊士はみな一目置いている。が、周平の実兄である三十郎にすれば自分のほうが上だという意識があるのか、この日向水《ひなたみず》のような人物をひどく軽んじていた。

「やり過ぎじゃ、兄上。ここで諍いを起こしてどうする」

　駆け寄った万太郎を睨め付けて、三十郎は本堂の奥に音を立てて腰を下ろした。倒れた住職に手を貸す隊士の一群を素通りして阿部も本堂に入り、相も変わらず諍いの絶えない兄弟の様子を眺めていた。

「坊主を殴ったくらいで騒ぐな。どうせわしらなど厄介払いでここに回されたんじゃ」

「公方様が上洛なさるが故の警護じゃ、重き役目じゃ」

「近藤先生や土方は黒谷に日参して長州征伐を詰めておるぞ」

「だからこそ大坂は兄上に託されたんじゃ」

「気休めを吐くな。この危急のときに京に詰めずに大坂の不逞浪士狩りとは、大事なお役が聞いて呆れる」

「…………」

「近藤先生は周平のことも、最近では養子としての扱いをして下さらんのじゃ」

ガヤガヤと他の隊士が本堂に入って来、三十郎は声を潜めた。そのせいか、常々わけもなく権威をちらつかせている男の、気弱で小心な一面が表れた。

「のう兄上。周平にあの役は無理があったんじゃ」

万太郎も囁くように返す。

「もともと気の小さい奴じゃ。剣も使えるわけではない。わしらの出自だけで近藤先生は養子に迎えて下さったが、まだ若い周平が立派に務めを果たせるはずもない。わしら、背伸びをしすぎたんじゃ」

「背伸びをせんでどうする」

声に、怒りが満ちていた。

「藩を追われ、戻るところのない者が、背伸びをせずにどうやって露命を繋げというんじゃ」

三十郎は畳を蹴り、表へ出ていった。

遅れて入ってきた井上が「谷はどこへ行った！」と声を荒らげ、そこではじめて三十郎の不在に気付きキョロキョロするような雑魚ばかりが、本堂を埋めていた。

大坂遠征組には組長級の人間が三人付き、交代制で一隊を仕切っていくということだった。ひとりが井上源三郎、そして谷三十郎、それから三木三郎という伊東甲子太郎の実弟である。隊士も隊長の交代に合わせ多少の入れ替えがある。ならばはなから隊を分けて順繰りに屯営すればよさそうだが、今回の出張の大きな目的のひとつに藤井藍田《ふじいらんでん》という儒者の捕縛があり、まずはその仕事を果たすまで三位一体《さんみいったい》で動くよう上から指示が出たのだという。お陰で、隊士数に比して隊長の多い、頭でっかちな一隊ができあがっている。

藤井藍田というのは、この南堀江の高台橋近くで玉生堂という家塾を開いている男である。かつては吉田松陰とも親交を結び、未だに長州系志士たちとの交流を続けている。監察から挙がってきた名で、それを受けて事前に谷万太郎が動きを探り今回の捕縛が決まったのだが、聞けば藤井は五十に届くという老人である。

——そんな老人相手に、総出か。

万福寺に着いたその夜、藤井捕縛の手順を打ち合わせるため本堂に集められた一同を後ろから眺め、阿部は徒労感に襲われた。話し合いも、谷三十郎が「一同準備に余念なきよう。刃向かうようならすぐ斬り捨てる」と勇み足で言うのを、井上が「みなで踏み込むことはない」と渋い顔で止めるといった、上役の揃わぬ足並みが露呈するばかりのていたらくである。

「よいか谷先生。まだ藤井の嫌疑がはっきりしたわけでもないのだ。とりあえずこちらに連行し、事情を訊いてからだ。もし藤井がなにか謀り事を秘しているとすればそれも明らかにせねばならん」

井上は細やかな気配りをする温厚な親切者で、それが隊士たちから父のように慕われる所以《ゆえん》であるが、こうして一旦思い決めると、梃子《てこ》でも動かなくなる頑固さも持っている。

三十郎の末弟を近藤が養子にすると言い出したとき、頑《かたく》なに反対したのも井上であるらしかった。

「先生の跡目は必ず総司に」と何度も懇願したという。師匠と門人の間柄からすれば、試衛館で塾頭を務めた沖田が継ぐのは当然だろうし、また周平には武士たる素養が欠けているのも井上でなくとも見抜けるはずだ。それでも井上の希望とは違う形で事が収まれば収まったで、からりと気持ちを切り換えるらしく、いつまでも恨みがましいことを言うようなことはない。周平の件も同様で、今は近藤の代わりになにかと世話を焼き、年若い周平に好々爺《こうこうや》の如く接している。

井上はみなに向いて、声を上げた。

「藤井の屋敷に赴くのは五名ほどの隊士でよい。屋敷近くで斬り合いにでもなれば、騒ぎが大きくなる。公方様がお上りになる前だ、なるたけ慎重に事を運びたい」

「なにを申される。詰めを甘くして逃げられでもしたらどうなさる」

三十郎が猛然とくってかかった。

「藤井は剣客ではない、学者だ。しかも老人ではないか。一事が万事討ち入りの如く大仰に動いていては、それこそ新選組の名が廃《すた》るというものであろう」

静かに言い聞かせるような声音に、三十郎も言葉に詰まった。

「そうですな。数名で行けばいい」

それまで黙していた三木三郎がいきなり横合いから口を出した。その後になにかしら言葉が続くだろうとみなが彼に注目したが、なにを言うわけでもなく淀んだ目を前に向けたまま、ふっつりとまた静かになった。

「よろしいな、谷先生」

井上は穏やかな声で釘《くぎ》を刺し、藤井のもとに赴く隊士の名を挙げた。

探索を負っていた谷万太郎の名が呼ばれ、他に浅野薫、それから阿部も続けて指名された。三十郎は具体的な指示が出されている間、不満げに歪んだ唇を噛んでいるだけだった。

翌朝。藤井の屋敷に向かう一隊は、絣《かすり》の小袖《こそで》に木綿袴という出《い》で立ちだ。「斬り合いを避けるため、書生と偽って藤井に会うよう」という井上の指図で装束を整えたのである。万太郎を先頭に、揃いの格好で南堀江の町を歩いているうち、阿部は次第に気味の悪い弛緩《しかん》に覆われた。なにか、大きな不可解に似ていた。わざわざ書生になど身を変えて、俺はなにをしているのだ、と混乱する。藤井藍田なぞ三日前まで名も知らぬ人物だった。自分にとっていかほどの価値があるのかといえば、なにもないような仕事に手を染めようとしている。また理由もなく働いている。ひとつあるとすれば土方を見返すとくらいで、大きな足場は見失ったままだ。チリチリと皮膚が焦げつくような感覚が湧《わ》いた。けれど、この手の不可解はきっとすぐに有耶無耶になる。経験でそれを知っている。そうしてすべてを見失って、ただ歩くだけの毎日がはじまる。

「おい、怖い顔をして、どうしたんじゃ」

浅野薫の声に、阿部は顔を上げた。

「怖ぇ顔？　俺がかい？」

「ほうじゃ、さっきからなにやら人でも斬りそうな顔をしとる」

「新選組隊士が人を斬りそうな顔をしていて、なにがいけない」

浅野は黒目がちな目に笑みを浮かべて、「緊張するのう」と言った。

「この捕縛がうまくいって、藤井を諭すことができればええがのう」

「藤井を、諭す？　おめぇ本気でそんなことを言ってるのか」

「ほうじゃ。機会があれば、ちゃんと話し合うのがええ。きっとそれが一番早いんじゃや」

阿部は懐手にして浅野のほうをうかがった。なにか言おうとしてそれを止め、襟に顎を埋めるようにして地面だけを見て歩いていった。

藤井藍田は不在であった。

応対に出た妻女に、万太郎は藤井と親交の深い儒者、河野鉄兜《こうのてっとう》の名を出し、

「河野先生の紹介を受け、急なことで申し訳なかったがお邪魔いたしました」

と丁重に言った。それを妻女は信じ込んだらしく、申し訳なさそうに他用に出ていることを告げた。

「帰りの刻限をなんとも申しませんで出ていきましたもので。夕刻には戻るはずですが、お上がりになってお待ちに？」

「いえ、それには及びません。出直して参りましょう」

万太郎はみなを率いて屋敷をあとにした。

藤井は文人として名高いだけでなく、その遊び方もつとに有名である。昼間から芸妓を揚げて飲むのは茶飯事で、泥酔して失態を晒すことも珍しくないという。正体をなくして道端で寝込み、酒席で暴言を吐いて同志と言い争う。それだけ派手にしていれば、こうして目を付けられるのも仕方ない。

「人と会っているとなれば酒が入っているはずだ。夕刻には戻らんだろう。長丁場になるかもしれんな」

一旦南堀江の道場まで戻ってから万太郎が言ったのに、「酔った勢いで暴れねばええがのう」と、浅野が心配そうな面持ちで応えた。

それでも夕方になると、藤井の在宅を確かめるため玉生堂に赴くことにしたのは、万太郎の律儀なところである。藤井は案の定帰ってない。ただ妻女が詫びるだけである。一隊は今度は藤井の屋敷近くの茶店に入り、その帰還を待つことにした。一日掛かりだ。

「なにがなんでも今日でなくともよかろう」と、堪《たま》らず阿部は口にした。

「そんな酒豪じゃ、帰りなぞ何刻になるかわからねぇだろう」

「いや……しかし今日にしたい」

「こだわるじゃねぇか」

「兄上の言いつけじゃからな」

「谷が？」

いつも反目しているくせに、こんなときばかり忠実だ。兄弟というのはおかしな間柄だ、と阿部は少しばかり面倒になった。

「兄上は横暴じゃが、言っていることにもやっていることにも常に一理あるんじゃ。ちゃんと考えて動いとる」

阿部の胸の内を読んだかのように万太郎が言葉を継いだ。

「しかし、なぜまた急に、谷は焦っている。必ず今日、というのは井上の命ではなかろう。おかしいじゃねぇか」

「いや……わしがこの捕縛を先導するからには一度でしょっぴけば覚えも目出度《めでた》いというんじゃ」

また出世か。隊務の先にいやに明確な目的があるのも、兄弟という奇妙な絆《きずな》も忌まわしかった。うんざりした気分になって、「おい、聞いたか、みんな！」と阿部は場違いに大きな声を出した。

「心あったまるありがてぇ話じゃねぇか。兄と弟、ふたりの絆は今のこの有り様を判じかねるほど強《つえ》ぇんだとよ、なあ。兄者の言いつけなら同志の無駄足もなんのその、だ」

やめんか、と浅野が小さく言って阿部の袖を引いた。その困り切った顔を見て、阿部は胃の腑のあたりがじぐじぐと発酵するような残酷な気持ちに襲われた。

「国抜けも一緒、隊務も助け合って、ふたり掛かってようようひとり分の働きさ。そりゃあ息が合わねぇと無理だろうさ」

挑発しても、万太郎はピクリとも表情を動かさない。阿部との付き合いは長い、その性質はもはや熟知しているところなのだろう。

「羨《うらや》ましいぜ。兄弟で仲良く国事遊びと洒落込《しゃれこ》めるなんざ、いいご身分だ」

「ほうじゃ、羨ましかろう。特におぬしのようにひとりきりで生きてきた男にはな」

万太郎がひどく冷めた目でそう言った途端、阿部は立ち上がってその襟首を摑んだ。

「やめんか、おい」

浅野が割って入り、ふたりを引き離した。

「そねーなことをしとる場合じゃねーじゃろう。ここで騒いでおったらそれこそわしらの計が飛ぶぞ」

周りには、急に出来した騒ぎに向けられたいくつもの目があった。茶店の客が好奇の目を向けているのだ。風体を見て、書生同士、議論の末の摑み合いとでも思っているのか、誰の目にも警戒や緊張の色が浮かんでいないことは救いである。

阿部は手を離し、座敷に腰を下ろして酒を頼んだ。万太郎は、「夜半に再度、藤井の屋敷に向かう」と短く言って、ぶらりと外へ出ていった。


「まあ、ほんにもう、何度もすみません」

玉生堂を訪れたのはもう四ツを過ぎた夜半だというのに、藤井の妻女は丁重に膝をついた。こちらを疑っている気配は微塵もない。

「主人は先程戻りましたんですが……」

奥に目をやって、困じた顔をする。

「ほんに、ひどく酔っておりまして、皆様方のことをお伝え申しても明日にせよとそればかりで」

五人は互いに目を走らせた。万太郎がひとつ息を吸い、そいつはまずいな、と口の中で呟いた。

「は？　今、なんと？」

「談ずるまでもない、引っ立てよ」

万太郎が仮面を捨てて叫び、全員が脇差を抜いて土足のまま上がり込む。

妻女はそれでもなにが起こっているかわからないといった風に、ただオロオロとするばかりである。邸内は静まり返っていた。灯りの見える座敷目掛けて進み、障子を引き開けると、酔い潰れて眠っている藤井を造作もなく見つけることができた。韋駄天《いだてん》に似たゴロリと厚みのある風体だが、蓄えた髭《ひげ》が薄いせいか、どことなく間が抜けて見える。隊士が踏み入った音を聞いても、薄目を開けたきりで、またごうごうと高いびきをかきはじめた。

「藤井藍田、勤王家と通じたかどで訊きたいことがある。わしらの詰め所に来ていただく。至急用意をいたせ」

藤井はうるさそうに顔の上で手を振って、そのまま寝返りを打った。阿部が舌打ちをし、浅野がかがみ込んで「藤井殿」とその肩を揺さぶった。

廊下を激しく踏み鳴らす音が近づいてくる。一同剣を構え、入口のほうに身体を向けた。ひどく取り乱した男がひとり飛び込んできた。まだ二十歳《はたち》に届くか届かぬか、若い男である。座敷を見渡し「各々方……」と言ったきり、恐怖のためか驚愕《きょうがく》のためか、喉が詰まったらしく口だけパクパクと動かしている。

「何者か？」

万太郎が刀を向けると、男は、藤井の息子、平三郎であるとつかえつかえ名乗った。

「ち、父上になんの御用であろうか」

闇に消えてしまいそうな張りのない声だ。

「逆賊を捕らえに来たのよ」

薄笑いを浮かべて阿部が言い、すると平三郎は顔を真っ赤にして「逆賊とは何事でござる」と、まるで一昔前の武将のような古くさい口調で嚙み付いた。

「ちゃんと声が出るじゃねぇか。それだけの度胸があるなら、どうだ、おめぇもこの際、新選組に入隊しねぇか？」

阿部がからかっても、平三郎は勿論《もちろん》、仲間内からも笑いひとつ起こらなかった。

「新選組……？　貴殿らが」

平三郎の唇から色が失せていく。

「父がなにをしたと申されます？」

「そいつを今から詰め所で調べるのさ」

「調べるのならここでもよいではないか」

「それはこっちが決めることだ」

平三郎は阿部の横をすり抜け、藤井のもとに跪《ひざまず》き「起きて下され、父上」と悲痛な声を上げた。ようよう目を開けた藤井はゆっくりと周りを見回し、息子からの言葉もあって状況を把握したらしかった。それでも、慌てることも取り乱すこともなかった。

妻女に、茶を持てと申しつけ、それを悠然と啜り、「新選組が、わしを引っ捕らえてどうする」と哄笑《こうしょう》した。

「お手前が勤王家に手を貸したという噂がある。そこで談じた謀り事をすべて話していただく」

万太郎の言葉にも、藤井は泰然としたままだ。

「別にわしは焼き討ちや天誅といった謀り事などしておらん。ただ国を憂いて思想を談じ合っておるだけだ」

「思想をもって煽動《せんどう》すれば同じことじゃ」

「煽動などしておらん。事実、なんら事件も出来しておらんではないか。わしら学者は書生に教えを説くためにおる。己の頭で考えたことを言葉で伝えるのに悪いことなどなにもない。新選組もわしごときを相手にするなど、余程暇と見える」

阿部は刀を藤井の喉に当てた。近くで見ていた妻女と息子が同時に悲鳴を上げた。

「てめえのくだらねえ能書きを聞きに来たんじゃねぇんだ。早く仕度をしねぇか」

藤井は呆れ顔で息を吐き、妻女に、着替えを持つよう言い付けた。妻女ははじめ拒むように首を横に振ったが、藤井に見据えられて渋々腰を上げた。平三郎が「ご容赦のほどを」と平伏するたび、藤井は「お前が頭を下げることはない。頭を下げねばいかんことなどなにもないんじゃ」とゆったり諭した。それからもう一服茶を飲み、袴を着け替え、家人の前にしゃがみ込んだ。

「あとのことはよくよく頼んだぞ」

妻女はしばらくの間じっと藤井の目を見つめていたが、腹を据えたのか、黙って頭を下げた。

「なぜ、父上が……」

平三郎は諦め切れぬらしく、藤井と対座したまま万太郎のほうを睨んで言った。

「父上はなにもしておりませんぞ。学問を教えておっただけじゃ。過激な勤王家ならばもっと他に」

言葉を継ごうとする平三郎に近寄り、藤井は丸めた指の背でそっと息子の頰を撫《な》でた。

阿部は思わず瞠目《どうもく》した。

その無言の動きに、今まで自分が感じたことのないなにかが流れたのを見た。がっしりとした藤井の手。息子の存在自体を包み込んでいるような。この手の大きさを知っている者に、世はどのように見えるのか。断じて裏切ることのない存在が当たり前にある日々というのは……。目の前の光景は阿部をひどく動転させた。その場に立っているのもやっと、というほどに。

「さあ、どこへとなり連れてゆくがよい」

立ち上がった藤井は堂々と言って、万太郎に従った。藤井を取り囲んで、他の隊士も屋敷を出る。

玉生堂の門を出てしばらく行ったところで、阿部は後ろを振り返った。走り出てきた平三郎が、拳《こぶし》を握りしめぶるぶると肩を震わせているのが、暁光に映し出され、遠目にもはっきりと見えた。

藤井藍田の取り調べには井上源三郎が当たった。ほろほろと緩やかに言葉を継ぐ井上が、微塵も動揺を見せぬ藤井から、勤王家との繋がりを聞き出す。藤井は、幕府に危機感を持っていること、勤王家とは付き合いがあるが謀反の意志はないことを滔々《とうとう》と告げた。井上はその一言一言に頷き、「お考えはわかるが藤井殿、昨今不逞な輩《やから》も多くおります。今後はその活動も自粛していただかねば、あらぬ嫌疑を掛けられることもござろう」と頼み込むような調子で言った。

やりとりを見ていて歯がみしたのは三十郎であった。井上の手ぬるさをさんざんなじり、あんなものは新選組のやり方ではない、とまるで自分があの一隊を作りでもしたかのような口調でののしった。

井上がみなを集めた席で、「あの者は確かに勤王家と深い繋がりがある。ただし、謀反の疑いはなかろう。念のため仲間の名を聞き出す。彼らもまだ事を起こすという段には至っていない、挙げるには及ばぬ、監察に名を回しておけばいい。その条件で、藤井も勤王家の名を明かすと言っている。それが済んだら放つように」と下知したときに三十郎の苛立ちは極に達した。

「気でもふれたか、井上先生。藤井は勤王家じゃぞ。それをこのまま放免せよ、と？」

「谷先生、よろしいか。この件、議論の必要はない。今、私が言ったことがすべてだ。三木君」

はあ、と三木三郎は腑抜けた声で応じた。

「君が責任を持って藤井から、繋がりのある勤王家の名を聞き出すよう。一通り調べが済んだらその結果を持って、一旦京に戻るように。私も明朝京に発ちます。以降のことは、谷先生に任せます」

谷三十郎は恨みがましい目を井上に向けた。

「配置の件は、副長の命だ。お役にご不満があれば、言いなさい。代わりに私が聞く」

井上がぴしゃりと言い、三十郎は抗弁の機を奪われたまま散会となった。思い思いに部屋を出ていく隊士に混じり、三十郎に追いすがって何事かを囁いている万太郎の姿が見えた。阿部が座をあとにするときふと見ると、三木三郎がひとり残って、木偶《でく》のようにぼんやりと座を温めていた。

井上は翌朝早々に大坂を発ち、阿部ら残された隊士は市中の巡邏という、単純な仕事に戻された。この小隊をあっさり三十郎に委《ゆだ》ねるなど、土方もやはり大坂での働きには重きを置いていないのだ。

井上が帰還したその日から、役目を引き継いだ三木三郎がのろのろと藤井への訊問をはじめた。取り調べが三木に一任されたせいで三十郎はすっかり腐り、昼日中から堂々と登楼したり、万太郎の道場にしけ込んだりと、まともな働きをせずにいる。

阿部はそういう三十郎に関わるのも厄介で、「ぬしも座敷に上がらんか」という執拗《しつよう》な誘いから逃れるために、浅野薫と組んで仕方なく隊務にいそしんでいる。

初夏の陽射しが首筋に痛かった。御店が並んだ通りを行くと、遠慮ない呼び込みの声が両脇で鳴った。

「うるせぇな、耳障りだ、上方の言葉は」

「楽しいがのう、ここらは賑やかで」

浅野はふっと息を吸い込んだ。わしの故郷にはない景色じゃ、とおどけた風に言った。

「谷は今日も巡邏に出てねぇか」

「ほうじゃのう。大方、北新地でも行っとるんじゃろうが」

「厄介な男だ。いちいちあいつを立てねぇと気が済まねぇんだから周りは堪らねぇ」

「普段はええところも多い方じゃけどなぁ」

「いいところ？　そいつはどこだ？」

浅野は一旦口をつぐんで、話題を変えた。

「これで藤井殿の件が終わったら三木先生もお戻りになるじゃろう。そうなったら谷先生の仕切りで動かなけりゃあならん」

三十郎はどうしたわけか、三木三郎には一切近づこうとしなかった。三木も三十郎と同じく、兄弟揃って新選組に入隊し、しかも実兄の伊東甲子太郎はその才を買われて参謀という副長と並ぶ職についている。兄の威光にあやかり、三木も組長に取り立てられ、共に役付である。一方谷兄弟は、周平を近藤の養子にまでしながら、片や組長止まり、片や大坂詰め。妬みが、三十郎を三木から遠ざけているのだろうと以前はさして気にしていなかったが、実際三木に接して、そうとも言い難いと思うようになった。どろんとくすんだ目、抑揚のない表情、ぼんやり響く声。どれをとっても三木には生気というものが見当たらず、腹の中も計り知れず、些細な会話をしただけで焦れて苛立ってくる。聡明で温厚な伊東甲子太郎と、共通点を見つけるほうが難しいほど、得体の知れぬ男なのだ。

「藤井殿のことを三木先生はどうするつもりじゃろうか」

間断なく辺りを見回しながら、浅野が言った。

「どうする、ってぇのは、どういう意味だ？」

「いや、やけに熱心に取り調べていんさるが、どうも昨今の勤王思想を藤井殿に教授してもらっているようにしか聞こえんんじゃ」

浅野が言うには三木の追及はひどく曖昧で、藤井と繋がりのある勤王家の名を吐かせるというよりは、薩摩や長州といった雄藩の現状を話の軸にしているらしいのだ。

「勤王家と談合するようなことをしている、ってぇのか？」

「そんな大袈裟なことではなかろうが。ただ、時世の流れを三木先生は知っておきたいんじゃなかろうか。それを局に持って帰って、今後の方策を練る糧《かて》にでもするつもりじゃろうが」

「あいつがそんなに気が利いているとは思えねぇな」

言いながら、なにか嫌な破片が気管の奥に引っ掛かった。なにをしようとしているのか。局内ではこれだけ出世しているのだ、命に背いてわざわざ危ない橋を渡る必要はどこにもないはずだ。単なる興味か。それだけだろうか。三木の、まるで奥の見えない表情が浮かぶ。そこに辿り着くと、思考はもやもやと形を崩して消え失せてしまった。

巡邏を終えて万福寺に戻ると、藤井の子、平三郎の姿があった。

地べたに座り込み、父の助命を請いに来ましたと、本堂の回廊に座した三木三郎に頭を下げた。その物怖《ものお》じしない態度は紛れもなく父親譲りで、阿部はなぜかひどい吐き気を覚えた。

三木は薄呆けた顔のまま、「藤井殿には詮議が終わらぬ故、まだお返しするわけにはいかん」と短く告げる。

「命は、父の命は助けていただけるのでしょうな」

「まあ、そういうことになる」

「お約束下され。必ずお返し下さいますよう、お約束下され」

騒ぎを聞きつけて、いつの間にか周りを数人の隊士が囲んでいた。その群れから「勝手なことを言うな、罪人の子が」と野次が飛んだ。平三郎は、声のするほうを睨み、それから再び三木に向き直って助命を懇願した。

「父は御公儀に弓引くようなことはなにもしておりません。どうぞ、どうぞ命だけはお助け下さいますよう」

土に額を擦り付けた平三郎の姿を見て、いたたまれなくなったのだろう、浅野が駆け寄り、「顔を上げられよ」と声を掛けた。

「こちらの訊きたいことにすべて答えて下されば、すぐに御身柄《おみがら》をお返しいたす。乱暴をするようなことはせぬ」

　三木先生、そうでございましょうな、と浅野は振り返って念を押した。三木は「ああ」と空気が抜けたような声を出した。平三郎の顔が一気に明るくなり、口許が弛んで僅かな吐息が漏れた。

「お心遣い、ありがたく存じます」

　泣きそうな声で言って、再び平伏した。

「父は、私共の支えであり、お恥ずかしいが私にとっては師でもあります。まだまだ父から学びたいことがございます。どうぞ御慈悲を何卒《なにとぞ》、何卒」

「自慢のお父上じゃな」

　浅野が笑みを作って囁くと、平三郎は顔を上げて臆面もなく「はい」と言った。

　その、なにも異物が混じっていないやけに明るい笑顔に、阿部を繋いでいた糸が音を立てて切れた。

　平三郎に歩み寄ると、その横で不思議そうに顔を上げた浅野に目もくれず、いきなり平三郎の顔を蹴り上げた。彼は反り返って倒れ、鼻と口から血を流して恐怖に引きつった顔を阿部に向けた。

「おんしゃ、なにをするんじゃ！」

　珍しく声を荒らげた浅野に背を向け、阿部は本堂のほうに歩き出した。そのとき、こちらを見ている三木三郎と目が合った。その目にはじめて表情が宿ったのを阿部は見た。驚愕でも責問でも失望の色でもなかった。好奇の色だった。しかしそれも一瞬のことで、三木はすぐに目に膜を張り、平三郎のほうに向き直った。阿部は立ち止まることなくまっすぐに本堂へ入っていった。

「阿部！　おんし、なしてこねーなことをするんじゃ！　わけを言わんか！」

こんなときまで下手に筋道が立っている浅野の怒鳴り声が、耳に刺さった。

藤井の取り調べにじっくり五日ほどを費やし、身柄を放つよう言い残して、三木は二、三の平隊士を供に連れ京へ発った。隊長としてひとり残された三十郎は、三木が藤井から得た報をなにひとつ自分に伝えていかなかったことに異様なまでの憤りをみせた。馬鹿にしやがって、と何度となく呻き、ひとりではなにもできぬ癖に何様だと思っているのだ、と繰り返した。しばらくそうして苛ついていたが、藤井が放免される段になって、潮が引くように怒りが消えた。それから思わぬ褒美を手に入れたときのような、歪んだ笑顔を片頬に浮かべ、藤井の放免を見送る、と意外なことを言い出した。慌てて万太郎が異を唱え、三木三郎、それ以前の井上源三郎が残した指示に従うよう諭したが、三十郎は「直々に調べねばわからぬこともある」と言い張り、翌日から藤井を一部屋に閉じ込めて「調べる」とは名ばかりの、見るに堪えない拷問を繰り返した。藤井は、その不条理にすら動じなかった。「これも運命だ」とだけ漏らし、あとは沈黙を通した。「井上や三木に語ったことを、もう一度全部しゃべれ」と三十郎は躍起になり、頑なに口をつぐむ藤井に一層苛烈な拷問を加えた。見かねた浅野が何度も意見したが、そんなものに取り合うはずもなく、万太郎すら終いには諦めて三十郎の怒りが治まるのをただ待つしかないという有り様だった。

常軌を逸した行いであった。しかし三十郎の行いは、一時の激情に任せたものではないはずだった。そうせざるを得ない背景があるのだ。男が歩んできた道程が作った背景だ。自信のなさが、無駄な鎧《よろい》を背負わせる。その抱え込んでしまった荷物が、今度は周りと調和することも、易《やす》き方へと流れることも拒むのだ。瑣末《さまつ》な場所にも琴線を張り巡らし、ひとたびそこに触れられると抑制が利かなくなる。自分や三十郎のような男は腐った溝《どぶ》を身の内に流し、それでも、それだけに支えられてようやっと生き延びているのだと、三十郎の拷問を見ながら阿部はぼんやり考えていた。

藤井藍田は、三日ももたずに命を落とした。

彼が口をきいたのは、「わしは言葉を持たぬ者にはなにも語らぬ」という一言だけであった。

骸《むくろ》は、それが藤井だなどとは到底思えぬ物体に変化していた。その遺骸も、藍田死亡の報を受け慌てて駆けつけた平三郎に渡ることなく、そのまま残飯のように境内の片隅に放置されている。泣き叫ぶ平三郎をなんとか帰したあとで、「こういう思いは二度としたくない」と浅野薫が吐き捨てた。

「狂っておる。罪も咎もない立派な人間をいたずらに殺すなど狂っておる」

――潔癖で立派で人徳がある、そいつが他のなにより罪深く見える人間も世の中にはいるんだ。

阿部は心の内でそう答えて、そっと浅野のもとを離れた。

本堂に戻る途中、庭を横切った谷万太郎と目が合うと、彼は、羞恥とも怒りともつかぬ表情を浮かべて目を逸《そ》らし、足早に山門の外へと消えていった。

第2章　迷　妄

一

四角い空が、青い。

扇子をこめかみに当て、頬骨《ほおぼね》に滑らせる。

手窓にもたれかかって、伊東甲子太郎は先程から同じ所作を繰り返している。篠原泰之進は座敷の中央に座し酒を啜《すす》りながら、その動作の向こうにある窓が切り取った景色を眺めている。軒先に巻かれた簾《すだれ》が、風にゆるゆる揺れていた。

将軍が京に上り、ひと月が経つ。長州再征のため一軍を率いた徳川家茂は一旦《いったん》二条城に入り、その後すぐに御所に赴き、孝明天皇に長州攻めを奏上した。しかし、容易《たやす》く勅許は下りず、長州征伐断案を固めるように申しつかってすごすご退廷し、そのまま大坂城に入って、いたずらに合議の日々を送っている。

孝明天皇と徳川家茂の関係は悪くはない。和宮《かずのみや》降嫁によって朝幕の結びつきが成されたというよりは、家茂に接する中で天皇がこの年若き将軍の人柄を気に入ったというのが内実のようである。

それでもこのたびの征長に関しては、朝幕間でかなりの温度差がある。朝廷と幕府。その間にある差異が、篠原には時折曖昧《あいまい》になる。結局、どちらも同じなのだ。固陋《ころう》で頑迷《じ》。ひとつ事を起こすのにだらだらと決断を先送りするやり方に、この国全体が焦れはじめたのではないのか。だとすれば、勤王も佐幕も似たようなものだ。なにしろ思想を楯《たて》に巷《ちまた》で騒動を起こしている連中は、幕府の内実も朝廷の内実も実際にはなにも知らぬ、権力の外にいる者でしかない。

「所詮《しょせん》は偶像崇拝さ。己の立身のため、口実にしているだけさ」と軽口を叩《たた》いて、篠原は今まで何度も伊東に諌《いさ》められている。

「篠原君」

外を向いたまま伊東が言った。

「薩摩の底意は、どこにあろうねぇ」

「去年の征長で周旋役を買ったあたりから、幕府に従うつもりはなかろうと、あんた、言ってたろう」

篠原が応《こた》えたのに伊東はなんら反応を示さなかった。時折逡巡《しゅんじゅん》を口にはしても、他人の意見など求めていないのだ。そうと知って、篠原はかえってさばさばした気分になる。

第一次征長で、薩摩は長州と直接交渉し、幕府への悔悟伏罪を強要した。三家老の首を差し出させ、四人の参謀を処罰した。戦に持ち込むのに及び腰だった幕府軍は、渡りに船とその謝罪を呑《の》んだが、愚かしいのは、あれほど征長に躍起になっていた薩摩がなぜ急に調停に回ったか、微塵《みじん》も考えなかったことである。一部には幕臣の勝海舟が西郷吉之助に幕府の腐朽した実状を明かし、そのため西郷が長州に荷担したなどという、まことしやかな噂《うわさ》まであるのだ。

それどころか、西の情勢に疎い江戸の幕吏が、長州は幕府の威光に恐れを成して敗北を宣言したと勘違いし、さらなる厳典を望み、長州藩主の毛利父子を江戸に呼び寄せ、糾問処分すべきだと主張しはじめた。長州はそれを拒否、そこで再征を決め諸藩に達しを出したが、諸藩主の反応は鈍いものである。第一次征長の際に総督を務めた尾張《おわり》の徳川慶勝すら参戦を拒んでいる。

伊東がするりと身を乗り出し、小路のほうを見た。

「来たよ」

篠原も同じく身を乗り出すと、向こうの筋から藤堂平助が足早にやってくるのが見えた。どんなときでも景色に挑み掛かるように前のめりに歩く藤堂をおかしく思いながら、大小を差す。同時に女が酒を持って襖《ふすま》を開けた。

「あら、お帰りどすか」

伊東が柔らかく頷《うなず》いて、せっかくつけてもらったのにすまんな、と詫《わ》びた。

「あら、そんな。間が悪うてすんまへん」

女はしばらくぼうっと伊東を見つめ、それから真っ赤になって恐縮する。

「うちとこに不躾《ぶしつけ》でもあってお気を悪くされたんやなければええんどすけど」

伊東は、少し大袈裟《おおげさ》に表情を緩め、「いや、連れが来たから失礼するだけだ。また寄らせていただこう」と穏やかに言った。

玄関口で下駄の鼻緒に足を差し込んだところで藤堂と鉢合わせした。藤堂は腰を折って深く頭を下げたきりなにも言わず、伊東と篠原が表へ出るやいなや、また前のめりに歩きはじめた。

「早いよ、藤堂君。そんなに焦らんでもいい」

伊東の言葉に、我に返ったといった体《てい》で藤堂が振り向いた。少しだけ歩速を落とし、

「吉井というのは、どういった人物でしょうか」と直截《ちょくせつ》な問いを投げかけた。

「もともと下級藩士さ。身分の低い男だ」

「しかし……西郷と共に藩の中心を担っているという噂は聞いております」

「その、身分の低い者が藩論をまとめているのが、今の薩摩だ」

西郷が力を持ってからというもの、薩摩は身分に関係なく能力のある者を重職に置くようになったと言われている。今、要人に下級藩士や郷士《ごうし》の出が多いのも、そうした柔軟な藩政の表れであろう。「それにしても身分の低い者ばかり重用するとは薩摩も人物がいないのやもしれん」と会津公用方はかつて鼻で笑っていたが、いつまでも因循姑息《いんじゅんこそく》なやり方を捨てず、小さな国の中で上だ下だといがみあっている会津のほうが、篠原から見れば奇異であった。

富山弥兵衛と動きながら、ようよう吉井幸輔と近づきになれたのはひと月ばかり前のことである。子細を富山に語るわけにもいかず、渡りをつけるときは篠原がひとりで臨んだ。偶然を装って酒席を共にする段、さすがに背中に汗をかいたが、吉井は、人柄なのだろうか、見知らぬ顔の同席を快諾した。それでも酒席が進んで篠原が新選組隊士だと身分を明かすと、貧乏くじでも引いたかのように顔を歪《ゆが》めた。

「薩摩のお方とは、これはこれは。禁門の変で共に戦ったときを思い出しますなぁ」

篠原はしゃあしゃあと言った。禁門の変のときにはまだ入隊もしていなかったではないか、と己の出任せに呆《あき》れもした。

「会津が尊藩と同盟を結び、我らも心強い。吉井先生とここでお会いできたのもなにかの縁、今後ともよろしくお付き合い下され」

吉井は曖昧に笑うだけである。

「私共の参謀を務める伊東と申す男がおりましてな、ことのほか会津の動きを詳しく存じております。一度、その伊東に会っては下さらんか」

伊東に吹き込まれたままに言うと、にわかに興味を示した。

会津藩の秋月悌次郎が帰国してから、薩摩と会津の交流はほぼ絶えている。薩摩は、会津の動きを摑《つか》みかねている。一会桑がいかに朝廷に食い込み、どう長州と渡り合うのか、知りたくないはずはない。それでも、機会があればお会いしましょう、とあくまでも慎重な吉井を根気強く説き、何度も藩邸に書状を出してやっと漕《こ》ぎ着けた顔合わせであった。

「伊東先生、うかがいますが」

藤堂は遠慮がちに、それでも訊《き》かずにはおられないといった風に言葉を継いだ。

「吉井に会うのは……」

「薩摩の真意を知るためだ」

「そうかもしれませぬが、しかし果たして私共に内実を語りましょうか」

「語らんだろう」

伊東に対しても前のめりであった藤堂は肩透かしを食らい、戸惑った顔になった。

「核心でなくとも、こぼれ落ちたものから知れる内実もある。吉井と繫《つな》がれば、いずれ西郷や大久保に近づける。藤堂君、事は己が矢面に立たずとも起こせるんだ」

「……そうでしょうか」

「この時世に必要なのは潜る力だ。大声で主張を叫べば命が危うい。これぞという船の底に貼《は》り付いて、嵐《あらし》が過ぎるのを待つこともひとつ」

「しかし……」

「よいか。力というのは誇示するものではない。間断なく、しかし密《ひそ》かに蓄えるものだ。ここぞというとき浮き上がれるよう、黙って盤石の態勢を敷くことだ。正論を、誰彼構わず説くのは愚だ」

釈然としない顔で、藤堂は押し黙った。

攘夷《じょうい》の魁《さきがけ》となる。そう言って止《や》まない血気盛んな青年だ。公明正大に己の正義を押し通したいのだろう。

彼が試衛館の面々と京に上ったのもこの一念であったらしく、故に会津藩お預かりの地位に甘んじて尊皇攘夷の思想から日に日に離れ、勤王佐幕化してゆく新選組の在り方に相容《あいい》れないものがあった。池田屋で負った傷の療養のため江戸に下るや、それまでの鬱積《うっせき》が焦りとなって吹き出したらしく、かつて剣を学んでいた伊東道場を訪れたのだ。

その頃すでに、新選組の名は江戸でも評判だった。てっきり出世を伝えに来たのだろうと藤堂を迎えた伊東は、いきなり入隊を請われて戸惑った。伊東は若い頃から水戸学を学び、尊皇思想に通じている。薩長の勤王家に同調することこそあれ、その勤王家を斬《き》りまくっている新選組に荷担することは不自然である。伊東が藤堂の申し出を断り、それにめげずに藤堂が日参し、の繰り返しで、篠原も時折道場に顔を出すたびふたりの鬼気迫ったやりとりを見せられる羽目になった。

「伊東先生に一隊士として働いていただきたいわけではない。いずれ隊を率いていただきたいのです」というのが藤堂の論。「もう体制ができあがっているのだろう、僕が乗り込んだところでどうなるものでもなかろう」というのが伊東の返答。伊東は、小さな道場を切り盛りしているだけの器ではないが、といって国事に奔走する類《たぐい》の野心はない、と篠原は見ていた。己の暮らしは暮らしで確立し、安全な場所で時世を評している、そのほうが現実的なこの男には似合っている。

篠原を伊東に引き合わせたのは、加納鷲雄という男である。かつて篠原が横浜居留地で護衛の役にあったときの仲間で、伊東道場の門人であった。護衛とはいえ神奈川奉行所の下番で、黒船来航でごたついている町を巡邏《じゅんら》しているだけの退屈な仕事である。他にも、服部武雄、佐野《さの》七五三之助《しめのすけ》といった後になって共に新選組に入隊する面々が働いていた。みな一廉《ひとかど》の剣客《けんかく》ではあったから、「いつか世に聞こえる働きをしたい」と言い合いながらも、日銭稼ぎに甘んじ、酒のときに勝手な活劇譚《かつげきたん》を空想して、来るはずもない華々しい将来をでっち上げるのがせいぜいだった。

「なかなかの人物がいる」と加納に導かれ、はじめて伊東に会い、四方山《よもやま》話《ばなし》の中でさらりと国事や思想を唱えるのを聞いていると、こんな自分たちでも志士の仲間入りをしたかのように気が大きくなってくるから不思議であった。すぐに感化される佐野などは頬を紅潮させ、「いずれわしも国事に奔走するんじゃ」と騒ぎ出し、故郷《くに》を出てから苦労のし通しだった未《いま》だ年若い加納は「わしは人を見る目が確かなんじゃ」と鼻を膨らませた。もっとも篠原はそこまで素直ではなく、絵に描いたように高潔な伊東にはじめは僅《わず》かな猜疑心《さいぎしん》も持った。こんなにすべてが整った人物がいるはずはないと、どこかで疑っていたのである。

藤堂の訪問が十回を超えたとき、ついに伊東が折れた。

ちょうど近藤勇が隊士募集のために東下していたときで、取《と》り敢《あ》えず噂の新選組局長に会うだけは会ってみると伊東が承諾したのは、入隊を見据えてというより、好奇のためだろうと篠原は思っていた。伊東は、一時の感情の揺れで動くことはない。これでもかと地固めをして、次に行く男だからだ。

苦境で育ったせいもあろう。常陸国《ひたちのくに》で交替寄合表御礼衆本堂家の家士《かし》であった父親が家老の逆鱗《げきりん》に触れ追放されたことで、伊東の人生は一変した。父はそのまま逐電し、それから伊東が一家を養い、父の残した借財を返すべく金策に駆け回った。その後一族は領内から追放となり、母と幼い兄弟を連れて他国に落ち延びたのはまだ十代の頃である。そんな中で水戸へ行き学問をし、さらに江戸へ出て伊東道場の門人となり、師亡き後その娘・うめを娶って名跡を継いで、ようやく苦難の日々が終息を迎えていたところだった。

　ところが近藤に会う段になって、伊東は意外なことを言い出した。存外、新選組に身を置くというのもひとつの手かもしれない、というのである。異なる志を掲げた隊に参入することはない、争いごとの種になるだろう、と篠原が言っても、「いや、そこを足場にできるかもしれぬ。会津は薩摩と同盟を結んでいるだろう。とすれば諸藩の有志と顔繋ぎができる。僕はね、雄藩の動きを間近に見たいんだ。薩摩や長州、土州がなにをしようとしているか。尊皇の志をいかに貫こうとしているか、京という舞台で、この目で見たい」と、それまでとはまるで異なることを言い出した。

「ならば新選組なぞに入らずとも、志士として京に潜り込めばいい」

「何年掛かる？」

「なにが？」

「素手で鉱山を掘り当てるようなことをして、僕が諸藩の要人と互角に渡り合い、表舞台に立つのにどれほどの歳月を費やせばいいんだ」

　この男にも野心があるのだ、ということを篠原は発見した。それは、世の尺度にすっぽり身を収めていた彼の身体《からだ》のどこかで、長い間くすぶり続けていたものかもしれない。

「一度は、己のために生きてみたいんだ」

伊東はそう言った。それ以上言い募ることのできない言葉だった。それほど、穢《けが》れを抜き去った言葉であった。

伊東が藤堂に導かれて近藤勇と会う。その席に門人のひとりとして篠原も同行することになった。あのときは物見遊山《ものみゆさん》でついていったが、今こうして一隊に身を置いていると思えば、随分気楽なものだったと我ながら驚く。国に対しても、時世に対しても、己に対しても、まだまだ自分はよそ者だったのだ。

近藤勇は、これが勤王家を震撼《しんかん》させた新選組の局長かと拍子抜けするほどの人の良さで、伊東の一語一語に至極満足そうに頷いていた。表も裏もないその姿は、好感を抱《いだ》けるものであった。こうしたまっすぐな人物と働くのもそれはそれで面白味があるかもしれぬ、と感じた。近藤は新選組の京での働きを事細かに話し、是非我らに力を貸していただきたい、となんの衒《てら》いもなく頭を下げた。藤堂もまた、真意は隠しつつも、「入隊いただければどれほど心強いか」と正直なところを口にした。では一度持ち帰って早々にお返事いたします、と伊東が応え、話が終わりかけたとき、思いがけないところから横槍《よこやり》が入った。

「伊東先生は、水戸学をお修めになったとか。そうなりますと、我が隊では窮屈ではございませんか？」

おどおどした声が聞こえて、伊東も篠原もはじめてそちらに目をやった。声は、部屋の隅に控えていた、やけに目の細い男が発したものらしかった。

「京都守護職は幕府が立てた役職、無論その任を負っている会津侯もまた、御公儀に従いお役を果たしておられます」

「おい、尾形君。伊東先生に失礼ではないか」

近藤が諫めると、もともと腰の低い男が一層身を縮めて、はあそうなんですが、と口をもごつかせた。

「その会津侯も、一橋慶喜公も、また桑名藩主の松平定敬公も、水戸にご縁のある方ばかりだ。当然水戸学も学んでらっしゃる。私がその一会桑の流れにある新選組に身を置いても、なんらおかしなことはないと思いますが」

ゆるりと伊東は言い、近藤がえらく大仰に同調した。たが、男はなお続ける。

「ええ、しかし差し出がましいようですが、いかに一会桑が京で独立しているとはいえ、幕府と朝廷、双方の意を汲《く》んで慎重に動いているというのが実状として……。水戸学は歴史もありますし奥も深い。新選組においては、攘夷という意で志を同じくしても、尊皇という点でご意志を貫けぬこともあるやもしれません」

「新選組には尊皇のお志がないと？」

「あ。いえ、そのようなことは」

「もちろん天子様をお守りするのがお役目です。いずれ朝幕が結び、公武合体を成すことは、我らの目指すところでもございますれば」

　とりなすように近藤が言った。近藤はもはや尊皇の思想より幕府への執着が強くなっていることは、藤堂から聞かされていた。横暴な勤王家たちを間近に見、勤王家からも仇《かたき》とされ、そんな中で次第に、尊皇云々《うんぬん》といったことよりも己の出世が核に来てしまうのもわからぬことではない。この目の細い男はおそらく、そうした新選組の有り様を伊東に示唆したのだ。薩長土の浪士たちのような思想集団ではないことを。純粋にこちらを案じての進言だということが篠原にはわかった。しかし、人から案ぜられることをもっとも嫌う伊東は、過敏な反応を見せた。

「御案じ下さいますな。私はただ、新選組のご活躍を聞いて興味を持ったまでのこと。それともなにか私に疑わしい面が見えますかな」

　今度は男のほうが驚いたように顔を上げた。

「尾形君。なぜまた君は、そうして水をさすようなことを言う」

　近藤が苛立《いらだ》ちを露《あら》わにし、尾形と呼ばれた男が「いやぁ、そういうことではございませんのですが」ととぼけた声を出しながら近藤ににじり寄った。そのとき「あっ」と藤堂が声を上げ、「尾形さん、それ」と足を指さした。見ると、足袋《たび》を片方しか履いていない。伊東や篠原がこの席に着いたときには、男は既にそこに座っており、袴《はかま》に隠れて、誰も足下に気付かなかったのだ。伊東は議論も忘れ、ただ唖然《あぜん》となった。近藤も同じ思いだったのだろう、大きな口を開け、「なにをしとるんだ、君は」と低く唸《うな》った。

「藤堂君が大事なお客様をお連れになるというので、羽織袴をつけたまではよかったのですが、肝心の替えの白足袋が片方、旅仕度から漏れてしまっていたようでして……」

男はしゅんとうなだれた。

「だからといって、片方だけ履くということぁあるか……」

近藤が情けない声を出し、その顔合わせは有耶無耶《うやむや》のままにお開きになった。

伊東は道場に戻るとすぐに入隊を決め、仕度を整え、篠原泰之進、加納鷲雄、三木三郎、内海次郎《うつみじろう》、佐野七五三之助といった気心の知れた仲間を連れ、近藤が京に戻るのに合わせ江戸を発った。今から約一年前、元治元年（一八六四）秋のことである。


祇園を歩き、一軒の茶屋の前で足を止めて暖簾《のれん》を払う。出迎えた主は伊東の顔を見るとなにも訊かずに奥の間に導いた。座敷で待つと程なくして、吉井幸輔が供をひとり連れて襖を開けた。「ご足労をお掛けいたしまして」という自分の声が、なにやら普段の場所ではないところから出ている気もしたが、篠原は無理矢理頬を持ち上げて形ばかりの笑顔を作った。吉井は、なんら構えることもなく、やあやあと旧知の友に会うような気安さで座に着き、伊東は間髪入れずに「無理を申しまして」と丁重に言ってから、自らを名乗った。藤堂もあとに続いてぎこちなく挨拶《あいさつ》を述べ、気になるのか、吉井の連れに目を走らせた。男は礼ひとつするでもなく、ひっそり部屋の隅に座した。

「新選組と酒席を持つちゅうことは、穏やかなことじゃありもさん。こうしておっても肝が冷ゆ」

吉井は開口一番そう言った。快活な男である。けれど、例えば近藤のように表裏のない純朴さから来る態度か、というとそうではない。壁を作らぬのに、容易に近づけぬ。踏み込もうとすると一歩手前に掘ってある落とし穴に落ちる。吉井と何度か接する中で、篠原はそんな感慨を抱いていた。それがこの男の大きさを作っているのかもしれない。

「なにか偶然、篠原君がご一緒させていただいたご縁だとか。あれはどこでしたかな？」

「島原の揚屋《あげや》です」

芝居を打つのは難儀である。器用とは程遠い篠原には拷問に近い。

「揚屋の女中が、私を吉井先生のお連れだと早合点して座敷に通したのがご縁になりまして」

「おいの連れもまだ姿を見せん、こん人もひとりのようじゃったでな、まあ一杯やっけどうぞちお勧めしましてな、四半刻《しはんとき》ほどご一緒を」

「それは、それは」

いかにも恐縮した体で、伊東が言う。

「しかし薩摩の要人ともあろうお方が、どこの馬の骨ともしれぬ男と座を共にするなど、少し危のうござりませんか」

「いや、過剰な警戒を表すほうがかえって目につくもの。何者かを白ら語るようなもんでごあんど。そうすっと相手も構えて心を閉ざす。のう、お若いの」

藤堂に言った。藤堂は不快を露わにして、うつむいた。

「いかにこの時世でも、揚屋の座敷でまで構えておったのでは身が持ちませぬ。おいのお役など下も下、大事なことは任されませぬ故、命を狙《ねら》ったところでなんも向こうに得はなかこつ」

失礼いたします、と襖向こうから甲高い声がして、お運びが膳《ぜん》を整える。奇妙な間が五人の間に生まれた。

「しかし、それが縁でこうしてお会いできたのは幸いでした。吉井先生のお噂は以前からよく耳にしておりましてな」

「ほう、悪い噂じゃなかか」

伊東はそれには応えず、ただ微笑《ほほえ》んだだけだった。塩梅《あんばい》をわきまえているのだ。知っていることを捲《まく》し立てれば、こちらが聞き出されて終わる。やたらと持ち上げれば軽んじられる。相手の気をそがぬよう少しだけ引っ掛かりを作り、興味を引っ張る。なにを知っているのか、という疑問が、伊東その人への関心へと転化するまでに、いつもそう時間は掛からない。

「共に戦《いくさ》までしても、薩摩の方とのご縁はなかなかできぬものですな」

「新選組は会津侯の下、ご活躍でごわす。薩摩ごときと遊んでいる暇などなかなかでしょう」

「尊藩の方々も、このところ西国へ行かれることが多いようだ。京を留守にされることも多いからでしょうか、お目に掛かる機会が我々にないのは」

ふたりの間にしばし重々しい沈黙が流れた。

「公方様がお上りになられ、会津の方々もさぞ慌ただしか日を送っておられるでしょう」

「さあ、それが。公方様は大坂城に籠《こ》もったきり。一向に再征の動きを見せませぬ故」

ああ、と吉井は言葉を濁した。

「焦りませぬか？　吉井先生」

吉井は意を計りかねたのか、答えたくないのか、とぼけた顔を伊東に向けたままである。

「再征がこう日延べになっては、長州を討つ機を逃しましょうぞ」

「まあ、そうですなぁ」

「それとも、尊藩にとってはそちらのほうが都合がよろしいか？」

「伊東さん……」

吉井は杯を置いた。

「含むところあっての酒席ちゅうこつでしたら、私共は失礼せんとならんもはん」

「まさか。私共も、どうしたものかと考えあぐねておりますだけで。なにしろ、新選組は会津からの命に従うのみで、己で何事かを決めることなぞ叶《かな》いません。その点、貴公は羨《うらや》ましい」

「なんも、薩摩も同じでごわす」

「いえ。大久保一蔵先生なぞ、長州征伐に反対し、その是非を論ずる合議に雄藩諸侯を加えるよう、公卿《くぎょう》方にも盛んに説いておると聞きますが、そういった骨のある人物が我が隊にはおらんのです」

「……さあ、そげな話はおいのような微臣にまでは届きもさん」

白々と言って、吉井はまた杯を干した。

「一会桑。幕府が一度潰《つぶ》そうとしたような話も聞きますが、それを救った薩摩からしても邪魔ではござりますまいか」

伊東は、まるで独り言のように言って、自分の杯を覗《のぞ》き込んだ。

「面倒なこつ申されもすな。薩摩と会津は同盟を結んでおいもす。会津藩お預かりの貴公と志を同じくしちょいますから、こうして酒席を共にしておいもす」

「吉井先生。はなから胸襟を開いていただこう、という虫のよいお願いではござりませぬ。ただ、伊東甲子太郎という名を是非覚えていただきたい。新選組隊士としてではなく、私個人が及ばずながらお役に立てるときも参りましょう」

吉井は「なにを申されておるのか」とお茶を濁して、徳利を伊東に差し向けた。言葉とは裏腹に、探るような目をしている。伊東はその目を見返すこともなく、急に話題を変えた。

昨年までいた江戸の様子、町民たちの暮らしぶり、流行《はや》りの見世物、自分が学んだ北辰一刀流のこと。薩摩には示現流《じげんりゅう》という流派がありますが一度型試合をしたいものです、などととりとめのない話を台詞《せりふ》のごとくつらつらと捲し立てた。

「ときに吉井先生。尊藩は英国との交易をされておりますが、塩梅はいかがなものですか?」

吉井の顔色が変わった。隅に控えた男の左手が、脇差《わきざし》に伸びる。

「なんでも密航者を送り込んだ上、武器弾薬まで……。まあ、幕府の貿易独占という時代でもございませんが」

伊東さん。吉井の険しい声が、伊東を押しとどめた。

「あまり調子に乗らぬほうがよい」

「幕府には仏国が介入してきております。フランスの軍制を学ぶよう新選組にまで達しがございましてな。幕仏の結びつきに対抗できるのは、薩英ということになるやもしれませんな」

伊東の傍らで、藤堂が身を固くした。篠原も、座敷の隅で殺気を放つ男を見据えた。

「薩摩が幕府を敵に回すと？」

「そういうこともありましょう」

吉井はいきなり手を打って、腹を抱えて笑い出した。

「これはおかしな話をする仁もあったものでごわす。そんな大それたこつ、久光公、いや先代の斉彬公までさかのぼっても通りもさん。薩摩の藩論は公武合体、倒幕ではありもさん」

奇妙に明るい声で言って、なお笑い続けた。

重苦しい空気は、それきり霧散していった。

吉井はお運びを呼び、酒や肴《さかな》を十分すぎるほど追加して、そのあとは当たり障りのない話を上機嫌にした。先程までのこちらの出方を見るような低い声ではなく、明朗に国のことを自慢した。といっても政《まつりごと》には関係のない、産物だの風景だの祭りだの、どうでもいいような話ばかりだ。伊東はそのひとつひとつに「ほう」と律儀に相づちを打ち、篠原も伊東の様子をうかがいながら彼を真似《まね》して首を上下に振り続けた。

薩摩の人間は一様に故郷への執着が強い。脱藩した富山弥兵衛も薩人を憎悪こそすれ、故郷の話になるとムキになって自慢を重ねる。薩人がどこか閉鎖的で本心が読めないように思えるのは、郷里への強い愛着と誇りに裏打ちされた、同国人同士の結びつきが強すぎるためだろうか。

新選組にはこんな風に、己の郷土を自慢したり吹聴したりする人間がいない。むしろ出自を隠したがる者のほうが多い。それは篠原にとって、けっして居心地の悪いものではなかった。

半刻ほど経ったところで吉井はおもむろに杯を置き、では私共はそろそろ、と笑顔を貼り付けたまま腰を浮かした。

「吉井先生にこうしてお会いできて幸いでした。数々の失礼、お許しいただきたい」

伊東もさらりと応え、見送りに立った。

帰りしな、三和土《たたき》で履物に足を通した吉井は、忘れ物でもしたかのように振り返り、そうじゃ、こん男を紹介しておりもさんでしたな、とややわざとらしい所作で額に手をやった。

吉井の横に、無言を通した男がそっと寄った。

「こん男は、中村半次郎いうもんでごわす」

篠原は息を詰めて男を見る。これがあの、人斬り半次郎か。気道にぬるりと熱いものを流し込まれたような心地悪さが身を包んだ。中村の厳《いか》つい顔に炯々《けいけい》と光る目は、なんの表情も宿していない。

「剣では薩摩一の男でごわす。そうそう、先刻話に上がった示現流、あいの使い手でごあんど。こん男に斬られたら頭の先から臍《へそ》まで真っ二つになりもそ」

吉井は不気味に笑う。

「それはええんじゃが、伊東さん、こん男んことは、おいも持て余しておりましてな」

「なにをおっしゃいます。さほどの使い手、重宝こそすれ持て余すことなどございますまい」

「うんにゃ。こいが、おいの命では動かんのです。おいだけに限ったことではない、上のもんの言うことをまるで聞きもさん。自分で狙いをつけたら確実に仕留める。おいにはそいを止めることができもさん」

芝居掛かった言葉を吐き出すと、ひとつ会釈して悠々と出ていった。中村は僅かに目を伏せてから、それに従った。

ふたりの姿が暖簾の向こうに消えるや、

「下手《へた》な脅しを掛けやがって」

と、藤堂が苦り切って言った。

「ムキになることはない」

「……しかし」

「吉井がそう簡単に新選組に手を出すはずがない。今、そんなことをして損をするのは向こうのほうだ。大事な時期だ。薩摩は今、小競り合いはせぬ。だからこそ、こちらも近づける」

「しかし伊東さん。あの中村という男は、吉井の命など聞かぬと言っていたではないか。気を付けねば命も危ういぞ」

篠原の諫言《かんげん》に伊東は不機嫌な顔を作り、そのまま下駄をつっかけた。藤堂が慌てて、下駄を履く。

「伊東先生、お帰りでしたらお供を……」

「結構だ。誰かに見られたらなにをしていたかと怪しまれる」

言うなり、後ろも振り向かずに出ていった。伊東には、武士が連れ立って歩くなど野暮だ、という思いがあるらしく、酒席を共にしても大抵中座するように宴を切り上げる。今や慣れたが、出会った当初は杯が返してあるのも気付かずに、厠《かわや》だろうと無駄に帰還を待ち続けたこともある。一人歩きは、日頃の所作にまでこだわりを持つ彼の好むところだが、この物騒な京の町でそれを可能にしているのは北辰一刀流を会得しているという自信だろう。

「今日の伊東さん。あれぁ、踏み込みすぎだぜ」

「いや……きっとあれでいいんですよ。吉井が最後に言ったのは単なる牽制《けんせい》だ。額面通りにとる必要はない」

藤堂は不意に笑みをこぼした。

「幕府の鈍さ。新選組の志の低さ。世の曖昧さ」

口の中でひとり言葉を転がしている。

「それもこれも時代から離れすぎていたんだ、今まで」

「なんの話だよ」

「ねえ篠原さん。私はやっと合流できそうだ」

「なにと？」

篠原が問うのに藤堂は応えず、どうです飲み直しませんか、と珍しく明るい調子で声を掛けた。

二

「萩《はぎ》？　ああ、萩ですか」

「そうです。萩です」

「これは見事だ。こちらでは毎年これほどに？」

「ええ、さようで。住職のこだわりでして」

それは風雅なお方ですのう、と細い目を一層細めたところで、後ろから左腕を棒のようなもので殴られ、二、三歩よろめいた。振り向くと、斎藤一が腰に差した大刀の柄《つか》に手を置いて立っている。柄で殴ったのか、と尾形俊太郎は悟る。話をしていた寺の子坊主は、危険を察したらしくいつの間にか姿を消していた。

「散策気分でいるのなら、あんたひとりで行ってくれよ」

このところ用事があるたびに土方から尾形の護衛を命じられる斎藤は、いつになく苛立っている。すみません、と尾形は腕をさすりさすり言って、足を早めた。

「だいたい新選組が萩に感心するなんざ、みっともねえ」

「別段、長州のことではありません。境内一面萩とは洒落《しゃれ》ておる、と思いまして、それで」

「もういい」

「……すみません」

尾形と斎藤は、東山にある蹴上奴茶屋《けあげやっこぢゃや》に向かっている。

一刻ほども前のことだ。この茶屋の主《あるじ》から狼藉《ろうぜき》を働く不逞《ふてい》がいるから至急助勢に来て欲しい、と報があり、たまたま屯所《とんしょ》に居合わせた武田観柳斎が数名を引き連れて東山に走ったらしかった。狼藉者はふたり。大声で喚《わめ》き、主人を脅していたが、その内容は単に金の無心である。普通は詮議して終わるような小さな諍《いさか》いだ。が、新選組が捕縛に来たと知った途端、浪士ふたりは突然刀を抜いて抗戦し、そのまま双方斬り合いになったのだという。ひとりを斬殺《ざんさつ》し、ひとりはようよう捕縛。今度こそ片が付くかと思いきや、捕縛したひとりが「己は薩摩藩士である」と言い出した。薩摩と衝突を起こすのは、時節柄、また関係上なにかと厄介である。武田も動転したらしく、急ぎ指示を仰ぐための使いを屯所に出し、それを受け取った土方歳三が尾形に事後処理を命じたという経緯だ。

茶屋は酸鼻《さんび》を極めていた。

什器《じゅうき》は倒れ、上がり框《かまち》が一部分大きく欠けている。かなり派手な立ち回りをしたことが容易に知れた。当面、店を開けるのは難しかろう。片隅でしきりに手を揉《も》んでいる困惑顔の主人を見て、尾形は気の毒に思った。

「なんでぇ、宮本武蔵《みやもとむさし》でも捕まえたか」

低い声で斎藤は皮肉を言い、そのままふらりと通り向こうの木に寄り掛かる。武田は一旦斎藤を睨《にら》み、「それが、尾形先生」と声を弱めた。

「私も詮議するつもりでここへ来たんですがね、奴《やっ》らいきなり逆上して斬りかかってきまして、しようがなく私共も応戦したのでございますが……」

縄を掛けられ片隅に転がっている男が、ペッと唾《つば》を吐いた。手負いがあるらしく、腕に血が滲《にじ》んでいる。もうひとつ転がっている骸《むくろ》は、首が皮一枚で繋がっている状態だ。

大方、武田が大上段でなにか言ったのだろう。それにこのふたりが激高し、いらぬ騒ぎが起こったのだ。下の者や外の者にはなにかと居丈高な武田の性質を鑑《かんが》みて、尾形はそう察した。

「しかし武田先生。彼らも声を発さなかったわけではないでしょう。薩摩言葉でわかりませんでしたか」

「斬りかかってくる相手の言葉などっ、耳には入りません！」

途端に武田は、声を荒らげた。

普段は、武田と同じく文学師範ということもあり、尾形には一応の礼節をもって接してくれるのだが、少しでも体面を傷つけると過剰な反応を見せる。気をつけねば、と心掛けてはいるのだが、彼の琴線の在処《ありか》をうっかり失念し、余計な一言を吐いてしまうことがよくあった。どうも、折り合いが悪いらしい。

「それは失礼いたしました。確かにその通りですな。軍学を修めてらっしゃる武田先生のほうがその点、お詳しい」

とってつけたような世辞でごまかすと、武田は鷹揚《おうよう》に頷いた。面倒だが、扱いやすい人物ではある。きっと根は単純で、おおもとには「誰からも一目置かれたい」という微笑ましい希望があるだけなのだ。ただ最近では、武田の売りである甲州流軍学がフランス式軍制に圧されているせいで、以前より己の表し方が露骨になったようだ。

「ともかく、この御仁を薩摩藩邸に引き渡さねばなりませんね」

尾形は血塗《ちまみ》れの男のそばにしゃがみ込み、「もうし、お名前をお教え下され」とまるで子供にでも語りかけるように言った。男は混乱と興奮と憤りで自らを見失っているためか、「この人斬りの壬生浪《みぶろ》が」と悪態をつくばかりだ。

「困りましたねぇ」

吐息を漏らしたとき、建物の奥から出てきた足音が尾形の横についた。

「助けることなんかねぇ。こやつも一緒にたたっ斬っちまいましょうよ」

地面の薄暗い影がそう言った。見上げると、阿部十郎という隊士が立っている。顔には、卑しい享楽にふけるかのような恍惚《こうこつ》が浮かんでいた。復隊してから半年近く経った今も鎧《よろい》を着込んだままのこの男に、尾形は胸の奥がひんやりする。

「こいつだけ生かして薩邸に戻したら、どんなことを言われるかわかったもんじゃありませんぜ」

転がった男がううと低く呻《うめ》いた。

「そういうわけには参りません。このことは既に副長もご存知だ」

「副長がなんだえ。この一件は俺《おれ》たちに割り振られたんだ」

「ともかく諍いのきっかけを作ったのは薩摩の御仁、正直に藩邸で次第を告げれば向こうも強くは言えませんでしょう。しかしこの時期、くれぐれも相手がいかなる人物か見極めるよう留意しないと、思わぬ事態が出来《しゅったい》することにもなりますので、十分に気を付けていただきたい」

尾形はそこにいる平隊士全員に届くよう声を張った。

以前も似たような一件があったのだ。池田屋の残党狩りをしている最中、明保野亭《あけぼののてい》に勤王家が潜んでいるという報を受けて新選組隊士と会津藩士数人が探索に入ったことがあった。そこに居合わせた土佐藩士を勤王家と勘違いし、傷つけた。誤解であることを土佐人が訴え、その場では事なきを得たのだが、藩邸に戻った土佐藩士は、敵に背を向けるなど武士らしからぬ行い、と上役に責められ詰め腹を切らされた。公武合体で意志を通じており、土佐と揉めたくない会津は、その土佐藩士を誤って傷つけてしまった柴《しば》司《つかさ》という藩士を同じく切腹に処し事を収めた。将来のある若者の命が、体面のため失われた。軽挙が招いた悲劇である。

「よろしいか。明保野亭の失態もございます。ああしたことは今後くれぐれもなきよう……」

言ってしまってから、尾形はハッと口をつぐんだ。明保野亭の件も武田が仕切った一件だったことを思い出したのだ。

「あのときは、急に土佐者が逃げ出したからやむをえなかったのだ！」

武田の鋭い声が後方から飛んだ。「ああ、いや、そういうつもりでは……」としどろもどろになった尾形に構わず、阿部は執拗《しつよう》に言葉を重ねる。

「だいたい、押借りなんざ働くほうが悪《わり》ぃんだ。新選組だったら隊規で切腹ですぜ。こいつを殺したって誰も困りゃしねぇでしょう」

そう言って抜刀したから尾形も慌てた。

「それは無益です。ここは理《ことわり》を通さねばなりません」

「理？　そんなものがこの御時世にあるのかえ」

阿部が鼻を鳴らし、男の首に切っ先を突きつけたとき、「おい」と通り向こうから声が掛かった。

「いやに威勢がいいじゃねぇか」

斎藤一はそう言って、懐手のまま肩をそびやかしてゆらりとこちらに歩を進める。阿部は、斎藤が来ているのに気付いていなかったのか、顔を蒼《あお》くして立ち尽くした。

「こいつをいたぶって楽しいか？」

「…………」

「抵抗できねぇ相手に刃を向けるなんざ、雑魚《ざこ》のすることだ」

斎藤は阿部に半間《けん》のところまで近づいても未だ懐手のままだ。阿部の手には抜き身の剣が握られている。歴然とした力の差が見えた。

「ところでおめぇ、見ねぇ顔だな。新選組の人間か？」

阿部の顔が赤黒く変わっていった。

「もしそうなら、こんな小さなことで気を吐くな、みっともねぇ」

斎藤は小馬鹿にしたように言うと悠然と背を向けて歩き出した。しばらく行ったところで振り返り、尾形に向かって「早くしてくれ」と一言いった。

男は隈本壮助《くまもとそうすけ》と名乗った。おそらく下士なのだろう。諄々《じゅんじゅん》と諭すとことのほか容易く折れて、つい遊びの金欲しさにやってしまった、とうなだれた。尾形は他の隊士と共に薩摩藩邸に赴き、応対した薩人に理由を話し、男を引き渡した。

「そいは申し訳なかこつです」

と、その堅強な男は言った。目は鋭いが、朴訥《ぼくとつ》とした好ましい青年だ、と尾形は思った。

「隈本んこつは確かにおいが申しつかりました」

鼻が詰まったような声で言ったあと、男は自らを中村半次郎と名乗った。尾形の後ろで、武田がキュッというおかしな声を上げた。人斬り半次郎を目の当《ま》たりにして動揺したらしかった。

「こちらも薩摩の方とは知らずに事を大きく致しまして」

尾形が言うのを、こちらに非がありもす、と中村は押しとどめた。いかに隈本らの狼藉とはいえ、ひとりを殺しているのだ、もう少し険悪なやりとりになるかと覚悟していた尾形は、あっさりした中村の態度を不審に思った。やはりなにか大きな流動がはじまっているのだろうか。それ故、事を荒立てず、些細《ささい》な衝突を採み消しているのか。中村は身体全体で、こんな雑兵《ぞうひょう》のことはいいから早く引き取ってくれ、という意思を発している。尾形は所在なく屋敷のあたりを見渡し、それから、

「ときに、本日、西郷先生はおいでにはなりませぬか」

と、思い切って訊いた。中村は顔に警戒を浮かべて、「なにか御用か?」と訊き返した。

「いえ、お噂をかねてより聞いておりましたので、一度ご挨拶を、と思いまして」

「他行しております」。中村は一蹴《いっしゅう》した。

このところは京にいて長州への再征に反対する趣旨を公卿に上申しているようだと山崎が伝えたきり、監察方は西郷や大久保の動きを見失っている。あの、坂本龍馬や中岡慎太郎の行方もようとして知れないままだ。七月に、西郷と坂本が京で会っていたのではないか、という報も仕入れていたのだが、確証にまでは至っていなかった。山崎は珍しくジリジリとしており、土方もまた、次の一手を計りかね頻繁に尾形を呼びつける。このまま長州征伐の勅許が下りて戦がはじまったとして、水面下での雄藩の動きが読めぬまま、闇雲《やみくも》に参戦しても仕方がない。

森閑とした薩邸の様子からはなにもうかがい知ることはできなかった。

尾形は、市中巡邏に出るという武田たちと別れ、藩邸の外で待っていた斎藤と、再び肩を並べて屯所に向かった。

「こうしてご一緒いただいて、申し訳なく思っております」。沈黙に息詰まって尾形が言っても、斎藤はうんともなんとも言わない。ところがしばらく行ったところで、「あいつ、阿部とかいったな」と、珍しく自分から口を開いた。知っていてわざとあのような口をきいたか、と尾形は、滅多に人とつるむことなく無愛想の極点にいるような男にわずかなおかしさと親しみを覚えた。

「少し、用心したほうがいいぜ」

「用心、といいますと?」

「剣を知らねぇのに剣を振るいたがる奴は一番質《たち》が悪い。本気で勝負したけりゃ技を磨くだろう。あの男はそれをしてねえな」

「稽古《けいこ》に出ておりませんか」

「稽古? いや、手を見ればわかるだろう」

なるほど、そういうものかと思ったが尾形自身覚えがないので、斎藤がなにをどう見て判じたのかはよくわからない。ふと自分の細くなまっちろい腕を眺め、隠すように後ろに組んだ。

「自信がないのでしょうか、確かに、どうも肩に力が入りすぎておりますね」

「さあ、そいつは知らねぇが、ああやって鬱憤を剣に乗せるようなことをすれば、いずれ間違いが起こる。剣ってのは他のなにかの代わりになるもんじゃねぇんだ」

唯一、剣のことになると饒舌《じょうぜつ》なのかもしれない、と尾形は思いつつ頷いた。剣は剣でしかなく、そこに純粋に結びついているからこそ、斎藤はこれほどの使い手になることができたのだ。

「斎藤先生は、沖田先生に似ておりますね」

剣に対する姿勢が、という意味で言ったのに、斎藤はあからさまに不愉快な顔を作った。機嫌を損ねたらしいと気付いて、尾形は慌てて話題を戻す。

「しかし阿部君、あの方はたまに顔の上半分と下半分が別のお人のように見えるんですよ。なんといったらいいんでしょうか。ちぐはぐでかみ合わないようで、見ていると目《め》眩《まい》がしてくるといいますか……」

今まで誰にも言ったことのない素直な感想を打ち明けた。阿部を語るに一番相応《ふさわ》しいと常々感じていた言葉だったのに、斎藤はまた嫌な顔をした。

「そういう話こそ、沖田にしてくれ。あの変わり者は、この手の奇妙な物言いが好物だ」

横を向いたまま言って、足を早めた。

九月になってようやく長州征伐の勅許が下った。

とはいえ、長州との戦それ自体を許したものではなく、長州側に罪状を示し、処分案を確認しあうよう、というまるで書生同士の喧嘩《けんか》の仲裁でもしているような長閑《のどか》なものである。

幕府は、大坂で無駄に足止めを食っているうちに、ますます内部での混乱を極めていくようだった。英・仏・蘭・米の四国公使が大坂の将軍の下に押し寄せ、兵庫開港を迫るという大事が持ち上がったのだが、その際の対応もまずかった。勅許を得ずに開港を決めてしまえばいい、という幕閣に対し、一橋慶喜が下坂して勅許の必要性を説くという事態が生じ、その間で翻弄《ほんろう》された家茂が十月に入るや自ら辞職をすると言い出して、江戸帰還のため大坂を出立したから大騒ぎになった。会津侯は将軍を追って枚方《ひらかた》まで行き、近藤も供の者を従えそれを追った。ようよう説得が功を奏し、家茂が再び京に上るのを新選組が警護するという一幕まであった。

騒擾《そうじょう》にまみれた十月も終わり近く、尾形は、京都守護職本陣に向かっていた。近藤、土方が会津侯に呼ばれ、それに伊東と尾形が同行することになったためだ。

駕籠《かご》を下りて黒谷金戒光明寺の山門をくぐる。日陰に入ると、霜柱が壊れる音が足下でした。近くに迫る山は見事に色づいている。

石段を登りながら尾形は、少し前を行く近藤、土方、伊東の背中を眺める。身につけているものになんら差異はなかったが、その背はまるで異なる気配を放っていた。黒縮《くろちり》緬《めん》の羽織が揺れる様子まで風雅なのは伊東で、浮世絵師が描きあげたような端正な佇《たたず》まいである。それに比べると、近藤、土方はやはりどこか崩れており、土の匂《にお》いが漂う。近藤は独特の風格を身につけているが、かしこまった格好をするとどうにも着物だけが浮いてしまう節があって、尾形などはそこに局長の人の良さを見るような気がするのだが、陰でその様子を笑う隊士も少なからずいた。一方土方は、なにを着ても様になるが、別の言い方をすればなにを着てもどこか流儀を損なっている風に見え、正式な席で変に目立ってしまうことが多い。内包する異様が、着物を突き抜けてしまうのだろう。

四人並んで座敷に待つ。しばらくあって入室した松平容保の随分と痩せてしまった姿に尾形は驚いた。

前回、尾形が拝謁したのは半年前だ。たったそれだけの時間でこれだけ様子が変わるというのは、計り知れぬ気苦労のためだろう。もともとが病がちで、禁門の変のときも病の床を抜け出し御所で指揮を執ったという逸話が残っているほどだ。幕府から押しつけられるように、治安の悪い京を守る役を与えられ、そのせいで勤王家からは目の敵にされ、朝廷と幕府の板挟みになり、それでは疲弊するのも無理はない。幕府のみならず、一会桑の足並みも相変わらず揃《そろ》わない。こと一橋慶喜とは溝があり、事に当たるときの彼の煮え切らぬ態度に「はじめ勇にして後に怯《おび》える質」と会津の公用方などは苦り切っている。慶喜の弟を容保が養子に取り多少関係は改善されたものの、二人三脚で歩を進めているかといえば、そこまでは至っていない。誠心誠意働いても、出る杭《くい》は打たれるの連続で、それによく耐えこの京に止《とど》まっておられると、会津侯の細い身体を見ながら尾形は切ないような心持ちになった。

必死に動いても思わぬ所で横槍が入る。裏のない誠意が、仇《あだ》となることなど山とある。結局、己の望む場所へとまっすぐ延びた道など、はじめから自分たちには用意されていないのだ。世の理不尽に接するたび、そう得心する。焦らぬことだ。誰でも等しく、ひとつひとつ間違わぬよう進むことしかできないのだ。

「聞き及んでいるとおり」

一同を見渡すと、容保は切り出した。

「天子様より長州討伐の勅許が下りた。が、すぐに兵を差し向けるのではなく、まず長州の罪状を確認せよとの命である。御公儀も同じく再征には慎重を期す考えである」

眉《まゆ》が僅かに曇った。ここでは言えない複雑な事情が裏にはあるのだろう。

「それに当たり、長州に訊問使《じんもんし》を派遣することが朝幕の合議で決まった。幕府と長州の意見を折衝するため、まず安芸《あき》に赴き、そこで長州の使者に処分案を示す。訊問使には、大目付の永井主水正《もんどのしょう》様が当たられる」

容保の目が、ピタリと近藤に吸い付いた。近藤の肩がぐっとせり上がった。

「そこでじゃ近藤。そのほう、訊問使に随行し、共に西国に赴いてはもらえぬか。永井様を助け、長州との折衝に当たって欲しい」

思わぬ大役に近藤の顔がみるみる晴れていった。ありがたき幸せに存じます、と言いかけたのを、土方が横から遮った。

「おそれながら会津侯にお訊ねしたい儀がございます」

「言うてみよ」

「長州との折衝に新選組が赴けば、むしろ邪魔立てをすることになりかねぬかと存じます。池田屋以降、新選組に対する長州の恨みは一通りではございません」

容保の傍らに控えていた公用方が、臆《おく》したか、と叱責《しっせき》した。が、土方は公用方の言葉などまるで聞こえなかったかの如《ごと》く、平然と続けた。

「仮に、調停が主なる目的であれば、ここは幕吏で固められたほうがよろしい。しかし戦に持ち込むのが最たる狙いであれば訊問使への随行ではなく、まず新選組に部隊の先陣を預けていただきたく存じます」

容保は唸り、公用方も押し黙った。

訊問使随行、というのは確かに大役である。が、突き詰めてみればやはり新選組が担うのは永井尚志の護衛でしかない。勅許まで取りながら戦に持ち込むか否か未だ煮え切らない幕府。その決断を敵に委《ゆだ》ねるが如く訊問使を派遣し、そこで相手が牙《きば》をむけば仕方なく戦をするという受け身なやり方でなにを成すというのか。これは慎重策ではない、機先を制することを放棄した無謀である。容保も幕府の浅慮を十二分に察しながら、しがらみや重圧を跳ね返すことは叶わずにいる。そのような半端な役に局長を使われ、敵国に乗り込んでなにかあったでは目も当てられぬと土方は考えているのだ。

近藤は土方の意を計りかねているらしく、やや険しい顔になった。

「いや、ここは」

それまでひっそりしていた伊東が、沈黙を押し切るように口を開いた。

「私共新選組にできることあらば、力を尽くすべき時でござりましょう。長州の人間には身分を偽ってでも、我々が西国へ赴き、永井様をお助けすべきかと」

容保に向いてそう言った。近藤が隣で、同意するように小刻みに首を動かした。義《ぎ》侠心《きょうしん》の強い人物である。身を危険に晒《さら》そうとも、大きな活躍をしたいのだ。

「確かに長州は私共に恨みがある。しかし、だからといって避けてばかりいては、かえって増長を許すことになる。ここはひとたび相まみえて、膝《ひざ》をつき合わせて語らうべきかと存じます」

朗々とした伊東の声には得体の知れぬ説得力があった。

土方が間を空けずに続けた。

「先の件、いま一度御公儀に御上申いただき、先まで見据えたご指示賜《たまわ》りたく存じます」

公用方が、うるさそうに顔をしかめる。容保が土方に応えて、なにかを言いかけたとき、再び伊東が割って入った。

「私、伊東甲子太郎も、近藤先生にお供仕り西国へ赴く所存にございます。他にも数名、腕の立つ者を連れて行けばよろしい。長州の懐に飛び込むとて、無謀を働けば己の首を絞めることになるのは敵も嫌というほどわかっておりましょう。ぜひ私共にお役に立てる機会を与えていただきたい。御懸念には及びませぬ」

容保の顔に苦渋が浮かんでいた。新選組の随行は、おそらく幕府から決択として告げられたことなのだ。本来であれば、新選組のような一介の警護団が意見を言える余地などどこにも残されてはいないはずだ。それを敢えて意向を訊く形で話を進めたのは、容保の配慮だろう。

伊東はしかし、なぜ西国行きに躊躇《ちゅうちょ》せぬのか。自ら西国へ赴くとこの場で上申するからには、単に己の株を上げんがため、会津や幕府への忠誠を顕示するためばかりとは考えにくい。以前山崎が言っていた、篠原が薩摩を嗅《か》ぎ回っているという話を思い出して、尾形は不穏を感じた。

「そのほう、確か尾形とか申したな」

急に容保から声を掛けられ、焦った尾形は「へえ」とうっかり奇妙な声を漏らしてしまった。近藤が情けない顔でちらりと尾形を見る。

「そちの意見も聞かせてくれぬか」

伊東に従えば苦労はないが、土方の意見が的を射ているだけに、容保に逡巡が生まれたのだろう。が、意見を求められたところで尾形も惑った。新選組が兵も整えずに長州入りなど無謀にも程がある、しかし幕府の決議には逆らえぬ容保の立場を考えずにこちらの意向だけを説くことも憚《はばか》られる。煮えきらずにうねうねと体を揺らすだけの尾形を見て、公用方が大きな溜息《ためいき》をついた。

「僭越《せんえつ》ながら」

ようよう言うと、額から汗が吹き出た。

「薩摩はこのたび、幕軍に加勢いたしましょうか」

「いや……」

「幕府の再征決定は、第一次征長の際、長州と幕府の間に入って折衝し、戦を回避した薩摩の面目をも潰すことにはなりますまいか」

「尾形君。このたびのことはその際取り決めた条件を長州が反古《ほご》にしたことに端を発しているのだ」

近藤が諫めたが、容保は「続けよ」と尾形を促した。

「幕府は長州だけでなく、力を蓄えておる薩摩をも疎んじておられるようにお見受けいたします。長州征伐のあと返す刀で薩摩の勢力を押しとどめるようなことがあれば、むしろ危うき事態を招き入れることにはなりませぬか。薩摩との溝を深めることは利になりませぬ」

「尾形とやら。わしは今、訊問使のことを訊いておる」

「はあ」

「それに長州との折衝に入った薩摩とて、なにかしらの腹がなかったとは言い切れぬであろう」

「それ故、その内意を表出させるような行いをこの時期になさるのはいかがなものか、と」

　容保は天井を仰ぎ、沈黙した。

「もうよろしいではないか、尾形君」

伊東が言った。ついこの間まで「尾形先生」と呼んでいたはずだが、と関係のないことを尾形は思った。

「これ以上駄々をこねてはご迷惑が掛かる」

　尾形ではなく土方に当てているようだった。しかし、やはりここでも土方はなにも聞こえないといった澄ました顔をしていた。容保も伊東には応えず、土方に向かって言った。

「そちの意見、もっともじゃ。が、こたびは堪《こら》えてもらわねばならんかもしれぬ」

「この近藤、謹んでそのお役目お受けいたします」

口許《くちもと》を歪めた土方の代わりに、近藤が座敷中に響き渡る大声で言い、平伏した。それが先刻のように純粋に大役を喜ぶ姿ではなく、出過ぎた土方を庇《かば》うための平伏であることを、尾形はうっすら感じていた。


その夜早速、尾形と山崎が土方の居室に呼ばれた。

訊問使の件で指示が渡るのだろうと尾形は決めてかかっていたのだが、土方の口からまず出たのは谷三十郎の名前だった。心得たもので、山崎がすいと答える。

「勝手な金策、私闘、いずれも縁がございません。その代わり隊務に励んでいるわけでもございませんが」

諸藩の監察に止まらず、内部の人間にも目を光らせるなど、山崎は身体がいくつあっても足りぬだろう。

谷三十郎はもともと乱暴な男ではあるが、昨今の荒《すさ》みようは以前の比ではない。特に、五月に大坂で起こした、藤井藍田を一存で撲殺した件は近藤をことのほか怒らせた。

「乱暴狼藉と、武士としての命の扱いは違う」と三十郎を怒鳴りつけた。こうした武士らしからぬ狼藉が話題となって、世間からいつまでも浪人衆としか見てもらえぬ、今までつきまとってきた評判の歯痒《はがゆ》さが、近藤を執拗にした。三十郎を叱責し、終《しま》いにはその末弟である近藤周平を養子から外すことを告げた。爾来《じらい》、三十郎はすべてに投げやりになった。隊務を怠り、あれほど取り入っていた近藤を避けるようになった。

「ひとり芝居なんだ、あいつは」

土方が言う。

「なにもしねえのに、なにかがもたらされると思い込んでいる」

「いえ土方先生。谷先生は精一杯働いていると、本気でそう思われておりますよ」

土方が怪訝《けげん》な顔を作った。

「もっともそれが、ご本人にしかわからぬ見当違いな努力なんですが」

愉快そうに山崎が言った。飄然《ひょうぜん》としているが、毒がある。人の人間に対してピリッと辛い批評を挟む癖があることを、一緒に動くようになって尾形は知った。人物を横から下から斜めから見透かして、もっとも弱いツボを探り当てる。そこに手をかけ相手を裸にしてゆくからだ。けれど、その過程で山崎本人は、感化されることも感情的になることもないのが不思議だった。

「ともかく、野暮な火種の延焼は一番始末が悪い。あまり勝手をさせるな」

世間話を引き取るように言って、土方は本題に入る。

長州訊問使への随行は避けられぬだろうこと。そうなれば局長である近藤が西国に赴くのが筋であり、また幕府、会津の希望でもあろうこと。敵地にみすみす入るわけで命の保証はないだろうこと。

淡々と言葉を継いだ。幕府への批判も、近藤を案じる気持ちも、土方は一言も漏らさなかった。

「伊東さんの言う通り、新選組ということは伏せる。永井様の家臣ということにしていただく。幕府の使節団だ。長州側もそこまで思い切ったことはすまい」

一呼吸置いてから、近藤と共に西下する人員を挙げはじめた。土方は近藤不在の間、局を管理するために残る。代わりに本人の希望通り伊東を行かせること。近藤の要望もあって武田観柳斎にも同行してもらわねばならぬこと。「なんで近藤さんはあんな追従《ついしょう》ばかり言う奴を好くのかねぇ」と、笑みを交えながら付け足した。

「それでだ、監察方の人間もほとんど、局長に同行してもらうことにした」

「ほとんど、全員？　他には？　組頭の方は」

山崎が珍しく声を裏返した。よほど意外だったのだろう。

「組頭は残す。あまり大所帯にすることもなかろう。監察の人間には西国の様子も見ておいて欲しいのだ。案ずるな、危険な役だが、いざというときは局長が首を差し出せば、君らにまで累が及ぶことはない。それからふたりには、伊東の様子も気にしておいて欲しい。なにやらこそこそ動いているらしいが、西国に行けば大胆になるやもしれん」

山崎は合点がいったのか、笑みを浮かべて頷いた。

今度は尾形が戸惑う番だった。方策ではなく、感情の部分で理解ができなかった。近藤と土方は武州にいた頃からの盟友である。隊務の上では一線を引いているが、端《はた》から見ても兄弟のような親密さが随所で垣間見える。だからこそ容保の前で土方は、新選組局長の西国行きの危険性を示し、あそこまで思い切った意見を述べたのだろう。それを、いざとなれば近藤が首を差し出すなどと、お役とはいえそこまで切り換えられることが、不可解だった。

「おい。他人事《ひとごと》みてぇな顔をしているが、君も同行するんだぜ」

ぼんやりしていた尾形に、土方が言った。

「あ、はい。わかっております」

「新選組はその間、長州との戦に備えて仕度を整えておく」

「しかし、ここは戦に持ち込まぬほうが……」

「薩摩が加勢しそうもねぇからか？」

「それもございます。無論、時には、不利とわかっておってもやらねばならぬ戦もありましょうが……」

「今回は違うか」

「やるならば先の征長で、禁門の変の後始末をきっちりつけるべきでした。あのとき幕府は、戦を回避し安易に調停に持ち込んだ。薩摩の折衝を渡りに船と致しました。長州は一度恭順を示し、三家老の首まで差し出している」

「しかし藩主父子は、その後の糾問に応えよという命に背いている」

「いえ、内実の問題にございます。こたびの幕府は、薩摩をはじめとする雄藩の力を止め、朝廷をも統治する、そのきっかけとして再征を唱《うた》っております。単に、己《おの》が力を誇示するための戦、先年とは状況が違います。戦というのは大義名分を作ってまですべきものではございません。雄藩を治めたいのならば、しかるべき方法があるはず。無理な正論をでっちあげて戦をすれば、仕掛けたほうに亀裂が入ります」

「そういうもんかねぇ」

土方は珍しく殊勝に話を聞いた。

「それに、もはや時間が経ちすぎております。禁門の変より一年余り」

尾形は続けた。

「過去の責《せめ》をいつまでも問い続ける者に、先はございません。一度負けた相手を追いつめるのは容易い。しかし、どこかひとつ抜け道を作ってやらねば、追いつめられた相手は再び牙をむきます。となれば、争いごとは終わりを見ない。それは真の統治からは程遠い行いではございませんか」

今宵《こよい》はやけに語るじゃねぇか、と土方は茶化すようなことを言った。それから真顔になって、そういうことを御上《おかみ》に直言できる立場にあれば気分がいいだろうが、と独り言のようにこぼしてから、またさっぱりと表情を変えた。

「ともかく、俺は会津侯の申されるに従い、戦に備えて待つだけだ。おめぇたちは気を入れて西国の探索に励んでくれ」

「それであの……近藤先生のことですが、西国行きは危険が大きすぎます。首を差し出せとおっしゃるようなお役では……」

しどろもどろに尾形が言い掛けるのを土方は押しとどめた。

「いいんだ。大丈夫だ、あの人は」

「しかし……」

「いいか尾形。この世の中にてめえにしかできねえことなぞそうそうねぇんだ。得手不得手はあろうが、大概のことは替えがきく。俺がやっている役にしても、俺でなくともできる。現に監察の指示を、お前が引き継いでいるだろう。ただ、近藤さんがやっている仕事だけは、一事が万事あの人にしかできねぇ役目だ。近藤さんという人物があって、はじめて成り立つ働きなんだ」

土方の仕事こそ他の人間にはできぬだろうと思ったが、話を打ち切ろうと決然とした表情になった土方を見て、言葉をしまった。出立が近くなったら詳細な指示を出す、という一言で、談議は終いになった。

部屋を退出し自室に向かいながら、「ほんによろしいんでしょうかねぇ」と糸を引いた疑念を山崎に投げかけると、「訊問使随行に指名されて局長がいかねば筋が通らんでしょう」とこともなげに応えた。

「近藤先生は確かに、存在そのものが大きな仕事や。この役、誰かが代わるゆうてもそれは無理や。それにうまくいけば近藤先生にとってはこれ以上ない箔《はく》が付く、名誉も手に入る。それが上からの命なら受けるしかないわな」

「しかし、土方先生に御懸念はないのでしょうか」

尾形が重ねて言うと、「鈍いお人やなぁ」と山崎が笑った。

「そやから、これでもかゆうくらい監察を連れていきますんや。わしらの目ぇで細かく周りを固めて、近藤先生をお守りしろっちゅうことですわ。血の気の多い剣客を連れていって大立ち回りをやらかすようなことになれば、それこそ収拾がつかなくなる。敵地やさかいになぁ。そうやなくて、事が出来する前にそれを揉み消してお守りしていくんが、わしらのお役目でっせ」

山崎は御店者《おたなもの》のような軽妙な口調で言って、「結局、こっちが命張れっちゅうことですわ」とおかしそうに歯を見せた。

尾形は身の内の澱《おり》がすいと流れていったのを感じた。

自分がこれから今までになく危険な仕事に臨むというのに、なぜ急に気が晴れたのか、その理由をうまく摑むことはできなかった。

三

横を歩く三木三郎の縁取草履の鼻緒が、ブツリと大袈裟な音を立てて切れた。足を取られたらしくよろめきながらも、平板な声で「やはりな」とつぶやき、替えの草履を懐から出した。

「なんだえ。切れそうだとわかっていたんなら、はなから新しいほうを履いてくりゃあいいだろう」

篠原が言うのに三木は応えず、履きつぶした草履を懐にしまった。

三木とは江戸にいた頃からの馴染《なじ》みだから、もう三、四年の付き合いになる。だが、どうにも間が縮まらない。たまに、この男と伊東に血の繫がりがあるのだということを思い出して、そのたび信じられぬという思いに駆られる。

京に上ることになったとき、篠原や加納といった面々は、三木も参加することを知って苦い顔を見合わせたのだ。この昼行灯《ひるあんどん》のような男と、尊皇攘夷を成すでもなかろうと一様に思ったからだ。京に来ても三木は、聡明な兄の陰にすっぽりと隠れるようにして日々を送っている。新たな組替えで組頭についたはいいが、一隊をうまく仕切っているという話は聞こえてこない。積極的に意見を言うこともなければ、気の利いた働きをするわけでもない。代わりに、平隊士に対して権高に振る舞うこともなかった。ただ火の消えた蠟燭《ろうそく》のようにひっそりとそこにいるだけである。

まだ十六、七の頃、三木は志筑藩士《しづくはんし》の元へ養子に出され、家族と離れて暮らしていたという。伊東たち一家が領外へ出て暮らしていた頃だから、養子の口は家族にはありがたい話だったはずだ。三木もしばらくは養子先でおとなしくしていたが、藩務も怠り、酒乱の癖まで出て、結局離縁になった。それからまた伊東と行動を共にして今日に至ったというわけだが、他にしたいこともなく、仕方なく兄に従っているだけではないのか、というのが、篠原の見立てである。ところが京に上ってから、時折、この男はすべてをわかっていて木偶《でく》の坊を演じているのではないか、と疑うようになった。

大坂の万福寺に詰め、藤井藍田という学者を訊問する役に当たったときも、彼と繋がりがある勤王家の名よりむしろ昨今の長州の情勢を聞き出して、それを伊東だけにこっそり告げていたことを篠原はあとになって知った。藤井から聞いた話を辿《たど》って、赤根武人《あかねたけと》という長人が六角獄《ろっかくごく》に繫がれているという事実を摑んできたのも、三木である。どうやってそんな内々の話を聞き出すんだい、と問うても三木は「たまたまだ。運がよかった」とやはり薄呆《うすぼ》けた声で言うだけである。

近く、幕府の訊問使に随行して、近藤や伊東が長州入りをする。その際、赤根武人を引き連れて行けば、なにかしら役に立つのではないか、と三木は伊東に提言している。

伊東が自ら訊問使随行に名乗りを上げたのにはわけがあって、うまくすればこの機に西国の勤王有志と顔繋ぎができるのではないか、と考えたからだ。隊務に沿う形で西へ下る名目を見つけて、近藤や土方を説得するのは至難の業だが、これならば少しも不自然ではない。さすがに長州入りは危険だろうと篠原は止めたが、「いや、少しでも人脈が欲しい」と伊東はいつになく性急だった。薩摩の吉井幸輔の発言も、伊東を急《せ》かしているのだ。

吉井は、はじめこそ警戒を見せたが、あれから二度も伊東に会っている。といってもこちらの誘いに乗るだけの消極的な交わりで、また会ったところでいっかな内実を語る様子もないのだが、時折薩摩ではなく諸藩の様子を漏らすようになった。こと長州に関しては、こちらに探りを入れるような言葉を重ねていた。「新選組ならば、長州のことを摑んでいると買いかぶっているのさ」と嘲笑《ちようしよう》気味に伊東は言う。

「敵がどこまで長州の内情を摑んでいるのか、それを知りたいだけだ。おそらく長州を把握するということは、薩摩も把握されるということなのだろう。ともかく、西国に行ってかの地の動静を知ることだ、吉井と繋がったとはいえ利用されて終わったでは仕方がない」

そうとわかっているなら吉井に会うこともなかろう、他に道を探ればいいと諫めると、途端に伊東は顔を険しくする。

「せっかく手に入れた有力なつてだ。それに、自分より高い場所にいる者には、多少の不利を承知で近づくのは致し方ない。吉井はそれなりの報を漏らしている。それをどう生かすかはこちら次第だ。初手からなんでも打ち明けるような人物では、かえって度量が知れる」

最近とみに顕著になった、伊東の、才気に裏打ちされた大胆な動きをうまく制御できずもどかしい。その才量が自分にあればどれほどいいか、としばしば篠原は思う。伊東は、なにかと篠原を重用するが、自分が彼の意思を汲んで巧みに動けるか、といえば、一を言われれば一を成すのが関の山だ。伊東の動きを支え、さらに新選組幹部にこちらの魂胆が漏れぬよう目配りすることなど到底無理だ。俊敏な伊東に「慎重に」と言い募るのがせいぜいで、そのたび「それだけでは時流に乗り遅れる」と言い返されることに終始している。

赤根武人の件にしても、伊東は、間者として長州に送り込んで幕府に協力させる目的ではなく、有力な勤王家へのつてを得るという個人的な目的のために使おうとしていた。近藤には適当なことを言って切り抜け、西国へ下る最中に赤根に真意を含めばいいと考えていた。

早速伊東は、近藤に赤根の件を提案した。近藤ははじめ、赤根武人をみすみす逃すことに二の足を踏んだ。が、そこは伊東が粘った。いきなり幕吏や新選組が行って、長人を懐柔することは至難の業だ、ここは赤根に一肌脱いでもらいこちらの意思を伝えさせればよい、またその後は間者として長州の動きを探らせることもできよう。懇々と説いた。その甲斐《かい》あって赤根同行の許可が下り、大目付の永井尚志には伊東直々に話をつけて了承を取り、赤根引き渡しの期日を決めた。その身柄引き取りのために、今、篠原と三木が六角獄に向かっている。

草履を履き替えた三木は、「八木の屋敷からだったら近かろうに、存外距離がある」と他愛《たわい》ないことをつぶやいた。六角獄は壬生から至近である。篠原からすれば、屯所が移らなければ、こうして三木と息苦しい時間を長々と共有する憂鬱《ゆううつ》も少なくて済んだということになる。

「久々に八木の家にでも寄っていくか？　西本願寺に移ってから顔を出してねぇだろう」

「壬生の屯所にはなんの思い入れもない。あすこは近藤一派の臭《にお》いが染み込んでいるだけだ」

無表情のまま三木は言い、それ以上この話が続くのを避けるように「赤根がすんなり同意してくれればいいが」と話題を変えた。

「赤根という男はしかし、なぜこの時期に国を抜けたんだい？　藩の御庭番《おにわばん》でもねぇんだろう」

「薩摩と違って長州は隠密には向いておらん。激情家が多いからな」

「じゃあ、また京で暴動を起こすために潜り込んだか？」

「いや、国を抜けたというより、国を追われたというほうが正しい。長州では今年に入って正義派が勢力を盛り返したろう」

長州の藩論は、攘夷倒幕を唱える過激分子「正義派」と、幕府への恭順を意とする「俗論派」とに分かれている。元治元年、禁門の変に破れ、四国連合艦隊に砲撃されて力をなくしていた長州では俗論派が台頭した。奇兵隊を立ち上げた高杉晋作など主立った正義派は、亡命を余儀なくされた。高杉を欠いた奇兵隊を存続させるために動いたのが、赤根ということだった。彼は、当時勢力を保っていた俗論派と歩み寄ることで隊の解散を回避しようとした。が、正義派からすればこの行為は、変節以外のなにものでもない。第一次長州征伐以降、高杉晋作が奇兵隊に復帰し、再び藩内で正義派が力を持つと、裏切り者呼ばわりされて国を追われた。京に辿り着き、独自に勤王活動に携わっていたところを、幕吏に捕らえられたということだった。

「赤根は別段、意志を曲げたわけではねぇのだろう。奇兵隊を残すための方策だろう。俗論派との調停役を買って出ただけなのに、運が悪ぃ男だな」

他人事だと切り離せぬなにかを感じて篠原は嘆息が漏れた。

「いや、半端な調停は双方の恨みを買う。思想を違えた者同士をまとめようとすること自体が間違いだ」

「でもそのときはそうするより他なかったんじゃねぇのかい」

「この時世に、なにかを守ろうとすること自体が愚なのさ」

ボソボソと覇気のない三木の声だった。なにが楽しくて生きているのかと、そんなことすら疑いたくなる薄暗い声だ。


赤根武人の引き渡しは思いがけずあっさり済まされることになった。

大目付の永井尚志というのは、薩摩の人斬り新兵衛を自害に追い込んだ人物だと以前富山弥兵衛から聞いていたのでかなりの強者だろうと覚悟していたが、間近に接した五十がらみの男はやけに気さくであけすけな性質らしく、「新選組も面白《おもしれ》ぇことを思いつくねぇ」と感心とも呆れともとれる笑いを漏らしただけであった。赤根も既に幕吏の西下に従うことに同意しており、永井からもなんら詮議がない。そつがない伊東の巧みな根回しのお陰で、まったくつまずくことなく事が運ぶ。ところが、獄から出される赤根を待つために通された部屋で思わぬ先客を見つけて、篠原も三木も立ちすくんだ。

座敷にちんまりと座して茶を啜っていたのは沖田総司であり、彼は篠原の顔を見るなり「近藤先生にさっき急に、篠原さんのお手伝いを頼まれちまいましてね。急いで来たら先についてしまったような具合で」と気まずそうに頰を掻《か》いた。今日、赤根を引き取ることは随分前に局長、副長、参謀の三役は承認していたはずである。篠原、三木が引き取り役を担うことも、昨日今日決まったことではない。それを、こちらには知らせず急に別の人間を寄越《よこ》すなど、どうせ土方の差し金だろうと篠原は思う。伊東の息が掛かった自分たちだけに、長人を託して勝手をされることを危惧《きぐ》したのだ。細かなところに気を配る男だと嫌気が差すのと同時に、こんな些細な確執に目を光らせるより他にやるべきことがあるだろう、と愚弄《ぐろう》したい心持ちになった。すべてがくだらなく色褪《いろあ》せて見える行いを、近藤の一派は繰り返しているのだ。

「さっきちょっと会ったけど、赤根さんという人はなかなかの人物でしたよ」

闇雲に明るい声の主が、以前より瘦せて頰骨が目立っていることを篠原は見つけた。

「赤根さんの件は、三木さんのお手柄だと聞きました。永井様も先程、六角獄に繫がれた罪人の素性まで知っているとは油断がならぬと驚いておられたよ。いやぁ、立派な働きだ」

三木は表情にうっすら不快を滲ませて黙っていた。赤根の件は局中では伊東が偶然幕吏から報を仕入れたということで通っていたはずである。

そのとき土間に続いた襖が開けられ、目を向けると同心に連れられた男が地べたに正座をしたところだった。髭《ひげ》も月代《さかやき》も伸び放題の見窄《みすぼ》らしい有り様だったが、よく見れば清廉な顔立ちをしており、目に力もあった。手にかけられた縄を握った役人が、男が赤根であることを告げ、赤根は深々と礼をした。

「ねえ赤根さん、さっきも訊いたように、長州に戻るのはあなたにとって不都合はないですか？」

やにわに沖田が問い掛けたので、篠原は泡を食った。今更なぜ、すべてを振り出しに戻すようなことを言い出したのか。

「長州ではあなたを快く思っていないお人も大勢居るんだろう？」

「私が俗論派と通じたことが元凶なので致し方ありません。ただ、これ以上の戦は長州にとっても無益、それを止めるのにお役に立てれば私は命など惜しくはないと思うちょります」

「うーんと、そういうきれい事じゃなくってさ。だって、死ぬのはきっと痛いぜ」

「沖田先生」

さすがに篠原は口を挟んだ。

「この者がかように申しているのですから、ここは私共に尽力いただこう。それにこのまま六角獄に入れられておれば、それこそどのような処分を受けるかわかりませんぞ」

「でも国を追われて、しかも新選組について帰ってきたとあっちゃあ、もっと危なかろう。なにをされるかわかったもんじゃないですよ。それに、この人の折衝で丸め込めるほど長州が柔軟なら、あんな戦は起こらなかったろう」

「長州には柔軟な考えを持った人物も多くおります」

赤根が平伏したまま弁明した。さんざんな目に遭ったというのに、まだ国への愛情を宿している。勤王激派として京に潜伏し、したい放題の長州脱藩浪士たちもこんな風に、いずれ藩に認めてもらいたいとどこかで思っているのだろうか。自藩という拠《よ》り所《どころ》を持つ人間の心境というのは全体どういったものかと篠原は想像して、なぜか気持ちが寒くなった。それでも今は、沖田を説き伏せねばならない。

「国のために働く志、立派ではござりませぬか。沖田先生、ここはこの者の志を汲もうではありませんか」

「でもねぇ、志のためならなにをしてもいいというものではないでしょう」

沖田は、篠原と三木をじっと見据えてそう言った。悪寒が、走った。まるでこちらの意図を見透かしているような目つきである。その目をふっとはずし、

「まあいいか。この人は利で動いているわけではなさそうだし」

沖田はひとりごちた。

「きっと赤根さんは守ろうとしたものがおありだったんだろう」

意を汲めぬらしく、赤根は不可解な面を作って首を前に突き出した。

「そういうものを持つのは厄介だが、でもそれがないと生きていく甲斐もないからね

え」

そこにいたすべての者を置き去りにし、ひとり納得したように頷いて、沖田はずずずと奇怪な音を立てて茶を飲んだ。

そこへ永井尚志が入室し、一同平伏して、赤根の引き渡しが行われた。

六角獄を出、篠原と三木とで赤根の両脇を固め、西本願寺へと向かう。自分は関係がないと言わんばかりに、あちらを覗きこちらを覗きしながら、先導していく沖田の背中が見え隠れする。距離が開いたところで、「なんじゃ、あいつは」という怒りを凝縮した震え声が、近くで鳴った。見ると、三木が珍しく感情を露わにし、顔の筋肉を波打たせている。

こやつも生きていたのか、と篠原は妙な感慨に囚《とら》われていた。

四

海は、空の灰色を映しているだけの荒涼とした姿で横たわっていた。

「瀬戸内の海はええじゃ。穏やかでのう、淡い色で透き通っておるんじゃ。安芸に回られるなら、是非見とっただきたい」

出立の前にそう言っていた、浅野薫の屈託ない笑顔を思い出した。備前の産だからこのあたりに詳しい。が、別段国自慢をしたかったわけではなかろう。浅野は類を見ないほど人がいいが、極めて利発な男である。長州訊問使に随行するということがどれほど危険なお役であるかを察して、こちらの緊張をほぐそうとしているのだろうと、尾形俊太郎はありがたく瀬戸内の話を聞いた。

「無事に戻れましたら、私が見て参りました海の様子を、浅野君にお話ししましょう」

尾形が応えると、浅野は一瞬困った風な顔をして、「なんも、案ずることはないでしょう」と自らに言い聞かせるように言った。

河口から海にゆるゆると注ぐ水から、白い湯気が上がる。寒気が足の爪《つめ》を刺すのに堪え、鈍色《にびいろ》の光の中に白い鳥が輪を描いているのを、尾形は一心に眺めた。

近藤勇は、遺書らしきものまでしたためて土方に手渡したと聞いている。天然理心《てんねんりしん》流《りゅう》は沖田に継がせる、新選組は土方に預ける。そこまで覚悟した西下だった。それは尾形にしても、同じことなのだ。

尾形や山崎と再々この随行に関して打ち合わせを重ねながら土方は、しかし感傷的なことは一切言わなかった。

まず長州入りが叶ったら、正兵の動き、民からなる諸隊の詳細を探ること。武器の有無、銃や大砲など揃っているとすれば、どこから入れたものかを見極めること。同行する赤根武人の処遇は伊東の意思を優先させること。赤根の動かし方を見て、伊東の真意を摑めばいい、ということ。土方は事務的に指示を下し、それでも二言目には「近藤さんが行くんだ。大船に乗ったつもりで行けよ」と尾形らを鼓舞した。その言葉を聞くたび、近藤を守らねばならぬという重責に、尾形は押し潰されそうになった。

頭にこびりついたままの張りつめた土方の表情と、一隊の先頭を行く近藤の背中。西へ向かう道中、尾形の意識は何度となくそのふたつを往き来して、そのたび緊張に震えた。近藤のあとには、伊東甲子太郎、武田観柳斎、新井忠雄、服部武雄、芦屋昇、吉村貫一郎そして尾形と山崎が従っているだけの小隊であった。

十日程の行程を経て安芸に辿り着いた夜、「ちょいと尾形さん、ええですかいな」と山崎烝に呼ばれた。宿の別室に通ると薄暗い灯《あか》りの中で、「お疲れんとこ、すんまへんなぁ」と恐縮している。一隊の中で、いつもと様子が変わらぬのはこの男くらいなものだろう。

「いやなに、赤根の件ですがな」

山崎は切り出した。

「一度、局長も交えて話す機会を作ったほうがええと思いますんや」

尾形も同じことを考えていたところだった。

大坂を出立するなり、服部武雄と新井忠雄が赤根の牽引役を買って出、他の者が近づけない状態をさりげなく作った。ふたりとも伊東側近の者である。おそらく、伊東の私的な目的に赤根を使うために、道中諄々と何事かを説いているのではないか、と尾形は察していた。

「近藤先生ははじめから長人を連れていくことには乗り気ではなかったですからな、赤根に近づこうとせん。そこを好きにされてはかなわんよってにな」

「土方先生は、赤根さんの処遇を伊東先生に任せて、その真意を計りたいようでしたが」

「わしもまあ、この際赤根は利用すればええと考えてましたんや。伊東の勝手にさせれば、赤根の動かし方を見て、奴の魂胆も摑めますからの。ただ、安芸に入って考えが変わりましたわ。伊東がなにを目論《もくろ》んどるか知りまへんが、ここで赤根にいいように動かれたらえらいことになりまっせ」

その通りだった。

雄藩が力を持ちはじめていることは十分にわかっているつもりだった。とはいえ、幕府の威光はまだ衰えてはおらぬだろう、とたかを括《くく》っていた。それが西国に入って、見事に覆された。訊問使を迎え入れた芸州の役人たちの態度はひどくぞんざいであり、町人たちの反応もあからさまに冷たい。まるで異国を訪れたような心細さに襲われた。一応の中立を保っている芸州でもこの有り様だ。長州がどこまで強硬かと空恐ろしくなった。京にいて薩摩の動きに目を光らせている新選組の思惑よりも、西国では数倍の速さで時世が変わりつつあることを肌で感じた。

　赤根を長州に渡して恩を売り、彼には調停をさせ、可能ならばその後の探索もしてもらう。そんな都合のいい話が、この地で通るとは到底思えなかった。伊東がなにを吹き込んだか知れぬが一旦さらにして赤根を放さなければ、彼の動き如何《いかん》によってはこちらに火の粉が降りかかるかもしれない。それはつまり、近藤を危険に晒すことと同義である。

「しかし、伊東先生は、赤根さんをどのようにお使いになるおつもりか」

「長の動きを探らせるんやろが、幕府のためにっちゅうことではありまへんわな。わし、伊東はんは、なんや薩長に寝返りそうな気がしてしゃあないわ」

「まさか……。確かに伊東先生はもともと尊皇思想がお強いですが」

「薩摩に寄ったり、長州を探ろうとしたり、局内でも尊皇、尊皇と隊士を焚き付けとる」

「焚き付けているわけではないでしょうが……。尊皇は基本的な考え方、なにもおかしなところは……」

「そうか？　あれは巷の勤王家が言うとることと同じやで」

「新選組を勤王集団と化すために？」

「さぁな。まあともかくや、赤根をどうするかですわ。伊東との繋がりは切って、間者《かんじゃ》はさせんことでっせ。下手に探索などさせて赤根が長人に新選組の名を出せば、思いのほか厄介や」

「しかしどのように封じましょう？」

「裏工作をする時間もなし、ここは近藤先生に皆の前で下知していただくよう持っていくしかありまへんなぁ。近藤先生には、尾形さんから言って下されば大方うまくいきましょう」

「私から？」

「他に誰がおりまんねや」

尾形が上目遣いに山崎を見ると、「わしは万事、陰でっさかい」と横を向いた。こんなところで譲り合っていても仕方ないと腹を括り、尾形は渋々役を引き受け、「しかし伊東先生も、なにをお考えか……」と思わず漏らした。

「まあな、ああいう利口な人が、時勢に煽《あお》られて方向を変えたなるのも仕方ないですわ。新選組には議論ゆうもんが欠落しておりまっさかい。志を違えたとして、それをお互い修正したり、誤解を解いたりする機会がないのんや」

どちらの味方だかわからぬことを、山崎は言った。至極引いた目線で世の中を見ているせいかもしれない、時折、山崎自身の在処がわからなくなることがある。こうして語らっていても、ともすれば対岸にいるのではないかと急に寒気がすることもある。安心して仕事を任せられる相棒でもあり、得体の知れない怪物でもある。土方はおそらく山崎の確実性ではなく、むしろ摑み所のなさを気に入っているのだろう。その分、実直な近藤は、山崎をあまり側《そば》には置きたがらない。多面性を持たぬ自分のような人間を好むのだ、と尾形は思う。うまく己を出すことができず、その割には他人から容易に本質を読まれてしまうことを尾形は密かに引け目に感じており、それだけに山崎の姿に時折憧憬《しょうけい》とも畏怖《いふ》ともつかぬ感慨を抱く。

「確かに、新選組には議論の場がありません。薩長の藩士たちは上も下もなくさかんに議論を交わすといいますな。京に潜んでいる勤王浪士たちも同じでしょう。そこからひとつの結論を導いて統制を図っていくのでしょうが、新選組は上層部だけが権限を持って、従わねば切腹です。もしかするとこれからの時世、このやり方が足を引っ張ることになるかもしれません」

山崎は足を崩して、「しかし新選組が議論の場になったら、わしは一番に抜けまっせ」とさっきとは真逆のことを言って大笑した。

「言葉には限度がある。しかも大した力はないですわ。丸一日議論したって、伝わることは時候の挨拶くらいなもんや。『ええお天気や』『そうでんな』ってなもんですわ」

「……それは極端でしょう」

「ま、いずれにせよそんなもんに割く時間は無駄や。言葉なんちゅうもんは補足くらいに考えといたほうがええですわ。なに言うてもただですさかいにな。それに惑わされんために、わしらは態というもんを持っとるんちゃいますか」

そのような気もしたし、そうではない決定的なものを頭のどこかで感じてもいた。局の在り方もやはり、今のままがいいようにも思え、またどこかで大きく変わらねば破綻《はたん》を招くことになろうという予感もあった。

「赤根さんを引き取りにいったのは篠原先生でしたでしょう」

「あと三木先生ですわな。あん人が動いて、赤根に当たりましたからなぁ」

山崎は最近では直接伊東の動きは探らずに、篠原泰之進、三木三郎、新井忠雄といった外堀を攻めるやり方に切り替えた。とはいえ、顔が知れているだけに大っぴらに探索ができず彼らの子細な動きを摑みにくいのが焦れるところなのだが、それでも伊東が局に報告するのとは異なる意外な事実をたびたび仕入れてきた。

「なぜまた伊東先生は、三木先生の働きを隠しておるのでしょう」

「さあ。どっちの働きでも構わんことですのになぁ」

「手柄を独り占めしたいのか、伊東一派が組織的に動いているのを嗅がれたくないのか……」

「そら、後者でしょう。伊東さんはな、大胆に見えてあれで存外石橋を叩いて渡るお人や。それだけにな、いくつも段階を設けて事を運ぶんや。つまりはや、裏を返せばこっちが出し抜かれることは、まずないっちゅうことやで。わしは伊東に関しては、土方先生ほど心配してはおらんのんですけぇど」

「しかし、想像以上に時勢を摑むのがうまい」

「いやぁ、けどそのうち尻尾《しっぽ》出すんとちゃいますか。ああいう面目を保つんに命かけとる男は馬鹿にも狡猾《こうかつ》にもなりきれんさかい、つつけばコロリといきまっせ」

悠長な山崎の言葉を聞いていると、自分たちのしていることが少々複雑さを持った遊びのような気がしてくる。

「土方先生は、赤根さんを引き取りにいった篠原さんと三木さんに、私的なことに赤根さんを使わぬよう釘《くぎ》を刺したとおっしゃっておりましたが……。なんでも沖田先生が六角獄に行って一言いって下さったとか」

「え、誰がです？」

「沖田先生です」

山崎は吹き出し、そのまま頬を引きつらせてしばらく笑い転げた。

「それこそ言葉の無力や。あんなけったいな坊がなにを言うたところで、滅多に通じるもんやありまへんで」

はあ、と尾形も言うしかなかった。沖田が言うことは大概が突拍子もなく筋の通らないもので、周りを驚かすことはあってもまともな会話が成り立つことはなかなかない。

篠原たちにどんなことを言ったか知れぬが、確かに釘を刺すには至らぬという気もする。けれど、あの若者には独特の怖さがある。一流の剣客であることとは別の恐ろしさだ。彼の本質に篠原や三木が気付いていればまた違うのだろうが、やはりそれも容易なことではないのかもしれなかった。

大目付の永井尚志は安芸に入国早々、密使を出したり、同行した目付、徒目付《かちめつけ》らと合議を開き、慌ただしく動いている。大目付という立場にありながら、江戸者の特性をすべて身につけたような人物で、やけにさばけて気取りがない。実直な近藤とはことさら馬が合うようで、暇を見つけては「近藤、近藤」と呼びかけ、景観を語ったり江戸の話に花を咲かせたりと、心安く接していた。

その永井が渋面を作っている。近藤、伊東、武田そして尾形が部屋に呼ばれたこの日の昼過ぎも、普段は柔和な男の面に浮かんでいたのは、焦燥と苛立ちだった。

「明後日、国泰寺にて長州側の使節に会う。訊問八箇条を示して、それに関する返答を請う」

永井の言う訊問八箇条というのは、藩主父子の動向に言及するのはもちろん、馬関を訪れた英国人の接待に謹慎中の家臣が及んだ儀、筑前《ちくぜん》にいる五卿との関わりについてなど、長州の嫌疑ひとつひとつを挙げた一書である。

永井が扇子でポンポンと膝を打ちながら言った。

「特に公方様が気にしておられるのが、こいつだ。『一、大小砲夷人《いじん》より買入　候　事《そうろうこと》』。こいつぁ密貿易だ、長には交易は許されていねぇ、ましてや武器の仕入れは法度《はっと》だ。だから薩摩あたりも虎視眈々《こしたんたん》と貿易権を狙っているんだろうが」

ほう、と近藤が目を丸めた。伊東は微動だにしない。

「公方様が大坂に入るや、四国公使がやってきて兵庫開港を迫ったろう。あのとき薩摩の連中が、雄藩連合に審議させろだ、四国との折衝は薩摩にさせろだなんだと、公卿にけんけんけんけん捲し立てやがってこっちも難儀したんだ」

「四国の引き留めを薩摩が負ったところでいかにします？」

近藤が訊くと、永井は間をおかずに「つまりそのどさくさに紛れて、外交権を自分たちのものにしちまおうと考えたんだろう」と応えた。

この九月、イギリス、フランス、アメリカ、オランダの公使が将軍に拝謁し、条約勅許を要求、兵庫開港や関税率の引き下げを迫った。大坂湾に物々しい異国の船が集結したことで、大坂の町は蜂《はち》の巣をつついたような大騒ぎとなり、これも公方様がおわすからだと町人たちは一様に大坂城を恨めしげに眺めた。だいたい幕府に異人が払えるはずもない、このまま公方様がいたらろくなことにならん、そんなことが巷では囁《ささや》かれ、将軍と幕府の評判は失墜した。

「薩摩の言い条はなんとか抑えたんだが、こっちも強引なやり方で抑えたからな、あとで面倒なことにならなければいいんだが」

「おそれながら、その薩摩を抑えたというお働きは、どなたの手で？」

ずっと他人事といった顔で座していた伊東が、おもむろに口を開いた。

「一橋慶喜公さ。朝廷にも働きかけ、条約勅許を得ちまった。渋る公卿連中に『御許容なきに於《おい》ては、某《それがし》、責を引きて屠腹《とふく》すべし』とやったらしい。薩摩に口を出させなかった。天子様もまあ、薩人よりは慶喜公のことを買っているからさ。開港は叶わなかったがほぼ思惑通りだろう」

言った途端永井は、「まあしかし、あの方もなぁ」と口の中で何事かをこねていた。逆効果であった。そう、永井は言いたかったのかもしれない。

一橋慶喜の如才なさは、漏れ聞く働きからも容易く知れた。しかし雄藩への態度が強硬過ぎる。こたびのことも、いくら幕府の拠り所が外交権とはいえ、そこまで無下《むげ》に薩摩を突っぱねることもなかった。他にうまいやり方があったはずだ。そこまで考えたところで、蚊帳《かや》の外にいる人間があとになって批判するのは野暮だ、と尾形は自戒した。それでも西国の腹の奥が冷えるような地にあっては、そんなことを手慰みに考えて気を紛らわす他なかった。

「ともかくだ。八箇条に対して長州側からの返答を待って、できれば長州入りしてぇのだが」

永井は面倒臭そうに言って、近藤の顔を覗き込んだ。

「どうだ、近藤さん。もし幕吏が入っちゃならねぇとなって、あんた方だけ長州入りが叶うとなったらどうなさる」

尾形の隣で、武田観柳斎が身をこわばらせた。全身が永井の提言を拒否することを望んでいる。

「無論お引き受けいたしましょう。私はこの度、永井様の給人《きゅうにん》ということで参っております。近習《きんじゅ》の武田、中小姓の伊東、徒士《かち》の尾形、いずれも命を賭《と》してのお供。なんなりとお使い下さいますよう」

堂々としたものだった。いつからこれほど腰を据えて物事に当たるようになったのだろうと、尾形は改めて近藤を見た。以前は、土方がいなければどこかふらふらと軸がぶれる脆《もろ》さがあったが、揺らぎがいつしか消《き》え失《う》せている。しかし揺れて見えたのは時世の振り幅のせいで、もしかするとはじめから近藤の軸は微塵も揺らいでいなかったのではないか、とも思う。ひとつの目的を腹の中に保ち続けて、鬼才の二番手を信じてどっしり構えているその在り方は、ずっと変わっていないのかもしれない。

「交渉次第によっちゃ、長州入りを託すかもしれん。ただし無茶をすることではない、相手の様子でこっちも引くかもしれねぇ」

「遠慮はいりませぬ。私共にできることでしたら、なんなりと受け入れる所存にございます」

近藤の言葉に、武田が頭を垂れたのが見えた。何事か具申に及ぶかと思えた伊東は、あれきり鳴りをひそめておとなしく座ったままだった。


日が暮れ、夕餉《ゆうげ》が終わるとすぐ、尾形は赤根の件で近藤に相談を持ちかけた。山崎は、伊東を外して近藤だけを内密に諭せば良かろうと言ったが、今この九人ばかりの隊士の中にあって隠密裡《おんみつり》に事を運ぶのは難しく、かえって波風が立つだろうと、近藤、尾形、武田、伊東の四人立ち合いのもと、赤根を呼んで最後の詮議をしたいと提言した。

近藤は「赤根の件は、伊東君に任せてあるのだ」と鬱陶しがり、武田はもはや自分の命も危ないときにそんな長人のことなどどうでもいいという態度をあからさまにし、伊東はひどく怪訝な顔を尾形に向けた。いずれにせよ尾形の発案は誰にとっても迷惑であり、座に集めるまでがまず一苦労だった。「わしは合議は苦手やよって」と先程から姿をくらましている山崎が恨めしい。

ようよう四人が揃ったところに、縄をつけたままの赤根が引き出された。近藤が苦虫を嚙《か》み潰したような顔をした。

「赤根さんの処遇について、今一度しっかりと決めたいと思いますが、え〜」

尾形が言いかけたのを「その件、私からこの者に含んでおります。西国での委細はすべて私に伝えるよう、と」と伊東が遮った。

「その委細というのは……」

「以前打ち合わせた通りだ」

沖田が刺したという釘は、伊東にまでは届かなかったのだと尾形は悟る。もしくは沖田の言葉の裏に「勝手は許さぬ」という土方の影を見ながら、それを毛ほども恐れず受け流しているか。

尾形は赤根に向き直って、「報はどのようにして、伊東先生にお伝えになるおつもりですか？」と声を丸めて訊いた。

「はい。帰国しましたら早速に間に立つ者を手配します」

「もし私共も長州入国が許されれば、共にその下地を作ることができましょう。この者を帰還させたとあれば、長州に恩を売れる。こたびの折衝になにかしら利があるやもしれませぬ」

伊東が補足した。

「そういうことだ、尾形君。なんの異存もなかろう」

近藤が言いざま腰を浮かしたのを見て、尾形は慌てて体をずらした。近藤に向き直り、今一度、と訴えながら、ここは芝居を打つしかないと腹を決めた。出立前に念のために調べておいた赤根の背景を、順々に頭の奥から引き出した。

「赤根さん、あなたは確か、生国が周防《すおう》でいらっしゃるとか」

ふっと赤根の顔に陰が差す。

「同じく周防の月性《げっしょう》僧の門人になり、その後、吉田松陰先生の門弟になられたとか。ご自身の努力で藩に用いられ、奇兵隊も任された、素晴らしいことです」

「尾形君、なんの話をしている」

近藤の声が飛んだが、「いま、しばらく」と汗をかきながら尾形は続ける。苦労して作り上げた奇兵隊を維持するために、赤根が中心となって俗論派の意見に歩み寄り、解散を防いだことを近藤に説いた。近藤はそれを聞いても、やはり厳しい面相を緩めることはなかった。

「それがきっかけで、あなたは追放されることになったのですね」

「俗論派に傾いたと平隊士は反発し、命を狙う者もおりました故、ひとまず国をあとにしました。ただ、戦ばかりを繰り返しても仕様がないとわしは思うちょります。どこかで歩み寄ることをせにゃ、ずっと長州はしんどいまんまじゃ」

「しかし、初代総督の高杉さんが潜居から奇兵隊にお戻りになって、あなたのしたことを変節だと責めた」

赤根は黙ってうつむいた。

「そんなことはなかったのでしょう？」

「どの道を取るかいうことじゃったと思っちょります。私はあの一隊を潰したくはなかった。そのためにはなんでもしようと決めちょった」

「奇兵隊を高杉さんによって追われるとき、あなたは身分のことまで持ち出されたと聞いています」

赤根の顔色が失せた。動揺が見て取れた。尾形は密かに安堵《あんど》の息を漏らした。

そんな内実はあずかり知らぬところである。ただ、赤根が周防柱島の地下医《じげい》の出であることは山崎が調べていた。高杉晋作という男に面識などないが、藩の直目付《じきめつけ》を父に持ち、代々毛利家の家臣、藩や家を背負っているという自負もあるはずだ。高圧的で癇《かん》性《しょう》だという性質も噂で入っている。奇兵隊という身分を問わぬ隊を作った人物には相違ないが、こうした天才肌の男は、相手を攻撃するとき一番痛いところを平気で突く。一撃で闇に葬る。それがいかに倫理に背くことであれ。尾形は経験からそれを知っている。鬼才というのは存外そうしたものだ。質は違うだろうが、土方を見ていても尾形はたびたび同じような感慨を抱く。その推察がうまく的を射た。

「なんと、言われたのです？」

柔らかく問うと、赤根は身を小さくした。

「土百姓がなにを言うか、と……」

「それはまことか？」

これまで一切の興味を示さなかった近藤が身を乗り出した。

「高杉先生は代々、譜代恩顧の御家臣。私とは、あまりに差がありすぎるのです。私にはなんの後ろ楯もありません。松陰先生に学んだことばかりで、なんとか働いてきました。それを奇兵隊という一隊まで任せていただき、むしろ感謝せなならんと思っちょります」

消え入るような声になった。

「冷や飯を食うても、そうやって取り上げてくれた国んこつはなんとしても救いたいと思うちょります。ここで幕府との調停に役立てれば、私に非がないことを仲間に認めてもらえれば、露命を繋いできた甲斐もあろうかと……」

「尾形君」

近藤が言った。見ると、口許が小刻みに震えている。

「赤根の処遇は私から長州の使節に直接言伝《ことづ》てる。国抜けの件に関しては詮議なきようお願い致そう。それから伊東君。君が一任したという密偵の件、この者には相応しくない。永井様にもその旨、私から了承をいただく」

「……なんと申されます」

伊東が色めき立った。

「探索をさせねば、この者を戻す意味がありますまい」

「いや、それでは同じことの繰り返しだ。密偵の件が露呈すれば、長州の怒りに火をつける。この者はいつまでもいらぬ嫌疑を背負い続けねばならん。それよりも国に戻って恭順という方向を選ぶよう、赤根、おぬしが説いていくのだ。その役目、引き受けてくれるか？」

赤根はかしこまって平伏した。

「そんな甘いことでは長州の思惑は摑めませぬぞ」

常に冷静な伊東らしからぬ、癇癪《かんしやく》を起こしている。いつも伊東の意見を尊重する近藤も、この度ばかりはその言葉を汲まなかった。

「いや、それでよいのだ。幕府の偵吏も入っておる。我らも長州入りが叶えば探索することもできる」

「しかし、それだけでは」

「ただし赤根、国元でおぬしの手に負えぬ事があれば、書状をもって迷わず我らに報《しら》せよ。こちらで動かねばならぬこともあろう。よいな」

「その際」

尾形がすかさず割って入る。

「私に書面をいただき、近藤先生にそのままお渡しいたす形にしてはいかがでしょう。

さすれば局長、副長、参謀のお三方で、すぐに協議できましょう。伊東先生が受け渡しの表に立たれては、京に潜伏した勤王激派にどのような恨みを買うかわかりません」

「心配には及ばぬ。この者が送る書面まで、激派に知れようはずがないではないか」

「いえ、万が一のことがございます。参謀というお役が、今の新選組に欠けるようなことになれば一大事では済みませぬ」

尾形が言い、近藤が同意した。「しかし」と伊東が言い募るのを近藤はやけに気張った声で制し、「尾形君の言う通りでよかろう」と話を打ち切った。

「赤根。国元に帰っても苦労は多かろうが」

はい、と殊勝な顔で赤根は近藤を見た。

「周りの声に惑わされてはいかん。心根をしかと持つことだ。人の価値は身分ではない。無論出自でもない。己の志に偽りなく正直に生きているか否か、そこだけだ。それが他人には理解されずとも、けっして気をくじいてはならぬ。この世でもっとも見苦しいのは、他を欺く人間ではない。自分をごまかし、偽って生きる人間ぞ」

近藤はそれだけ言うと、座をあとにした。一貫して心ここにあらずといった武田もつられて部屋から出ていった。伊東はしばらく黙って座っていたが、尾形に一瞥《いちべつ》をくれ、なにも言わずに出ていった。

赤根を幕吏に返し、自室に戻ると体中の毛穴からドロドロしたものが吹き出した。ぐったりして横臥《おうが》したところで、すっと障子が開いて山崎が体を滑り込ませた。

「お見事でした」

正座して、丁寧に一礼する。

「しかし、出自を持ち出して局長の情に訴えるなんぞ、あんたも存外えげつないですなぁ」

そう言って、忍び笑いを漏らす。

「近藤先生はずっと出自で差別を受けながら、それを自力でくつがえしてきたお方です。私はそこを尊敬しておりますから、赤根さんも同じ境遇であると」

「まあ、なんでもよろし。これでうまく運びましょう。今頃伊東は歯がみしとりますわ。赤根からの報もこれで独り占めできんよってになぁ」

ほな、と断ると、山崎は身を翻して音も立てずに部屋から出ていった。

彼の姿が消えた後、いったいどこで山崎はあの会話の一部始終を聞いていたのだろうという疑問にはたと行き当たって、尾形の肌は一息に粟立《あわだ》った。

国泰寺に呼び出された長州藩家臣の宍戸《ししど》備後助《びんごのすけ》は、至極低姿勢に永井の訊問に応えた。しかし、礼を尽くしているのは表向きだけで、返答はのらりくらりと核心を避けている。慇懃《いんぎん》無礼《ぶれい》な態度を見て、末席に控えている尾形は気がくさした。戦を仕掛けず訊問使を送って寛大に接しているのだ、今のうちに幕府側と折衷案を見つけるべきではないのかと焦れる気持ちと、明らかに恭順の意志を捨てている態度の裏にある彼らの自信への恐怖が、渾然一体《こんぜんいったい》となって頭の芯《しん》を刺した。

「一番怖《こえ》ぇのは薩摩と長州が結ぶことよ。この二国が切れていりゃあ、幕府もなんとか巻き返す機会もあろうさ」

出立前に土方が言った言葉が耳に鳴った。杞憂《きゆう》に終わればいいが、という思いと、杞憂には終わらぬだろうという予感が、その周りに渦巻いた。

薩摩と英国はどれほどの交易をしているのだろう。島津斉彬が藩主の時代は、舎密学《セイミがく》に藩費を注《つ》ぎ込むなど西洋の知識を積極的に取り入れていた。早い段階から軍艦の建造も手掛けて、国を開くことこそ豊国の源となると考えていた。斉彬が作った開明的な考えは藩に根付いているはずだ。交易にも精通しているだろう。その知識が他藩に流れているとしたら……。薩摩、長州、土佐。なかなか摑めぬ西国雄藩の結びつきを見極めようとしては失敗することを、尾形は頭の中で繰り返した。

「それは、国の者たちの反感を買うばかりになりましょう」

宍戸が、永井の申し出た訊問使一同の長州入りを、あっさり断った声で我に返った。

「では近習の近藤内蔵助《こんどうくらのすけ》ほか数名を貴公に同行させることは叶いませぬか？」

「いや、どなたであれ、今入国されれば思わぬ波紋を起こしかねませぬ故」

永井は無理強いしなかった。相手の強硬な態度に、入国したところでなんら状況は変わらぬと判断したのだ。

「ひとつお伝え致したい儀がございます」

近藤の声が重苦しい沈黙を裂いた。

「尊藩の赤根武人なる者、京で幕吏に捕らえられ獄に繋がれておりましたが、このたび咎《とが》なき故放免いたすことに相成りました。けだし当方とはなんら関わりない者、その旨お含み下さりご配慮いただきたく」

赤根という名を聞いて、宍戸は顔を歪めた。「まだ生きて……」とうっかり言いかけて口をつぐんだ。赤根のこれからの苦境が透かし見えるようだった。

「それはご迷惑をお掛け致しました。しかし今や藩の要職に就く者ではござりませぬ故、その儀は永井様にお任せ申し上げます」

勝手に放免しろ、あとは与《あずか》りしらんということである。近藤も、永井も、それ以上はこの件に踏み込まなかった。

尾形は、伊東の一声を待っていた。なにか長州の使節に訴えるような気がしていたのだ。けれど、ここでも伊東はなにひとつ声を発しはしなかった。まるで人形のように固まったまま、一際安堵の表情を露わにしている武田の横に居るだけだった。

折衝は結局三日も続いたが、進展はなかった。二日目に赤根を長州へ潜行させたのだが、その夜になって永井から意外なことを聞いた。あの長州使節として出頭している宍戸備後助が、実は奇兵隊の山県半蔵《やまがたはんぞう》なる男だというのである。「偵吏が探ってきたんだが」と腹立たしげに言った。尾形はもちろん、近藤も山崎も血の気が引いた。赤根のことを安易に口に出してしまった、という後悔にまず襲われた。そのあとで、幕府の正式な訊問に対し、身分を偽った者を平然と立ててくるやり方に憤った。「これでは繰り返すだけじゃねぇか」と赤根の前で伊東に言った言葉を、近藤は再び口にした。どこにも真《まこと》がないことが口惜しかった。伊東は傍らにいて一部始終を聞きながら黙っていた。けれどその顔は、言葉よりも遥かに雄弁に、なにかを語っていた。

訊問を終えた永井は、「これで長州攻めの勅許が下りるかもしれねぇなぁ」と他人事のように言う。周りがよく見えている人物であり、また能吏なだけに独特の諦観《ていかん》がある。先の長州征伐の後、「自分は朝命に従い戦に赴いたのだ」と言い張り、幕府へ戦況報告をせずに尾州に帰った総督・徳川慶勝に代わり江戸へ赴き、長州への寛大な措置を聞いた幕閣から、八つ当たりのようにして謹慎を申しつけられたのもこの永井である。幕府の性質も嫌というほど身に染みているはずだった。

近藤は長州入国を諦めず、新選組隊士のみ率いて周防との境にある岩国に渡り、仲介を頼むと決めた。

「近藤先生、もうこれ以上粘っても難しいかと」

武田はそう言って執拗に京への帰還を促したが、近藤は耳を貸さない。

「ここまで来て、なにもせずに帰ったでは大樹公に申し訳がたたぬ」と義俠心を前面に出した。時に厄介だが、だからこそ人がついて行くのだろうと尾形は思う。人を魅了するのは、もっともらしい言説でも、臨機応変な世渡りの上手《うま》さでもない。信念を是が非でも通そうとする愚直な姿に敵《かな》うものなどそうないのだ。

武田は陰で愚痴を吐き散らし、大概人のいい吉村貫一郎あたりがその相手をさせられていた。伊東一派はあれ以降、不気味に沈黙を保ち、しばしば車座になって何事かを談じている。その輪の中にしかし、伊東が加わることはなかった。

「防長に入国できんかったら、わし、そのまま残れ、言われてまんねや」

岩国に向かう道中で山崎が言った。

「そうでしたな。独自に西国の様子を探らねばなりませぬな」

「土方先生も殺生《せっしょう》や。生きて帰れんかもしれんな、わし」

ぼやきながらもどこか楽しそうである。危険な橋を渡り続けているのに、山崎はなにひとつ余計な荷を背負っていない。そのせいか、この人物にはどうも悲愴な結末を想像し難かった。

「あんたが相方やったらまだ頼もしかったんやが、あいつや」

山崎が顎《あご》でしゃくった先には、武田の愚痴を聞いている吉村の後ろ姿があった。

「まあしかし、いい人ですから、あの人は」

「いい人て。それがなんの役に立ちますのん。だいたい世の中のほとんどがええ人でっせ。そいつが権力欲しさに無茶しよるから難儀なんですわ。こうな、ええ悪人がおったほうがビシーッと収まりまっせ」

「悪人？　例えば勤王激派のような？」

「善悪いうんは、敵味方とちゃいます。悪人いうたらあんなしょぼいことはしませんよってに。わいわい騒いどるうちは別段怖いことないんです。それに京の焼き討ちだの天誅《てんちゅう》だの、やろうと思えばそこらの子らでもできまっせ。ただしょむないからみなせんだけです。あんたかてそうでしょう」

「まあ、そうですが」

「ああいう連中も、まあいい人の範疇《はんちゅう》やな。ほんまの悪人は、せやなぁ……」

山崎は細面の顔をつるりと撫《な》でた。それから口角をつり上げて笑うと、「土方先生みたいな人ですわ」と言った。「ああ、そいからあの坊。沖田はんも悪いやっちゃで」

岩国藩境に近づいた途端、叩きつけるような冷たい風が身体の左側を打った。遠くに海があるらしかった。風に混じった潮の香りでそれと知れた。尾形は少し前に見た灰色の海原を思い浮かべていた。赤根は、うまく自らの汚名を雪《すす》ぐことができるだろうかとぼんやり考える。足下に目を落とすと死んだ蠅《はえ》に蟻《あり》が群がっており、「こんな季節に」と驚嘆の声をうっかり上げていた。

五

河合耆三郎《かわいぎさぶろう》の首が、ごとりと玉砂利の上に落ちた。半ばもぎり取られたような格好で、醜い刀痕《とうこん》が首に残っていた。一面に飛び散った血の中に立って、介錯《かいしゃく》をした隊士が呆《ぼう》然《ぜん》としている。

庭に面した回廊に座して一部始終を見ていた土方歳三は、ついと立ってその場を離れた。一揺れの感情も彼の色白の面には浮き上がらなかった。谷三十郎の震えが、隣にいる阿部十郎に伝わってくる。阿部は不意に、奇声を上げて骸の周りを駆けずり回りたいという衝動に駆られた。粛清などいくら見せつけられたところで怖れなどせぬ、むしろ愉快で滑稽だということをこの場で表したかった。

三十郎は吐き気を堪えるかのように、口に手の甲を押しつけて腰を上げる。阿部は三十郎を追って、屯所の外に出た。堀川のほうへと三十郎は闇雲に歩いた。この男の背はこれほど矮小《わいしょう》だったろうか、と阿部ははじめて見るものに抱く驚きを感じていた。

「なぜ、あのような剣もまともに使えぬ隊士に介錯を命じたのだ?」

呻くように、三十郎が言った。

「土方のしたことさ、俺にわかるか」

「だいたい、河合はなぜ切腹に処された？　「あの男はただの勘定方だろう」

知るか、と思ったが口にはしなかった。河合は、その仕事に落ち度があったと一方的に責め立てられ、まともな申し開きもできぬまま今日の日を迎えた。聞けば、隊費に不足があったとか、勘定が合わなかったとか、そうした類《たぐい》の罪を問われたらしいが、勝手に金策をしたわけでもなく、また他にも勘定方の人間はいるのになぜ河合だけが切腹に追い込まれたのか、阿部は勿論《もちろん》ほとんどの隊士も詳しいことはわからなかった。河合はそれでも不足金は実家に掛け合って都合してもらうからと粘り、ついさっきまで家から金が届くのを待っていた。けれど金はついぞ来なかったのだ。実家は、播磨《はりま》あたりの豪商だという。金が用意できぬはずはないから、おそらく報に行き違いがあったのだろう。初期の入隊者で、その商いへの知識を買われ勘定方を任された男である。常にひっそり部屋の片隅でそろばんをはじいていた姿が思い浮かんだ。反骨や暗躍といった言葉とは無縁の、日の当たらぬ部屋にそのまま溶け込んでしまいそうな地味な姿を。河合を憐《あわ》れむそばから、それとは真逆の「堅実に尽くしたのにざまあねぇな」という濁った優越感が吹き出し、阿部は自らに戸惑った。

「これで何人目じゃ」

「さあ。両手でも足りんだろう」

組頭を務めていた松原忠司は、自分が討った男の妻女と懇意になり、それを土方に咎められたことに逆上して腹に刀を突き立てた。一度は命を取り留めたものの、昨年の九月傷が化膿《かのう》して死んだ。その前にも施山多喜人《せやまたきと》、石川三郎という平隊士が揃って切腹している。阿部は復隊してからの一年で、首と胴が離れた死体を数知れず見てきたことになる。三十郎はかつて、畜生のごとく葬られてゆく同輩を見てもあからさまな動揺を見せることはなかった。畜生と自分との間に飛び越えられぬほどの隔たりがあると信じていたからだ。

二人黙して歩を進めていると、巡邏から戻ってきた浅野薫と行き会った。

「どうじゃ？　使いの者は金を持ってきたか？」

朝早くから外に出ていたせいで、見当違いなことを口にする。

「来なかったぜ。それに河合もたった今、腹を切った」

浅野の顔が蒼白《そうはく》になる。

「首を落とされる段になって急に怖くなったんだろう、体を振ってその場から逃げようとしたのさ。しかも介錯に立った奴が凡手さ。一刀で仕損じて、のこぎりでも引くように奴の首を切り取った」

浅野の全身から腑抜《ふぬ》けた音が漏れた。三十郎が「他人事ではなかろう」と一際気弱な声を出した。

浪士狩りを命ぜられ、次の日早く阿部は屯所を出た。沖田総司が一隊の先頭にいる。四条にある浄教寺という寺が勤王浪士の巣窟《そうくつ》になっている、という噂を受けての探索だった。向かう隊士は五名ほどである。歩いていると執拗に梅の香がまとわりつく。神経を高ぶらせる香だった。

沖田が寄ってきて、阿部の隣についた。

「このお役に阿部君を、と指名したのは土方さんなんですよ」

唐突にそんなことを言う。

「どんどん実戦に出して、判じる力を養わせたいからだってさ」

「今のままじゃ役に立たねぇってことですね」

「そうでもなかろう。阿部君に砲術を任せようと言ったのも、土方さんだからね」

砲術とはいえ、新選組には旧式の大砲が一門と、同じく古びた銃が数挺《ちょう》あるだけだ。その扱い役を任されたものの、ほとんどの隊士が剣術に重きを置いており、誰も真剣に砲術など学ぼうとしないし、またそれを取り扱う十分な知識も阿部にはないのだ。

黙り込んでいると沖田は快活に笑って、「阿部君は土方さんがお嫌いだろう」と言った。

「土方さんは、どうも厳しすぎるからねぇ。人の好き嫌いも激しいしね。そいつぁ武州にいた頃から一緒なんだ」

沖田は刀の下げ緒をくるくる回しながら話を続ける。

「でもまあきっと、局を強くしたいんだね。だから、許してやってよ」

「許す？」

「ずっと前のことさ。すべてを認めて受け入れる必要はないけど、禍根を残すのはよくない。否から入るとさ、大概失敗するぜ。ずれるんだ、必ず」

飴屋《あめや》が少し先の通りを横切り、目ざとくそれを見つけた沖田は一目散に駆け出した。何事かと他の隊士も二、三歩つられて駆けたが、沖田の目的を知ってみな呆れたように溜息をついた。

隊務を終えたその夜、どうも気が塞《ふさ》いで、阿部はひとり市中へ足を運んだ。屯所を出るとき偶然出くわした永倉新八が「浄教寺はどうだった？」と声を掛けてきた。

「特に怪しい人物は。今のところ不穏な動きはないようでした」

そいつぁよかったな、と永倉が言い、隣にいた原田左之助が「どこへ行く？　女のところか？」と飄逸な面を作ってからかった。

「いえ、夜回りでも」

言うと永倉は大笑し、「まあいい、まあいい」と手を振った。

「鬼の居ぬ間にせいぜい羽を伸ばせ」

原田も笑って、ふたりは屯所に入っていった。

昨年末の西下を無事に終え、近藤率いる一隊が戻ってきたのも束《つか》の間《ま》、今年の頭から近藤は伊東甲子太郎や尾形俊太郎を引き連れ、再び安芸へと下っていた。老中の小笠原《おがさわら》長行《ながみち》と大目付の永井尚志に同行する役を仰せつかったとのことだった。「鬼の居ぬ間」か。試衛館から加わった連中は、なんのかんのと体制を批判しながらも、どこかでしっかり結びついている。土方ですら、連中に対しては信頼して任せ切っているのが見える。あれ程個性のばらけた猛者《もさ》同士がよく意思を通じ合えるものだと呆れもし、ああして同《どう》朋《ぼう》を信じる情のようなものは、自分にはやはり無縁なのだろうと悟る。結局自分は、ここでもまたひとりなのだ。

局を抜ければ楽になろうか、とふと考えた。

反発も否定も、全部忘れてやり直す。けれど真《ま》っ新《さら》になったとき、自分になにが残るのかと考えると、途端に不安になった。

茶屋の門をくぐろうとすると、不意に後ろから肩を叩かれた。咄嗟《とっさ》に刀に手を掛け、振り向くと、死んだような目と、目が合った。それが三木三郎のものだとわかってもぞっとする腐臭を、その黒目は孕《はら》んでいた。

「ひとりか？」

見ればわかりそうなことを訊く。「ならばご一緒しよう」と有無を言わさず茶屋に上がり込んだ。

「君とこうして飲むのははじめてではないか？」

座敷に上がるなり三木は言って、薄く笑った。この男が笑ったのを初めて見たなと、阿部は思う。

「いつも君は、谷先生と一緒にいるからな」

「別にそんなこともありません。こうしてひとりで飲みに出ることもあります」

三木は杯を飲み干し、猪口《ちょこ》の底をべろりと舐《な》めた。

「君は、河合の切腹を見ただろう」

「ええ。まあ」

「私は他行しておったから見ていないが、随分凄惨だったそうじゃないか」

三木は手酌で酒を注ぎ、その徳利を阿部に差し向けた。それを受けながらこの席は長引かせぬほうがよい、という予感がしていた。

「阿部君、君、土方先生をどう思う」

「どう、とは？」

「いつまでも粛清ばかりでどういうつもりだろうか。そう思わんか」

「…………」

「私はね、大志を持って新選組に入隊したんだ。尊皇攘夷という志だ。しかし土方先生はそれすら許してくれぬ。勝手に動かれては困る、ただ勤王家を斬ればいい、その一点張りだ。これでは志が遂げられぬ。君だってそうだろう」

自分の志はなんだったろう、と阿部は記憶を辿った。確かに昔、一度は手を触れたような覚えがある。しかしそんなものは日々に紛れてあっという間に霧散した。

「どうしたらいいかねぇ、阿部君。今の新選組を立て直すには」

「……私に訊かれても、そのようなことは」

「谷君とそんな話はしないのかね」

「ええ、しませんが」

「ときに、君はどんな志をお持ちで新選組に？」

答えに窮した。答えるべきことがない、ということもあるが、それよりも、なぜそんなことを三木が訊くのか見当がつかなかったからだ。黙り込んだ阿部を見て、三木は鼻を鳴らした。馬鹿にされた、と思った。胸の内が一旦重くなって、それから熱く火照《ほて》ったのを感じた。

「志とやらを持つのは、そんな大層なことですかい」

勝手に口が動きはじめる。

「昨今じゃあ大志を叫んでいる奴のやることぁ、大概人斬りです。そんなもの、大志なんぞ抱かなくってもできるでしょう。俺はそんなくだらぬものにすがる気ははなっからありませんぜ」

三木の目に光が灯《とも》る。万福寺で一瞬見た、あの光だった。

「いい心掛けだ」。確かにそう、三木は言った。「時勢に乗るには、ひとつことに固執しないことだ」。三木はまたうっすらと笑って杯をあけた。

「君は、私と働くがいいよ、阿部君」

「あんた、なにを言ってるんだ、さっきから」

「もう少しの辛抱だ。今あそこにいるのは辛《つら》かろうが、いずれ私が責任をもって貴君をいい方向に導く」

首の骨に冷たいものを押しつけられたような気がした。この男は、自分の核心をどこで見据えてきたのだろうかと狼狽《ろうばい》した。「いい方向とはなんだえ」とそれでも訊いてしまったのは、どこかにまだ諦めきれていない生への醜い執着があったからだ。

「それはまだ明かせぬ。地が固まっていないからな」

「奥歯に物が挟まったような物言いはやめにしてくれませんか」

「そういうつもりはないさ」

三木は真顔になった。

「伊東甲子太郎がいずれ地を固める」

自らの兄を他人の如く呼ぶその響きは薄ら寒い。いがみ合い、罵《のの》り合い、それでも色濃く繋がっている谷三十郎と万太郎に肉親故の距離を見てきただけに、三木の物言いは奇異に映った。

「その動きに君も加わって欲しいと思っている。局内で相応の同志を集め、新たな活動をするつもりだ」

「内部での権力争いに加わるなんざ、俺は御免だぜ」

「そんな野暮を伊東がするはずはなかろう。今はそこまでしか話せん。私は、君を信用して言うんだ。今日のことは他言せず、機を待っていただきたい」

要領を得ずに、焦れた。だが、その後どれほど訊いても、三木はいつもの愚鈍な表情のまま「悪いようにはせぬから安心しろ」と繰り返すばかりだった。そんな曖昧な甘言に従う気は毛頭ない。懐疑が顔に出たのだろう、酒席を終う段になって、三木は阿部を見据えて言った。

「新選組で生き残る道はひとつ、土方に取り入って気に入られることだ。そんなことはくだらぬだろう、あの男がひとつの基準だなど。しかしそうでなければ、犬のように使われ、塵《ちり》のごとく斬り捨てられる。このままではいずれ、君にも私にもその番がやってくる」

茶屋を出ると、三木は「野暮用がある」と言ってひとり東へ歩を進めた。去り際に

「今日のことはけっして谷君には言うな」と厳しい顔で付け足した。

「三木先生」

阿部はその後ろ姿を呼び止めた。

「なんで俺を？」

三木は黄色い歯を見せた。

「己の行く先に、なんら光を見出していないからだ」

生暖かさを含みはじめた風だった。

必死に気張って生きてはいるが、自分がひどく薄っぺらで小さなものに思えた。

阿部は背をこごめ、闇へと一歩踏み出した。

六

一度目の西下でたいした動きのできなかった伊東甲子太郎は、帰京するなり薩摩の吉井幸輔と渡りをつけることに腐心した。会えぬとしてもいつもならなんらかの報せを寄越す吉井は、このときに限って沈黙を保っていた。

伊東は、長州の力が強大になっていることを見て取り、また、西国の藩境に布陣した幕軍の覇気のなさを見て、戦に持ち込んでも幕府は負ける、と見切った。そして、長州の強気の裏には必ず薩摩の存在がある、と語気を荒くして何度も言った。薩長が結ぶということか、と篠原が訊くと、わからぬが吉井殿も黙している、なにか新たな動きがあるのだ、と応えた。

新選組を我がものにする、という伊東がずっと温めてきた計略は、西下から戻るなり、一刻も早く局を抜ける、という指標にあっさりすり替わった。薩長の胎動はこちらが思っているより遥かに早い、新選組を立て直す前に彼らが幕府を倒し、共和政治を実現するかもしれない、そうなればこんな一隊など瞬《また》く間に潰される。雄藩連合が力を持つことを抑えているのは、一会桑である。この対立も、いずれ薩長に軍配が上がる。雄藩は層が厚い、やり方が柔軟である、義だの勇だの武張った考え方とも無縁だ、と西国の様子を我が目では見ていない篠原からすれば、過褒とも思えることを言い連ねた。

毛内有之助《もうないありのすけ》、藤堂平助、新井忠雄、服部武雄、佐野七五三之助、勿論篠原や三木三郎も含まれているが、懇意の連中を集め、伊東は、脱退を見据えて極力賛同者を募って欲しい、と下知した。局を抜けるということに誰からも異論は出なかった。勤王の徒として働くには、新選組を作り変えることより、そちらのほうがずっと近道だと近頃では誰もが察していたからだ。

「しかし、近藤先生や土方先生がお許しになりましょうか」

と言ったのは藤堂で、この若者だけは局を抜けることに逡巡があるようだった。共に江戸から上ってきた試衛館の面々に情がないわけではない。ただ、尊皇攘夷という志を誰より強く持っている。伊東に従うことを決めたのもその人物に惹《ひ》かれたこともあろうが、まずはこの志のためだ。情と信念、一筋縄ではいかない葛藤《かっとう》を藤堂は抱えて苦しんでいるのだろうと、篠原は痛々しく思うこともある。

「だからこそ局を二分するのだ。隊士の懐柔はもう十二分に成されている、僕の論に賛同する者も多い。彼らをうまくこちらの派に引き込み、多勢で離脱を宣言すれば、近藤らも表だっては否と言えまい。ただし、引き入れた隊士たちに、局を抜けることを報せるのはまだ尚早だ。地盤が整ってからでなければ看破される」

俊士に限り引き入れたい、と注文をつけ、まずめぼしい隊士と接触をはじめるよう言い渡した。

伊東は真っ先に、沖田総司を組み入れたいと言った。三木はその名を聞いておぞましいものに触れたときのように顔をしかめた。

「沖田のあの剣。あれほどの腕はどこを探してもいないからな」

伊東の言葉に、この中ではずば抜けた剣客である服部が「そうかねぇ」と吐き捨てる。

「そうだろう。剣客ならばあの男の恐ろしさはより明確にわかるはずだと思うが」

服部が黙り、代わりに篠原が「しかしどうやって言い含める？」と訊くと、「僕がそのうち懐柔する」とだけ伊東は応えた。

三木は阿部十郎の名を挙げた。

「あの、谷三十郎とつるんでいる奴か？」

意外な名である。三木が自ら意見を言うなどそうあるものではなく、そこにいた全員が珍しい生き物を見るような目つきで注視したが、この男はそれ以上述べることをしなかった。「役に立つか？」と伊東が短く問う。

「あの男の怨嗟《えんさ》は利用できる」

「怨嗟？　局へのか？」

「いやあ、世の中すべてへの、だ」

誰もが三木の言を解しかねたが、誰もそれ以上問わなかった。一度足を踏み入れたらズブズブと沈んで抜け出られなくなるひんやりした泥の感触をこの男は持っており、それが会話を深めることを躊躇させるのだ。


二度目の西下が決まったのは慶応二年（一八六六）一月も終わり。この正月に老中・板倉勝静、小笠原長行と一会桑とで長州処分の評定《ひょうじょう》が開かれ、防長十万石の減と藩主父子の蟄居《ちっきょ》という処分案が議決した。それを長州側に言い渡すため、小笠原長行が安芸に下ることが決まり、それに伴って新選組も再び使節随行の役を担い、近藤含め四人ほどの人員が西に向かうことになった。この処分案を長州側が呑まなければそのときは戦となる、いわば最後通牒《さいごつうちょう》である。伊東は自ら名乗りを挙げ、近藤の西下に従うことにした。ついで、篠原を同行させたいと願い出ると、近藤はそれを許し、既に一員に加えられていた武田観柳斎を外して篠原を組み入れた。これで三名。

もうひとりは伊東が陰で「先棒担ぎ」と呼んでいる尾形俊太郎。

前回の訊問使随行の折、赤根武人を急に詮議し、せっかく蒔《ま》いた種を踏みにじられたことが癪に障ったらしく、以来伊東は尾形を毛嫌いしている。あののらりくらりとした態度も目障りなのだろう。考えてみれば、気が小さく、影が薄く、気が利くとも思えず、剣も使えぬあの男が、よくこの生き馬の目を抜くような一隊で生き残っている。篠原と同じ監察方だが、なにをしているのかよく見えない。山崎は他の監察とは別にちょこまかと隊士の行状を探っており、他の者は京に潜伏する勤王激派の動きを探るのが主立った仕事である。薩長がこれだけ暗躍している時期に末端の動きを探るでもなかろう、と篠原などは適当に受け流しているが、それでもたまに上がってくる報をもとに捕縛を行い、表向きを繕っていた。が、尾形はそうした手柄にも恵まれず、鬱々と日々を送っている。

二度目の安芸でも、幕吏は成果を上げることができなかった。

長州藩家老は召喚に応じず、代わりに長州三支藩主や岩国の吉川監物《きっかわけんもつ》他を召喚したが、病を理由に応じぬという、幕府を愚弄した態度をとった。西国者すべてに背かれて、使節の一団は、ぽつねんと安芸に居座り、来るともわからない長州からの返答を待ち続けている。近藤は大目付の永井相手に、長州入国の可能性を談じ合い、尾形はふらふらと宿所への出たり入ったりを繰り返しているだけである。幕吏も一様に動かない。こうしてもたついている間に、着々と長州の武力増強が進んでいるのだ。

「どうも、湯治の旅にでも来たようだ」

湯を浴びた後に軽口を叩いた篠原を、伊東が軽侮の眼差しで射た。西国に入って平静を失ったのは、誰でもないこの伊東だ。前回の西下でもこうだったのだろうか、と不安になるほど、焦燥が前面に出ている。長州の動きを把握し、西国の勤王家と通じる、思想を論じ合うのだと、躍起になっていた。京を出て新選組という一隊から切り離されて、伊東はいつもの慎重さを欠いていた。

夜半、伊東や篠原は小笠原長行の居室に呼ばれた。重要な報せかと緊張したが、本意は酒の相手が欲しいというひどく私的な小笠原の要望であり、そのとき空いていた人員に無作為に声を掛けたらしかった。この幕吏も待つだけの日々を持て余しているのだ、と篠原はますます西下の無意味を痛感した。近藤と永井は別件で出ているとかで、加わったのは伊東、篠原、尾形。小笠原を中心に、目付の牧野若狭守《まきのわかさのかみ》他数名の幕臣が座を共にし、ろくに会話をしたこともない面々ではさりとて話も弾まず、みな黙々と酒を舐めるだけの時が過ぎていった。ようやく春が来たばかりの二月の安芸だ。身体が温《ぬく》む酒はありがたかったが、こう気詰まりでは酔いも回らない。篠原は、齢《よわい》四十を過ぎた小笠原の横顔を、ちらちら盗み見た。確か肥前《ひぜん》の産である。奏者番から老中格にまで上り詰めた人物で、生麦事件も全権を任され処理したという逸話は、広く知られている。が、いかんせんその逸話に相応しい覇気は見えない。文人ではあるが武人ではない。幕吏の大半は今、小笠原と似たりよったりなのだろう。

「お側の牧野様に申し上げます」

唐突に、張り詰めた伊東の声が響いた。

「よい。直《じか》に申せ」

小笠原が重そうに頭を上げた。

「さすれば僭越《せんえつ》ながら長州処分のこと言上《ごんじよう》仕《つかまつ》ります。確かに長州の行状は目に余るものがございます。が、今こそ寛典、幕府の懐の深さを見せ懐柔すべきときではございませぬか」

なにを言い出すのか、と篠原の額に脂汗が浮かんだ。

「そんなことをしては、長州の思うつぼじゃ」

応える小笠原は、惰気にまみれた声だった。伊東は屈せず、

「いいえ、壱岐守《いきのかみ》様。さようなことはござりません。今、大公儀が成すべきは諸国の統

一。そのためにもっとも重んじるべきは勤王ではございますまいか」

とやった。

傍らにいた篠原は、ずーっと音を立てて、全身の血が引いていくようだった。目付が一斉に顔を上げる。尾形はなんら反応を示さずぼんやり座っているだけだ。篠原は唾を飲み込んで、小笠原の様子をうかがった。視線の先には、面白くもなさそうに魚をむしる男の姿があった。

「そうは言うが、巷の勤王は、勤王でもなんでもない、単に騒ぎを起こしている暴徒であろう。これまでのように幕府が諸国を治め、秩序のある世を作る、それこそが天子様へのご奉公になるのじゃ」

「暴徒は一部にございます。また彼らの考えもすべてを否とすべきものではない。なかんずく今、我らが成すべきは、天子様を中心に国をまとめる、多くの藩から優秀な人材を登用し、藩も幕府も超えて政を行うことではございませぬか。それが真の尊皇の思想であり」

「もうよい」

小笠原は面倒臭いという風に、首を回した。

「暑苦しいのをわしは好まん。それから、おぬしは今『我ら』と言うたが、おぬしらとわしらは、同じではないぞ」

伊東は静かに杯を返した。それから一滴も飲まず、黙然と座っていた。

ひと月にわたる滞在も、なんら成果を上げられぬまま終わることになった。小笠原は処分案返答の期日まで安芸に残る。もしそれまでに長州からの返答がなければ軍を率いて小倉《こくら》に向かう。新選組の一行は、期日を待たず、三月頭安芸を発って、京に戻ることになった。

その決定が下りた日の暮れに、「篠原君、僕らは一行とは別にこの地にしばし残らぬか？」と伊東が言い出した。なにを考えているのだ、と怒鳴りたい気持ちを抑え、「そんな勝手が許されるはずはなかろう」と諭す。増長なのか過信なのか。今の伊東の言動は、篠原には理解しかねた。

「近藤先生への理由はなんとでもなる。長人の様子を探りたいといえば角は立たぬだろう。ここまで来たのだ。この機に西国の勤王家に顔を繋がねば、今度いつその機会ができるかわからんだろう」

「今までここにいて、つてができなかったんだ。残っても無駄だ」

「幕吏と動いているうちは無理だ。が、そこから切り離れ遊説《ゆうぜい》に出れば、僕らだけで動ければ、事は成せる」

「どうやって勤王家に渡りをつける？」

「長州支藩に渡り、そこで報を得、これぞといった有力者と会えれば……」

まるで具体性がなかった。足場を作りたいという焦りのために、周りが霞《かす》んでいるのだ。

「それじゃあまりに計がない、危険すぎる。第一俺たちは幕吏に随行してここまで来たんだ。誰がそんな奴の言うことに耳を傾ける？　だいたいこのところあんたは逸《はや》りすぎだ。少し落ち着いたほうがいい。幕吏にまで勤王を説くなんぞ、度が過ぎている」

「いいんだ。世を変えるためには、僕はどんなことでもやるつもりだ」

「おい、幕府まで変えるつもりか？　とんだ義侠心じゃねぇか」

「義侠心ではない。ただ、幕府も非を認めなければ時世が先には進まぬ」

「確かにそうかもしれねぇ。ただ、あんたの思うところが、誰にとっても正義だなどと考えるのはお門違いだぜ」

ひとりでできることなどたかが知れている、情熱をもって覆せることなぞほんのひと握り、だから策というものが必要になる。闇雲に主張せずこれと決めた船底に貼り付けばよい。それが、これまでの伊東だった。ところが今の伊東は、完全に自失している。局内で隊士たちをその言説で虜《とりこ》にしたのと同じことが、外の人間にも通用すると思っている。

「僕はなにも、そんなわかりきった道理を聞きたくて君を連れてきたわけではない」

伊東の白面は、森閑としていた。それは、もう二度と足を踏み入れることのできない場所だった。

「わかった。もうなにも言わん」

篠原は静かに座を立ち、表へ出た。

伊東の性急さは、思想だけが理由だろうか、と訝《いぶか》った。

ひと月ほど前、伊東が近藤、武田、尾形といった面々と安芸に下った折、今回と同じように長州入りを拒否されたときの話を思い起こした。幕臣の永井尚志が諦めても、近藤ひとりが引き下がらず、芸州藩士に紹介状をもらい、岩国の大塚嘉兵衛、西村五郎左衛門と会い、直々に長州入りを懇願した。近藤に、そこまでさせるものの正体が摑めなかった。幕府への忠義、といえばそうなるだろうが、幕臣すら諦めた状況の中、単独で長州入りする義理など近藤にはなかったはずだ。出世への欲目ではない。それだけで、そこまで身を危険に晒せるものではない。土方の傀儡《かいらい》と侮っていた男の、使命を全うする迷いのなさに、計り知れない大きさを感じて篠原はゾッとしたのだ。

伊東を焦らせているのは、勤王への志ばかりではないのだろう。容易に掌握できると踏んでいた新選組という集団の、根幹をなす脅威を肌で知ったからだ。時勢に揺らがぬ男たちの愚直な在り方が空恐ろしくなったのだ。だとしたら伊東は今、おそらく生まれてはじめて挫折《ざせつ》というものを味わっている。

その窮地から伊東を救い出すのが自分の役目だ、という理性と、その行為が含んでいるうそ寒さとの狭間《はざま》で、篠原は揺れた。せめて西国に残るという伊東には同行しよう。それから先は……とそこまで考えたところで、緞帳《どんちよう》が下りてきたように思考が途切れた。

国泰寺の回廊を歩くと、篝火《かがりび》の中に幕臣たちののんきに笑い合う顔が見える。いくらかの兵も詰めているが、御納戸役《おなんどやく》か書物奉行でも連れてきたのではあるまいかという脆《ぜい》弱《じやく》さで、見慣れた西本願寺の中庭の風情《ふぜい》とは大いに違う。

暗然とした篠原の視界を、そそくさとひとつの影が移動していった。

「尾形先生」

後ろ姿に向かって呼び掛けた。尾形は、そこまで驚くことはなかろう、という奇妙な動作で足を止め、篠原に振り返った。驚いた割に、無表情だ。もっとも、表情が出にくい造作のためかもしれない。

「どこか御用ですか？」

尾形は篠原にわざわざ近寄って、回廊のすぐ下に佇んだ。

「ええ、少し町の様子を、と思いまして」

「こんな、なにもないようなところを？」

「そうでもありません。水引や呑口《のみくち》の店もあってなかなか楽しいのですよ。この間なんぞ、流しの菜飯屋が出ておりましてな、京ではあまり見かけませぬ故思わず丼《どんぶり》をいただいて」

のんきなものだ、と篠原は馬鹿らしくなった。

「先生のように、どこでも楽しめればよろしいでしょうな」

尾形は馬鹿正直に照れ、「こうして宿を抜けていることは、みなさんにはご内密に」とわざわざ口に手をやって言った。

不格好に身を翻した男の後ろ姿を見送って、溜息がひとつ出た。

「小笠原様、御家来！」

本堂のほうで声がしたのに目を向けると、草履取りが身をかがめ、四尺ほどの位置からサッと草履を投げ揃えたのが見えた。主人に近づくと非礼に当たるとしてこうすることを、篠原は奉行所の下番をしていたときに知った。野袴姿の小笠原が現れ、草履が曲がっているのを見咎めて、草履取りを呼びなにやら小言を喚いていた。

救いがねぇな、と思った。ひとつひとつがばらばらで、繋ぎ合わせて先に進むのはやはり、果てしなく遠いことに感じられた。

七

近藤勇は居室に折り目正しく座っている。ひとりでいるのに、まるで誰か位の高い人物と向き合っているように気を張っている。西国に来てから、ずっとこの調子だ。それを尾形は微笑ましく思った。これほど疑いなく世の中を生きられればどれほど爽快《そうかい》だろうかと思うのだ。

その近藤が、不器用に声を潜めて言った。

「伊東君はやはり別に動きたいと言ってきた。俺も許したがあれでいいのか」

「はい。土方先生のご指示ですから」

「しかし、君の言うように彼らが勤王家に通じるとは思えぬが」

「それを念のため探れという仰せでして」

「どうやって？」

「それは山崎さんが……」

近藤は鼻から大量の息を吹き、「歳の奴も小細工が好きだ」と呆れ声を出した。

「コソコソ嗅ぎ回らぬでも他に方法はねぇのか」

「土方先生の目的は伊東先生の尻尾を摑むことではありませんから。もし伊東先生が勤王家と通じた場合、そこから入る薩長の内情を知ることが最たるもので」

「そんなもの、伊東に直接訊けばいいだろう」

「伊東先生はおそらく、局の動きとは別にそれを摑むおつもりですから、訊いたところでお答えになるとは……第一、伊東先生がそうした動きをされていることも、私共は知らぬことになっております」

わかっておる、という風に近藤は軽く頷いた。こうして内部の人間同士が反目し合うのを近藤は嫌う。故に、僅かな動きも見逃さずに異端を潰していく土方のやり方は、時に近藤を戸惑わせる。

安芸に来てからというもの、伊東は篠原と諸国への入国のつてを探り、また幕臣にまで勤王を説くなど大胆を極めている。想像通りの動きをする彼らを横目に、尾形は日々とみに忙しかった。

まず出立前に土方と取り決めた伊東の件を、隙《ひま》を見つけて近藤に説く仕事。既に方策が固まっているなら京を発《た》つ前に、土方から近藤に含んだほうがよいのでは、と尾形は提言したが、「今から言って、あの人が態度に出さねぇはずがなかろう。君が頃合いを見て言えばいい」と一蹴された。伊東が動きはじめるだろうから自由にさせろ、というのがそのとき言われた指示で、だからこそ篠原の随行も許したらしい。そのほうが、動きが派手になるだろうからさ、と土方は言った。伊東が雄藩の連中と直接結びつきを得れば、そこからより詳しい諸藩の内情を摑める。どうやら局を欺いているらしい伊東を、逆に間者として機能させてしまえという腹である。「己ができねぇことは人を使って補えばいい」と臆面もなく言った。土方は新たなものを取り入れるのも早く、柔軟に世を渡っているが、手の届く範囲をはっきり知っているのだ。

それから、決まった刻限に宿所を抜け出して、街道筋の茶店に通う仕事も安芸に来てから間断なく行っている。床几《しょうぎ》に休んでいると、程なくして編《あ》み笠《がさ》をかぶった薬売りが身体を滑り込ませる。その薬屋が、茶を啜りながら語ることを冷静に聞くのは、至難の業だった。

長州が思いのほか大量に外国製の武器を仕入れているということ、それはおそらく薩摩から流れてきたものだということ、第二次征長への薩摩の出兵拒否はほぼ決定的だということ、奇兵隊、集義隊、御楯隊など長州の民からなる諸隊は、想像以上に訓練されているということ。

「まあ要するに、まともに当たったらひとたまりもありませんわな、幕府は」

餅《もち》を頰張りながら、薬屋は言った。

「ゲベール銃はもう大方のもんが使いこなせますな。最近ではなんでもミニエー銃ちゅうもんが入ったらしくて、みな使えるよう励んどりますわ」

「性能が違うのですか？」

「ぶれが少ない言いますな。ただ、詳しいところはまだ探っている最中や。追って密書を出しますわ。エゲレスの銃は侮られへんな。幕府もフランスから鉄砲を仕入れておるが、一部の歩兵隊が使えるだけや。けど長州は百姓兵まで使いこなせる」

笠を上げると、山崎のつるりとした顔が覗く。「ここ、あんたの奢《おご》りでええですな」と念を押してから餅を追加した。

「なんやもう、生きた心地がせん毎日ですわ。西国全体がピリピリしとる。京の比やありまへんで。戦をする、て覚悟を決めたほうは、ただ機を待っとる幕府側より張り詰めとるんやろうけど。これはいずれ、禁門の変なんぞより大きな戦にまで広がるかもしれん」

「薩摩の出方によっては、そうなるでしょうな」

「そうなったらあんた、新選組も大変やで。長がこれ以上力持ったら」

道がどこかで断たれるということは、尾形の想像にこれまでないものだった。道は続いて、ただどこへ行くのかはわからぬという風に考えていた。早く行く先を見極めたくてうずうずすることもあったが、今にして思えばそれはとてつもなく贅沢《ぜいたく》なことだ。自らの生が断たれる……その不可思議が、旧知の友が訪ねてくるような気安さで近づいてきている。不安を、隣にいる山崎と共有したいという情けない心持ちになった。薩長が立ち上がったら私らもそこまででしょうか、という問いかけをギリギリのところで飲み込んだ。

「で、伊東先生は？」

茶で餅を飲み下して、山崎が訊いた。

「ええ、やはり近藤先生とは別れて動きます。私共の出立は明後日《あさって》。彼らはそのままこの地に残留します。あとの探索を御願いします」

「ここにおってもたいした仁には会えんのに、伊東もご苦労なこっちゃ。勤王派が集まるのは筑前よ。五卿がおるからの。でも、どこぞで報を仕入れたらあいつそのうち行くかもしれん。そしたら直接勤王派の連中と渡って、ええ話を仕入れてくるかもしれまへんな」

「土方先生はそういった伊東先生の私的な動きの子細を聞き出すのに、伊東先生の一派に永倉先生と斎藤先生を加え、探索させることにしたそうで」

「へえ、あの無骨なふたりが」と山崎は笑みを漏らした。

「また細かく便りも出すけど、土方先生にはくれぐれも武器弾薬を蓄えるよう伝えてくれんかな。これに乗り遅れたらほんまにきついことになりまっせ」

「土方先生はすぐ動くでしょうが、会津に上申せねばなりません。そこで滞らねばよいですが」

「そっからまた一橋だの、幕府だの、いろんなとこにおうかがいを立てるんやろなぁ。

銃一挺仕入れられるんは、戦が終わる頃かもしれん。ときに、今回の長州征伐は公方様が下りたがっているのに、誰がそんなに乗り気なんや？　一会桑か？」

「会津、桑名はそうでもありません。むしろ寛大な措置を望んでいる。どうも一橋慶喜公が徹底して長州を潰すよう主張しておるようですが」

「なんや、禁門の変ではあんなに尻込みしとったくせに。己が指揮執ると怖《お》じ気《け》づくのに、当事者やないとやいのやいのいう仁やな」

「口が過ぎます。仮にも将軍後見職を務めたお方」

「なんでもよろし。わしらには関わりない。ただ、お役のことより保身が先に立つ奴は、一緒に働くと怖いで」

まあええけど、と薬屋に戻って、山崎は編み笠をかぶり直した。

「京のみなさんはお変わりないか？」

「ええ……でもまた切腹に処された方が幾人か……」

ふうん、と薬屋は喉《のど》で言った。さして関心がない風だった。

「隊士が増えて、巷で横暴を働く者も確かに多いのです。新選組の名はみな知っておりますから、それを笠に着て」

「まあな、隊が大きくなれば、そういう雑魚も混じるわな」

「それでも、土方先生は、ますます厳しくなられるようです」

「あれで存外ネチネチ考え回す質《たち》やからの。けどまぁ、命より大事なもんっちゅうのが、きっとあるんや思うで」

そそくさと葛籠《つづら》を背負い込み、この端っこが腰に当たって擦れるんや、とこぼした。

「くれぐれもお気をつけて」

尾形が声を潜めて言うと、薬屋は「これからあの役立たずの連れに細かい指図をせなあかん。毎日やで、これが。あんたと離れてから、わし、言葉いっぱいしゃべっとる」と渋面を作って、そのまま振り向きもせずに、茶店をあとにした。

伊東、篠原と別れ、近藤と尾形は京に戻った。前回よりも遥かに情けなく意味を成さぬ西下だった。幕臣や幕兵の、戦への緊張感など皆無の、どんよりした目ばかりが印象に残った。

屯所に戻ると、山崎から届いた書状を、代わりに預かっていた土方から渡された。どうやら尾形の出立前にしたためたものらしい。行き違いになったのだろうと、早速に開いた。

そこに、赤根武人の死んだことが書かれてあった。帰国してすぐに第二奇兵隊の連中に捕らえられ、「幕府側の密偵であろう」と嫌疑を掛けられ投獄され、申し開きもできぬまま刑に処された。彼は、藩を裏切ってはいない、ということを声の限りに訴えた。

ましてや密偵のために戻ったのではないことも必死に語った。幕府への恭順を、血を流さずに済む道を説いても、誰ひとり耳を傾ける者はいなかった。事実だけ書かれた山崎の淡々とした文面の最後に、斬首に処される前夜、牢獄《ろうごく》からはいつまでも赤根のすすり泣きが聞こえていた、という一文が付け加えられていた。

精悍《せいかん》な目を持った男だった。彼の信念も行動もすべてが無駄に終わってしまったことが、いたたまれなくなった。それでも、赤根の思いは確かに存在していた、そのことには変わりがないのだ、ということを尾形は漠然と思った。それが救いになるのか、それともやはり無徳なことか、わからなかった。

善悪も、正誤も、軸すら世にはない。その中で残るものはなんだろうかと考えて、ふと山崎が安芸の茶店で言っていた言葉に行き着いた。今頃になってそれが、はっきりとした輪郭を持った。

尾形は居住まいを正し、厳粛な面持ちで一礼して、静かに書状をしまいはじめた。

第3章　漂　失

一

　糸切り歯が、爪《つめ》を押し潰《つぶ》し切り取っていくときの感覚が癖になる。ゴリゴリと頭蓋《ずがい》を伝っていく音に、迷っていることが一瞬薄らいでいく。爪を噛《か》みながら歩いていると、道の小石がやけにはっきり見える。

　阿部十郎は川沿いの道を西に入り、御所の脇《わき》を抜けて二本松に出た。今出川御門を過ぎ、烏丸通にぶつかったところを右に入る。島津の提灯《ちょうちん》がさがった門に差し掛かると足を緩め、中の様子をうかがった。辺りをぐるりと一周し、再び今出川通に戻り、さらに西へ向かう。通りを行く人影がまばらになったところに一軒の合羽屋《かっぱや》があり、阿部は辺りを見渡してから油障子を開けた。薄暗い店の中には桐油《とうゆ》の匂《にお》いが立ちこめていた。奥から主人が愛想面を作って出てきたが、阿部を認めると笑顔をしまって奥へ引っ込んだ。手持ち無沙汰《ぶさた》を紛らわすため首を回して座敷を見る。帳場の脇に、空の鳥かごが投げ出してあるのを見てふと憂鬱《ゆううつ》になった。ほどなくして、奥から主人が現れた。「どうぞ、よろしゅう」と書状を差し出す。阿部がそれを懐にしまうのを見届けると、会釈ひとつせず店と住居を仕切る暖簾《のれん》の向こうへ消えた。

表に出ると、景色が闇《やみ》に沈みはじめていた。阿部は首をすくめ、室町通《むろまちどおり》を南へ行く。懐の書状を守るように腕組みをし、また小石を眺めて行く。たまに形の良いものを見つけると、わざと土踏まずで踏みつけて、草鞋《わらじ》越しに快感を得る。

ひとり遊びに夢中になっていたせいで、ぬっと男が立《た》ち塞《ふさ》がったとき、刀に手を掛けるのも忘れ、腕組みのまま飛び下がった。

谷三十郎の姿を認めて、嫌な汗が脇を濡《ぬ》らした。

「やあ奇遇じゃのう。巡邏《じゅんら》の最中か」

阿部をじっとり見据えて、言った。

まあな、とお茶を濁すも、三十郎は探るような目を阿部から剝《は》がさなかった。

「まことに巡邏か？　ぬしのしていることは」

阿部はゆっくり腕を解《ほど》いた。手を下げたときにさりげなく、刀の位置を確かめた。

「なぜわしを避けておるんじゃ」

「別に避けてなぞいねぇさ」

「伊東の一派に加わったせいか」

手が柄《つか》に走った。三十郎の困惑した顔が見えた。

「……やはり、そうか」

鎌《かま》をかけられたと知って、自分の短慮が愚かしくなった。

「どうも様子がおかしいと少し前から気にしておったのよ」

三木三郎に誘われてから、表向きは彼らに従っている。三木に頼まれるまま、こうして使いなんぞも引き受けている。三木は二本松の薩摩藩邸の動きを知りたいらしく、あの合羽屋にいくらかの金をやって藩邸への出入りを探らせていた。薩人以外の浪士の出入りにも目を配らせ、探索の結果をしたためた書状をこちらに流すよう取り決めていた。阿部はここでも変わらず通屈に徹しており、なんの目的があって三木が藩邸の様子を探っているのか知らぬし、それを知りたいという興味も湧《わ》かなかった。これ以上踏み込むのは危険だ、という抑制も頭の片隅にあった。それでも従順に雇われているのは、隊務とは違うことに手を染めて、新選組での居場所のなさを紛らわそうとしているだけだ。凝りもせずに、逃げ道をひとつ作っただけのことだ。

「だったら、どうする？」

「早合点するな、ぬしを責めておるのではない」

歩こう、と声を掛け、三十郎は背中を向けた。阿部は仕方なくそれに続いた。

「伊東は、隊を二分する気じゃないんか」

上長者町通《かみちょうじゃまちどおり》に入り、蛤御門の前へ出る。禁門の変で撃ち込まれた鉄砲弾の跡が醜くえぐれている。「ここらも一時は焼け野原じゃったのう」という三十郎の声が、薄気味悪く反響した。

「なあ、阿部よ。伊東はなにをしようとしているんじゃ」

「さあな。俺《おれ》は伊東とはまともに話したこともねぇからな」

伊東は今年の初めから西国に行ったきりだ。近藤が帰京しても、別行動をとって篠原とふたり、残ったらしい。そのせいもあって阿部は、三木と繋《つな》がっているだけで、伊東に与《くみ》する他の連中とも疎遠だった。

だが三十郎は、阿部が言葉を濁したと捉《とら》えたらしく、眉《まゆ》をひそめた。

「嘘《うそ》ではない。俺はなにも知らねぇんだ。これ以上は訊くな。面倒なことになるのは御免だ」

「なあ、阿部よ……」

三十郎が足を止めた。肩も、握った拳《こぶし》もやけに滑らかな弧を描いている。常に胸を反らせていた男が、鑢《やすり》で削られ、猛々《たけだけ》しい角をいつの間にか失っていた。

「わしも、ぬしらの仲間に入れてもらえぬか」

阿部は思わず天を仰いだ。しがみついて生きることの見窄《みすぼ》らしさを見せられたような気がした。自分もきっと、こんな姿をしているのだろう、と思った。

「だから俺は別段、伊東派というわけじゃねぇんだ。ただ、ちょいと三木とは飲みに行くことが多いというくらいなもんだ」

「新選組はもう駄目じゃ。あそこにいても、わしはただの厄介者じゃ」

「あそこにしっくり馴染《なじ》んでいる奴《やつ》なんぞいねぇだろう。試衛館組くれぇなもんさ。おめぇは伊東派、伊東派というが、古参隊士以外は、みな伊東に与しているようなもんだぜ。土方なんぞについていける奴はいねぇさ。俺も、そういうことだ」

ごまかした。胸にある醜穢《しゅうわい》な思いを明かしてしまいたいという衝動にも駆られたが、止《や》めておいた。三木から「谷君にはけっして言うな」と、名指しをされていたことが響いていた。

「もし伊東が動くようなことが耳に入ったらおめぇにも報《しら》せるさ。気を揉《も》むな。ともかくまだ俺はなにも知らねぇんだ」

適当に言い繕うと、三十郎は何度も「まことじゃな」と念を押した。それから、できれば早々に三木か伊東と酒席を共にしたい、と拝み倒すような仕草で言ってきた。阿部は形だけ承諾した。すると僅《わず》かに安堵《あんど》の色を浮かべ、やっと歩き出した。

四条を過ぎた辺りまで付き合って、「俺はここで」と三十郎の隣を離れた途端、奴は置き去りにされた童子のような表情を浮かべた。

「ちょっと、女のところに寄りてぇんだ」

苦し紛れに付け加えると三十郎は落胆を露《あら》わにし、それでも「そうか」とだけ言って丸まった背を向けた。


「誰かに見られなかったか？」

祇園の茶屋の一室で待っていた三木は、阿部の労をねぎらうこともなく開口一番にそう訊《き》いた。

「いや」

三十郎のことは言わなかった。三十郎を厄介に巻き込みたくない、という配慮でも、自分が厄介に巻き込まれたくないという防御でもない。いつまた三木の下を離れ、三十郎とつるんで動くことになるかわからぬ、両方の線を生かしておきたいという打算が働いた。

三木は書状を手にするや、布海苔《ふのり》でとめてある紙巻きを丁寧にはがし、阿部がそこにいることなど失念しているかのように一心に文字を追った。一通り読み終えると書状を畳むのも忘れ、しばらくぼんやりと天井を眺めていた。かつては兄に似ぬ愚者以外のなにものでもなかった横顔は、今、得体の知れぬ狡知《こうち》を含んでそこにあった。

「小松帯刀という男の名を聞いたことがあるか？」

「いや」

「薩摩の家老さ。そいつの屋敷が御所の御花畑《おはなばたけ》にある。そこに少し前に出入りしていたのは、やはり桂《かつら》だったらしい、と書いてある」

「桂？　桂小五郎ですか、長人の？」

逃げの、と異名をとる男である。吉田松陰に師事し、長州反幕派の指導者的な人物である。過激な勤王活動にも身を染め、それ故早くから新選組が目を付け、躍起になって探っていた。ところが、この男、運がいい。池田屋のときも一旦《いったん》顔を出したものの会合の刻を違《たが》えており、宿をあとにしたために難を逃れた。以降、新選組は桂の姿を見失っている。どこぞに潜んでいる、という報を受けて駆けつけても、もぬけの殻という煮え湯を何度も飲まされてきた。

三木は書状を懐にしまい、今漏らしたことを拭い去るような白けた表情で、鯉《こい》の洗いに箸《はし》をつけ、こりこり音をさせて噛んだ。

「君は、頓着《とんちゃく》しない質《たち》なのか。使いまでやって、なにも訊かぬというのも妙だな」

「頓着しねぇわけじゃあないが、薩摩だの長州だの、よくわからねぇから」

「随分投げやりだな」

にちゃりと音がしそうな笑みを作った。

「伊東が西国から戻って来次第、一度酒席を設ける故、君も顔合わせをして欲しい。他の者も呼ぶ。これは少し、事を急がねばならんかもしれぬな」

阿部は先に座敷を辞した。鴨川縁《かもがわべり》に出て一旦頭を冷やした。伊東と酒席を共にすればそのままずるずると己の流れが変わってしまうのだろう。そうやって流れていくのも自分のような者には似合っているが、そういうことはもう終わりにしなければならないという思いも、どこかにあった。


西本願寺に辿《たど》り着き、竹矢来で囲ってある屯所《とんしょ》へと入っていく。

かつて木賃宿の様相を呈していた北集会所は、今やすっかり清潔で整った環境に様変わりしていた。

去年の夏、ここを訪れた幕医の松本良順《まつもとりょうじゅん》が、隊士に病人が多いのを見てとり、衛生面を整えるよう指導したのだ。近藤が東下した折に、縁ができたという。一見して梟《ふくろう》に似た風体《ふうてい》のおっとりした人物だったが、風呂《ふろ》を作れだの、病人を隔離しろだの、神経質なまでに細かい指図を出した。土方がまた、怖ろしい速さでその指摘通りに改築を行い、僅かの間に掃き溜《はきだ》めが見違えるようになった。が、そんな事実よりも、屋敷を改築するといった不慣れなはずの申しつけに短時間で見事に応えた土方や、一度会っただけの幕医を京に赴いた際わざわざ屯所に足を運ばせるほど惹き付けた近藤の、奇妙な奥の深さが阿部には気に掛かった。

部屋に戻ると、浅野薫が珍しく刀の手入れをしている。

「ご苦労じゃったのう」

阿部に振り返って、いつもの笑みを作った。

万が一、三木が局を抜けると言い出したら、そして自分もそれに加わることになったら、こいつにだけは声を掛けようと決めていた。浅野はそれに従うだろうか。おそらく否、と言うだろう。それでもこの男にだけは偽りのないところを話そうと決めていた。

阿部は袴《はかま》の紐《ひも》を緩めて、畳の上に大の字になった。芽吹きはじめた木の香が、今日はじめて鼻をついた。

「刀なんぞ取り出してどうしたんだ」

「明日はわしゃ死番じゃからのう。一応な」

公用は大概四人一組で出る。仮に斬《き》り込みをするようなことがあれば、まず真っ先に家屋に踏み込む役割がある。それを新選組では「死番」という。持ち回りの交代制だが、死番に当たった日は、暗い階段だろうが灯を消した座敷だろうが、果敢に駆け入らねばならない。

「死番なぞ、縁起でもねぇ呼び名だと思わねぇか」

「いやぁ、むしろ気後れせんでええぞ。土方先生が考えたっちうが、あの方の厳しさが出ていてわしは好きじゃ」

「大方、どこかの受け売りだろうさ。あいつぁもともと武士でもなんでもねぇ、百姓だからな」

浅野はそれには応《こた》えず目釘《めくぎ》を改めている。

「お前はよく、あんな百姓を手放しで信望できるな」

「ぬしこそ、土方先生のどこがそれほど信じられんんじゃ」

浅野は刀を鞘《さや》に収め、阿部に向き直った。

「わしゃ前から言おうと思うてたんじゃ。ぬしは土方先生にこだわり過ぎる。いつも二言目には土方先生じゃ」

面倒な話を振った、と後悔した。阿部はごろりと寝返りを打って肘枕《ひじまくら》をし、「島原にちょいといい女がいるんだが、近々見にいかねぇか」と話題を変えた。が、この日の浅野は執拗《しつよう》だった。

「わしは、好きか嫌いかでいうたらおそらくあの人のことは好きではない。山南先生のこともある。このところ立て続けにあった切腹もそうじゃ。今時、こんなに厳しく詰め腹を切らせるなぞ、諸藩士でもやらねぇぞ」

「だから百姓の『武士ごっこ』なのよ」

「違うんじゃゃ、阿部。違うと最近わかるような気がしたんじゃ。あれはな、土方先生が己の力を示すためにやっているんじゃないんじゃ」

「他になにがある。あれぁ権威の遊興だぜ」

「もともと壬生浪士組はな、天下への義理も、主《あるじ》と呼べる人物も与えられておらんかったじゃ。ただ、無茶しよる勤王激派の当て馬っちゅうのが、唯一この隊に与えられた役目だったんじゃ。幕吏や親藩の藩士は、そんな輩《やから》と関わり合って命を落とすのは馬鹿らしいからのう。御上《おかみ》はきっと、浪士には浪士をあてがって相打ちになればええゆうくらいの考え方じゃ」

阿部は黙っていた。黙って、浅野の黒目がちな目を見ていた。

「下役のまた下役の、その片づけに平気で命を投げ出すような、ほんまじゃったらそうゆう仕事じゃった。でもわしはそう感じたことは一度もないぞ。ちゃんと時世と関わって、長州や薩摩や、幕府とさえ渡《わた》り合《お》うている気がしておんじゃ。自分がもともとは武士なんぞではなかったゆうことを、忘れることすらあるんじゃ」

「おめでてぇな」

「そうかもしれん」

浅野の口舌は止まらなかった。

「それも土方先生や近藤先生が、会津や幕府と渡り合えるところまで持っていったからじゃ。上の者にいいように使われるのを避けたためじゃ。内部を引き締めて、対外的には考え無しの武闘派集団じゃねぇちゅうことを言動で見せてきたんじゃ。百姓がじゃ、なんの下地もつてもねぇ百姓がそれをやったんじゃ」

浅野は唾《つば》を飛ばして言うだけ言うと、ぶるっと一度武者震いをした。

「わしはそういう人間には、敵《かな》わんち思うんじゃ。今までなかったものを形にした人間と、わしのように誰かに引きずられて動いておるだけの者の間には、大きな隔たりがぁる。わしらはまず、それを知らねばならんのじゃ」

浅野の言葉は、阿部をひどく刺した。今まで味わったことがないほどの、薄ら寒い空気にさらされた。その隔たりに目を瞑《つぶ》っているのが俺だ、と頭の中で声が鳴った。誰のせいでもなく、俺は俺の意思でなにもしていないのだ。浮かび上がった答えが、臓腑《ぞうふ》を掻《か》き回した。

開け放ってある障子から見える中庭を、永倉新八と斎藤一が横切っていくのが見えた。黒ラシャの筒袖《つつそで》を着、上に陣羽織を羽織っている。武者草履を引きずる音が小気味よく響いてくる。斎藤が何事かを言い、それを聞いて永倉がこちらにまで聞こえる声で笑った。あいつらの前身はなんだったのだろう、と阿部は考えた。町を歩いているだけでみなが目で追い、京都守護職本陣にも堂々とまかり通る男たちの前身は。近藤や土方や永倉や沖田といった幹部の連中が、江戸の片隅にある小さな道場にたむろしていたなどということはもはや想像にも遠い。

自分はどっちに行くのだろうか、と思った。いずれにしても逃げねぇようにやるんだ、と祈るような気持ちで言い聞かせた。

「おい、そのまま寝てはいかんぞ」

熱を落とした浅野の声が、聞こえた。

二

矢継ぎ早に、山崎烝からの便りが尾形に届く。いずれも二、三行の短いもので、急ぎ報せるべき事だけが、簡潔に記してある。

「甲、芸州藩士に徳川の悪政説く。藩士らなびかず。御苦労」

「甲、岩国新湊《しんみなと》より長州入国を謀《はか》り、泰、帰京促し候《そうろう》。十八日、多度津《たどつ》より海路にて大坂向かいしを取り決め候。両者、険悪」

やはり書状にも、揶揄《やゆ》するようなことが必ず一言書いてある。西国の地で危険に身を晒《さら》しながら、それに興じている飄逸《ひょういつ》な姿が目に浮かぶ。

残留した伊東と篠原の別隊は、西国での反幕、勤王活動にほとんど成果を得られなかった。有力な勤王家と繋がることも叶《かな》わなかったようだ。幕臣に随行してきた人物が勤王を説いても真実味はなかろうし、また西国全体が戦《いくさ》に備えている今、論を戦わせている余裕も諸藩士にあろうはずはない。

伊東の目論見《もくろみ》が外れたことで、局内の騒擾《そうじょう》は少し先になりそうだ、と尾形はやや安堵した。土方はしかし、伊東を通じて薩長の動向を仕入れるというあてが外れ、僅かに落胆の色を表した。

「しかしこれで勤王家への接触を諦《あきら》めるわけでもねぇだろう。普段隊務の手を抜いてるんだ。伊東にはこの薩摩探索で局に貢献してもらわねぇとな。奴が京に戻ったら、永倉と斎藤をつけてよくよく探ることだ」

密偵としては意外な人選だが、内部の諜報《ちょうほう》に表立って監察方を使うわけにもいかない。

永倉は細かなことにはこだわらぬ剛胆な性質である。垣根がないので近づきやすく、案外情に篤いため頼りにしている平隊士も多い。剣では沖田、斎藤と並ぶ腕前である。ただ、平坦《へいたん》な顔立ちで表情にあまり抑揚がなく、普段はさほど威圧感がない。淡々と仕事をこなし、時折その鬱屈から抜け出すように大胆なことをする。中でも一年ほど前、近藤の勝手なやり方に業を煮やし、その悪《あ》しき行状を書き連ねた「非行五箇条」なる建白書を会津侯に提出した事件を起こしたときは、尾形なんぞ、ついに新選組も分裂の危機かと気が気でなかったが、やるだけやったら気が済んだようで、容保に諭されすごすごと黒谷を辞し屯所に戻ってきた。今は近藤とも普通に接している。不思議なことである。近藤にしても、勝手に訴状を出された直後は極度に苛《いら》ついていたが、そのあとすぐの、尾形も従った東下に、謀反を起こしたばかりの永倉を同道させている。

「あいつぁ、松前藩の出だから連れてきてやっただけだ」

ときの老中職にあった松前崇弘《まつまえたかひろ》との面談を近藤は予定しており、そのために永倉を渋渋同行させた、という。その割に、江戸に着く頃にはふたりともなんら隔たりなく、昔話なぞしていたのである。

斎藤は江戸にいた一時期、試衛館に通っていたと聞くが、京に上ってからの入隊者であるせいか、他の古参隊士とは距離を置いている。もっとも誰ともつるまぬのはこの男の性格によるものだろうが。

このふたりが近藤から伊東派に乗り換えたとしても、表向きは不自然に見えない。それを見越して、土方が指名したということだ。

そういえば、と尾形は思う。

伊東派の連中がこぞって伊東の人格や思想に心酔しているのに比べ、近藤についている古参隊士はそこまでの信頼や情を表すことがない。取り立てて従順でもなく、近藤に意見する隊士も時折目にする。「近藤先生はまことにご立派だ」と折々に口にするのは井上源三郎くらいなもので、あとは盟友というより悪友の物言いである。新規入隊の隊士からすれば雲上人《うんじょうびと》のような近藤を、彼らの前で同輩として語ってしまうことなど茶飯事、神格の皮をあっさり剝いでしまう。

「巷《ちまた》の評判だけで偉いもんだと信じ込んでいるうちはろくな働きはできねぇんだ。剣というのは見たままを受け入れるところから勝負がはじまるんだ。頭でっかちに評判に振り回されるような奴は、立ち合い負けする」

というのがその理由だが、どこまでどうなのか……。それでも、彼らの行状に悪意や嫉妬《しっと》が皆無なのが、尾形にとってはまた興味深い。

長州は未《いま》だ処分案についても回答を出さずにいる。小笠原長行は期日を五月二十九日と定め、軍を率いて安芸に待機。長州再征の気運が高まった。

同時に幕府は出兵要請を各藩に送った。薩摩は無論、取り合わない。さらに、因幡《いなば》、安芸、肥後、津、竜野、筑前といった諸藩が出兵を渋るという事態が起こった。「兵を出せば財政が逼迫《ひっぱく》する、民も窮す」というのが表向きの理由である。つまりは、今回の征長は、軍備や兵糧《ひょうろう》を整えてまで参戦する価値なし、という諸藩の見切りがあったということであり、「幕命」をいとも容易《たやす》く拒絶できる意識の変化が各地で起こっているということだ。あの、天狗党残党の受け入れを薩摩が拒否してから、この意識は当たり前のものとして浸透しはじめたのだろうか。

新選組には、征長に参戦せよという達しはなし。会津藩兵も京に残る。

山崎の報によれば、長州に流れている武器はやはり薩摩経由らしく、その裏には英国のグラバーという商人《あきんど》がいるという。薩英戦争を機に、薩摩と英国が交易をはじめたとなれば皮肉である。あの戦をしたことで、薩摩は攘夷《じょうい》の旗手という評判を得て、諸藩の尊攘派に広く支持された。夷狄《いてき》を疎んじる孝明天皇の信頼を得た。そうやって国内の地位を確立しながら、英国との繋がりを切らなかった。それが、幕府が外国公使団に勝手な武器の輸出を禁じている今現在の、武器密輸を可能にしている。その薩摩から流れてきた武器で、尊皇攘夷の思想をもってここまでひた走ってきた長州は、幕府と戦おうとしている。それを報せた山崎の書状にあった一言。

「そもさん。奴らが喚《わめ》いていた攘夷とはなんぞや」

長州は周防の医師、大村益次郎《おおむらますじろう》を軍学師範に迎え入れ、西洋式軍制の研究に余念がない。百姓町人にも銃を扱わせ、「強き百万といえども恐れず、弱き民はひとりといえども恐れ候事武道の本意といたし候」と身分を問わぬことと、民に乱暴を働くなという旨を説いている。ただしこれに乗じて民衆が勝手な武装をせぬよう、上士からなる干城隊を作って奇兵隊以下の軍隊を監視していることも、山崎の書状にはしたためてあった。最後の一言。

「笑止」

誰の目に入るともわからぬから、山崎の書状は目を通したらすぐに燃やす。庭の片隅にしゃがんで焚《た》き火を眺めていると、いきなり火の中に棒が突っ込まれた。驚いて見上げる。「せっかくなら芋でも焼けばいいのに」と嘆息した沖田総司がいた。尾形は、足音に気付かなかった己の迂闊《うかつ》さを呪《のろ》った。これが伊東だったら目も当てられぬ。

「代わり映えしない毎日だ。ねぇ、尾形さん。なんだか京はひっそりしていると思いませんか」

沖田は枝で地面にぐるぐると円を描く。その手首が随分細いことを尾形は見つけた。

「嵐《あらし》の前の静けさでしょう。戦がはじまるかもしれませんからな」

「ふーん、今度はどことどこですか？」

幕府と長州。とは言い切れなかった。幕府と、幕府に従わざるを得ない諸藩が、長州と、幕府を潰そうと目論む雄藩と戦う。どこまでが敵か味方か、境界はぼやけている。

「それでかなぁ。最近、伊東先生がやけにまとわりつく。特に一度目の西国行きから帰ってきたあと」

「沖田先生に？」

ひとつ頷《うなず》いた。そのましゃがんで、膝小僧《ひざこぞう》の上に頭を乗せた。

「なにか言われましたか？」

「君の剣は、新選組に止《とど》めておくにはもったいない、って」

「それで？」

「それきりさ。私も意味がわからないから取り合わなかった。どこで振るおうと私の剣には変わりがないのにね」

ふふふと、弱く笑った。仕草すべてがいつになくだるそうだった。

「どこかお具合が悪いのではありませぬか？　少しお痩《や》せになったようだ」

「いやぁ、今日はちょっと熱があるんだよ」

「お風邪《かぜ》でも召されましたか？」

「なに、おそらく労咳《ろうがい》のせいだろう」

そうですか、と引き取ろうとして、えっ、と声を上げた。労咳なぞ、死病ではないか。

「い……いつからです」

舌が回らぬまま言うと、沖田は意外そうな顔で首を起こし、「池田屋ですよ。あのとき血を吐いちゃって」とこともなげに返した。

「そうか、斬り込みに尾形さんはいませんでしたね。あそこにいた人は大概気付いたようだが。もっとも藤堂君は自分も額を割られて卒倒していたから知らんでしょうけど」

沖田は思い出し笑いをして、肩をすくめた。

「そしたらこれはご内密に。あまり人に知られるな、って土方さんがうるさいんだ。特に伊東さんやその周りの人には言ってはいけないって。別段、今日明日死ぬというものでもないし、私の剣が衰えるわけでもないのにね。剣はさぁ、身体《からだ》ばっかりのことじゃないんだよなぁ。でもあの人はほら、自分もそうだが、人に弱みを見せないのが格好いいと思い込んでいる節があるでしょう」

くくく、とまたおかしそうに笑う。尾形は言葉を見つけようと焦った。焦るばかりで、なにも浮かばない。そして目の前の若者が強がりでもなんでもなく、思ったままを口にしていると悟って、鳥肌が立った。

後ろで大きな声がして振り向くと、永倉と斎藤が歩いてくるのが見える。

「土方がさ、おめえに指示をもらえというんだよ。伊東から報を聞き出すにはどうすりゃいい？」

尾形の隣にしゃがみ込むなり、永倉が言った。

「永倉さんが間者《かんじゃ》とは、余程この隊も人手不足だ」

沖田がちゃちゃを入れる。斎藤はまた、他人事《ひとごと》のように少し後ろでそっぽを向いて佇《たたず》んでいた。

「まったく面倒くせぇなぁ。俺は伊東の話なんぞ、半分もわからねぇのに。斎藤だってそうだろう」

「俺は、お前が斬られぬように見張っていればいいんだ、おそらくそういう役目さ」

面白くもなさそうに、斎藤がつぶやいた。

「しばらく伊東と行動を共にする。そこで奴の動きをあんたに伝えるから、入れ智恵《いれぢえ》を頼む。土方に直接言うじゃあ、勘のいい伊東に気付かれるってんだ」

永倉は眉を八の字にして情けない顔を作った。

「伊東から薩長の話を仕入れるなんぞ、新選組の名折れだ。土方は手段を選ばねぇのよ、矜持《きょうじ》ってものがねぇんだ」

あーあ、と大きな声で言って、尾形の肩を二度ほど叩《たた》く。こうは言っても、この猛者《もさ》が土方の言に従っているのだ。おかしな均衡だ、と尾形は内心で思った。

「わかりました。よろしくお願いいたします」

そう言ってから、沖田のほうに笑いかけようとそちらを向くと、もうそこに沖田の姿はなかった。

三

半ば、三木に抱えられるような塩梅《あんばい》で、祇園の茶屋に向かった。伊東が京に戻って四日目、早々に酒宴が催された。「伊東に賛同する隊士を一座に集める、まあ顔合わせのようなものだ、気楽に同席して欲しい」と三木は言ったが、阿部には「賛同」というのがなにを指しているのか、それすらはっきりわかっていない。深入りする気はない。伊東の人柄すらよく知らないのだ。浅野がついこの間語ったことも響いていた。有耶無耶《うやむや》にして言い逃れるのをしかし、三木は許さなかった。もう誘ってしまったのだ、と酒宴に交わるようしつこく促した。仕方なく、釈然としないままに祇園へと足を運ぶ途中で、この光景は以前にも見たな、と思った。自分はこういう曖昧《あいまい》な気持ちで何度闇の中を歩いてきたろう。今までの行いが背中に貼《は》り付いて、そいつをズルズルと引きずりながら歩いている錯覚に陥った。

茶屋の広間は、十畳と八畳の間の襖《ふすま》をはずした広さで、そこに十数人の男たちが居並んでいた。中央には伊東甲子太郎、その横に藤堂平助、他には毛内有之助、服部武雄、加納鷲雄、内海次郎、新井忠雄、富山弥兵衛、茨木司《いばらきつかさ》、佐野七五三之助。座敷の隅には篠原泰之進。伊東と共に京に上ってきた人間がほとんどだ。服部以外は剣客《けんかく》というより論客といったほうが相応《ふさわ》しい。入室するなり三木が「みなはまだ酒席を共にしたことはなかろうが、今宵《こよい》は阿部君にも来ていただいた」と言い、すると一同、品定めするようにこちらを見た。末席に腰を下ろすと畳を二枚ほど隔てた向かいに座っている篠原の、疲弊した顔が見えた。

「ゆるりと楽しまれたい。今宵は近づきの宴だ」

伊東が声を張り、自ら杯を掲げた。みながそれに従った。酒の席だというのに、変に静かだ。不調法なことをする輩《やから》は皆無、品のいい座である。それぞれに語り合うというより、酒を飲みながら伊東の講義を聴いているような具合でもある。

年若い茨木司が顔を紅潮させ、西国の様子を訊いている。

「みな血気盛んで勢いがある。思想をもって動いている。民まで学を積んでいる、また国のことを思う意識も高い」

伊東の言にみながみな、同じような仕草で頷いていた。講談師に群がったサクラみてぇだと思わず出かかったが、事を荒立てるのも面倒なので黙っていた。

「伊東は、西国で向こうの勤王家と直《じか》に時勢を論じ合ってきたのだ」

隣に座った三木が、誇らしげに阿部に耳打ちする。篠原が眉をひそめてこちらを見た。なにか言うかと思ったが、そのまま杯に目を落とした。

「顔を繋ぐ？　いったいなにをするつもりだ」

阿部が問うと、三木は驚いたといった大袈裟《おおげさ》な面を作った。

「君は本当に、なんの興味も考えもなく書状を運んでいたのだな」

自分たちこそ正だと決め付けているような物言いに、辟易《へきえき》した。

「おいおいわかっていくだろうから、しばらく君は私に従えばいい。ただ、伊東はもはや、幕府の時代は終わった、と考えている。その中で、どうやって尊皇の志を貫けばよいかを模索している。ここにいるみなは、その志を尊重している者ばかりだ」

勤王に転ずるのか、ということだけは薄ぼんやりわかったが、新選組にいてそれを成すのか、他の手段を執るのか、見当もつかない。勤王も佐幕も、阿部には無縁だ。そんな大層な思想よりも、身の回りのことで精一杯だ。

藤堂が徳利を持ってやってきて「君も伊東先生の御意見に賛同してくれたんだね」とひどく嬉《うれ》しそうに言った。

「新選組か、伊東先生かで君も随分迷ったろう」

「いや、別段俺は……」

「でも今は情ではなく、まず国のことを思って動くべきだと私は思う。それは、どちらがいいか悪いか、ということではないんだ」

暑苦しいな、と思った。畳みかけるような舌鋒《ぜっぽう》に応えようもなかった。

「阿部君は砲術も学んでいるからな、心強いよ」

不得要領なことを三木が横から言い、どうせ砲術などといっても形ばかりで実用には程遠いのだと説く前に、「ええ、本当に」とまた藤堂が相づちを打った。普段居丈高に見えていたが、藤堂は存外素直な男なのだ。それでも、「これからもよろしく頼むよ」という言い方はいつも通り高飛車で、酒を置いて、また伊東の側に戻っていった。

伊東はまだ、年若い隊士たちに西国の様子を語っている。過剰とも思える西国賛美で、安芸に布陣していた幕軍の覇気のなさを引き合いに出しては、命を賭《と》して改革を断行する長州や薩摩の行いを持ち上げるという、やけに一元的なものだった。

「あの伊東さん、というのは、なんだえ、西国かぶれかなんかかい？」

小声で三木に皮肉を言うと、それが聞こえたらしく、代わりに篠原が奇妙な笑い声を立てた。三木は一瞬そちらを見、別段気にもならぬ風に「君もいつか目が覚める」と応えた。この男を常に覆っている自信と余裕の出所が摑《つか》めずに、阿部は薄気味悪さに襲われる。三木はこの集団にあっても、みなと馴染んでいるわけではない。誰ひとりとしてこの男に話しかけず、三木も三木で輪に交わろうとはしない。自分もそうだが、三木がこの一団にいる理由もひどく曖昧だ。

気付くと、篠原が阿部の前に座っていた。今まで間近に接したことがなかったが、尺のあるごつい体つきをしている。篠原もまた、ここにいる論客たちとは、少しだけ様子が違って見える。

「あんたはなぜまた伊東さんと動くことに決めたんだ?」

酒を注《つ》ぎながら訊いてきたが、阿部は黙っていた。

「現状に不満がある、新選組には甘んじたくない、というヤツさ。なぁ、阿部君」

三木が、横から口を挟む。

「ならばよしたほうがいい」

篠原の声は低かった。向こうでざわざわと思想や政治の話に興じる、どこかはしゃいだ声音とはまったく異なる低い声だ。

「ここが嫌だから他へ行く、というだけで事を起こすのは止めろ」

「おい、余計なことを言うな」

三木が遮った。

「違和を感じる場所にいたくないのは誰でも同じだろう」

「まあな、そうかもしれねぇが、そういう奴は一生それを繰り返すぜ。己にふさわしい場所を探しているつもりで、単に己を見失っていくのよ」

篠原の頑丈そうな顎《あご》を見た。自分を置き去りに、己のことが語られているのを奇異には思ったが、腹は立たなかった。篠原は、自らに言い聞かせるために語ったように思えたからだ。

「篠原先生は随分と前向きだ。己というのは探せば見つかるものだと思っている」

三木が言い、話はそれきりになった。三木は黙り込んで膳《ぜん》のものを口に入れ、篠原も手酌で酒をやりながら、時折ちらちらと伊東のほうを見ている。阿部は宙ぶらりんのまま、気まずい酒を飲んだ。くだらぬ話に巻き込まれたことを、悔いた。

漫然とした座の空気が変わったのは、永倉新八と斎藤一が現れたときである。近藤にどっぷりだとばかり思っていた古参隊士の登場に、阿部は勿論《もちろん》、一同凍《い》てついて、中でも藤堂の動揺の仕方は滑稽《こっけい》なほどだった。立ち上がりかけたのを伊東が手で制して、

「僕がお呼びした」と告げた。

「みな、なにか履き違えておるのではないか。今日の酒席はただみなと親交を深め、思想を語りたいと催しただけだ」

加納と毛内が伊東の隣を空け、ふたりに勧める。永倉は表情の乏しい顔で飄々と座に着き、斎藤は目を伏せ、それに従った。伊東が杯を勧め、両者それを受けると、座の空気がほどけて話し声が戻ってきた。藤堂だけが無遠慮な視線をふたりに投げ掛けている。

「伊東さんはどうあっても、試衛館組から剣客が欲しかったと見える」

篠原が素っ気なくつぶやいた。

「近藤らと揉めたとき強みになるからな」

そこにいる阿部のことなど、もう三木には目に入っていないのかもしれない。

「どうやら沖田には振られたらしい」

「あんな奇怪な男、来られても迷惑なだけだ。伊東もなにを考えているのか」

言葉とは裏腹に、さして憤りを感じさせぬ三木の口調。内輪の話でも兄のことを「伊東」と他人のように呼び続ける不可解。伊東と三木が相対してしゃべる様子を一度見てみたい、と阿部はあらぬことを考える。伊東のほうを盗み見ると、相変わらず高潔な面を崩すことなく、永倉となにやら話に興じていた。

手元に目線を戻そうとしたとき、こちらを捉えている双眼にぶつかった。片膝を立て、そこに腕を置いた斎藤の、腕の向こうにある目が確かに阿部を見据えていた。恐怖より早く苛立ちに襲われた。なにひとつ思いのままになることなぞないのだ。迷う機会も、軌道を改めようとする機会も、冷静になる機会も、あらゆる所に用意された双眼によって奪われていく。一旦白く戻ろうとしても、こうして他人から疑われるたびに、すべてが面倒になってゆく。

だらだらと一刻《いっとき》ばかりも続いた酒宴が終わりかけたとき、再び断りもなく唐紙が開いて、入ってきたのは谷三十郎であり、今度は阿部が固唾《かたず》を呑《の》んだ。三十郎は永倉や斎藤のように伊東に呼ばれるわけもない。三木がすかさず、「まさか声を掛けてはおらんな」ときつい調子で阿部に問い、阿部はただ大きくかぶりを振った。

勢い込んで入ってきた割に、三十郎は言うべき言葉を失念したらしく、「やあ」などと曖昧な声を出したきり、みなに見据えられて押し黙っていた。

「これは谷先生。どうされましたかな」

伊東にはまだ余裕があった。

「探したのじゃ、この一派が屯所にはおらんので茶屋を探し回った」

「一派とはまた人聞きの悪い。もし酒席をご一緒にということでしたら、お声をお掛け下さればよかった。谷先生はお忙しそうなので、私も遠慮いたしましてね」

自らが認めていない者と接するとき、言葉が慇懃《いんぎん》になる。内輪で時勢を語るときの「僕」などという尊攘派の間で流行《はや》っている珍妙な言い回しには慣れぬが、この腰の低さはかえって嫌味だ。

「面倒なことは抜きで訊く。わしを、おぬしらの一党に加えていただきたいのじゃ」

阿部は思わず額に手をやった。この男がここまで馬鹿だとは思わなかった。というよりも、ここまで切羽詰まっていたことに気付かなかった。

「ですから、谷先生。今宵の宴にはなんの含みもない、ただの酒席だ。私が西国から無事帰ったのを、みながねぎらってくれているだけで」

「それだけではあるまい。近藤とは別の一派を作って、倒幕派に与する気であろう」

「倒幕？　確かに私の思想は尊皇だ。しかし近藤先生と同じく、公武合体を唱《うた》っております。それ以上でもそれ以下でもない」

永倉が、やや顔を険しくして三十郎のほうを見遣《みや》ったが、視界には伊東だけしかいないのか奴はそれに気付かない。

「なんでもいいんだ、思想のことなど二の次だ。あんた、新選組を変えようとしているのだろう。近藤や土方を潰そうとしているのだろう。ならばそれに俺も加えてくれ」

「物騒なことを言われる。近藤先生を潰すなど……」

伊東の額に軽侮の皺《しわ》が浮かび上がった。それに気付いたのか、三十郎が一層気負って言葉を重ねた。

「わしは知っておるのじゃ」

「なにをです」

「ぬしらが、合羽屋を使って薩摩藩邸を探っていることを、だ」

三木が阿部を睨《にら》んだ。いつ尻尾《しっぽ》を摑まれたのか、と阿部は血の気が引いた。

「どうじゃ、その通りじゃろう。新選組のために薩摩を探っておるのではない、薩人に取り入るために出入りを当たっていることも、わしゃ知っておる」

伊東は少しの間、能面のような顔をしていたが、すぐに笑みを戻し、

「なにを申されているのかわかりませんが、そうですか、それほど酒席に加わりたいと仰せなら、どうぞ御同席を」

と三十郎にも座を勧める。「必ず、共に働きたいのだ」と執拗に繰り返す三十郎に微笑《ほほえ》みかけ、「では、その話はおいおい」と言うと、三十郎は卑屈に笑いながら席に着いた。伊東自ら酒を注ぎ「ささ、どうぞ。お近づきの印だ」と明るく言ったことでやっと、三十郎は安堵した風に息をついた。

「まるで、気付かなかったか？」

三木が耳に囁《ささや》いた。阿部はひとつ頷き、唇を嚙んで怒りに堪えた。自分の落ち度への憤りばかりではなかった。三十郎の汚さではなく、哀れさがいたたまれなかった。

「あいつぁ勝手に探ったんだ、それでなければ阿部が知らぬことを知っているはずがない。合羽屋にも口を割らせたんだ。もうあそこは使えんぞ」

篠原が苦々しく言った。それきりふたりとも口を閉ざした。

三木が伊東のほうを見た。伊東がそれに気付き、小さく頷いた。それから「服部君、下で勘定を払ってきて欲しいのだが」と呼びかけて、ふたり肩を並べて表に出ていった。三十郎は、近くにいる藤堂や佐野にしきりに酒を勧められ上機嫌だった。永倉がその横で、なにやら苛立たしげにひとり杯を重ねていた。斎藤はいつの間にか、姿を消していた。

結局それから半刻も経たぬうちに散会となり、伊東は勘定云々《うんぬん》と言ったきり座敷には戻らず、若い連中はどこぞで飲み直せと三木が金を出して、屯所に戻るのは、三木と阿部、三十郎、服部のたった四人である。

「伊東さんは？」

阿部が三木に問うと、「永倉先生と直々に話したいことがあるとかで、もう一軒行ったはずだ。篠原君も同行している」と前を向いたまま言った。

「伊東先生もお忙しい。日々精進《しょうじん》を重ねておる。わしら常人にはなかなかできんことじゃ」

三十郎は上機嫌で、大笑した。いいから黙っていろ、と言いたいのを阿部は堪えた。

「谷先生は、どうして合羽屋のことをご存知に？」

「いえね、この阿部君がどうも最近よそよそしい、しかもなにを訊いても口を割らぬもので、あとをつけたんですよ」

だ。
「いえ、まあそれは……」
いきなり臓物をぶちまけるような入り方をしたくせに、そこだけ不器用に口をつぐん
「谷先生自ら？」
「しかし薩摩藩邸を探っても、上がってくる藩士の動きを局には報せない。どうもおか
しいと勘付きましてね。これは誰か他の人間が糸を引いている、と。案の定、図星だ」
再び声を上げて笑った。
「この件、他に知っている者はござりませぬな」
三木が言うのに三十郎は鼻の穴を膨らませて「無論だ」と返す。
「これはすべて私の采配《さいはい》。この三十郎、勘所はしっかり押さえますからな」
三木は、そうですか、と微笑んで、そのまま足を早めてひとり先頭に出た。三十郎は
少し後ろを歩いていた阿部を振り返り、いびつな笑顔を作って寄ってきた。
「悪かったの、ぬしをだしに使って。しかしこうでもせねば、ぬしだけ伊東先生に取り
入るつもりじゃゃったろう」
「取り入る？　だから俺はなにも決めてねぇと言ったろう」
「この期《ご》に及んで隠し立てをするな。もう同輩じゃ。伊東先生と共に近藤を叩き潰し、
新選組の勢力を塗り替えるのよ。わしは近藤に勝つんじゃ」

小せぇな、と口の中で言った。勝つだの、負けるだの、そればかりだ。人の尻馬に乗って、何事かをした気になっている。認められぬとすぐ別の尻馬だ。

――俺もそれと同じだ。

浅野に言われるまでもなく、この三十郎と同じ輪の中をぐるぐる回っているのだ。

祇園坂下に差し掛かると、さっきまでの喧噪《けんそう》が嘘のようにひっそりした。道も一気に暗くなった。祇園社の灯籠《とうろう》が、彼岸の在処《ありか》を知らせるようにぼんやり灯《とも》っている。阿部はひとつ息を吐いて三十郎のほうを見た。

「なあ、谷よ……」

ん、とこちらを見た三十郎の身体が、ガツッと凄《すさ》まじい音と共に前にのめり、石段に打ち付けられて二、三度勢いよく跳ねた。薄暗がりの中で、阿部は呆然《ぼうぜん》として目を凝らした。寝そべったままの三十郎の身体から広がっていく黒い染みが血だとわかるまでに、随分長い時を要した。なにかが光った気がして顔を上げると、服部武雄が懐紙で刀を拭《ぬぐ》っているところだった。

「おめぇ、なにをしたんだ」

口の中が乾ききって、その声が相手に届いたかどうかは疑わしい。

「骸《むくろ》はここに捨て置け。明日になれば京雀《きょうすずめ》が屯所に報せる。どこかの不逞《ふてい》がやったことにすればよい」

三木のぼんやりした声が、脳天に聞こえた。自分でも気付かぬうちに、阿部は三十郎を抱き起こそうと、しゃがみ込んでその肥軀にすがっていた。

「阿部君、もう二度と過ちは許されぬぞ」

三木はそれだけ言うと、服部を従えてその場をあとにした。

「谷、おい谷！」

揺すっても揺すっても、三十郎は目を開かなかった。石蔵屋のときはまだ角があったのに、削られて削り取られて、果てしなく丸くなった身体の感触が、阿部の手に伝わってくるだけだった。


翌日、祇園の石段下で見つかった三十郎の骸が屯所に運ばれた。この男の死を、気に留める者は少なかった。誰にやられたかという追及も、下手人《げしゅにん》を追うための探索もなく、ただ命を落としたという事実だけで三十郎の死は片付けられようとしていた。骸はなぜか、斎藤が時間を掛けて検分した。それが終わってからやっと、実の弟である周平が近づくことを許された。阿部も一緒に骸を拝んだ。そして、三十郎のために手を合わせたのは、このふたりきりだった。まだ二十歳《はたち》かそこらの脆弱《ぜいじやく》な周平が、三十郎無しでこれからどうやって生きていくのか、と暗澹《あんたん》とした。周平の、前で合わせた手が震えている。ひどく虚《うつ》ろな目をしていた。鬢《びん》がほつれて、もう近藤の養子だった頃の華々しさはない。

「私なんですよ」

周平がぼんやり吐き出した。

「なにが？」

「あなたを、合羽屋につけたのは」

「おめぇが？」と阿部が驚くのにも、周平は表情を変えなかった。自棄《やけ》になっているのとも違う、世の中と切り離され、その目にはなにも映っていないのだ。

「兄者はずっと焦っておった。自分のことより私のことを気にしておりました。三人の中で私だけ年が離れておりますから。若いうちから苦労させてすまん、と故郷《くに》を出たときから口癖のように申しておったんです」

「それで、おめぇが密偵の真似事《まねごと》をやらされたのか？」

周平はうつむいて首を横に振った。

「私の至らぬばかりに、近藤先生から縁を切られました。兄者の顔に泥を塗った。せめて自分になにかできぬだろうか、兄者の役に立てぬだろうかと思っていた。あなたが三木先生とお会いになっているのをたまたま見て、私が勝手に様子をうかがっていたのです。近藤先生に、三木先生たちが勝手な動きをしていると告げれば、手柄になりはせぬだろうか、と」

それを伊東側に持ち込んだか。阿部は臍《ほぞ》を嚙む思いで聞いた。見栄も外聞もかなぐり捨てたみっともない三十郎の姿の裏には、この弟の存在があったのだ。

「兄は、誰にやられたのです？」

それでも阿部は、知らぬ、と言うしかなかった。

「仇《かたき》をとりたい、私は兄の仇をとりたい」

「なぁ周平、おめぇ局を抜けろ」

見ると、周平は引きつけを起こしたように泣いていた。

「私の手で仇をとりたい。誰がやったんです？　兄の仇はこの中にいるんでしょう？

私が仕入れた報を兄がどこかで言ったからやられたのでしょう？」

落ち着け、と肩を押さえると、周平は思いがけぬ力強さで阿部の手を払った。

「私は、仇が見つかるまでここにいます」

「いいか周平。万太郎の所に逃げるんだ」

周平は首を振り続けた。

「ちくしょう。ただ必死なだけじゃったのに、嫌われて疎んじられて……それでも兄は私を生かしてくれたんじゃ」

周平はいつになっても泣きやまなかった。故郷を出てからこいつも我慢して我慢してきたのだろう、と阿部は思った。兄たちに迷惑を掛けまい、足手まといになるまいと自分の中に張り巡らしてきたすべての糸が、溶けて溢《あふ》れ出て止まらなくなってしまったような泣き方だった。

四

「おそらく左胴から入れて、真上にこう払っている」

斎藤一は胡座《あぐら》をかいたまま、剣を握る型を作り、下から上に腕を動かした。

「骸も検分したが、一太刀《ひとたち》で、谷は絶命しているはずだ」

「なぜまたそんな奇妙な斬り方をしたんだ」

近藤が訊き、その横で土方が「なに、単に腕を試したかっただけだろう」と顔を歪《ゆが》めて言った。

「谷の脇も甘かったんだ、阿部と話していたせいで右を向いていた。暗闇でよく見えなかったが、腕も組んでいた」

「だが、一刀で仕留めるなら突きだろう」

「だからさ。服部は、谷を苦しませることになっても、変わった技を試したかったのさ」

斎藤が言い、近藤が砂を嚙んだような顔をした。

「俺は宴を抜けて三木をつけたが、永倉は伊東とそのあと談じたらしい。そこでも核心いて渡る男だ」と伊東を評した山崎の言葉が浮かんだ。

ただ仲間は増やしたいのだろうが、まだ品定めしている段階さ」と応えた。「石橋を叩

しんと沈んだ空気の中、遠慮しいしい尾形が訊くと、斎藤は憮然《ぶぜん》としたまま「なにも。

「その宴で、伊東先生は今後の動きに関して具体的なことはおっしゃられましたか？」

あからさまに谷を疎んじていた近藤のほうが、辛《つら》そうな面を浮かべて低く唸《うな》った。

に耳を傾けた。谷の斬られた様子を聞いても、顔色ひとつ変えることはない。最近では

かった。出迎えた近藤の妾《めかけ》に目を向けることすらなく、奥の間に座して、斎藤からの報

伊東派の処遇を巡り、近藤の休息所に集まったこの晩も、土方は少しも感情を表さな

合うが、薩摩は不可解なことが多い」

と繋がるだろう。そこで入る報はこちらにも不可欠だ。長州のことは山崎の探索で間に

「いや、伊東はしばらくそのままにする。この後、おそらくは、より躍起になって薩摩

「いくら薩長の報を引っ張るたぁいえ、このままじゃあ局が乱れるぜ」

近藤が眉間《みけん》をごりごり揉みながら言った。

「どうする？　歳」

「いや阿部はおそらく違う。ひどい取り乱しようだった」

「三人の共謀か？」

をつくようなことはなにも言わなかったと言っている」

　斎藤には妙な勘がある。その晩も三木に目を付けて宴を抜けたのは斎藤の判断だ。剣客の勘で、殺気をいち早く見抜けるのかもしれない。

「俺はよくねぇと思うぜ、歳。このままお構いなしにするじゃあ他の隊士に示しがつかねぇ」

「いいんだ、伊東の仕業ということを知る奴は他にいねぇんだ」

「しかし、人ひとり死んでいるんだぜ」

「谷は遅かれ早かれ、こうなった。伊東がやらねぇでも、誰かにやられた。あいつは全部自分で呼び込んだんだ」

　空気が一気に淀《よど》んだ。細く襖が開いて「お酒、おつけしましょうか」と顔を出した女に、そこにいた四人、誰も応えなかった。遠慮がちに襖が閉まると、「そういうことではねぇぞ、歳」という近藤の低い声が響いた。

「いいか、俺たちは仮にも武士だ。武士たる者、守らねばならねぇ義というものがある。軍中法度《ぐんちゆうはつと》でも私闘は禁じていたろう」

「そうだが、これは例外だ。伊東をここで吊《つる》し上げたら薩長の動きは入らなくなる」

「例外なぞねぇんだ。俺はこの新選組を、堂々と正しい場所にしてぇと思っている。策を弄《ろう》して事を成すのは、情けねぇんだ。武士らしくねぇと思わねぇか？」

「そんな悠長なことでは、時勢は渡れないと俺は思っている」

「時勢よりもなぁ、歳、俺はここをどこにも負けねぇ立派な隊にしたいのよ。裏も表もねぇ、見事な武士としてみなを生かしてぇのさ」

土方は、もう反論しなかった。やや肩を落として、近藤の言に耳を傾けた。尾形はその場にいていいものかどうか、惑った。この、若い頃から共にあったふたりの会話を、自分が聞くべきではないような気がしていた。斎藤を見ると、文机《ふづくえ》に置かれていた書物をいたずらにめくっている。

「おめぇは隊士に厳しすぎる。ひとりひとりを駒《こま》のように見ている節がある。役に立たねぇとすぐ切腹だ。それは理屈に合うかもしれねぇ。強い隊を作るには一番の近道だ。だが、それで隊士が本気で従うかい？　おめぇだって、嫌われるばっかりだぜ。おめぇはさ、鬼の副長なぞと陰で言われるような男じゃねぇはずだろう」

尾形は僅かに座を後ろにずらした。その拍子に、傍らに置いてあった徳利が派手な音を立てて倒れ、中に残っていた酒がこぼれた。尾形がひとりきりきり舞いをするのにも、ふたりはこちらを見ることもなかった。

「みながみな、はじめてやる役目なんだ。どいつもこいつも出目の怪しい奴ばっかりさ。お役に不慣れなのはしょうがねぇじゃねぇか。誰もがおめぇのように一度でなんでもこなせるわけではねぇんだ」

「それを斟酌《しんしゃく》しろ、というのか？」

「そうだ、斟酌すべきだ」

土方の首から耳にかけて、朱に変わっていった。でもそれだけで、土方は黙って頷いた。それを見て近藤が、心なしか悲しげな面持ちになった。息苦しい室内に空気を流し込もうと、尾形は近藤に酒を勧めた。その声が見事に裏返り、場が一層気まずくなった。近藤と土方はそれでも、黙然と座っていた。斎藤が「死ね」という目でこちらを睨んでいるだけだった。


そもそもこの日休息所に集まったのは、谷の話をするためでも、土方の方策を責めるためでもなかったのだ。

四月の半ばに薩摩が、出兵拒否の建白書を朝廷に出した。それを聞いた松平容保が激怒し、会津全体に薩摩憎しの感情が高まった。容保に謁見した土方は、会津と薩摩で戦になるのではないか、ということを口にするようになった。戦となれば、この京が舞台となる。長州再征に加われなかった新選組にも活躍の場ができる。土方は会津藩士と軍議を重ねる一方で、戦負けせぬようにこれまで以上に隊士たちに厳しく接するようになった。

薩会同盟からまだ三年と経っていない。これがその、なれの果てである。

「ここで薩摩と戦をしても利はありませぬ」

と、尾形は何度も口にした。争わずに収めるべきだという尾形の意見と、戦が避けられぬなら真っ先に兵を出すべきだという土方の意見はたびたび食い違った。

ついこの間寺田屋で、伏見奉行所の奇襲に遭った坂本龍馬が頭に浮かんだ。彼は今まで行方が知れなくなっている。西国に発つ前に坂本龍馬の動きを探っていた山崎が、

「なんのために動いとるんかようわかりまへんのんや」と漏らしたことがある。尾形ははじめ坂本を、薩摩の密使として雇われている脱藩浪士程度にしか考えていなかった。ところが、筑前や馬関や京を行き来し、そのたびに反目した薩長両藩を結びつけることに身を砕いている彼の行いは、どこまでも中立であり、個人の利や出世とは掛け離れているように思えた。

動乱というのは不安を煽《あお》る。しかし、次へ行こうとする者にとってはこれ以上ない好機だ。だからそこで、権力の奪い合いがはじまる。世を変えると唱いながら、形勢を自分たちに都合よく逆転させることにのみ力を注ぐ輩が多勢出る。しかしそこで起こる戦に、いかほどの価値があるか。むしろ、坂本のような調停を行う人間こそが、これからの世には必要になろう。

土方もおそらくそれは察しているのだ。ただ、戦うことでしか生き残れない新選組の命運というものも、また、ある。

「俺たちは気楽だぜ」

と、局の結成当初、土方はよく言っていた。

「藩に属しているわけでも、幕府に養ってもらっているわけでもねぇからさ」

確か、壬生の八木邸の縁側で話していたときだ。中庭には木刀を振るう永倉や原田、井上の姿があった。

「ここにいる者はみな、やっと武士になれたろう。こんな時世でなければ到底無理な話だ。特に試衛館から上がってきた奴らは、近藤さんに引っ張られなければ浪士組に加わろうとも思わなかった。近藤さんのその頃の夢はなんだと思う?」

さあ、と首を傾《かし》げると、土方は珍しく笑みをこぼして「直参《じきさん》だ」と言った。

「俺たちのような身分の者が、そんなことを思いつくこと自体馬鹿げているんだ。それをあの人は本気でなれると信じ込んでいたんだぜ。なんの根拠もねぇのにさ」

おかしくて、笑いが止まらなくなったようだった。あんな土方を見たのは後にも先にもあのときだけだ。

時を経て、役を全うし、隊が大きくなり、純真な思いより背負うもののほうが大きくなってしまったのだ。

近藤の妾宅《しょうたく》を辞して屯所に戻る道中、土方はいつにも増して寡黙だった。

斎藤も後ろからふらふらと付いてくるだけで、三人の間に会話はなかった。

「薩摩が出兵拒否をしたとあらば、幕府も再征を考え直しませんでしょうか」

独り言のつもりで暗がりに向かってつぶやいてみると、土方が我に返ったように顔を上げ、尾形に向いた。

「いや、ここまで来て再征を取りやめはしねぇだろう。既に西国に兵は送り、あとは仕掛けるばかりだ」

「山崎さんの報せですと、諸藩も財政が厳しいことを理由に、出兵を渋っていると聞きますが」

「それをなんとかするために、御用金を町人に課すという噂が出ている」

「御用金？」

「戦費だ。大坂や西宮《にしのみや》の町人に金を出させ、それで諸藩兵をまかなうように大公儀が手配した」

「そんなっ。そんなことをすれば、町人は行き詰まります。ただでさえ幕軍が大坂に詰めて物価が高騰しているのです。兵は養えても町人たちに米や味噌が行き渡らなくなる。また一層幕府が恨みを買うことになりますぞ」

土方がまたふっつり黙り込んだ。幕府の政《まつりごと》のまずさはもう十分すぎるほどわかっているはずだ。そこを見捨てられないのは、会津藩お預かりという立場がある、今まで勤王派を斬ってきたという歴史もある。

「幕府のことまで、あんたが心配するこたぁねえだろう」

後ろから斎藤の低い声が飛んだ。

「それぞれに分というものがある。余計なことまで気を回すな」

「そうですが、このままでは……」

薩摩と会津のことは、江戸から勝海舟が入京して調停をするかもしれないという噂《うわさ》もあった。柔軟だと評判に高い勝なら、両者をなだめるのに適任だろう。そうして、坂本や勝のような男が、これからの時代を生きるのだろう。

「私たちも、生き残らねばなりません。紛《まご》うことなく働いてきたのだ、生き残る術《すべ》を探さねばなりません」

思わず口走った。西国へ行き、山崎と探索を繰り返す中で膨れ上がった不安が、奇妙な形で表出してしまったことをすぐに悔いた。土方が、動揺を露わにして尾形の顔を見た。

「当たり前だ、他になにがある」

すぐさま、後ろから馬鹿にしたような声が飛んだ。

五

六月七日、幕府軍艦が長州領に攻撃を掛けた。

第二次長州征伐の開戦である。

安芸には先鋒総督の徳川茂承《とくがわもちつぐ》が、小倉には小笠原長行がそれぞれ指揮を執って、長州、周防を攻めている。安芸に駐屯する彦根、紀州の藩兵、加えて幕府陸軍兵は、周防との国境にある小瀬川《おぜがわ》口で岩国藩兵とぶつかった。馬関では長州の奇兵隊と小倉藩、肥後藩の兵士たちが衝突。長州勢はいずれも千人単位の傭兵、対する幕府軍はどこも数万という規模。数で圧倒した幕軍勝利、となるはずであった。

それが敗戦を重ねている。

戦況を聞くたび、伊東甲子太郎は複雑な顔を作った。

「やはり武器だ。鉄砲の数が違うのだろう」

ゲベール銃三千、ミニエー銃四千というのが、英国のグラバーを通して薩摩が買い占めた数。土佐の坂本龍馬の仲介で買い付け、そのうちの多くが長州に流れている。対する幕府側の諸藩は、旧式のゲベール銃が僅かにあるのみ、あとは火縄銃、刀槍《とうそう》という一時代前の装備である。兵器と軍艦の貿易権を有しながら、西洋式の軍備を整えるのに大きく遅れていた。親藩の紀州は、戦がはじまってようやく銃を輸入する決定が下りたなどという伝聞も漏れ聞こえ、軍式への認識の甘さが露呈した。

京は、変わらず森閑としている。

吉井幸輔は、三月に京を発ったきり、二本松の藩邸には戻ってきていない。西郷吉之助も同じく不在。三木の探索によれば、土佐の坂本龍馬も同じ頃に姿を消している。

「少しでも早く、吉井先生にお会いしたいが」

伊東は焦っている。これも変わらない。脱隊を見据えて、画策を巡らしていた。

「主眼は、局を抜けたあとも勤王の働きを京で続けられるようにするということだ。新選組と同じくこの地にいて反目せぬように口実を作らねばならぬ」

その口実の大枠は用意してあった。薩長の動きを間近に知るために、表向き局を抜け探索に専念したい、仕入れた報はそのまま新選組に流す——。

しかしただ探索のためでは、理由として弱い。篠原は対外的に説得力のある役儀を欲していた。

薩摩に取り入るにも吉井幸輔以外のつてがあったほうが確実だ。西国にも足掛かりを作っておきたい。活動資金を独自に調達する術も確立する。共に抜ける隊士ももう少し集めねばならない。思惑は渦巻くが、事がうまく運ばずにいる。

伊東は口に出さないが、西国で篠原と伊東が受けた扱いはひどいものだった。新選組である、という立場を明かしただけで、一様に白い目で見られ、同志を得るもなにも、まともな話し合いひとつできなかったのである。新選組に属している、ということはそういうことだ。たとえ局を抜けても、同じような偏見の目で見られることに変わりはない。それでもまだ勤王に身を投じるという伊東の、どこか上滑りな言動が篠原にはずっと引っかかっている。

土方が、会津侯に謁見するたび、銃を仕入れよと懇願していることを聞いた。無駄がない、と嘆ずる。思想や理想がないのだ。だから、ただ今自分たちに必要なことにのみ目がいく。

まとわりつくような暑さが辺りに沈澱《ちんでん》している薄暮である。庭で柔術の指南をしていた篠原は、身体中に吹き出た汗を持て余して、諸肌脱《もろはだぬ》ぎのまま申し訳程度に流れている風に当たっていた。そこへ三木三郎がつと寄ってきた。

「ちょいといい出物があった」

庭の片隅に呼んで、三木は言う。手には書状が一束。

「吉村からの便りの写しだ」

吉村貫一郎は確か、一度目の訊問使《じんもんし》に随行してそのまま安芸に残り、山崎と共に近隣諸国を探っているはずである。篠原が伊東に供した二度目の使節随行では見かけることはなかったが、今は防長の戦況を探っている。その証拠に、時折尾形宛《あて》に書状が届く。おそらく向こうで雇ったのだろう、下横目《したよこめ》らしき男が、ひと月に一度ほど姿を見せ、ひっそりと屯所の裏玄関で尾形を待っている。尾形以外に書状を託すこともなく、隊士たちと無駄口をきくこともない。そのせいか、ほとんどの隊士は男が何用で屯所を訪れるのか知らぬし、またその存在を気に掛けることすらなかった。

「それがこの度だけは、継飛脚《つぎびきゃく》を使ったらしいのよ。おそらく吉村の失策だ」

三木は、この男が本当に時折覗《のぞ》かせる歪んだ優越感を、口許《くちもと》に映し出した。よく見れば、兄の伊東によく似たすっきりと整った顔立ちである。高い鼻梁《びりょう》、切れ長の目、白い肌、ことにすいとまっすぐな背筋に品性が匂うところなどよく似ている。ただ、染みついている体臭がまるで違った。

「たまたま応対に出た佐野が受け取った。機転を利かせて俺の所に寄越した。すぐに写しを取り、書状は尾形に渡した」

開いて見れば芸州での戦況がしたためてある。

「去る十四日、芸州表の人数総攻めの達しにて、宮島の方よりは蒸気船一艘《そう》、これは大砲隊、陸路よりは井伊、榊原《さかきばら》互い助け合い攻めかけ候手筈《てはず》のところ、榊原勢、十三日夜八ツ時分より抜け駆けいたし鉄砲打ち立て、長州方は玖玻《くば》山上に控えおり、互いに打ち合うを、井伊方より榊原抜け駆けをとがめ、かれこれ致し候うち、夜明け方に相成り、そのうち長州方伏兵を設け置き、未明より朝四ツ時分まで大小砲競り入れ、井伊、榊原とも大敗走逃げ帰し途中に右の伏兵相起こり散々敗北」

ここまで読んだだけでも、篠原は苛ついた。こんなまどろっこしい密書を、奴はなんのつもりで書いたのか。

「で、なぜ写した」

「薩摩に売る」

「密告《さ》すのか？　誰に？」

「富山の上役に……」

内田仲之助という男がいる、と三木は言った。篠原にも覚えがある。以前、島原の揚《あげ》屋《や》で富山から聞かされた名である。薩摩の要人で、西郷ほどの八面六臂《はちめんろっぴ》の活躍をしている風ではないが、堅実な働きで上下から厚い信頼を得ているというのが富山の弁。また人徳もあり、見る目もある。発想と行動力の図抜けた西郷、先を見据えて着実に根回しをしていく大久保一蔵、ふたりの偉才の考えを汲《く》み、滞りなく事が運ぶように働く吉井幸輔、こういった実質今の薩摩を動かしている連中を、細やかに支えているのが内田ということになる。

「西郷は西に下ったきりだ。吉井も不在。大久保は京にいるという噂も聞くが、つてがない。あとは内田しかおらぬ」

「しかし、こんな要領を得ない文面を見せたところで、薩摩はこっちを甘く見るだけだぜ」

「だからさ。新選組の、ひいては会津の無能を密告《さ》せればいい」

そそくさと書状を懐にしまった。延々と文章は続いていたが、では幕軍劣勢の理由がどこにあるのか、元凶はなにか、長州の勝因はどこにあるか、吉村の報はそこに迫るものではない。ただ負け戦に泡を食っている、しがない密偵の心情が臭《にお》うばかりだ。

「今年の頭、小松帯刀の屋敷に長州の桂と西郷が入ったという報もある。それから土佐の坂本」

「坂本龍馬か？」

三木はひとつ、顎を引いた。

「まさか薩長が同盟を結ぶなぞ……」

「はっきりはわからぬが、現状を見れば結んだも同然の動きだろう。そうとなれば薩摩は会津が邪魔になる。同時に、会津の報復も恐れている。いずれにせよ、今も薩摩が会津の内情を欲していることに変わりはねぇんだ。それをとっかかりに懇意になればよい」

伊東甲子太郎の思惑を、こいつは余さず形に変えていくのだ、と篠原は思った。障害を取り除き、小指しか掛からぬ絶壁でも上っていく。無駄骨に終わるのも厭《いと》わず、人から蔑まれるのも気にせぬ。そういう運命だと生まれたときから悟っているかのような迷いのなさで。自分のように、己の生かし方をついつい懸念している欲得に溺れた人間より遥かに、三木の行くべき先は開けているのだ。

「富山を使う」

三木は言った。

「嫌がるだろう、あいつは薩摩には戻りたくねぇと言ってるぜ」

「心情はこの際、関係がない。伊東のために働いてもらう。内田と面識があるのは奴だけだ」

炊き出しをもらいに行くのだろう、隊士が数人台所へと向かいながら、建物の陰で立ち話をする篠原と三木をチラチラと見ていった。

「おめぇに、任せる」

つい、面倒になった。

薩摩の動向を探るのも、そこに取り入るのも、世で蠢《うごめ》く画策の裏を読むのも、篠原の手の届く範疇《はんちゅう》を大きく超えている。

「薩摩もいいが、足をすくわれぬようにしろよ。ここには土方って男がいるんだぜ」

三木が珍しく感情を顔に表す。目一杯の不快だった。

「随分他人事じゃねぇか」

「付いていくのにやっとなだけさ」

ふんというように喉《のど》を鳴らし、三木はそのまま背を向けた。遠ざかっていく背中がやはり伊東と同じく優雅なのを、不思議な思いで眺めた。あいつが心を揺らすのは、近藤、土方、沖田といったこの新選組を司《つかさど》る男たちのことだけだ。奇妙な結束を保ち、時流など関係ないと言わんばかりに愚直に進むだけの彼らが、己が尊崇する兄を上回る瞬間を何度も目《ま》の当たりにして、苛立ってもいるのだ。


七月に入ると、薩摩とは別にもうひとつ、水口藩《みなくちはん》の勤王家と繋がるつてを三木が探り当てた。

水口藩というのは近江《おうみ》にある二万五千石の小藩で、藩論としては佐幕を保っているが、勤王思想が内部には浸透している。藩の参政を担う中村栗園からして勤王を促し、その命を受けて暗躍しているのが江州《ごうしゅう》で油問屋を営む城多善兵衛である。昨年の将軍上洛《じょうらく》の際、膳所《ぜぜ》で将軍暗殺を企て捕縛された河瀬太宰《かわせだざい》とも繋がっていた男で、新選組は城多の居所を長い間探っていた。ところがこのところ消息が途絶え、主立った活動の噂もない。このまま消えるのではないか、と誰もが思っていた矢先、城多は思わぬ動きをした。

幕府からの出兵要請に応えて伏見まで進行した水口藩兵を京に引き返させたのである。水口藩は体面上、「京にて御所、御陵を戦火からお守りするため」という逃げとしか思えぬ理由を上申した。薩摩のように正面切っての出兵拒否ではなく、体よく幕命を回避した。

それ故城多は、藩内の佐幕派には恨まれた。城多を斬れ、という伝令が飛んだ。それを受けて、新選組のみならず、見廻組《みまわりぐみ》も動く。その頃、城多は掻き消えて居場所がわからなくなっている。

三木が、伊東の元に城多の消息をもたらしたのはそれからすぐのことだ。同じく勤王の志を持っており、伊東とは以前から交流のあった御所典薬寮の医師・山科能登之助《やましなのとのすけ》が、その潜伏先を知っていた。伊東は山科を使いに立て、危急で報せたいことがあるからお会いしたい、と城多を呼び出した。勿論、自らの身分は隠したままだ。

伊東が山科の邸《やしき》への同行を篠原に請うてきたのは、そういう経緯だった。

「なにをする気か知らねぇが、あまり突拍子もないことは避けろ」

篠原が渋ると、「ひとつひとつ状況を作らねばならんだろう」と伊東は返した。

「城多は山科殿の弟御のところに身を寄せていたんだ。山科殿からの呼び出しとあらば、おそらく安心して席に臨む。そこで話をするのだ。危ういことはなにもない」

三木も加わり、結局三人揃《そろ》って洛中にある山科の邸へと赴いた。

案内された座敷に通ると、山科の横に小柄な男が座しており、遠慮のない目をこちらに向けた。はじめての顔を、怪しんでいる。

「新選組参謀の伊東甲子太郎と申す」

名乗った途端、「あっ」と声を上げて男は脇差の鯉口を切った。既に片膝を立て、身を沈めている。横薙《よこな》ぎに斬りつけてくる、その一呼吸手前で、伊東は手に持っていた扇子を、近くに置いてあった煙草盆《たばこぼん》の端に、ぽん、と打ちつけた。呼吸をはずされ、男は顔ごと伊東の手元に向いた。その隙《すき》に伊東は跳ね上がって男の懐に飛び込み、鯉口を押さえた。

剣客ならば端の動きは目の端で追う。が、さほどの腕を持たぬ者は、端の動きにつられて目線がぶれる。伊東が剣から学んだ相手の呼吸を意のままに操る術は、おそらく彼の言動を万事において支えていた。

「勘違い召されるな」

蒼《あお》ざめた城多に、伊東はゆるりと言う。

「本日は注進に参った」

ようよう刀を鞘に収めた城多が座に戻るのを待って、伊東は切り出した。

「新選組や見廻組が、そこもとを付《つ》け狙《ねら》っておるのはもうご存知のはず、私が申すまでもござらんが」

そこで区切って、やにわに茶を所望する。山科が「これは気付きませんで」と唾液《だえき》で粘った声を出し、奥へ消えた。

「それで、なんだ？」

焦《じ》らされた城多は、もうどっぷりと伊東の術中にはまっている。

「三木君」

伊東が言うと、三木が懐から書状を出した。それを黙って、城多の前に差し出した。

伊東と三木を交互に見つつ、受け取った書状に目を通すうち、城多の顔が再び蒼くなっていった。

「これは……貴君の下に寄せられたものか？」

「私、というよりも新選組に届けられたものだ。そこもとを討てという伝令が出たのも、おそらくこの書状によるものか、と。それでなければ、私共が、水口藩兵を引き戻させた人物の名を知るはずもない」

書状を持つ城多の手が震えていた。

「水口藩も勤王と佐幕に意見が割れておるようですな。しかし佐幕派の藩士にはこういう密書をもって同じ藩内の勤王派の壊滅を謀っている輩がおることもまた事実。この密書をしたためた人物、なるべく遠ざけられたほうがよい。それをお会いしてお伝えしたかった」

今度は、意外な顔を城多は作った。

「それだけか？」

「他になにかご所望か？」

「いや……」

首をすくめた。なぜ捕らえぬのか。そう問いたいがやぶ蛇になるのを恐れている、おそらくそんなところだろう。

「貴君のような志の高い人物には容易く死んで欲しくはない、それで山科殿に無理を言ったのだ」

「あんた、本当に新選組の人間か？」

城多は舐《な》めるように、三人を見回した。鼬《いたち》のような首の動きだ、と篠原は思う。

「新選組にもいろいろな考えを持つ人間がいる。貴藩が勤王と佐幕に割れているのと同じだ」

「まさか」

「お疑いになるのならどうだ、この後も私共と付き合ってはみぬか。けっして悪いようにはせぬ」

「付き合う？」

「機を見てここで落ち合い、それぞれに仕入れた出物を広げ合うのだ。山科殿を介せば、貴君も安心だろう。私も勤王派の有志と顔を繋ぎたい、貴君も新選組、見廻組の動きを知っていれば、危うきを避けられる。どうだ」

城多はまだ、疑心の浮かんだ顔をしている。

「貴君を騙《だま》す気であれば、ここで始末したほうが私共には手柄となる。それを危険を冒し、書状を手に入れ、こうして持ってきたのだ」

城多はしばらく逡巡《しゅんじゅん》していたが、その後意外にあっさりと中し出を呑んだ。伊東が言葉を継ぐごとに、城多が警戒を解いていくのが手に取るようにわかった。伊東の語り口はどんな者も魅了する。ただ、そこから先だ。引きつけた者たちを、どう放さずにおれるか。伊東には、ひとたび手に入れたものは失われることはないという厄介な幻想があるのだ。

ずっと口をつぐんでいる篠原を気にしたのか、山科の邸を出たあと、伊東がわけを訊いてきた。

「どうということもねぇ。口を挟む隙がなかっただけさ」

伊東は「そうか」と言って、それ以上訊かなかった。

「なあ、篠原さん。冷静なのは頼もしいが、冷めていては困る」

代わりに三木が言った。この男に何事かを規戒されるだけで、神経が疼《うず》いた。

「おめぇはあんな書状をどこで仕入れたんだ」

苛立ち紛れに言うと、「偶然だ。偶然、手に入った」といつもと同じ台詞《せりふ》で返した。

三木はそのまま顔を背け、足を速めた。ぼやけた輪郭のまま景色に溶けた。

六

将軍自ら、安芸に進軍のため大坂城を出立する、という噂が立った。これで敗走続きの征長の風向きが変わるか、と在京の佐幕派の期待が極に達したところに、徳川家茂薨《こう》去《きょ》の報が飛んだ。公には未《いま》だ伏せられており、新選組でもこの報に接したのは、近藤、土方、伊東、そして尾形の四人だけであった。

会津の公用方に報を告げられたとき、頭を抱えたのは近藤だった。土方は黙したまま、伊東はすかさず「後継者にはどなたが？」と訊いた。

おそらく一橋慶喜公。

公用方は応え、「ただし将軍職に就かれることを渋っておられる」と付け加えた。

「長州征伐はいかが相成ります？」

尾形が問うと、「続行じゃ」と短い答えが戻ってきた。

その一橋慶喜の判断に、異を唱えているのが越前の松平慶永《まつだいらよしなが》。まずは諸大名を集め国政を論ずべきだ、と説いた。反して一橋はまずは長州を制圧、その結果をもって諸大名を招集すべきと主張した。将軍職は辞退しながら、己の力は轟《とどろ》かせたい。幕臣はもとより諸藩も含め満場一致で将軍に請われるべきだ、そういう腹づもりであろう。

「ところで、銃を仕入れていただきたいとかねてよりお願いしてありましたが、その件、いかが相成りましたでしょう」

土方が、話の流れにまるでそぐわぬことを訊いた。公用方は「知らぬ。それどころではなかろう」と苦り、慌ただしく屯所をあとにした。近藤は再び、目頭を押さえた。尾形にとってはほとんど実感のない雲上人も、近藤にとってはおのが身を差し出せる主君なのだ。

その後すぐに、尾形は土方の居室に呼ばれた。井上源三郎が、珍しく一緒である。

「少しおめぇに銃の講釈をして欲しいんだ。山崎が送って寄越しているだろう、あれをさ」

土方は言って、井上に目をやった。

「永倉や斎藤や、勿論沖田もそうだが、あたら銃のことなぞ眼中にないさ。学ぶ気がねぇ。剣で戦えぬなら勝ち負けは頓着ねぇらしい」

「銃のことでしたら、砲術師範ですから阿部君もお呼びしましょうか？」

「いや……、あいつはこのところ伊東についているだろう。砲術で芽が出れば、他の隊士にも一目置かれると思ったんだが」

隊士を集めて公に銃の講義をすべきところが、こうして個々に伝授していくやり方を取るというのは、伊東派の存在が引っ掛かっているからだ。同じ局中に志を違える者がいるために一息に命を下せぬというのは、土方のような動きの早い男にとってはさぞもどかしいだろう。けれどこの男は、存外こうして飯粒を潰していくような作業も厭わなかった。

「これから仕入れるには、必ずミニエー銃を、と山崎さんはおっしゃっておりました」

井上が袂《たもと》から紙と筆を取り出した。

幕府側は未だ一部の歩兵隊を除き、改良前のゲベール銃を使っている。球形の弾を硝薬で飛ばす先込め式の滑腔《かっこう》銃《じゅう》で、弾が直進することが少なく的中率が低い。最近では撃発を雷管にしたものが出たそうだが、この征長ではほとんどが旧式。その点、施条式のミニエー銃は旋転で弾を飛ばす仕組みで的中率が高い。発射時にガス圧でスカート部分に圧力が掛かり、弾は回転しながら直進する。発射速度もこれまでの銃の二倍以上にはなっている。長州勢は、これで戦っているのである。

「銃口に弾を込めるのは今までとなんら変わりません。ただ、発射薬への点火法が変わりました。これまでの主流は火打ち式様の燧《すい》発《はつ》式、ところがミニエー銃はじめ今の主流は雷管です。火門に雷管をかぶせ、引き金を引けば発火する。特にミニエー銃は、銃口は狭いが、その分圧力のかかる場所が狭まり、長距離を飛ばすことができるそうです」

ちょ、ちょっと待て、と井上は慌てた声を出した。あとで図をしたためましょう、と尾形が提案すると、「すまぬな」と目尻を下げた。

「幕府が仕入れているエンフィールド銃とは違うのか？」

土方が訊いた。

「ミニエー弾を使うので種類は同じようですが装塡《そうてん》に多少の差がある。それに、幕府は公方様の親衛隊が持っている程度ではなかったか、と」

尾形はミニエー銃の講釈を続けた。これだけ調べた山崎に畏敬《いけい》の念を払う。

「弾は鉛で椎《しい》の実《み》型をしているそうです。滑腔式よりは使うのが難しいそうですが、一旦慣れれば効率のいい銃です。どんな雑兵《ぞうひょう》でもこれさえあれば手練《てだ》れの剣客の二十人、三十人は容易く倒せましょう、と山崎さんが」

井上が筆を舐めたまま固まった。土方もそっと嘆息した。失言だったと汗をかき、

「その書面にあった山崎さんの一言が、『修練の間も惜しい、癇性《かんしょう》の長人にふさわしい武器』ということで……」と矛先を変えると、「あいつは西国に遊びに行っているのか」

と土方が言った。

「しかしそれはどこで手に入れられますか？」

井上が紙に目を落としながら訊く。

「それが……」

詰まった。新選組が単体で異国から仕入れることは叶わぬ。といって、会津も動かぬのか、動けぬのか、再々土方が申し入れても、新式の銃を仕入れた様子はない。幕府で

は銃を仕入れているが、ここまでは回ってこない。故に装塡の知識も取扱いの知識も得られなかった。

「腕とは関係なく、持っている武器の善し悪しで勝負が決する戦など、俺はしたくねぇな」

冗談めかして土方が言った。

「しかしこれからはそういう戦が主になりましょう。征長がこれからどう拡大していくかわかりませぬが、武器なくば勝ち目は……」

尾形は応え、井上がしょぼしょぼした目をしばたたかせた。

「あれほど必死に磨いてきた剣は、なんだったんだろうか」

胡座をかいていた土方が、言いながらだらりと寝そべった。井上がいるから気がくつろいでいるのだ。武州にいた頃はきっとこうしたどこか野放図な若者だったのだろう。「あいつは昔、しょうもなかったんだぜ」という永倉の言葉や、「土方さんは、そりゃもう惰気溢れるお方でしたよ」と茶化した沖田の言葉が浮かんだ。

「なぁに、歳」

と、井上が言った。

「無駄になるものなんてなにもねぇんだよ。やろうと思って選んできたものは、どこかに繫がっていくんだ。武器が変わろうと同じじゃねぇか。剣は腕だけじゃねぇ、俺たちの心映えも作っているはずだと思うんだ」

ずっと浸っていたい温かな声音だ。こういう声音が伴走してくれれば、世の中に怖いものなどないだろう、と尾形は羨《うらや》むような心持ちになった。

土方はしばらくの間天井を眺めていた。それから、

「俺はさぁ、間違っているんじゃねぇだろうか」

と誰にともなく言った。

ついこの間の近藤とのやりとりを思い出した。

「なにを言い出すんだよ」

口を開いたのは井上だ。

「権威にも名誉にも振り回されねぇで、真っ正面から自分の役に当たっているおめぇのような男が、どう間違うというんだよ」

ゆるゆると笑う。

「おめぇの根っこをたぶらかすものなんざ、現れようがないだろう」

そうかな、と小さく言って、土方はそのまま目を瞑った。瞼《まぶた》の下で眼球が二、三度動いて、それから静かになった。

虫が鳴いている。もう夏も終わりだ。

七

「冷えてきたのう」

浅野薫の歯がカチカチと鳴った。九月に入ったとはいえ、肌寒さには未だ遠い。三条大橋の西詰の橋下に座った乞食姿の浅野に施しをやる振りをしながら、阿部十郎はその前にしゃがみ込んだ。

「西の酒屋には新井さんが入った、あんた……」

と、浅野の隣で同じく菰《こも》をかぶっている橋本皆助《はしもとかいすけ》を見た。三十をいくつか超えた男である。目立つ人物ではないが、剣もなかなかこなすし、肝が据わっている。

「まず、新井隊に一報を伝え、そのまま川沿いを下って先斗町の会所で待機している原田隊の元へ走れ。場所はわかっているな」

橋本は目を炯々《けいけい》と光らせて、頷いた。これも僅かに頰が震えている。

「浅野、おめぇは大橋を渡って、東詰にいる大石隊に報せるんだ。そのとき制札場の前を通ることになる。変に慌てたりするな」

わかっとる、とつかえながら応えた。阿部は立ち上がった。そのまま散歩でもするように暗くなった川縁を行き、先斗町に向かった。浅野を振り返りたい、という衝動に駆られたが、どこかに目があるように思えて諦めた。

——斥候など。

小さく吐き捨てて、あいつにできるのか、と胸の中で言った。

三条大橋西詰に制札場がある。幕府が禁令や趣意書を書いた高札を立てる場所である。もっとも長州征伐に失敗しつつあり、旧態依然の政で巷の反感を煽り続けている幕府が掲げる高札など、昨今では足を止めて見る者も少ない。高札の内容も、長州がいかに朝敵であるか、その点だけに固執したもので、民衆には特に縁の薄いものになっている。

この高札が抜き取られて河原に投げ捨てられる、という事件が起こった。幕府はすぐに高札を書き直し、再び制札場に掲げた。それがまた引き抜かれ、無惨に打ち壊されていた。京都守護職はこの件を受けて、新選組に下手人を捕らえるよう要請した。現場を押さえる他ないと、隊士たちはもう三日もこうして三条大橋に詰めている。

斬り込みは三隊。原田左之助が率いるのは十二人、新井忠雄率いるのも同数、東詰の大石《おおいし》鍬次郎《くわじろう》率いるのは十名。下手人が現れたら、橋下に控えている斥候が走り、まずは西から新井、原田隊が斬り込んで、大石隊が東から逃げようとする輩を防いで挟み撃ちにする。土方が考えた布陣である。斬り込み隊の隊長には、剣技が優れ、場数も踏んでいる者をあてる、斥候には、動きの俊敏な者を使う、と土方はみなを前にして言い、まず三隊長を指名した。斥候二名には、橋本が指名され、もうひとりには阿部の名が挙がった。ところがそこで、浅野が自ら斥候に名乗りをあげたのだ。「自分にもやらせていただきたい」と直訴した。土方はそれを受け入れ、斥候が三名では多すぎる、乞食姿に身を変えても目立っては仕方ねぇと、阿部を外した。そのせいで阿部は、長い夜を通して、諸隊を巡って連絡を取り合う役を担うことになった。各隊は、毎日少しずつ根城を変える。各所に入ってから、斥候に指示を伝える。用心深いのは結構だが、その分、阿部の動きが多くなった。

　河原には蒼い光が満ちていた。いい月が出ている。懐かしく、怪しい明かりの晩だ。斥候に名乗りをあげた理由を浅野に訊くと、「たまには手柄を立てたいんじゃ」とこの男にしては珍しく積極的なことを口にした。

「俺からお役を取り上げてまでか」

　軽口だった。別段、斥候などやりたくもないし、高札を引き抜く人間に興味もない。浅野は「ぬしのほうが向いておるんじゃがのう」と笑みを絶やさずに言った。

「ぬしは存外すばしこいからの。身が軽いしのう。ただ、谷先生が死んでから、ぬしゃどこか上の空じゃ。そんな身の入らぬことで斥候は危険じゃ」

　雲助の体なんぞ、わしゃするのははじめてじゃ、と浅野はわざとはしゃぐように付け足した。阿部は頭の芯《しん》がずきずき痛んだ。俺なんぞどうなったって構わねぇじゃねぇか、と切り返したいのを堪《こら》えた。浅野の善意は唯一の光明だったが、最大の重荷でもあった。

いつもならありがたいその気遣いも、今の阿部には後ろめたいだけだった。

先斗町の会所に入ると、十人あまりの隊士が一斉に目を向けた。

「まだかい？」

奥から原田左之助が声を掛ける。手には槍《やり》を持っている。試衛館の門人だというが、その以前は種田流槍術を学んだらしく、討ち入りのときの得物《えもの》は大抵槍だ。谷万太郎も何度か手合わせしたことがあるらしく「あれは相当の腕よ」とよく言っていた。その万太郎も、三十郎が死んでから局との往き来を断っている。周平だけが、まだ諦めずに局に止まり仇を捜している。

「まだなにも、動きはありません」

「今日も無駄足かもしれねぇな」

原田は大きなあくびをした。隊士三、四人に、それが伝播《でんぱ》した。格子戸から外を覗くと、月のせいだろう、くっきりと制札場が見える。これほど明るい夜に、わざわざ高札を引き抜く馬鹿もいねぇだろう。原田の弛緩《しかん》が伝わったのか、阿部もそんな確信を持った。

そのまま一刻が過ぎた。

「九ツまで待ってなにもなければ今日はそこで終《しま》いだ」

原田が全員に言った。どこからか三味線の音や小唄《こうた》が伝わってきていたが次第にそれも遠くなった。夜が更けている。

隊士は酔わぬ程度に酒を飲み、ぽそぽそと四方山話《よもやまばなし》などして暇を埋めている。その中から、戦が終わっているというのに高札を守るというのもおかしな話だ、と囁く声が聞こえた。原田がすかさず聞きとがめ、「文句がある奴は俺に言え。どうしても抜けてぇというなら今のうちだぜ」と無駄にでかい声で言い、場はそれっきり静まった。

将軍・家茂公が薨去した後、名代となって征長に繰り出す準備を進めていた一橋慶喜は、小倉城落城や総督を担っている老中の小笠原長行の遁走《とんそう》といった無惨な戦況を聞き、あっさり休戦の令を下した。放り出したような戦の終え方である。幕府は弱い。それだけを諸藩に、いや町人にまで植え付ける始末となった。

「此度《このたび》長州人恐多くも自ら兵端を開き、犯禁闕《きんけつをおかす》、不容易騒動相成候間、立去候者共安堵帰住可致候」

三条制札場に掲げられた高札の文言《もんごん》だ。

幕府が高札を立て直した日、阿部はたまたま、制札場の前を通りかかり、一緒にいた三木三郎や藤堂平助と共にその黒々とした墨字を見た。河原町の酢屋に浪士風情《ふぜい》の男が数人集まっている、という報を受けて、探索に向かった帰り道のことである。酢屋は既にもぬけの殻で、手ぶらで帰る道すがら三条のほうまで回ったのだ。

「禁闕を犯しているのは、幕府も同じだろう。天子様が望んでいるのは、真《まこと》の統治、争いごとではないはずなのに」

正義感を剝《む》き出しにして、藤堂が言った。三木がその肩を軽く叩き、首を横に振った。さらに言葉を継ごうとしていた藤堂が、慌てて言葉をしまった。

阿部は、伊東一派とはあれ以来線を引いている。三十郎のこともあったが、はなから馴染めぬ連中だったのだ、と一気に気持ちが醒《さ》めた。といって、新選組への帰巣という心持ちではない。ここもまた自分には馴染めない。阿部は再び、拠《よ》り所をなくした。谷三十郎という良くも悪くも自分に付きまとっていた男が消えて、一層居場所がなくなった。

三木は、阿部が及び腰なのを敏感に見て取り、執拗に伊東派に与するよう説くことをしなくなった。密使として阿部を働かせることもしなかった。ただ顔を合わせる度に「いずれは君も戻ってこよう」と朗らかな面を作るだけだ。

もうそろそろ九ツになる。狭い会所に溜まっているせいか、部屋が男たちの臭気で蒸れている。風を入れようと格子戸を開けて制札場のほうを見ると、月明かりに照らされたいくつかの人影があった。目を凝らす。数、十名ほど。制札場の柵を乗り越えて、中に入って行くところだった。「おい！」という声が喉をついて出た。真っ先に反応したのは原田。飛ぶように身を起こして、隊士を搔き分け阿部の横に駆け寄って身を乗り出した。気が早い。既に大業物《おおわざもの》を担いでいる。

「来やがった」

つぶやいた声が、童子のようにはしゃいでいた。後ろで隊士たちが、それぞれに大刀を差した。普段はまとまりがなく反目も多い烏合《うごう》の衆が、危急のときだけは瞬時に精鋭隊に切り替わる。

橋の下から乞食がひとり上がってきて、西のほうに走っていくのが見えた。橋本だろう、おっつけここにも来る。

「よいか、新井の隊が出ると同時に、橋本を待たずに我らも出る」

原田が大喝した。制札場まで届きそうな声である。この男は調節ということを知らない。どんなものでも力技でねじ伏せるのが彼の義なのだ。

制札場に入った一群が、高札に手を掛けた。ふたりが両端を抱え込んで札を揺さぶり、周りの数人が何事かを言い合っている。

そのうちのひとりが、はじかれたように身構えた。すぐさま、怒号にも似た声と土を踏みしだいて駆ける複数の足音が鳴った。

「いくぞ！」

新井たちの姿を確認せぬままに、原田が飛び出した。隊士がそれに続き、阿部も先陣切って北に向かって走った。揺れる視界の中に、大刀を抜いた新井隊が次々と制札場の柵を飛び越えて行くのが見えた。下手人は慌てて刀を抜き、双方派手な刃風を立ててぶつかった。現場が目の前に迫ると、阿部の周囲でシャンシャンシャンと幾重にも金属音が走る。一斉に剣を抜き、走ったまま敵に突っ込んでいく。阿部も抜いた。右手から斬りかかってきた男の太刀を受け、その思わぬ力に跳ね飛ばされて転がった。そのまま男がのしかかって阿部に斬りつけようとするのを、新井が横から突きで防いだ。男はその突きをまともに土手っ腹で受け、もんどり打って転がった。

「安藤！　逃げや！　あとはわしが引き受きゅうきに！」

転がった男の前に、若い男が立ちはだかる。

「土佐もんじゃ、こいつら」

正眼に剣を構えながら、新井が言った。

「浪士か？　まさか藩邸詰めじゃねぇだろうな」

言い終わらぬうちにギャーッと吠《ほ》えて斬り込んだ。阿部も身体を起こし、再び斬り込もうと構えたとき、橋のたもとにしゃがみ込んだままの乞食が目に入った。

――なにをしている！

橋桁《はしげた》を飛び越えて河原に下りた。勢い余って二、三度転げた。泥まみれになって乞食の前に出ると、奴はさっきより大きく震えながら一歩も動けずにいた。

「浅野、おめぇ、大石を呼びに行ってねぇのか」

真っ青な顔が上がった。笑っているような奇妙な表情をしていた。その顔を横にゆっくり動かした。

「い……戦を止めさせるんじゃ、言いよった。もうこれ以上人を死なせちゃいかん、言いよった」

「誰が！」

「そんために、あの高札を抜くんじゃ、と。長人とて人じゃ、誰がいいか悪いか決めるんは権威じゃない、民じゃ言いよったんじゃ、あいつらは」

阿部は立ち上がって、川に飛び込んだ。そのまま浅瀬を走り対岸に渡った。土手を駆け上がって、ぐしょ濡れのまま東詰の民家に転がり込んだ。

「出たか」

大石鍬次郎もまた素早く、太刀を摑んだ。この人斬りが自慢としている大和守安定《やまとのかみやすさだ》、二尺五寸の大刀である。大石は江戸の産で、元治元年（一八六四）、伊東と同時期に入隊した男である。歳の頃、二十七、八。偏執的に血なまぐさい話が好きで、隊士の間でも恐れられている。

阿部が頷くと、大石の一隊も迷うことなく飛び出していった。

しかし、時既に遅かった。

西一方から攻められて、下手人の多くは三条大橋をそのまま渡り、ぽっかり開いた東に逃げた。大石隊が駆けつけたときには、ほとんど斬り合いは収まり、手負いの土州人を原田が縄で括《くく》っているところだった。横には斬殺された骸がひとつ。これだけ大がかりな罠《わな》を張っていたにもかかわらず、たった十人ほどしかいなかった敵の大半を逃すという、粗末な結果となった。

「ちくしょう、斬る相手がいねぇじゃねぇか！」

血を見るのがなにより好きな大石が吠え、八つ当たりのように欄干を蹴《け》る。それから阿部に目を留め、「だいたいなんでてめぇが報せに来たんだ」と食ってかかった。土佐者を縛り上げた原田が、大石の言葉に顔を上げ、そのまま橋のたもとを覗き込んだ。

「なんであいつがまだあそこにいる？」

原田が問うのに阿部が応えずにいると、「まあいい、あとだ」と他の隊士に向き直って、「怪我人《けがにん》は！」と呼びかけた。制札場の前に負傷した隊士が三人ほど転がっている。中でも市橋鎌吉《いちはしかまきち》という若い隊士は重傷らしく、肩と腿《もも》を大量の血に染めて呻《うめ》いていた。

「戸板をもってこい！　急いで屯所に連れて行け。すぐ医者も呼ぶんだ」

切迫した声で下知した原田の肩口も、よく見ると血に濡れていた。

新井が阿部に寄って、「浅野は臆《おく》したのか？」と小声で訊いた。阿部はそれも聞き流し、橋の下へ下りていった。震えは収まったものの、ますます顔が土気色になった浅野が、身をこごめて座っていた。

「帰るぞ」

阿部は、浅野の二の腕を摑んで立ち上がらせた。

——臆したわけではない、こいつは救うことしか知らねぇんだ。

新井が橋の上から好奇の目を向けていた。その横に並んだ大石が、こちらに向かって唾を吐いた。


落命した土佐者は藤崎吉五郎、生け捕ったのは宮川助五郎。他に深手を負った安藤鎌《あんどうかま》次《じ》という男が、土佐藩邸に戻った後、責任をとって屠腹《とふく》して果てた。

生き残った宮川によれば、この集団が制札を遺棄したのははじめてのことだった、という。幕府に恨みを持つ者は多い。他の勤王家の罪を、彼らが一手に引き受けた形になった。

松平容保はこの結果に満足したらしく、近々報奨金が新選組に贈られる、という噂まで出ている。近藤も皆をねぎらい、久方ぶりに明るい顔を見せた。参謀の伊東甲子太郎もその横で白々とした笑顔をたたえており、副長の土方はその席に加わらなかった。

浅野は事件のあと平静を取り戻して、盛んに阿部に詫《わ》びた。

「結局ぬしに助けられたのう」

気恥ずかしそうに言った。

この律儀な男はわざわざ大石にも詫びを入れに行ったらしいが、「代わりにおめぇを斬ってもいいか？」と下卑た笑みを返され、再び悄然《しょうぜん》となった。阿部の気は晴れなかった。ひとつの恐れがずっとこびりついている。事の次第は土方の耳に入っているはずである。浅野の行為を、土方が不問に付すはずもない。そのことが気鬱だった。

そのまま十日ばかりも経った。不安が杞憂《きゆう》に終わりそうだ、と安堵しかけた頃になって、阿部と浅野の居室に尾形が顔を出した。貧相な顔に目一杯の憂鬱が滲《にじ》んでおり、辛気臭さが漂ってくる。後ろ手に障子を閉めると、へこへこと腰をかがめて浅野の前に正座した。

「おふたり」

と部屋の隅にいた阿部のほうにも首を回して言った。

「土方先生が詮議《せんぎ》されたいことがあるということで、これから市橋さんのお部屋に来ていただけませんでしょうか」

ああ、と己の呻き声が脳裡《のうり》に響くようだった。浅野がギュッと袴《はかま》を握るのが見えた。

「なんで市橋の部屋に行くんだ？　奴がなにか恨み言を言いはじめたのかい？」

「いえ。市橋さんはついさっき、お亡くなりになりました」

尾形は面目なさそうに目をしばたたかせた。浅野が一旦顔を上げ、それから一層深く頭を垂れた。

言われた通り市橋の座敷に移ると、既に土方が座っていた。阿部は骸を見遣ってから座敷の隅に座った。隣では浅野が小刻みに震えていた。その浅野に、土方は目をやった。研いだばかりの刃先を思わせる目だった。

「阿部。君はちゃんと浅野に指示を伝えたのか？」

浅野から目を外さずに阿部に訊いた。答えあぐねていると、「てめぇが誤った指図を出したのか、と訊いている」とやっと阿部を見た。

「いえ。私が、私がただ、阿部の指示に従わなかっただけです」

浅野が詰問を遮った。

「なぜ、指示通り動かなかった」

「…………」

「臆したか」

「浅野君のことです、なにか理由がおありだったのでしょう」

横から尾形が助け船を出す。その柔らかい声につられたのだろう、「あの土佐者の行いにもわけがあるんじゃ、と血迷うた。それはわしの落ち度じゃ」と浅野が小さく独白した。

「なあ、浅野。そんなことが言い訳になると思うか？」

「言い訳なんぞ、私は……」

「てめぇは神仏か？　どんな奴のことも斟酌してやるのか？　どんなものでもおめぇが引き受けられると思っているのか？」

「そういうわけでは……」

「では、どういうわけか訊こう」

土方の声は身を切るように冷たく、なのにゾッとするほど粘ついていた。

「あのときはただ、無益に人の命を奪いたくないと、急にその思いが……」

土方の口が歪んだ、と思う間もなく、立ち上がって毛羽立った畳を蹴り、浅野に近寄った。なにも言わずに、浅野の襟首を乱暴に摑み、引きずるようにして市橋のところまで連れていった。「手荒なことはおよしください」という尾形の抑えた声も虚《むな》しく素通りしていく。土方は、市橋の上に浅野を投げ出し、布団をめくって縫合の跡を体中に走らせた亡骸《なきがら》を見せた。目を背ける浅野の首根っこを片手で摑んで、ぐいと押さえつける。

「ちゃんと見ろ！」と怒鳴った。

「てめぇが起こした半端な情け心の結果がこれだ。同志を見殺しにしたんだよ、おめぇは」

違う、という言葉が浅野の口許を漂っていたが、うまく発することができずにいる。

阿部はただ、それを見ているより他なにもできなかった。

「おめぇは他人を忖度《そんたく》できる男かもしれねぇ。だが、それだけではなにも救うことはできねぇんだ」

押し殺した声で言うと、やっと土方は浅野の首から手を放した。そのまま立ち上がって浅野に背を向け、

「浅野、お前を今日限りで除隊に処す」

と言った。

「お前のような人物は、新選組には必要ない」

浅野が愕然《がくぜん》とした顔で土方を見上げた。土方はもう二度と振り向かずに退出した。

「浅野君……」

泣き出しそうな声を出したのは、尾形だった。

阿部はただ、めくれた布団と浅野を見ていた。除隊のことよりも、浅野が手打ちにも切腹にもされずに済んでよかったという安堵のほうが大きい。

頭の芯が痺《しび》れていたせいか、土方がなにを言ったのか、判然としなかった。不思議と憎しみの感情が湧かなかった。ただ、土方の言葉は嗚咽《おえつ》のようだった、とそんなことが頭に残った。

八

清水参道の中腹に休む。いつ来ても賑《にぎ》やかだ。どこから上ってくるのだか、老人や娘が途切れることなく往来する。その人波の中に、塗笠《ぬりがさ》を目深《まぶか》にかぶった男の姿が見え、篠原はのっそり腰を上げた。甘酒売りと土産物屋《みやげものや》で賑わう参道を抜け、産寧坂《さんねいざか》の路地を右に折れる。男もそのあとに続いた。屋敷の高い塀が途切れると細々とした町家が続き、それもまばらになった空き地で足を止めた。篠原が振り向くと、城多善兵衛は笠を脱がぬまま一礼して、慌ただしく一枚の紙片を取り出した。

「太宰府《だざいふ》でお会いになられるなら、この方々に」

「わかった。伊東に渡す」

「早めに行かれたほうがよろしい。征長休戦の今、五卿《ごきょう》を担ぎ出そうと西へ向かっておる志士も多いと聞きます。顔繋ぎには今がよろしいはずだ」

篠原は紙片を受け取り、中身も改めず袂に入れた。

「水口藩も伊東先生のご助言で、佐幕派を駆逐しつつある。ほとんどが勤王に転じております。次の公方様も決まらぬ大公儀に愛想を尽かした者も多い」

笠に手を掛けて一礼すると、城多は背を向けて遠ざかった。日が真上に来たのか、狭い路地に光が射し込んだ。石段に反射し、家々の壁を恭しく照らした。篠原は目を細め、逃げるようにしてその場を去った。


屯所が、いつもより騒がしい。

建物の一画に設《しつら》えた板張りの道場に人だかりがしており、足を止めて眺めていると、人混みの中から新井忠雄が駆け寄ってきた。

「見物じゃぞ、篠原さん」

頰《ほお》が紅潮している。人垣の中には毛内や服部の姿もあった。三木もぼんやりと佇んでいる。

「伊東さんと土方先生が」

「まさか……意見を戦わせているんじゃあるめぇな」

頭を抱え込みたいのを抑えて、訊いた。

「違う」

新井は、篠原の腕を引きながら「立ち合いじゃ」と声を躍らせた。

「伊東さんと土方先生が、竹刀《しない》を持って立ち合っている」

伊東は今日、久方ぶりに朝稽古に出たらしい。平隊士たちに稽古をつけていたとき、土方がふらりと道場に現れた。副長、参謀とはいえ、局内では滅多に口をきかぬふたりである。公の席でも近藤を媒介に会話を進めている節がある。それ故、道場に集まった隊士は緊張で固くなった。土方はしばらく腕組みをして稽古風景を眺めていたが、突然竹刀を手にして立ち上がり、「お手合わせ願えませんか」とあろうことか伊東に声を掛けた。伊東は適当なことを言い繕って辞退した。無用の争いごとになるのを避けるためだろう。

「まあ、そう言わず。隊士たちの前で時には私共の腕を披露するのも悪くない」

有無を言わさなかった。そこにいた全員に期待をもって見つめられ、伊東も渋々承知した。その立ち合いが先程からはじまったのだ、という。

人垣を掻き分けて道場の格子窓に寄った。やいやいというざわめきが身体を覆う。

ふたりとも面と胴だけつけて、睨み合っている。

伊東は正眼。土方は剣先がだらりと下がった奇妙な構えである。

「あれが天然理心流というヤツだろうか」

いつの間にか隣に寄ってきた三木が囁いた。

鶺鴒《せきれい》の尾のように伊東の竹刀が揺れている。北辰一刀流の構えである。切っ先を揺らすことで次の動作に移行しやすく、相手の狙い所を外す役割も担う。

土方は動かず。僅かだが剣先が右に流れている。

呼吸は伊東のほうが浅い。せわしい息づかいが篠原の所まで聞こえてきた。双方、見つめ合ったまま。

見ている篠原の背に、つっと汗が流れた。

「北辰一刀流を極めた伊東を、目録もろくにない我流が負かせるはずもない」

三木が冷嘲《れいちょう》した。

「あの暮らしの中で伊東が極めた剣だ。土方の化けの皮が剝がれるぜ」

ダン、と床が鳴って土方が動いた。擦り上げるように剣を出し伊東の小手を狙った。速い。しかし伊東はその太刀を乗込でかわす。美しい弧を描いた剣に、土方の竹刀が流された。間髪入れず、開いた胴に伊東の突きが入る、が、今度は土方の剣がすんでのところでそれをはじく。飛び下がって両者間が開く。伊東は下段正眼。再び土方が上段から打ち下ろすや、伊東は剣を中段に戻し、目の覚めるような速さで突きを繰り出した。土方はのけぞってそれを逃れ、再びパッと飛び下がった。

「伊東さんの順彼の技をかわした奴ぁはじめてじゃねぇか」

服部が呟《つぶや》き、「なに、土方は防戦一方だ」と毛内が鼻で笑った。

両者、息が上がっている。伊東の首筋をじっとりとした汗が流れていった。

「やあっ！」

伊東が奇声を発し、剣を上下に揺らして、誘いを掛ける。

気合いに釣られて相手が斬り込むのを上段から制すのも、切落という北辰一刀流の技である。が、土方はつられない。変わらず下段に構えたまま、凝固したように伊東の動きを見ている。伊東の面ががら空きだった。切落だとしても、今、面を取りにいけば、十中八九一本取れる。

「なぜ、奴は打ちにいかねぇ」

篠原が言ったのに、三木が押し黙って格子にかじりついた。

仕掛けてこないと見た伊東が積極的に打ち込む。面へ振り下ろし、胴を突く。それを土方は防ぎ続ける。次第に壁際に追いつめられる。

「見苦しいな。負けたも同然だ」

服部が言った。

伊東が上段に構えた。土方、下段のまま。このまま面を取られて伊東の一本だ。と、土方が竹刀を逆手に握り変えた、その一瞬だった。ガシッと嫌な音がして、伊東がよろめいた。土方の竹刀は目にも留まらぬ速さで下段から伊東の逆胴に一本入れ、そのまま上に擦り上がった。

「それまで！」

立ち合いについた隊士が、旗を揚げた。

なんじゃあの決め方は、と見物していた隊士からどよめきが起こった。「北辰一刀流の地正に似とる」「いやあれは違う」などという声がそこここから上がった。

篠原の左隣で服部武雄が蒼白《そうはく》になっていた。異様に気付いて「どうした」と訊くと、

「あの技は俺が、谷を……」

そう口走った。

「おい！」

三木が服部を抱え込んで、集団から離れていった。

伊東はしばし腑抜けた面をしていたが、多くの目に晒されていることを思い出したのか、いつもの巧咲《こうしょう》を取り戻し「これはやられました」と努めて明るく言った。

「土方先生はお強い。型にはまらぬ剣ですな。いい汗をかきました」

土方は悠々と皮胴をとり、前をくつろげて汗を拭《ふ》きながら、しかし笑みは漏らさなかった。勝ったことへの喜びなどその態には微塵《みじん》も表れていない。

「型にはまらぬのではない、もともと私は型なぞ持たぬのですよ」

そのまま弾みをつけて立ち上がり、他の隊士に言葉を掛けるでも、伊東になにか言うでもなく、懐手にして道場から姿を消した。

道場には、誰ひとり動く者がなかった。

「で……では、稽古に戻ろう」

ひとりの隊士が気を遣って呼び掛け、固まっていた全員が泡を食って動きはじめた。思い思いに隊士たちが道場に出て打ち合い、その幾重もの揺動に伊東の姿は掻き消えた。

新井や毛内も、いつの間にかどこかに消《き》え失《う》せていた。

伊東がこれまでになく性急に薩摩への接触の糸を探るようになったのは、そんなこともあったからだろう。隘路《あいろ》を開くには外へ出るしかない、という思いがあの竹刀試合で動かぬものになったように篠原には見えた。

「薩摩の大久保先生にお会いできることになった」

と久しぶりに生気を漲《みなぎ》らせたのも、道場での一件から幾日もしない日のことである。

「富山を使って内田仲之助に渡した密書が利いた。あれをすぐに大久保一蔵に送ったらしい。京に戻った大久保が、一度僕たちと会って会津や新選組の内情を聞きたい、と言ってきた」

「利用されているだけじゃねぇのか。吉井だってあれきりなしのつぶてじゃねぇか」

「こちらも利用し返せばいいというだけさ。無論、君にも同席してもらう」

「いやぁ俺は……」

伊東がすっと手を前に出した。

「よいから……」

そう言った。

「僕に従ってくれぬか。君を同志と見込んで言っている」

否とは返せなかった。伊東を疎んじているわけではないのだ。その高い理想にも時勢を読む力にも感服はする。ただ、言うことが正しすぎる。ために、片時も止まらずに変容し続ける生身の風雲から浮いている。そのことに不安を抱《いだ》いているだけだ。

会合のため島原に向かったのは三日後のことで、伊東には藤堂と篠原が同行した。吉井に会ったときと同じ人員である。

座には大久保一蔵と内田仲之助。中村半次郎はついていない。大久保は頬骨の張った険しい顔をした男で、政客《せいかく》というより武人というほうがしっくり来る風体だった。藤堂がまた、遠慮無しに大久保を眺め回している。だが大久保は吉井と異なり、この若者の好奇の目に気付きながら泰然としていた。表情があるのに、内面は少しも覗かない。こういう男に接するのは、たぶんはじめてだ。

「公方様薨去の後、島津公が征長の兵を解くよう上書を出されたとうかがいました。確か七月、小御所会議で、それがお取り上げとなり……」

無駄な追従《ついしょう》や世間話は大久保には不要と見切ったらしく、伊東は一通りの挨拶《あいさつ》を終えるとすぐに本題に入った。

「ただし朝議ではあっさり退けられもした。すぐに追討の勅命が下りもしたからの」

大久保の反応も早い。牽制《けんせい》することも鎌をかけることもない。

「一橋慶喜公が、天子様に征長を続けると上奏したからだと聞いております。それが功を奏し、勅許を賜《たまわ》れた」

「まあ、しかし小倉城の落城で自ら休戦を決めてくれたとは、長州にとってはかえって利があったとじゃなかでしょうか。幕府より長州のほうが武力で勝つち広く知れもした」

「長州も、薩摩も、ですな。二国は同盟を結ばれたとか」

伊東はあくまでも直截《ちょくせつ》である。小松帯刀の邸に長州の桂が出入りしていた、という報を受けての推察を、この要人に投げかけた。さすがに大久保は応えなかった。篠原は冷や汗をかいたが、大久保の笑顔は固まることなく流動を繰り返している。代わりに、隣の内田がハッと背筋を伸ばし、伊東の読みが正しいことを証《あか》してくれた。

「大久保先生、一橋公は未だ将軍職を受けませぬ。諸侯が頭を下げるのを待っている。薩摩が今、これを利用せぬ手はござりませぬぞ」

「と、いうと？」

「将軍不在の今、諸侯会議を召集すればよろしい。雄藩が中心となり、朝廷と一体となって動けば改革がやりやすくなる。家茂公亡き今、長きにわたり朝廷と繋がっていた一橋公が、孝明天皇の信頼を一身に受けておられるのは明白。その体制を覆すことがまず大事か、と」

大久保がはじめて声をあげて笑った。「新選組の人間と話すこってはごわはんな」と靄然《あいぜん》と言う。

「ただ今、家老の小松帯刀と西郷吉之助が京に向かっておるはずでごわす。小松が京に入り次第、諸侯会議を上奏する手筈を整えておりもす。おいは、そん諸侯会議で将軍を決めたいと、そう訴えるつもりでごわんど」

藤堂が、感嘆したように息を漏らした。篠原も唾を飲んだ。朝議、幕政への介入である。いや薩摩は朝幕と同位置に立とうとしている。一度諸侯会議で決議を取る前例が作られれば、今後はすべてこの会議で国事が決していくことになる。なにしろ将軍まで決められるのだ、国政は諸侯により賄われるといっても過言ではない。いざとなれば将軍を立てぬという裁決をすることもできる。ともすれば幕府をなくすという決定も。勤王が聞いて呆《あき》れる。薩摩は朝議を掌握して、政を取りしきろうとしている。

「ときに、会津はいかがしておられる？」

「征長停戦のお沙汰が出ても尚《なお》、戦の続行を訴えております。会津侯自ら、それが朝命ならばお役を全うすべきと息巻いておられる」

「よか、よか。まっすぐな方々じゃ。それぞ勤王でごあす」

譏笑《きしょう》した。篠原は、僅かな嫌悪を持った。

「貴君とはもそっと密に働ければよかこつが、まだお互いの立場がそれを許しもさん」

「いえ、近いうちに必ず。吉井先生にもお約束しております故」

大久保は内田のほうを向いて、小さく頷いた。部屋の隅に置いてあった大久保の大刀を内田が取って手渡した。それを腰に差しながら「このような荷物も、すぐに背負わんでよかこつになる」と大久保は言った。

「新選組は制裁が怖ろしいと聞いておいもす。しかしそんな武張ったことも、もはや時代が違う。忌まわしきことがないよう、伊東さぁ、壬生浪士の動きもこちらに、是非」

座を共にしたのは、四半刻にも満たなかった。大久保は酒にも手をつけず去った。伊東の人物を見極めるのが目的にしては、多くを語り過ぎていたのを篠原は気にした。

藤堂は興奮で顔を紅潮させている。ああいう英才と働けば世を変えられます、と揚々と言った。

「列藩会議か、見物だな」

伊東も嬉しそうだった。薩摩と再び繋がれた喜悦というよりは、話の通じる人間にはじめて会えた喜びなのだろう、とその横顔を見ながら篠原は思う。大久保はどうか。伊東を同志と見込んでいれば、容易く餌《えさ》をやって煽るような真似はしないだろう、という気がした。

しかし薩摩よりも、一橋慶喜のほうが一枚も二枚も上手だったということになる。

小松帯刀と西郷吉之助が入京したと聞くや、自ら御所に上がり、征夷大将軍《せいいたいしょうぐん》を受けることを承諾した。孝明天皇も異存はない。すぐさま宣下を出し、だらだらと日延べになっていた後継問題にけりがついた。薩摩が目論んだ列藩会議は飛び、それどころかかねてより朝廷に発言権が強かった将軍の登場で、朝幕の結びつきが一層強くなって諸藩の付け入る隙のない強靭《きょうじん》な政体ができあがった。

伊東は「薩摩はそんなことでは動じぬだろう」とさして慌てず、今度は勤王家の集まる筑前に自ら向かうことを企図しはじめた。ただ前へ前へと盲動し続ける日が続いている。

一方で、局長の近藤は、「一橋公が立てば、念願の公武合体も夢ではない」と繰り返すようになり、その勢いが隊士に伝播し、局内はにわかに活気づいた。

近藤の発言はすべてが稚気に溢れていた。それなのに独特の重みがあった。理由はわからない。篠原は屯所の居室に寝そべって、ぼんやりと天井を眺める。ごろりと体勢を変え、そこに投げ出してあった読本《よみほん》を手に取った。適当にめくっていたら「赤心」という言葉が目に入った。第一次長州征伐の折、命を懸けて、「薩人憎し」の空気が立ちこめている長州に入った西郷を形容するのによく使われた言葉である。その文字をじっと眺めているうちに、近藤の岩のような顔が浮かんだ。「赤心」か。持とうと思って持てるものではないのだろう、という気がした。

パラパラとなにかが当たる音がして、障子を細く開けるとみぞれが降っている。薄暗い庭を容赦なく濡らしていた。篠原はひとつ溜息《ためいき》をついて、障子を閉めようとした。そのとき、暗闇に動く人影を見た。篠原は、人影は濡れるのも構わずに剣を振るっていた。木刀ではない、真剣だ。その動きから、修練ではない、ということはすぐに見て取れた。まるで迷いを振り切るように、メチャクチャに剣を振り回している。ほとんどの者が寝静まった屯所に、空を切る刀の音が心許なく響いている。男はそのうちなにかに足を取られたらしく、ぐるりと反転して、無様に尻餅《しりもち》をついた。その拍子に、そいつの顔が見えた。

——阿部とかいう奴じゃねぇか。

阿部は座り込んだまま、刀を横に放り出して、膝を抱えた。そのままずっと動かなかった。濡れそぼった髪から滴がしたたり落ちている。篠原は、見てはいけないものを見たような気になって、そっと障子を閉めた。

慶応二年（一八六六）も終わろうとしている。

その日、昼から、隊士全員大部屋に集まるよう達しが回り、なんの卜知があるのだと怪しみながらも篠原は部屋を出た。また組替えか、誰かを切腹に処すのか。冷え切った板張りの廊下を行くと、ちょうど居室から出てきた沖田とばったり鉢合わせした。人懐こい笑みを浮かべ、「どうも寒くて参りますね」と童子のような口調で言う。

「篠原さんは最近、随分忙しそうじゃあないですか」

まっすぐな目で見つめられ、肝が冷えた。

「そんなこともありません。みなと同じでしょう」

「いやなにね、今度暇ができたときでいいから、私にも柔術を教えてもらえぬだろうか、と思ってさ」

「沖田先生が？　かほどの剣をお持ちなら柔術は必要ないでしょう」

「まあね、私にかかればすべて一閃《いっせん》で片が付く。剣の腕じゃ、私の右に出るものはなかなかいないからね」

なにがおかしいのかひとりでコロコロ笑いはじめた。放っておくと急に真顔になって、目尻に溜まった涙を拭った。

「でもさ、たまには真綿で首を絞めるようなやり方もいいでしょう。野心だけに走って周りが見えていない人だとさ、私の剣で始末したら本当になんにも気付かぬうちに逝っちまうだろう？」

篠原が足を止めても、沖田は立ち止まらず、振り返りもしなかった。細い背中をゆらして、遠ざかっていった。その姿が廊下の角を曲がって見えなくなったところで、篠原はすぐ脇にあった障子を力任せに蹴破った。

孝明天皇崩御《ほうぎょ》。

それがこの日、一同に伝えられたことである。

近藤は声を震わせて、この大事を告げた。近藤の横で隊士たちに向いて座っていた伊東はおそらくそこではじめて聞いたのだろう、大きく目を見開いた。

　これでまた、わからなくなる。

　一橋慶喜と孝明天皇を結んでいた線が消え、あとは公卿たちへの根回しの有無で、朝廷政治の主導権を握る者が変わってくる。幕府と朝廷は、ここで一日切り離れるだろう。薩摩は、ここぞとばかりに稼働しはじめるはずだ。

　伊東は片手で口の辺りを無造作にいじりながら、人目も気にせずなにかを考え込んでいた。腹蔵がある割には、動揺が表に出やすい。土方が一瞬、伊東に目を走らせた。静まり返った一座からおもむろに腰を浮かした者がいて、見ると沖田であり、面白そうに伊東を眺めた後すとんと座に着いて、くるりとこちらに振り向いた。篠原が驚いて見つめ返すと、沖田はひとつだけ頷いて、何事もなかったかのように前を向いた。

　伊東の焦燥が、これでまた加速した。

　近藤相手に勤王の論を口にしたのは年の瀬、伊東に取り入っている永倉や斎藤と隊規を犯して島原に居続けたのが慶応三年（一八六七）の正月。篠原は何度も諫《いさ》めたが、聞く耳を持たなかった。もはや、近藤や土方のことなど恐れている暇もない、といったところなのだ。近藤も伊東には手が出せぬらしく、他の隊士なら厳罰に処されるところをお咎《とが》め無しになることなど再々で、ますます伊東に歯止めが利かなくなる。

それが、伊東にとっての思わぬ不利益を呼び込んだ。他の隊士たちが厳粛な土方を恐れ、息を殺して隊務をこなしている中で、堂々と法を犯す伊東の行状が下手《へた》に目立ちはじめたのだ。伊東に勝手をさせておく土方を恨む者はおらず、やっかみも相まって伊東が顰蹙《ひんしゅく》の的になる。

以前から「伊東先生、伊東先生」と懐いていた隊士たちも、次第に身を遠ざけるようになった。ひとたび伊東が腹を割って勤王の論を説こうものなら、潮が引くようにいなくなる。思想の相違ということではなく、常軌を逸した昨今の伊東を見て、なにか厄介に巻き込まれそうだと野性の勘で察して逃げるのだ。

伊東の弁は今でも、一点の曇りもなく正しかった。それ故、どこか空疎なものを引きずっている。語っている者の本質がまるで見えない理想論だ、余程行き詰まっている者でなければ耳を傾けることはない。しかも、伊東は隊士の前で土方と立ち合って負けている。そのことが隊士たちの心証に影響しないはずがなかった。局を二分する、という初手からの目論見はこれで難しくなった。局を抜けることも難しくなるだろう。江戸から伊東に従った者だけで事を起こしても、土方の手に掛かって終わるだけだ。

篠原が、台所の竈《かまど》に入った火の前にしゃがみ込んで寒さを紛らわせながら暗転した先のことをつらつら考えていると、当の伊東が隣に立っていた。亀綾《かめあや》の袷《あわせ》を着て、白い襟を覗かせ、仙台平《せんだいひら》の袴をはいている。いつもと変わらぬ伊達者《だてしゃ》の風である。

「どうだ。少し、歩かぬか？」

伊東がぎこちなく言った。ちょうどよい機会だ、と思った。ここで、伊東のやり方にはついてゆけぬと言うべきだ。いつまでも釈然としないまま付き従うのはよくない、と心の内で決めた。たとえ道を分けることになっても、それはそれで致し方ないだろう、という諦観《ていかん》もどこかにあった。

「ひとり歩きが好きなあんたが肩を並べて歩こうなぞ、珍しいな」

軽口を叩くと、

「あわよくば雪見と洒落込《しゃれこ》もう」

風雅に返した。

江戸の頃は、しばしばこうしたやりとりを交わしていたことを思い出す。さほど昔のことではないのに、もうずっと手の届かぬ場所にあるようだ。遠いところまで歩き続けて、もっと先に歩を進めようとする中で、俺は伊東を見失ってしまったのかもしれぬ、と胸苦しくなった。

ふたりして屯所を出て堀川縁を歩いた。伊東は腕を組んで、少し前を歩いている。足指が寒さで麻痺《まひ》してくる。

「局を抜ける建前として、亡き孝明天皇の御陵を守るというのはどうだろうか」

いきなり伊東が言った。

「御陵？」

「ああ。泉涌寺《せんにゆうじ》、という寺がある。孝明天皇の御陵もそこに開かれる。その御陵をお守りする役を拝命するんだ」

「どうせまた、三木が持ってきた話だろう。御陵を守るなぞ、そんな権利が俺たちにあると思うかい？」

「未だこの世にない権利は、己が作らねば仕方あるまい」

ふたりは黙ったまま、堀川を抜け、七条油小路《あぶらのこうじ》を行き、左に折れて東本願寺の前に出た。

「もし御陵を守る許しを得たら、局を抜ける大義名分ができる。薩摩を探索するためには局を抜けたほうが動きやすい、ただ抜けたでは薩摩も勘繰るだろうから、御陵を守りながら探索を続けたい――近藤にはそう言う。薩摩やその他の勤王家には、御陵を守っている役であれば、新選組にいるより遥かに近づきやすくなる。その泉涌寺への交渉を、君に暗々裡に進めて欲しいと思っている」

伊東は一息に言った。

「君には実がある。なんら腹蔵なく見えるんだ。説得には向いている」

「そうでもねぇぜ。見抜く奴は見抜く」

沖田の顔を思い出しながら返した。

「なあ伊東さん。俺たちのことを局内で怪しんでいる奴も多い。隊士たちの評判も日に日に旗色が悪くなっているだろう。あまり無謀はせぬことだ」

伊東はそれには応えず歩を進めた。遠く東山に半分に欠けた月が覗いていた。輪郭が滲んで、今にも消えそうだ。同じものを見ていたらしく、「ほら、笠を被《かぶ》っている。これは降るよ」と伊東が言った。それから、

「篠原君。君にはずっと、逡巡があるのだろう？」

と、声を和らげて訊いてきた。

「些事《さじ》なら問わぬ。しかし、大事ならば今ここではっきりせぬと、取り返しのつかぬことになる。僕はもう歩みを止められぬ。そして君にはずっと伴走して欲しいと願っている」

「……俺には、無理かもしれねぇんだ。あんたのことを裏切る気なぞない。ただ、どう動けばいいのか皆目見当が付かない。己の問題だろうが」

「己の問題？　時勢は動いているんだよ」

「無論、利のあるほうに流れてぇさ。ただ、大久保や吉井のようには俺はなれん。あういう奴と張り合いながら世間を渡っていくのは、考えるだけで窮屈だ」

〝ああいう奴〟の中に、僕も入っているのだろうね、と伊東は小さく返した。

「やはり冷えるな。夜歩きには向かなかった」

伊東は、着物の前をかき合わせる。身なりが寸分違わず整っているだけに、どこか脆《もろ》く見えた。

「僕は来月早々筑前に行く。城多君から聞いた、真木外記《まきげき》、中岡慎太郎といった志士に面会するつもりだ。うまくいけば三条実美卿にもお目にかかれる。おそらく新井君を連れていくことになると思う。だからその間、京の地固めを君に頼みたいと思っている」

自信がないのか、こちらを見ずに言った。

「……なあ、伊東さん。俺たちのやっていることは雲を摑むような話じゃねぇのかい？」

「そうだ」

伊東はゆっくりとこちらを見た。

「なんの足がかりもないところを上っていくようなものだ」

月の明かりを受けて、顔が蒼い。その顔で必死に笑顔を作ろうとしていた。

「僕は、もっとうまくやるはずだった。新選組という立場を利用し尽くして、軽々と上に行くはずだった。しかし時勢がこれだけ早ければそれもおぼつかぬ。土方という男がいては局を変えることは叶わぬ。ならば別の道で、地を這《は》ってでも事を成すより他なかろう」

土方に対して、あっさり負けを口にしたのに、篠原が狼狽《うろた》える番だった。その内心が表に出たのだろう、伊東が声を張って付け足した。

「集団の中で上だ下だという時代はとうに過ぎているんだ」

「……土方に、なんの固執もねぇのかい？」

訊くのも憚《はばか》られたが今訊かぬと伊東をますます見失いそうで、篠原は口にする。残酷にも思えたが、そう問うた。

「ない」と伊東は答えた。凍った湖面を見るような心持ちがした。伊東は声を明るくして「僕には夢があってね」と、この男には珍しい青臭い言葉を吐いた。

「政の場に誰でも参画できうる世の中を、作りたいんだ。才覚のない者が世襲で権威を振るい、身分の低い者はどんなに力があっても上の者に従わざるを得ない、そういう世はもうたくさんだ。ただただ上役の顔色をうかがって、好き嫌いで人事が成される。その上役の一言で己の、いや、家の命運まで決まるなぞ、それでは個を生きる意味がなにもない」

少し歩みを緩めて、恥じ入るように言った。

「京に上ってからというもの、なにからなにまで予想を超えたことばかりだ。泰然としていたいが、狼狽えることも多い。それでもだ、僕には行きたいところがある。そこからもう、ぶれたくはないんだよ。一番近い道で、志を遂げたいんだ」

篠原は、これまでの伊東の労苦を思った。幼い兄弟を、失望を背負った母を、励まし養ってきた少年時代の伊東を。貧困の中で学問をし、剣に励んで道場主になり、人並みの幸せを摑もうとした日々を。彼は成人してやっと人心地つき、はじめて周りを見渡した。生き生きとして躍動的な無限に広がる世を知った。そこに己が関わっていないことを見出した。それはおそらく、怖ろしいまでの絶望だったろう。伊東はそこではじめて、暮らしを営むだけの日々から離れて、夢というものを見、大志を抱いたのだ。一青年に、戻ったのだ。

伊東が口にする理想論は、暮らしに摩耗されるだけだった一青年を、新たな地表へと踏み出させた。それはたぶん、空疎とは言い切れないのだ。ひとりの人間を、確かにここまで導いてきたのだから。

篠原は、自分の中のなにかがぐるりと一回転して元の位置に戻るのを感じ取った。そして、そこはやはり自分にとって心地よい場所なのだと思った。

伊東の呼吸が、一息ずつ白い靄《もや》になる。

まだ、雪は降らぬ。

「君は勝手だというかもしれぬがね、僕は……僕のような人間でも生きやすい世を作りたいんだ」

己の下駄先を見つめるようにして伊東が言った。伊東の隣にいて、東山へと向かって歩く。滲んだ月を見ているうちに篠原は、あの集団の異様な支配から少しずつ解かれてゆくのを感じていた。

九

物見の人垣ができているのに、ひどく静かだ。細雨が空から落ちている。幕府歩兵、桑名や会津藩士と共に新選組もゆっくりと歩を進める。孝明天皇の御車は、泉涌寺への道を進んでいる。徳川慶喜、松平容保も加わったこの葬列に、護衛のため数百の兵が従っている。白い狩衣をつけた会津藩兵が持つ松明《たいまつ》が、不安定に揺れていた。

葬列警護からの帰り道、阿部が隊列に従ってたらたら足を運んでいると、隣に寄ってきた影がある。

「少しずつ春めいてきましたな。京の冬は特に寒いですから、春が来るなぞということはどうも想像できませんが、時期が来ればこうして空気も弛《ゆる》んでくるんですな」

細い目をこちらに向けた尾形の顔があった。疲れたな、と不意に思った。なにかと張り合うことで己を繋いできた今までに、途方もない疲れを感じた。ほとんどはじめて間近に見る尾形は、何故《なぜ》かそういう雑念と切り離れているように見えた。

「この間、斎藤先生や永倉先生、沖田先生が、四条大橋で浪士と斬り結んだでしょう。

逃げた浪士の中に、十津川郷士《とつがわごうし》の中井庄五郎という人がいたらしいんです。有名な勤王家です。その探索を君に数人の隊士をつけて任せたい、と土方先生が」

「わかりました」

「十津川に戻った可能性もある、というのが監察の島田さんの言でしてね、どうやら京と故郷《くに》を行き来しているようです」

「わかりました」

「斬り合いの原因、なんだと思います？　斎藤さんの肩に浪士のおひとりがぶつかった、とそれだけなんですよ。向こうにしてみれば運が悪かった。新選組でも三本の指に入る剣客が見事に揃っていたんですから。でもまあ、理由は俠客《きょうかく》のそれですが」

おかしそうに笑った。

「詳しいことは指示いただければ動きます」

そう言って話を切り上げようとした阿部を、尾形は少し神妙な面持ちで見つめた。

「阿部君。あなた、大丈夫ですか？」

「なにがです」

「このところやけに塞ぎ込んでいるでしょう。いつもひとりでいらっしゃるし」

「前からです」

「いやあ、前は変に威勢が良かった」

ほ、ほ、ほ、と尾形は笑った。いつもの笑い方だが、無理しているように阿部には聞こえた。尾形はそれきり重く黙していたが、しばらくして口を開いた。緊張したのか、息を吸い込むヒューという音が響いた。

「例えば、局を抜けるなどということはお考えにならないように」

阿部は尾形に向いて、その地味な面をまじまじと見つめる。

「理由があって言ったことではないんですよ。でもね、局が割れそうで、毎日私は憂鬱です。それでなくても時勢が流れを変えようとしているのに。それに、君がここに愛想を尽かして他に移るようなことがあったら、私はいたたまれないような気がするんです」

伊東の動きを知っているのだろう、と思った。なにかを摑んで、それを探るため今、口にした。

「俺に、あんたの手先になって一働きしろ、とそういうことですか？」

尾形は首を傾げた。その緩慢な仕草が阿部を苛立たせた。

「どうせなにかを摑んだんだろう。伊東の動きを封じるには俺を使えばいいと考えたんだろう。残念だが、俺はなにも知らない。関わりのないことだ」

「阿部君」と、尾形は低く言った。

「君に関して私が申し上げたお願いは、なにひとつ含みのないことです。浅野君の一件や谷先生のことがあったでしょう。君が消沈して、局に失望しているのではないか、と案じただけです」

そんな能天気な話があるか、と馬鹿らしくなる。ただ単純に他人を案じるなど。その対象が自分に据えられるなど。尾形の目に哀れみが浮かんでいる。怒りが噴出しそうで、慌てて目を逸《そ》らした。

「無用です」

「無用？」

「案じられることなんぞ無用だ。俺はなにひとつ満足にできねぇし、理由だって見つからねぇ。なぜここにいるかもよくわからねぇんだ」

目を瞑って、声を押し殺して言った。ほっといてくれ、と思った。土方も沖田も斎藤も、この尾形も、俺に構うな、と言いたかった。

「阿部君。それは恥ずべきことではありませんよ。なにも手にしていないと気付くことでみな、ようやくはじまって……」

「うるせえ！」

周りの隊士が一斉に振り向いた。阿部は隊列から離れ、ひとり違う道を屯所に向かう。すぐにどこをどう歩いているのかわからなくなった。碁盤の目に敷かれた道で俺はなにを迷っているんだ、と自嘲した。どうせこうやって、誰も迷わねぇようなところで一生迷い続けるんだと思ったら、急に視界がぼやけてきた。阿部は慌てて掌《しのひら》でそれを拭い、闇雲に京の町を歩き続けた。

第4章　振　起

一

山崎烝は、昨年、慶応二年（一八六六）の晩秋にひょっこりと屯所《とんしょ》に戻ってきた。

既に征長も休戦となり、戦況を探索する必要がなくなったからだ。少し痩《や》せて随分焼けていたが、様子は変わらずすこぶる恬淡《てんたん》としている。

「わし、今、誰かひとり殺してええ言われたら、あいつを指名しまっせ」

そう言って、遠くにいる吉村貫一郎を顎《あご》でしゃくった。毒舌も相変わらず。数カ月行動を共にして、吉村の鈍さと失態にほとほと愛想を尽かしたらしい。

「横目《よこめ》を雇っておったのに、勝手に継飛脚《つぎびきゃく》なんぞ使いおって。どうしたらそこまでうっかりできるのかわしには皆目見当がつかん」

「でも万事問題ありません。きちんと吉村さんからの書状も私が受け取りましたから」

尾形俊太郎は、そうなだめた。命がけの役目であった。戦渦の西国に在ったのだ。新選組に恨みを持つ長州人に正体が知れれば、生きてここに戻ることなど叶《かな》わなかった。死が当たり前に近くにある、いつ終わるとも知れぬ探索の中で、山崎はよく周りのものを虚仮《こけ》にし続けられたものだ、と改めて感心した。不条理や不可解に出会っても、怒りで自失することはない。笑って刺すような余裕がある。逆境にもっとも強いのは、もしかするとこういう人間かもしらん、と尾形は密《ひそ》かに思う。

「西国ではもう袴《はかま》なんぞはいとりまへんで。だんぶくろゆう細身の陣股引《じんももひき》をはいております。筒袖《つつそで》を着込んでいるので、銃を操るのも便利やそうです。幕軍とは銃の数が違う。あとはまあ覇気も違う。西国者は、民までよぉく調練されとる、聞きました。ただし先鋒隊《せんぽうたい》には百姓など身分の低いものがあてがわれる。これはまあ、どこも一緒ですな」

労をねぎらう土方を前にしての報告も、手柄や辛苦を申し立てるわけでもなく、飄乎《ひょうこ》としていた。

幕軍はほとんどが軍艦に乗って戦い、接近戦は銃もまともに揃《そろ》っていない小藩に任せた。配置を誤り、引き際を誤り、確実に攻撃できるところで二の足を踏み、家茂薨去《こうきょ》の噂《うわさ》が流れると一気に志気が下がった。大敗の原因は数知れず。対する長州は奇兵隊をはじめ、諸隊とも戦がうまかった。幕軍を攻撃すると、一旦退《いったんひ》く。これを巧みに繰り返し、被害を最少に止《とど》め、効率よく成果を上げた。

「前に書状に書いた大村益次郎な、あやつの戦《いくさ》がやたらうまい、聞きましたわ。それから奇兵隊の高杉晋作、あれがやはり天才やて。みな口を揃えて言いますな。阿漕《あこぎ》な手《て》ぇも使うらしいけど、戦は勝てばええのんやからな」

高杉率いる奇兵隊は、門司《もじ》、田ノ浦を落とし、小倉城へと迫った。

「途中で小藩が奇兵隊相手に戦ってな、幕府に助勢を頼んだんや。それを、あいつら拒んだんやで。しかもな小倉藩の役人が長人に城を燃やされたらことやから、沖で停泊している幕府の軍艦に援軍を出してくれ、て言いにいったんやて。したらなんと、その漕《こ》ぎ寄せた船に鉄砲をぶっ放したんや」

「敵と間違えたのでしょうか？」

尾形が訊《き》くと、山崎は顔の前で手を振った。

「そんなことあるかい。助けられへんから、面倒になって撃ったんや」

「まさか」

「ほんまや。そのあとすぐに壱岐守は逃げたからな。そういうことを山としよるぞ、あいつらは。いくつも聞いたで、こんな話。つまりな、これで薩長との戦になったら、わしら新選組も同じことされる、ゆうこっちゃ」

さすがに土方が顔をしかめた。山崎は薩摩と英国との関係も詳しく探っていた。

「エゲレスのグラバーは薩長の他に、肥後、肥前、宇和島藩に艦船を売っておりますが、今は特に薩摩に肩入れしております。まあ、あやつらは商売したいだけですわ。フランスばかりが貿易で金儲《かねもう》けしよるんが許せんから薩摩を巻き込んで自分たちも交易の機会を作りたいというのが本音でしょう」

幕府と結んだフランスは、条約勅許にも介入し、幕府の貿易独占権に乗じて勢力を広げつつある。英国はそれに抗するため、薩摩を焚《た》き付けて倒幕を促しているという噂も流れている。このたびの征長でも、指揮官に立った老中・小笠原長行に対し馬関を戦場にしないことを約束させ、海峡を行き来する英国の戦艦へ砲撃を加えるようなことをしたら幕英間での戦になる、ということまで付言した。

薩摩は英国の力を後ろ楯《だて》に、幕府の長州征伐の失敗を朝廷に訴えればいい。それを契機に幕府を追い込むことができる。幕府は戦を仕掛けた挙げ句、褒美を薩長にやったようなものである。

西国での探索の報を聞き、もっとも動揺したのは近藤だった。薩長の繋《つな》がりに愕然《がくぜん》とし、軍備の充実に嘆息した。何度も山崎や土方を呼んでは、方策を話し合った。尾形も再々呼ばれて意見を求められたが、朝議にも幕政にも関われぬ新選組の立場では、ともかく万一に備え武器の確保、それしかない。

慶応三年（一八六七）二月に入ったこの日も、近藤は土方、山崎、尾形を自室に呼んだ。「明日、会津屋敷に行くんだ」と気怠《けだる》そうに言って、山崎が繰り返し話してきた西国の様子を復唱させた。ひとしきり聞いた近藤は、「俺《おれ》がもっと前に出て政《まつりごと》に関わったほうがいいのだろうか」と逡巡《しゅんじゅん》を漏らした。「慣れねぇことはするな」と横から土方が言い、近藤は暗鬱《あんうつ》として「どうすればいい？」と気弱な声を出す。

「なにがでしょう」

山崎が受ける。

「つまりだ。薩長がどこまでを見据えているか、ということだ。倒幕だろうか？　もう公武合体の線はねぇのか？」

「はっきりとは言えませんが、まあ幕府と雄藩がこれだけ反目すれば、あとは天子様の奪い合いになりましょうな。薩長は、幕府と朝廷が結ぶことなど、もう考えにはありませんでしょう」

「戦になろうか」

「そういうこともあるかもしれません。長州は幕軍に勝ったという自信がありますから、戦はもう恐れんでしょう」

「そうなったときにさ、俺はこの新選組を残さねばならねぇんだ。ここには百人を超える隊士がいる。そいつらを確実に生きさせる方策を知りてぇんだ」

一隊の長として、訊いても詮無《せんな》いことを訊かずにはおれなかったのだ。顔に、いつの間にか深い皺《しわ》ができている。鬢《びん》にもわずかに白いものが混じった。新選組局長という地位につき、責を負って揺らぎ、また惑っている。それが天衣無縫で怖いもの知らずだった屈強な男の顔を、いくらか老けさせた。いい顔だ、と尾形は思う。人間らしい顔だった。

隣にいる土方は、ただ腕を組んで黙している。近藤のように「どうすればいい」と他者に問う素直さは、この男にはない。

「……確実に生きさせるには、ですか」

山崎はペロッと人差し指を舐《な》め、それで眉間《みけん》を圧《お》した。思案の仕草らしい。

「まあ、そうですな。一番確実なのは薩長につくことですわ」

さらりと言った。しばらく間があって、近藤が火のついたように怒り出したのを土方がなだめ、尾形はその隙《すき》に山崎を退出させた。

腕を引きながら、「近藤先生にあんなことを」と諌《いさ》めたが、山崎は平然としたもので、

「あんなに素直に訊かれたら、こっちも素直に答えなしゃあないで」と言うだけである。

「これからの世はな、体面保とうとしたら勝てまへんて。義俠心《ぎきょうしん》も不要です。筋を通すのもあきまへん」

「それじゃあ、どうすればよいというのです」

近藤と同じことをうっかり尾形も口走った。

「そやからまあ、今までと同じようにやったらええんちゃいますか」

「え？」

「せやし、利を見て動くなぞ、そないな器用なこと、ここにおる人たちにはでけへんでしょう。万全を尽くしたらあとは勝ち負け考えず、どーんと己のやり方を貫くゆうのもええもんでっせ」

キーキーと頭上で鳥が鳴いている。椋鳥《むくどり》やな、と山崎は言った。

「鳥とか見てるとな、一日中あっちゃ行きこっちゃ行き餌《えさ》をついばんどるでしょう。まあ麗しき生き物の姿やけどやなぁ、たまに、お前ら生き延びるためだけに生きてんのんかと思うわ。いい餌探して一生終えるんは、人間様にはキツイでっせ」

ふっと手を天に伸ばした。不思議な仕草だった。我に返ったように、くるりと尾形に向いた。

「伊東さんもまた西国に行きましたな。近藤先生にはなんて言わはった？」

「西国で、征長後の諸藩の様子を探索する、と」

「そんなんわしがさんざんやってきた、っちゅうのや」

舌打ちをした。

「近藤先生も土方先生も、伊東先生の思惑はわかっておりますから、すぐに承知をしましたが、永倉さんが伝えるところによると筑前に行くらしく」

「あ、ほうか。したら結構ええ報を仕入れてきまっせ。あの人らは勤王家として行くんやろ？」

伊東甲子太郎と新井忠雄が九州へと向かったのは、一月十八日。帰京はおそらく三月になる。

正月に島原の揚屋《あげや》に伊東が居続けたのに、無理矢理永倉と斎藤が付き合って、九州での目的や、いずれ近いうちに局を抜けようと考えていることまで聞き出した。伊東も、まさかあれほど無骨な男たちが諜報《ちょうほう》を働いているとは思いも寄らぬらしく、打ち解けて方策を漏らす。剣客《けんかく》の少ない伊東派にしてみれば、局内で三本指に入る使い手ふたりの賛同は大きな支えのはずだ。

「永倉さんがおっしゃるには」

すかさず山崎が「御陵を守るんでっしゃろ」と小声で返した。

「なぜそれを？」

「篠原が泉涌寺の塔頭《たっちゅう》に通っておりますからな。まだ話はつかんみたいやけど。しかしやはりあの人らは周到ですな。ちゃんと行き先を用意してから抜けるんやな」

山崎にとって監察は、もはや役の域を超えているのかもしれない、と尾形はまたこの男のしなやかさに嘆じ入った。月代《さかやき》が清潔に剃《そ》られ、鬢には緩みがなく、細面であっさりした顔、なで肩でやや猫背。あの内面をどうやってこんな平凡な殻に閉じこめているのか、そのからくりは謎《なぞ》のままだ。

「伊東は泳がせて、篠原で釣りますわ。しかしなぁ、去年、伊東と篠原の西国での様子を見て、てっきりこいつら割れるな思たんやけどな。険悪に言い争ってましたからの。試衛館のお方らもそうですけど、盟友いうのはわからんもんですな」

「人の情、というものだけは」

「そうでんな。時勢とは関係ないのになぁ、案外それが最後にものをいったりするからまた厄介や」

尾形はまだ語ろうと口を開いたが、山崎はそれ以上話を続けるのが面倒になったらしく、「ほな」と横をすり抜けていった。二間《けん》ほど行ったところでハッと足を止め、振り返って「近藤先生、うまいことなだめておいてな」と両手を顔の前で合わせて拝むように言った。

二

泉涌寺の総門を左に折れてしばらく行き、塔頭戒光寺の門をくぐる。もう何度目になるだろうか。ここを訪れるたび篠原泰之進は、必ず、門柱に触れる。正保《しょうほう》の頃に建てられ、長い年月、風雨を吸い込んできた木の手触りを楽しむ。境内に一歩踏み入れたときには、身体《からだ》が浄化するように思えて僅《わず》かに安らぐ。都合のいい考えだ、と自嘲《じちょう》する。

この寺に棲《す》む長老・湛念《たんねん》は気のいい老人であった。伊東が西国へ旅立つ前、一度だけ篠原と共にここを訪れ、御陵を守る役をいただけるよう懇願したときから、初対面とは思えぬ気易《きやす》さで伊東や篠原を受け入れた。

「あんたはええお顔をなさっとる。塵《ちり》のついておらぬお顔じゃ」

と、伊東の顔を凝視しながら言った。

すぐに御陵衛士《ごりょうえじ》を拝命することは叶わないだろうが、どうしても諦《あきら》めたくないのでお邪魔だろうが何度か足を運んでも良いか、と伊東が訊くと、長老は目を細めて、うんうんと頷《うなず》いた。

それからひと月ほどになる。伊東が西国に発った後も篠原はひとり通い詰めているが、御陵衛士の拝命は未《いま》だならない。長老も、山陵奉行などを通じて働きかけをしてくれているが、篠原の顔を見るとすまなそうに会釈をし「なんぞ、茶でも飲んでいかはりますか」と縁側を勧めることが続いていた。茶飲み話に長老は、この寺に祀られた丈六釈《じょうろくしゃ》迦如来像《かにょらいぞう》の由来などを話す。運慶、湛慶の合作で、江戸初期の後水尾《ごみずのお》天皇即位争いの際、暗殺されそうになった天皇の身代わりとなったのがこの仏像だ、あの像の首にある刀で裂いたような傷はその証《あか》しだ、と穏やかな口調でしぶといことを語る。お互いにそうそう話題もないので場繋ぎのように何度か長老の口に上ったその話が、篠原の中で日増しに不穏な澱《おり》になった。雄大さを漲《みなぎ》らせる木像が負った傷を見て、空怖ろしくなることもあった。

一方で富山弥兵衛はさかんに薩摩藩邸に出入りし、薩摩との繋がりを絶やさぬように働いていた。

はじめの頃こそ「薩摩に戻る気はごわはん」と嫌がっていた富山だったが、一度修復すると古巣の居心地はいいらしく、頻繁に足を運んでは新たな報を仕入れてくる。西郷吉之助や小松帯刀が今は京を不在にしていること。蟄居《ちっきょ》していた岩倉具視《いわくらともみ》が、大喪の恩赦で入京できるようになったこと。その岩倉と、このところ大久保が昵懇《じっこん》だということ。

岩倉は、かつて朝議で強い影響力を持っていた公卿《くぎょう》である。和宮降嫁に尽力したのも、文久二年（一八六二）に藩士を率いて上洛《じょうらく》した薩摩の島津久光と積極的に交わったのもこの人物だ。尊皇攘夷《そんのうじょうい》の気運が高まると、和宮の政略結婚を幕府と謀《はか》ったと嫌疑を掛けられ、洛外の岩倉村に蟄居させられる憂き目にあった。それから五年。再び薩摩と結託して、朝議での発言権を勝ち取ろうと動きはじめている。

朝廷から幕臭が消えていく。

「倒幕を視野に入れておりますが、武力討幕は考えておりもはん」

というのも富山から聞いた薩摩の内実。共和政治を目指し、諸侯参加の上、政を行うことを第一としているらしい。徳川だけが実権を握るのではなく、雄藩参加の議定を構築したい、という。これまでうがった目で見ていたが、改めて聞くと至極真っ当な政略だと篠原は素直に思えた。伊東との確執を解き、受け入れられるものが多少は増えた。現金なものだ、とおかしくなる。

屯所に戻ると三木が待ちかねた、という様子で寄ってきた。近くまで来て、顔を緩めて篠原の肩を指した。見ると桜の花弁が乗っている。

「随分と風雅だな」

卑しく笑った。篠原は、気無面《きなしづら》で花弁を払った。

「今宵《こよい》、祇園に行かぬか？」

「おめぇとかい？」

「いや、御陵衛士でだ」

なにも決まっていないのに、堂々と口にする。

「おそらくもうすぐ伊東が帰京する。それまでに同志も集めねばなるまい。隊を二分するのは無理だが、少しでも役に立つ奴《やつ》を引っ張らねばなるまい。そいつらが離れて行かぬよう、気を配らぬといかんしな」

「いつもの面々だ。なにも今更」

「また加わりたいという隊士がいるんだよ。橋本皆助という男だ」

篠原とほぼ同時期に入隊した人物である。たしか三条制札の一件の時、斥候をやった男だ。

「あのとき斬《き》り込みで入った新井と懇意になったらしい。一緒に斥候をやった浅野薫が除隊になったろう？　厳しすぎる副長のやり方が解《げ》せないのだと。まあ真っ当な考え方だ」

「橋本だけなら、なにも全員で集まることはねぇ。この時期に酒席など、怪しまれるだけだ」

「いや、地固めができていない奴もいるんだよ。永倉と斎藤にも無論こちらに加わって欲しいのだが、奴らの承諾はまだだ。翻意にまで至ってない。その真意も探りてぇのだ。それから阿部十郎」

　篠原は久しぶりにその名を聞いたような気がした。以前は酒の席にも顔を出していたが、谷三十郎が乱入した酒席の日以来、伊東や三木とも疎遠である。谷は、あの酒席の帰り、何者かに殺された。三木の仕業だろう、と見当をつけている。が、篠原は訊かない。三木が細部に至るまで気を配って手を染める汚れ仕事は、篠原が立ち入れる場所ではないし、立ち入ろうとも思わなかった。

「あいつを是が非でも引き入れたいんだ」

「おめぇはやけに阿部にこだわるな。奴のなにを買っている」

「買っている、というのとはまた違う。そうだな、興味だ。あいつの、屈折に支配されて振り回されている生き方が気に入っているのよ」

「興味だけで引き入れるのは止《よ》せよ。お互いの不幸だ」

「それだけでもねぇ。あいつの頑迷さは、使いようによっちゃ力になる」

篠原は息をひとつ吐いた。

「おめぇは存外、伊東さんに屈託があるのかもしれねぇな」

三木の顔が醜く蠢《うごめ》き、「ともかく今宵だ」と吐き捨て、逃げるようにそこから去った。嫌味で言ったことが図星を指したことに、篠原のほうが、気が重くなった。


おそらく来ないだろうと踏んでいた阿部十郎は、酒席に姿を現した。来はしたけれど、誰とも口をきかず投げやりな様子で酒を飲んでいた。浅野が除隊になってから、局内でも完全に孤立している。目に暗いものがぐんと増した。酒席でも、気軽に声を掛ける者は誰ひとりとしていなかった。服部、加納、といった連中は江戸からのよしみであるから議論を盛んにしながら杯を重ね、時折そこに藤堂が切り込んでなにやら口上を述べている。この若者も、随分勉強したのだろう、小難しいことを言うようになった。富山は黙々と酒を舐め、永倉は橋本皆助と談笑などしている。その隣で斎藤が、やはり面白くもなさそうにぼんやりしていた。永倉はもともと尊皇思想の持ち主だ。幕府にしがみつく近藤より伊東になびくのは不思議ではない。斎藤はしかし、そういった思想とは無縁に見えた。ずば抜けた剣客だが、この男が時勢を語るのを聞いたことがない。他の男たちが笑い声を上げても、顔を上げることすらなく片膝《かたひざ》を立て鬱々と飲んでいる。

毛内有之助がみなに向かって、近く御陵衛士を拝命するべく今動いていることを告げ、伊東が帰京する前に体制を整え、すぐに局を抜ける手筈《てはず》を取る、ということを穏やかな口調で報じた。無論、ほとんどの者はおおよその経過を知っており、ただ満足そうに頷いている。

「これで雄藩が力を盛り返せば、朝議も席巻《せっけん》できる。幕府に敵《かな》う。一会桑の時代は終わりじゃ。幕府の時代でもない」

毛内が言い、

「幕府にへつらっている時代じゃないんだ、それを」

と、服部が言い差して、吹き出した。新選組のことを言っているのだろう。富山や加納も哄笑《こうしょう》した。藤堂が、複雑な表情を見せた。

「これからは薩長の時代が来る。その潮流にしかと乗って、新しい世が来たときに、わしらが中心にいるんじゃ」

調子に乗って加納が言うと、斎藤が、汚物でも見るような目をそちらにやった。ジッと動かぬものが急に動いたせいか、その小さな変化はやけに目立った。藤堂も目ざとくそれを見つけたらしく、

「斎藤、君も局を抜けるのか？」

と、いきなり絡んだ。ふたりとも二十歳《はたち》をいくつか出たばかりの、おそらく同年だが、性質の違いか普段から反りが合わない。藤堂にとっては、伊東一派に斎藤という異物が入り込んでいるのがとにかく目障りなのだ。

いくつもの視線が斎藤に集中する。常に寡黙でとらえどころのない人物を紐解《ひもと》こうとでもしているのか、みなが耳目を研ぎ澄まして次の言葉を待っている。

しかし斎藤は藤堂の言葉を、そうするのが当たり前のように聞き流した。

「斎藤君、君に訊いているんだ。どうなんだ、伊東さんを本気で君は支持しているのか？　勤王を貫くというのは生半可なことではないぞ」

「まあ、藤堂。斎藤もわかっているさ」

横から永倉が割って入った。

「しかし永倉さん。私共はこれから危うきを承知で局を離れ、新たな場所で、なんの後ろ楯もないところで働かねばなりません。志をしかと持たねば、何事かを成すことなどできません。いい加減な気持ちでは、理想には辿《たど》り着けない」

言ううちに感極まったのか、声が震えだした。「若いな」と篠原の隣で三木が囁《ささや》く。潔癖な男なのだ。この藤堂もまた、志に導かれて、ここまで辿り着いたのだ。

「斎藤君にも志を持って欲しいのだ。それだけなんだ。君を俎上《そじょう》に載せて悪かった」と一際高い声で、藤堂は言った。それでこのやりとりが終わる、と誰もが思った瞬間、

「うるせぇな。喚《わめ》くな」

と、斎藤がこぼした。

藤堂が脇差《わきざし》の柄《つか》に手をやり、「まあ、よせよ」と周りが口々に止めた。斎藤は、何事もなかったかのように手酌で杯を満たしている。阿部がそっと両者を見遣《みや》り、チッと小さく舌打ちしたのを、篠原は聞き逃さなかった。


伊東がいないせいか締まりの悪い宴が五ツ過ぎに終わって、ぞろぞろと祇園を出る。半年ほども前ならば、こうして飲みに出るにも多少ばらけるなり気を遣ったものだが、今や平然と大挙している。みな、どこか気が大きくなっていた。斎藤、永倉が加われば、三木、藤堂も加えて組頭が四人になる。幹部の三割が、こちらにつく計算だ。局を抜けると告げても、これでは近藤も大っぴらに反対はできまい。伊東に与《くみ》する人数は多いとはいえないが、これだけの顔ぶれが揃えば十分な強みになる。

四条大橋に差し掛かったときだった。いきなり橋のたもとから黒い影が走り出てきて、先頭にいた毛内に斬りつけた。毛内は剣をかわしてその弾みに転倒し、間髪いれずに差し出された二の太刀《たち》を、いち早く抜いた服部が横から受けた。鍔音《つばおと》が鳴って、それを機にみな一斉に抜刀した。

後ろに飛んだ影が、

「谷周平、兄の仇《かたき》で参った」

か細い声を放った。月が消えている。表情は見えない。小柄で痩せた体軀《たいく》がぼんやり見えるだけだ。

「周平」

呻《うめ》く声がした。一隊の後ろをついてきた阿部が発したものらしかった。

「仇？　おめぇはなにか勘違いしているんじゃねぇか。おい、俺だ。新選組の服部だ、おめぇの同志だぜ」

ワーッと泣くような声で斬りつけてきた周平の剣を、服部は軽々とはじき、勢い余ってもんどり打って倒れた周平から、藤堂がすかさず刀を奪い取った。

それで終《しま》いだった。

あっけなく仇討ちは失敗に終わった。周平が悩んで、探って、決意して、準備してきた時間を知る由もないが、篠原は、彼の煩悶《はんもん》を想像してさすがに哀れになった。「お前らだろう！」と泣き叫ぶ周平を、服部と藤堂が押さえつけている。「放してやれ」と篠原が言おうとしたとき、一瞬早く永倉が「手荒な真似《まね》はするな」と言った。藤堂は素直に手を放し、すると服部も離れて、永倉が周平に寄ってその身体を抱え起こした。周平はじたばたと手足を動かしたが、永倉に両腕をがっしり摑《つか》まれ、身動きを奪われた。

「周平、自棄《やけ》を起こすな」

永倉の声は穏やかだった。

「忘れろというのは無理かもしれん。ただ、機というものがある。今のおめぇには仇討ちは無理だ。もし局にいるのが辛《つら》ければ、俺がおめぇを抜けさせてもらえるよう、近藤さんに頼んでやる。どうだ？」

周平は瘧《おこり》のように震えるばかりだ。

「ともかく一度屯所に戻ろう、な。みんな、このことはこれ以上大きくしねぇでくれな」

永倉は全員を見渡して言い、周平を引っ張って歩き出した。阿部が群れから抜け出して、周平のところに走っていった。他の者は毒気を抜かれ、三々五々に屯所への道を行く。藤堂が毛内に寄って「お怪我《けが》はないか」と訊き、毛内が気まずそうに首を振った。篠原も一歩踏み出したところで、三木に腕を摑まれた。

「おかしかねぇか？」

随分先を歩いている永倉のほうに顔を向けたまま、言う。

「なにが？」

「まるでこの中に谷をやった者がいると決め付けているような素振りじゃねぇか。みな寝耳に水なんだ、罪をなすりつけられて怒るのが普通だろう？　誰がそんなことをほざいたと、詰問するはずだ」

篠原は鼻白んだが、確かに永倉はこの一隊に谷を斬った者がいるという事実を知って、それを前提に話を進めたといえば、そう取れなくはない。

「まさかあいつ、近藤の間者《かんじや》じゃねぇだろうな」

三木が言った。

「さすがにそれはねぇさ。剣の腕はそこそこだが、あとは単純な男だぜ。そんな細かなことができるはずもねぇ。土方が奴をあてがうはずがない」

三木は遠ざかっていく永倉の背を凝視したまま身を固くしていたが、ふん、と鼻から息を抜くと篠原の腕を放して歩きはじめた。

篠原の前には、背中が十余。伊東の真似をしているのか、黒縮緬《くろちりめん》の羽織が多い。これらの背中と俺は生き死にを共にするのだという感慨に不意に襲われた。篠原は勇み立つよりもむしろ戸惑いながら、揺れて遠ざかる人影を見ている。

三

建仁寺《けんにんじ》の山門で待っていると、ほどなくして浅野薫が現れた。月代が伸び、髭《ひげ》もあたっていない。くるくるとよく動く黒目は変わらぬが、昔のように快活に笑うことが少なくなった。阿部を見つけると、卑屈な笑みをうっすら浮かべた。

「すまんの、毎月」

阿部は首を横に振り、懐から紙に包んだ一朱金三枚を取り出して、浅野の手に握らせた。ありがたいというように、両手を一旦頭上に差し上げて、大事そうに金を袂《たもと》に押し込んだ。浅野のこの仕草を見るのが、阿部にはなによりの苦痛だった。

「仕官先は見つかりそうかい？」

浅野は、いや、と溜息《ためいき》に乗せて吐き出した。

「わしのような身分ではなかなかな。腕が立つわけでもないしな。故郷《くに》には身寄りもねぇし、八方塞《はっぽうふさ》がりじゃ。最近じゃあな、辻謡《つじうたい》でもなんでもやろうかちゅう気になっとる」

わざと声を明るくして言う。

浅野はこれまで抱《いだ》いていた志を放り出して、喰《く》うためと割り切って別の道に進めるような男ではない。彼はずっと、尊皇攘夷を成すために働いてきたのだ。新選組に身を置き、同志と協調しつつ率先して役に当たったのも、その働きの先に、朝幕が結んで平和な世がくることを信じていたからだ。その糸が、たったひとつの失態で途切れた。

「おめぇ、御陵衛士になる気はねぇか？」

「御陵衛士？　それはなんじゃ」

「泉涌寺の塔頭で戒光寺というのがあろう、あそこに頼み込んで孝明天皇の御陵を警護する役を仰せつかったんだ」

「誰が？」

「伊東さ、伊東甲子太郎だ。篠原が話を進めていたらしいが、ついこの間、正式に拝任方を賜《たまわ》った。おとつい伊東が西国から戻ったのだが、おっつけ局を抜けてぇと近藤に直訴する。伊東派の隊士は全員行動を共にする」

浅野は眉《まゆ》を曇らせた。途方もない話だ、とその顔が言っている。

「近藤との話し合いはうまくいくさ、なんせ伊東の弁がある」

「しかし局を抜けるなぞ……。第一、土方先生が許すかのう」

「土方を『先生』なぞという義理はもうおめぇにはないだろう」

浅野は気まずそうな笑みを浮かべた。

「それに薩長の探索をするという建前で抜けるんだ。諍《いさか》いの種になることはないさ。伊東たちはその後、勤王の活動に励むと言っている。おめぇの尊皇思想はもはや新選組にはないだろう。会津と幕府にベッタリだ。伊東たちと動けば、おめぇも志が貫ける。俺も誘われてるんだ。おめぇのことも口をきく」

三木には既に話をつけてあった。奴ははじめ、新選組を除隊になった者を組み入れるのは厄介だと渋ったが、阿部が御陵衛士に必ず加わることを条件にそれを承諾した。

「ちょっと待てや。ぬしゃ、どうしたいんじゃ？　ぬしは伊東先生と志を同じくしておるんか？」

浅野は、阿部に寄る。酸い体臭が鼻を打った。これもかつての浅野にはないものだった。

「俺のこたぁ別に、関わりねぇさ」

「なにを言うとる。ぬしは己の志に従うべきじゃ。わしのことなぞ考えて動くことはないんじゃ」

「志なんざはなからねぇんだ。俺のことはどうでもいいんだよ」

浅野はまじまじと阿部の顔を見、しょんぼりと自分の二の腕を二、三度さすった。

「どうでもええなんてこと、あるはずねーじゃ」

深刻な話になりそうだったので「俺なんざどこにいてもそう変わらねぇからよ」とふざけた調子で返す。

「大抵は思い通りにはいかねぇからさ、なにをしたって同じなんだ。事を起こすたび裏目に出ることにも飽いたしな。ここらでひとつ、鞍替《くらが》えってのもいいんじゃねぇかと思ってさ」

「でもな阿部、人にはそれぞれ踏ん張らねばならん時期もあるんじゃ。現にわしがそうじゃ。それを乗り越えればきっと」

「いや」

と、浅野の懸命な言葉を切った。しばらくの間、沈黙が横たわった。

「……そういうことじゃねぇんだよ」

阿部は建仁寺の石段をひとつ上がって、東山のほうを見る。淡い緑だった。命がまた生まれゆく瞬間だ。心は少しも揺れなかった。乗り越えたその先に、浅野はいったいなにがあると思っているのだろう。同じことの繰り返しだ。気張っている連中の鬱陶しさに辟易《へきえき》するだけだ。己の在処《ありか》を奪われ続けるだけだ。

「浅野、おめぇが御陵衛士に加わってくれれば、俺もそこで志を抱くことができるかもしれねぇ。だからどうだ、また一緒に働かねぇか」

明るい声を無理矢理出した。顔が引きつっていないだろうか、と自分で案じた。浅野は、狼狽《ろうばい》したような目を向けたまま、曖昧《あいまい》に笑った。

四

このところ起き伏しを繰り返している沖田の部屋に、尾形は三日に一度は顔を出す。その枕元《まくらもと》には井上源三郎がちんまりと座っていることもあり、原田左之助が寝そべって冗談を言っていることもあり、永倉新八が案じ顔で覗《のぞ》き込んでいることもある。夜になると時折土方が顔を見せるらしく、彼が見舞った翌日は必ず「土方さんはさぁ、面白いんですよ、格好つけててさ」と沖田は笑いながら話した。

「でもねぇ、ああやって馬鹿ができる人が昨今少なくなりましたね。みな小利口になったねぇ。楽なのかな、そのほうが」

日増しに痩せていく。沖田には山崎と同質の、いやそれ以上の強さを尾形は感じていたのだ。なにがあっても歪《ゆが》んだり途切れたりすることはなかろう、という強さだ。その貴重な資質が、労咳《ろうがい》などという俗陋《ぞくろう》に犯されていく。こうした事象を目《ま》の当たりにすると、すべてが平板で虚《むな》しく見える。理不尽だ、とか、救いがない、という通り一遍の感慨より、拠《よ》り所のなさを思う。

伊東が帰京してからこの方、尾形はたびたび近藤、土方と談合を持った。伊東派についている永倉と斎藤も一緒である。御陵衛士を拝命し、いよいよ伊東が局を抜けることを決めたらしく、それに関する方策を練るためだった。伊東が西国で仕入れてきた報も、この場で永倉を通して告げられた。

一月二十日に兵庫を発った伊東と新井忠雄は、蒸気船神速丸に乗り、豊後《ぶんご》の佐賀関港《さがのせきこう》に入り、そこからやはり船で鶴崎《つるさき》に向かった。堤村、坂梨と経て、途中第二次長州征伐で焼け落ちた小倉城も見たという。かの地で戦の凄惨《せいさん》さに接し、伊東が涙を流したことまで、永倉は同行した新井から聞き出している。

太宰府に着くと伊東は、中岡慎太郎、真木外記、土方楠左衛門《ひじかたくすざえもん》という名うての勤王家を訪ね、近々局を抜け勤王に励みたいと切に訴えたという。真木外記は禁門の変で討ち死にした真木和泉《まきいずみ》の実弟、土方楠左衛門は土佐勤王党から学習院御用掛《がくしゅういんごようがかり》を経た勤王家、また中岡慎太郎は七卿落ちの際、三条実美らの都落ちに随行し、彼らを今まで庇護《ひご》してきた人物である。それぞれに、薩摩の人間とも長州の人間とも繋がりが深い。

「そんな輩《やから》と会ってなにをしたんだ」

話を聞いた近藤が渋面を作った。

「顔繋ぎに止まったらしい。新井が言うにゃあ、勤王家の連中はみな冷たい態度だったというぜ。向こうだっていきなり新選組の人間に来られていい顔はできねぇさ。ただ、分離することを告げて、そのときは共に働きたい、と名を売るのがせいぜいだろう」

「他には？」

冷静に土方が訊く。

「久留米の水野溪雲斎《みずのけいうんさい》、日田郡代《ひたぐんだい》の窪田治部右衛門《くぼたじぶえもん》、いずれも力のある勤王家だ。なにせ、筑前から久留米、佐賀、長崎、ほぼ回り尽くしたらしい」

近藤は顎をぐりぐりとさすり、「このまま放逐すれば、新選組の名に泥を塗るようなことをせぬだろうか」と土方に問うた。

「いくら泥を塗ってもらってもいいんだ。今は薩長の動向を摑むほうが先だ」

「薩摩がまた、動きが早《はえ》ぇんだ」

永倉が口を挟む。

「薩摩の西郷は、四侯会議というのを企図しているって話だ。伊東が筑前に渡った前後に、西郷が国に戻っている。そのあと、土佐に渡って山内容堂公に会っている」

「土佐は公武合体だろう？」

近藤の問い掛けに、永倉が詰まった。土方が、隅に控えていた尾形のほうに目をやった。

「つまり、こういうことではないでしょうか」

急に口を開いたためか、喉《のど》の奥がゴロゴロと鳴るのを咳払《せきばら》いで消そうとすると、痰《たん》が絡む汚い音になった。斎藤が眉をひそめ、尾形はまた畏縮《いしゅく》した。

「今は朝幕の関係が崩れている。にもかかわらず、公方《くぼう》様は兵庫の開港をはじめ、諸藩の意向を聞かずに独断で勅許を得ようとなさるなど、強硬な姿勢を崩さない。このままでは以前の、政の全権は幕府にあり、朝廷は発言権がない、という構図に戻る。それを阻止するために、朝議、御公儀と諸藩が一丸となり政を行う、その体制を敷こうと雄藩は腐心しているのではありませぬか」

そいつは別段、悪《わり》ぃことじゃねぇかもしれねぇな、と永倉が目玉を一回転させて言った。「無論薩摩のことです、さらなる利権を狙《ねら》っているやもしれませんが」。尾形が補足し、近藤が「それに、幕府の権威が地に落ちるではないか」と永倉を諫めた。

「権威？　あんたも頭が固《かて》ぇなぁ」

議論になると途端に、試衛館の俗輩に戻る。だいたい永倉は、近藤に対して普段も敬語を使うことがない。この男の目に映っているのはどこまでも広い原野であり、高低の感覚はないに等しいのかもしれない。

「権威だけのことじゃねぇんだよ、永倉。均衡が変わるってのは、それだけじゃ済まねぇんだ。みなが足並みを揃えてひとつの場所へ向かうなんてことはますない。そこで争いごとが出来《しゅったい》する。様々な思惑が動くだろう。利欲も絡んでくる。ここぞとばかりに、時代の潮流に乗って立身を企《たくら》む奴も出てくる」

「そりゃ、俺たちのことじゃねぇか」

「ち、違う！」

近藤が憤然と言った。斎藤がうつむいて、立て膝に乗せた腕の中に顔を埋めた。肩が震えている。笑っているとしたら、その瞬間に尾形ははじめて立ち会うことになる。

「俺たちには志がある。幕府を守り、朝廷を尊ぶ。義を通すために働いているんだ」

「みんながみんなそう思っているんだよ。自分たちが正しいと思っているんだ。それぞれに志とかいうもんがあるって言い張っているんだよ。やり方が違っているから混乱するんだ。存外突き詰めたら行き先は一緒かもしれねぇぜ。まあしかし、もっともらしい主義主張なんてもんはしち面倒だ。偉くなりてぇ、威張りてぇ、それでいいじゃねえか、なあ」

堂々巡りなふたりのやりとりを断ち切り「伊東が局を抜けると言ってきたらそれは許す」と土方が言った。

「ここで探《もと》めても仕様がない。離隊しても伊東は泳がせてそこから入る報をすくう。薩摩の大久保や吉井とも懇意だというだろう」

「だが局を抜けたあとに、どうやって奴らの内実を探るんだ」

「それは考えている」

土方は短く応《こた》えて、斎藤のほうに目をやった。斎藤は、土方と目が合うと、一瞬憂鬱そうな顔になった。

近藤が、「伊東から報を聞き出すより仕方ねぇのか」と言葉と同じ煮え切らぬ顔を土方に向けた。「そのほうが効率がいい」と土方はあっさり返す。「相変わらず策士だな」と、これは言葉とは裏腹の愉快そうな様子で、永倉が言った。

土方はその翌日に尾形を呼び出し、御陵衛士に斎藤を潜り込ませる、ということを告げた。もう斎藤には話をつけた、あいつには御陵衛士として働きながらこちらに報を流してもらう、という。これまで半年以上も伊東派と共にいたのだ、端《はた》から見れば自然な流れだ。斎藤も承諾したらしい。色には染まらぬがこの場所に至極似合っている斎藤は、いつ戻れるとも知れぬ密偵という役を、どんな気持ちで受けたのだろうか。

「永倉先生もご一緒に？」

「あいつはここら辺りが限界だろう。あれは少し単純すぎる」

ひとつの集団に送り込む間者はひとりだけ、というのも土方が常とする策である。複数いれば自然、間者同士が通じる。そうすればどこかでぼろが出てしまう。「局内にいれば目が届くことも、離れてしまえば奴に任せるしかない。危険を少しでも減らしておかねぇとな」。多弁な土方を見て、斎藤への申し訳なさが立っているのだろう、と尾形は感じていた。

斎藤には、山崎烝と島田魁《しまだかい》が定期的に近づき、密書を受け取る。伊東になんらかの大きな動きがあったり、斎藤の身に危険が及びそうなときは新選組に戻す。斎藤が向こうにいる間流してくる報は尾形が管理してまとめる。土方の指示は変わらず素っ気ない。

「斎藤には藤堂のことも守らせてぇのだが、まあそこまでやらせるのは酷かもしれねぇな」

土方は首の辺りを揉んだ。疲労を濃くした顔をしている。内側と外側、双方の奔流を一手に引き受けているからだ。もう少し周りを頼ってもいい。それを、しない。沖田が再々言う「格好つける」というのは、これを指すのだ。

藤堂平助が抜けることは、近藤をはじめ土方、永倉、原田といった無為徒食の時代を彼と共に送った男たちに大きな影を落としていた。伊東の主義を支持していても、まさか自分たちと袂を分かつことはないだろう、と誰もがたかを括《くく》っていた。それは近親者の目に映る像で、距離を置いた尾形からすれば、藤堂が伊東についてゆくことはいたく自然に見えた。伊東が来てからの藤堂は、闊達《かったつ》として、日に日に逞《たくま》しくなっていった。試衛館の面々を欺くつもりなどないはずだ。情を欠いたわけでもない。ただ、あの一本気な若者が歩くのは、己の理想までまっすぐ延びた線でなければならないのだ。曲がったり弛《ゆる》んだり回ったりすること自体に罪を感じるのだろう。無駄足を踏んだときこそ真の光景が見えるということを、若さ故に知らないだけだ。

それに比べて、斎藤の歩き方は機軸がない。しいていえば己の剣が中心にあり、あとはその時々の心情のままに動いている。他者を信じている風でもなく、己を他人にわかってもらおうという欲もない。当たり前に孤独があり、だからどこを歩いていてもぶれることがない。

同年で旧知の仲だ。それでも平行線を辿り続けるのは致し方ない。

伊東が局を抜けることを近藤に告げたのは、帰京してすぐ、三月も半ばのこと。土方はその話し合いの場に壬生を選んだ。八木《やぎ》ではなく前川の邸《やしき》の一室を借り、ささやかな酒席を設けた。

土方に言われるままに、隊務を終えた尾形も壬生へ向かった。仏光寺通を西へ行く。

次第に音が消えていく。辺りには畑が多くなり、遠くに二条城が見えた。百人もの隊士が四六時中出入りする西本願寺の気忙《きぜわ》しさが、嘘《うそ》のような静けさだ。坊城通を右に折れると新徳寺の白壁が、尾形の弓張提灯《ゆみはりぢようちん》の灯《あか》りを右へ左へ映していた。

「尾形はん」

いきなり声を掛けられて飛び上がると、ちょうど長屋門から出てきた八木源之丞《げんのじよう》の姿があった。結髪から履物までたった今し方新調したように清潔である。けれど隙がない外見に反して内面はどこまでも温かいのだ。隊士たちが父のように慕っていたのも、屯所の家主であるという立場上のことではなく、その人柄に拠るものだった。壬生をまとめる郷士故、胆力もあって、武勇伝や戦の話を好む。「うちはな、越前の朝倉義景《あさくらよしかげ》の血を継いでおりますやろ、お陰で朝倉を討った織田信長の話だけはどうも苦手ですわ」と笑っていたことがある。

「お久しぶりどすなぁ」

源之丞が眩《まぶ》しそうに言ったのに、尾形は急にこみ上げるものがあって慌てて鼻を摘《つま》んだ。僅かに間に合わず、己の目頭が濡《ぬ》れるのがわかった。源之丞は驚いたらしく、え、という声を上げたが、手に持っていた提灯をずらして、なにも見なかった、という顔を作った。

「先程な、近藤先生らが入っていかはりましたえ。なんぞ大事なお話か」

「ええ、まあ」

「そしたらあんさんも急いでいかなあきまへんな」

しゃくり上げるような息づかいになって、尾形は言葉に詰まる。しばらく間があって、源之丞がさりげなく世間話をはじめた。

「なんぞ、世間様は物騒なことになってきましたなぁ。天子様も公方様もお代わりになって平穏なはずもないのんやけど。このところ不逞《ふてい》の者の話がようけ耳に入るようになりましてな、どないなんのやろとうちの者と話してますのや」

戦になるのだけは止めなければならない。また京が焼けてしまう。けれど、薩長の出方もわからぬ、慶喜の治め方もわからぬ、自分たちがどう動けばいいのかもわからないのだ。

「源之丞さん、あの……」

「私はな、尾形はん、新選組ほどの猛者《もさ》はこの世におらんと思てますのや」

尾形を遮って、源之丞が言った。

「だいたい考えてもみなはれ。あれだけのくせ者を、わてら御世話《おせわ》したんや。皆さんのお強いことは痛いほどようわかっとるんや。間違いありまへん」

冗談めかして言われても、尾形は胸が軋《きし》んだ。

あの頃は芹沢もいた、新見や平間も、浅野薫も谷三十郎も河合耆三郎も、それから山南敬助も。まだ隊士の数も三十人余り。京に来たばかりで町に慣れず、会津藩お預かりになったものの扶持《ふち》も少なく、みながみな右往左往し一刻も早く名を挙げんと奔走していた。近藤や土方も江戸から着てきたままの粗末な着物の尻をからげ水を浴びたり、沖田がどこかで仕入れてきた瓜《うり》をみなで齧《かじ》ったり、田舎浪士《いなかろうし》の梁山泊《りょうざんぱく》といった様相で、それはそれで尾形には得も言われぬ心地よさがあった。

隊士の人数が増え、統制が厳しくなり、隊は立派になり、名が世に出て、いつの間にかそれぞれがあの頃の顔を消してしまった。感情を抑え、隊務をこなし、同志と別れる。今夜またひとつ、顔のないまま離別が決まる。

「近藤先生はほんま立派にならはったな」

朗とした声で源之丞は言った。

「さっき会《お》うたんやけどな、唐桟《とうざん》の袴姿に蠟鞘《ろざや》の差料《さしりょう》でな、どこぞのお大名みたいやったな。変われば変わるもんや」

そうなのだ。止まっていられるものなどなにもないのだ。

「私もそろそろ行きませんと」

ようやく落ち着いて、尾形はなんとか言った。感謝の表し方はよくわからなかった。

「源之丞さん、また今度ゆっくり寄らせていただいてもよろしいですか」

「勿論《もちろん》ですわ。たまにはお顔を見せていただかんと私も寂しい。壬生寺で西洋砲の調練に来る連中ばかりでは飽きまっさかいにな。他はこのところ土方はんくらいしか来はらへんから」

「土方先生が？」

「へえ、沖田はんのお薬を取りに」

と言いかけて、源之丞はあっと声を漏らした。土方に、口止めされているのだろう。今度は尾形が聞こえなかった振りをして、「また近く」と会釈して前川邸に向かった。薬屋を屯所に直接呼ぶではまずいから、八木邸に届けさせたものを自ら取りに行っているのだ。あの激務の合間にいっそうした気を回しているのかと驚嘆し、些細《ささい》な変化にいちいち取り乱すようになってしまった己を不甲斐《ふがい》なく思った。

前川邸に入り、尾形が座についてしばらくして、伊東と篠原が入室した。

伊東の言い条は事前に永倉が報《しら》せた通りである。

御陵衛士は山陵奉行戸田大和守《とだやまとのかみ》の下に置かれる旨が書かれた沙汰書《さたしょ》を、伊東は近藤に見せた。近藤は動じず「立派なお役目だ。心して励まれるよう」と寛容に応じた。その態度が伊東の情を揺るがしたらしく、「局を抜けましてもそれは形だけ。薩長の動きを細かにお報せします故」とかしこまって付け足した。共に抜けるのは伊東を入れて十三名。こちらが試算していたより遥かに少ない数だった。

「ひとつだけ条件があるのだが」

土方が言い、篠原が身構えた。

「相互の隊士を、今後一切行き来させぬ、受け入れもせぬ、ということにしたい」

「それは、どういう……」

伊東が訊いた。

「仮にだ、脱走した隊士をお互いが受け入れはじめたら、傍目《はため》には衛士と新選組は繋がりがある、という風に見える。薩長の人間は疑い出すだろう」

「なるほど」

「交流が見えるのはまずい。薩摩の報をこちらに運ぶのは、あくまで内々にやっていただければよい」

うそ寒い空気が満ちていた。伊東は薩摩に擦り寄って調べ上げた報を、新選組にもたらすことはない。土方はそれをわかっていながら、御陵衛士がこれ以上規模を大きくすることを、約定《やくじょう》をもって防いだ。近藤は、時折顔をしかめながら、虚だけに覆われたやりとりを聞いていた。

参謀の離脱という大きな出来事を談じた割には、会は何事もなくあっさり閉じられた。伊東と篠原は安堵《あんど》の色を浮かべ、前川邸を先に辞した。近藤たちの淡泊すぎる態度に伊東は懐疑を抱くのではないか、と案じていた尾形も、ようやく人心地ついた。

三人は、そのまま前川の一室に残って、余った酒に手をつけた。近藤がぽつりと、

「伊東がいればここも智《ち》に長《た》けた一隊になると思ったんだが」

と言った。

「どうも俺は、これぞと見込んだ人物に逃げられてしまうな」

「伊東先生は、別段、新選組に愛想を尽かしたというわけではございません。ただ異なる思想を持ってしまった。そこで自らがより動きやすい場を求めるのは致し方ないか、と」

取り繕った自分の言葉に、尾形はいささかの空々しさを感じる。

「だからよ、こっちの思想がなってないんじゃねえかと不安になるんだよ。伊東は学がある。俺にはねぇだろう。学がある奴から見ると、俺はとんでもねぇ見当違いをしているんじゃねぇかと、まあそういうこともさ、考えることもあるさ」

風格にそぐわぬ多摩弁で、近藤は衒《てら》わず本音を言う。

「伊東は確かに学はあるが、あれで存外純真だぜ」

やっと土方が口を開いた。

「足場は固めたがるが、そう器用じゃねぇんだ。得なほうに流れるというより、あいつにも純粋に行きたい処《ところ》があるんだろう」

「珍しいな、温情がある」

「いや、それはない」

土方の口調はきっぱりとしたものだった。相手を理解しても、意に染まぬものはけっして受け入れぬ、この男が一貫して保ってきた姿勢が垣間見えた。

「確かに伊東の思想だの理想だのは立派だ。だがそれを成すのは人間だろう。だから現実は筋書き通りきれいには運ばねぇんだ。奴はそこを見落としている。あいつらだけになれば、どこかでたがが弛みはじめる。今まで新選組という敵対する存在が間近にあったせいでいやが上にも高まっていた結束が、これからどうなるか見物《みもの》だ」

笑った唇がゾッとする赤さで照った。「怖《こえ》ぇなあ」と近藤までが気圧された。少しの間があった。三人が三人とも、自分の杯を見つめていた。

「山南がここで腹を切ったろう」

坊城通に面した十畳間を顎でしゃくって、急にそんなことを土方は切り出す。

「あいつは人徳があった。隊士からも慕われていた。山南の言うことならみな、なんでも聞いた」

実際にそうだった。居丈高に命ずることはなかったが、誰もが山南に憧《あこが》れ、その一挙手一投足を真似していた。学問があり、温厚で、親切者だ。誰の言葉にも耳を傾け、ひとりひとりとじっくり対話をした。普段は落ち着きのない沖田あたりも山南の講釈ならばおとなしく聞いていた。よく「みなさん、修練には終わりがないのですよ」と丸い声で言って、威圧しないようにうまく隊士を鼓舞していた。

「山南は総長だ、その後釜《あとがま》に参謀という役を作って伊東に与えたんだ。隊士たちはみな、山南と同一視する。山南の代わりを伊東に求める」

「まあな、おめぇが厳しすぎるからな」

近藤が茶化したが、土方は真顔のままだった。

「伊東はこの隊にあっちゃ新参者だが、あの時点で俺たち古参隊士と並んだんだ。それでなくとも奴は隊士から信望があったろう。その上に権限を与えれば、力は絶対的なものになる。あれから二年近くが経つ。こたび、局を抜けるに当たって伊東は随分多くの隊士に声を掛けたというぜ。沖田まで誘われたんだ。あれだけ慕われていれば、局を二分するどころか、全部持っていかれちまうんじゃねぇかと、俺は沖田と、そんなことも話していたんだ」

近藤は曖昧な相づちを打った。話が見えないのだ。それは尾形も同じことだった。

「だが、伊東と共に抜けるのは、ほとんどがあいつと共に江戸から上ってきた奴だけだ。しかもたった十二名だ。あとの隊士は新選組に残る」

土方が下から覗き込むように近藤を見据えた。

「いいか近藤さん。隊士は、あんたを選んだんだ」

以前屯所の一室で、土方に組織表を見せられたときの光景が甦《よみがえ》った。まだ乾ききっていない墨の匂《にお》いと、勝負を挑むような目と。伊東と土方との張り合いだとばかり勘繰っていたが、そうか、近藤を勝たせたかったか。一か八か、それでも、勝負を目に見える形で決したかったのか。

先へ先へと仕掛け続ける土方の、我欲のなさに愕然とした。この偉才を引っ張っているものの正体が、ようやくわかったような気がした。

近藤は懐かしいものを見たときのような表情を浮かべて、ただ黙って杯をあけた。

五

着物が湿気を含んで鬱陶しかった梅雨《つゆ》も明け、雲間から延びる陽の勢いが強くなった。五条善立寺《ぜんりゅうじ》に寄宿した後、洛東にある高台寺の塔頭月真院に移ったのは、ちょうどその頃だ。陽気に呼応するように、御陵衛士一党はようよう意気が上がりはじめた。

局を抜けてからの数カ月、伊東をはじめ全員が、息を潜めて日を送っていたのだ。話がうまく運びすぎたことに、それぞれが違和感を抱いていた。「伊東先生の地固めが有無を言わせぬものだったのだ」という楽観と「なにか向こうに策があるのではないか」という猜疑《さいぎ》、両極の意見の狭間《はざま》で揺れ動くことが続いていた。そのため安危がはかれず、誰ともなく「刀を抱いて寝ろ」などと言い合うことになり、浅い眠りの中で瞬《また》く間に疲弊していった。気が立っているだけに、衛士同士の諍いも絶えず起こった。

このままでは勤王どころではないと危ぶんだ伊東が、西本願寺からさらに距離を置いた月真院に宿を移した。東山を背負って建つ境内はこぢんまりしていたが、周りを山に囲まれているせいか、いたく落ち着いた。寄宿する御堂《みどう》の二階には隠し部屋もあって、格子窓から密かに外を眺められるようになっている。藤堂平助はこの見張り部屋を気に入り、上がり下がりを頻繁にして楽しんでいるようである。みなが新たな宿所を喜び、やっと御陵衛士としての活動をはじめる下準備が整ったと感じていた。

客人が増えたのも、ここに移ってからだ。

水口藩の一件で懇意になった城多善兵衛は、特に頻繁に立ち寄った。「これまでは、新選組と付《つ》き合《お》うてる、と勤王同志に疑われて難儀しましたが、これからは堂々と寄らせてもらいます」と苦笑した。城多は相変わらず世事に賢《さと》く、五月に行われた四侯会議のことも詳しく聞き知っていた。

「一言で言えば、慶喜公にまた、してやられた、ということになりましょう」

慶喜は以前、条約勅許の際に果たせなかった兵庫開港を焦っていた。諸侯の意見を聞くこともなく一存で勅許を得ようとするが叶わず、にもかかわらず諸外国に兵庫開港を口約束するという独裁ぶりである。が、これは四侯会議を企図していた薩摩にとって格好の餌であった。薩摩は西郷、大久保が暗躍し、幕府の絶対君主制を打破するために動いた。兵庫開港を慶喜が一存で各国公使に約束したことを非難し、幕府を倒す契機にせ

ん と、目論《もくろ》んだのだ。島津久光他、土佐の山内容堂、越前の松平慶永、宇和島の伊達宗城《だてむねなり》が慶喜と対峙《たいじ》し、まず長州への寛大な措置をしたのちに兵庫の開港をすべきだ、と促した。慶喜はまずは開港と意見を曲げず、長州への措置は有耶無耶《うやむや》にした。幕府の犯した長州征伐の失態に触れられぬよう一方的に会議を進めた。土佐の山内容堂は、あまりに自分たちの意見が通らぬために、まだ決着の付かぬうちに、京を発って国元に戻った。

「ゆんべ見た見た　四条の橋で　丸に柏《かしわ》の尾が見えた」という京雀《きょうすずめ》の間で歌われたよさこい節は、山内容堂が帰国する様子を皮肉ったものである。四侯は退散を余儀なくされた。その後、兵庫開港の勅許が下り、長州処分の件は一応「寛大に」としながらも慶喜に一任された。

「四侯、とくに薩摩の島津公は、議奏にも伝奏にも反幕派の公卿を加えて欲しいなぞと、随分大胆なことも上申したようなのですが、しかし朝廷も以前長州系の反幕派公卿にいいように操られた苦い過去がありますから、すぐには首を縦にふらんのです。薩摩は是が非でも内政改革に長州を引き入れたかったようですが」

「慶喜公がまた朝廷で力を盛り返してきた、ということか」

伊東が言う。

「一橋慶喜はそんなに切れ者かい？」

篠原が訊くと、城多は顎を引いて、「長州の桂小五郎は、東照君の再来か、と恐れているようで」と応えた。

「こう言ってはなんですが、公方様も天子様も代替わりしてこれで大きく時代が動くと私は期待しておりましたが、なかなかどうして慶喜公がおわす限り、諸侯の入る隙はございませんぞ。諸藩が並んで政をなすなど、夢のまた夢ですな」

「いや。むしろ、よかったのではないか」

思案顔のまま、伊東が呟《つぶや》いた。

「これで薩摩も、ようやく重い腰を上げる。本格的に討幕を考えるはずだ」

城多が、ああ、という間延びした声を出した。

「そういえば、西郷はこたびの上京に軍艦で七百余りの兵を率いてきたと聞きます」

「このまま慶喜公が雄藩に歩み寄らねば、薩摩が唱える共和政治など成り立たんだろう。兵庫開港の件を楯に慶喜公の辞任を迫るつもりだったのだろうが、その手段が潰《つい》えた今、武力を行使しても幕府は倒すしかなかろう」

伊東は昨今、かつての冷静さを少しずつ取り戻していた。理想が、現実のものとして動きはじめたからだろうか、明晰《めいせき》にものを見て世情を把握するようになり、衛士たちの先導役としてこの上なく頼もしい存在となった。一時期のように上からものを言ったり、権高に振る舞うこともなく、常に穏やかに衛士に接している。そのせいか、今までのアクが抜け、幾分印象が温和になった。

「土佐でも中岡慎太郎、乾退助《いぬいたいすけ》という人物は討幕を訴えておると聞きますが……」

「土佐が公武合体を覆せばそれこそ容易《たやす》いが、まだまだ難しかろうな」

伊東は局を抜けた直後から、盛んに勤王家と通じている。

五月には新井忠雄を単独で太宰府に送り、真木外記や土方楠左衛門といった勤王家に、御陵衛士を拝命した旨を伝えさせた。土佐の中岡慎太郎にも、勤王に身を賭《と》すとしたためた書状を送った。

そつのなさは変わらねぇな、と冗談めかして篠原が言うと、なんだってやるさ、と伊東は苦笑するのだ。

「僕はお目にかかったことがないのだが、土佐には坂本龍馬という仁があってね、これがメリケンのような政治をさかんに説いていると聞いたことがある」

「中岡とかいう男と一緒に動いている奴か？」

「旧知のようだが、中岡先生は討幕を目指し、坂本という仁は違う形で世を変えようと画策しているらしいが。そのメリケンの政というのが、誰でも公方様になれる権利があるというものだそうだ」

「まさか。百姓でもか」

そんなくだらない論があるか、と篠原は吹き出したいのを堪《こら》えて聞いた。

「無論、そこまで権利を広げても、収拾がつかなくなるだけだろうが。ただ僕は、小藩から雄藩まで等しく政治に参画できる世にならぬかと考えている」

「しかし、薩摩は自分たちのことだけを考えているのかもしれねぇぜ」

「そうあっては困るのだ。国を変えるには薩摩の力は必要だが、雄藩のみが力を持つことになれば、権威が入れ替わるだけで世直しにはならん」

百姓が政を……。もう一度その言葉が篠原の頭の中にぶり返した。

「大小問わず、藩を代表した人物が集まりひとつの会議で交流を重ねれば、意思の疎通も容易い、また人材も育つ、国が広くなる」

「しかしそうなったら、藩という後ろ楯を持たぬ俺たちのような人間は蚊帳《かや》の外だぜ」

伊東は、篠原の言葉に驚いた顔をしていたが、しばらくあって、笑みを浮かべた。

「まことだな、自分たちのことを忘れていた」


月真院に移って幾日もしないうちに、篠原は三木に呼び止められた。三木は衛士の昂《こう》揚《よう》とは無縁の場所で、以前と変わらず淡々と役をこなしている。そして相も変わらず「ちょいと厄介が出来した」と暗い目で言うのである。「おめぇがいる限りは平穏無事はねぇな」と言うと、「俺が厄介事を起こしているわけではない」と語気を荒らげた。

「佐野が、使いを寄越した。新選組隊士が幕臣に取り立てられる」

「そんなものおめぇ、前から出ていた話じゃねぇか。近藤はお目見え以上、あとの者も

「いや、そのことではない。沙汰が正式に下りたんだが、佐野が局を抜けると言い出した。勤王の志を持っているのに幕臣にはなれぬ、と言って寄越した。ここでかくまって欲しい、と」

ふーっと長い息が出た。だから佐野七五三之助なぞに間者は無理だと言ったのだ。義俠心も意志も強いが、根が純真過ぎるほどの男である。志を隠して、局内の動きを探る仕事にはなから向いていなかった。

「茨木は？　あいつはどうする」

茨木司も佐野と同じく、三木が仕組んで局内に残してきた密偵である。二十歳をいくつか超したばかりの若い男だ。勤王の志を抱いている。

「一緒だ。一緒に抜けると書いて寄越した」

約定がある。双方の隊士を受け入れず。それにのっとれば、茨木や佐野をここでかくまうのは難しかろうが……。

「ここは受け入れるしかねぇだろう」

「いやそれは無理だ」

やけにきっぱり三木は言う。

「今は薩摩がどう動くか微妙な時期だ。御陵衛士の真価が問われるときでもある。ここで新選組との諍いは避けたい」

「佐野に犠牲になれというのか？　あいつぁおめぇが説き伏せて、局に残してきたんだぜ」

三木が緩慢な仕草で額を掻《か》いた。口許《くちもと》が動いてなにか言葉を発したようだったが、声にはしなかったらしく、篠原には聞き取れなかった。

「ともかく、この件、こっちで責任をとらねばしようがないだろう」

「篠原さん、あんた、きれい事が多すぎるな」

「事実を言ったまでだ」

「ともかく佐野には局に残ってもらう。なに、幕臣になったところで一生そこから抜けられぬわけではない。幕府が潰《つぶ》れるまでの間だ」

三木の意向を新選組にいて、幕臣の身分をもらうことになる佐野が理解できるはずがない。御上《おかみ》から与えられた身分は一生涯のものだ。それがこれまでの世だ。

「伊東には俺から言う。もし奴らが事を起こしてもけっして受け入れてはならぬと言えばいい」

「あとは伊東さんの判断だ」

「なに、俺と同じ意見さ」

山門をくぐって斎藤一が入ってくるのが見え、三木と篠原は同時に口をつぐんだ。永倉が局を抜けず、斎藤がついてきたのは誰にとっても意外な結果だ。だが、もともと思想もなく剣を振るうときだけ生きているようなこの男が、どちらにつこうが大して重要なことではなかった。衛士になっても斎藤は、従順に仕事をこなし、以前と同じく寡黙を保っている。それだけだ。

前庭をこちらに向かってくる斎藤は、木綿の単衣《ひとえ》を着て、汗が鬱陶しいのか手拭《てぬぐ》いを襟に挟んだ奇妙な格好をしていた。

「遅かったな。渋られたか？」

一党が喰う金は、無論今までのように会津から下りるはずもなく、自ら調達せねばならない。方法はいろいろだったが、ひとつに商家からの援助がある。隠れた勤王家というのは商家にも多く、伊東が口をきけば彼の弁舌にほだされてそれなりの金は用立ててくれる。莫大《ばくだい》な額が集まるわけではないが、十数名が暮らすには十分な金が集まった。それをこまめに集めて回るのが、斎藤の役目だった。珍しく自分から志願して、誰もが嫌がる役を負ったのだ。

「京は吝《しわ》い奴が多いからいつまで献金が続くかと気が気じゃなくてな」

口を開かぬ斎藤に向かって、もう一度三木が言った。

「別に渋ってはいねぇさ」

そう言って斎藤は、懐から小判を数枚取り出す。

「それにしちゃ遅《おせ》ぇな」

「ついでに女のところに寄ってきた」

「おい、公用の途中だぜ」

斎藤は応えず金を三木に手渡すと、手拭いを襟から剝《は》がし腕を拭《ふ》く。なんということもない仕草だったが、斬りつけてきそうな気配を感じ、篠原は慌てて身を引いた。同じことを感じたらしい、三木も一歩後ろに下がった。それを見た斎藤がうっすら笑った気がした。

「これからは金を手にしたら一旦戻るんだ」

三木の言葉に斎藤が目を細めた。争いごとになるか、と身構えたが、斎藤は「わかった」と一言いって、手拭いを首に掛け御堂のほうへゆらゆらと歩いていった。

六

「へえ、ですから」

山崎は面倒そうに言葉を継ぐ。

「理由を訊かれてもそれはわからんのですけぇど、ただ、伊東さんは受け入れを頑《かたく》なに断ったゆうことです。それが斎藤先生から聞いた一部始終で、それ以上のことはまだ」

「それで茨木や佐野は守護職屋敷に逃げ込んだってのか？」

近藤の膝が細かく揺れている。苛《いら》ついたときに出る、貧乏揺すりである。

「へえ、まあそういうことで」

「ともかく、会津侯にご迷惑がかかるのは避けねばならん。取《と》り敢《あ》えずはこちらに引き取るしかあるまい。処分はそれから考える」

土方は立ち上がって、大刀を腰に差した。その場にいた山崎や尾形、吉村貫一郎も土方に従った。尾形が吾妻下駄《あずまげた》を指の股《また》に食い込ませていると「討ち入りのために他にも数人隊士を連れていったほうがよろしいでしょうか」と訊く遠慮がちな声がした。吉村貫一郎が立っている。

「なにを言うとんのや、お前は」

前から山崎の声が飛んだ。

「討ち入りに行くわけではございません。茨木さんたちを説得に行くのですよ。会津屋敷で刃物を振り回したら、それこそご無礼にあたりましょう」

尾形が補足すると吉村は「すみません」という風に会釈して下駄をつっかけた。西本願寺を出て東へ急ぐ途中、「なんでもあの調子や」と山崎がぼやいた。

佐野七五三之助、茨木司、富川十郎、中村五郎他、十名の隊士が脱走した。昨日のことである。土方はすぐに追っ手を出したが容易に見つからず、今日になって会津の公用方から「新選組脱走の者、当方へ逃げ込んでおる」という報せが来て、騒ぎになった。

昨日夜半、いつものように身なりを変えて斎藤に近づいた山崎は既に、茨木たちが局を抜けた直後月真院に現れたという報を受け取った。「御陵衛士に加えて欲しい」というのが彼らの望みだったらしく、それを聞いた近藤は「ならばあのときなぜ伊東と一緒に抜けなかった」と疑問を口にし、対して山崎は「どうやら伊東に請われ、局に残って密偵をしていたらしいて」と言いにくそうに答えた。密偵に気付かなかった己の迂闊さを呪《のろ》っているようでもあり、茨木司をことさら気に入り将来を嘱望していた近藤に気兼ねしたようでもあった。

「こちらから漏れた報はなかったろうな？」

土方は訊き、「斎藤先生によれば、今のところは」という山崎の言葉を受け取ると表情を変えずにひとつ頷いた。

相互の隊士を受け入れぬ約定があったとしても、自分が間者に遣わしたのなら伊東も責を負うべきだろうが、と尾形は考えていた。新選組では、脱走した者は隊規により切腹である。行き場を失って、二進《にっち》も三進《さっち》もいかなくなった茨木たちは、なにを思ってか会津藩を頼った。

近藤は馬上、他の者は徒歩《かち》で会津屋敷へ向かう。通りすがりの町人たちが、道の脇に寄って珍しそうに馬を見上げていた。身分の高い人物であることは間違いないがどなたか、という好奇の眼差しである。

近藤には今や、新選組局長に加え、お目見え以上の見廻組与頭という肩書きがついている。江戸にいた頃に見ていた「直参《じきさん》になる」という無謀な夢がついに叶ったことになる。正式な内示が届いた日、近藤は土方の前で男泣きに泣いたという。語るたびに「無理に決まっている」と嘲笑され続けた夢を、無心に追い続けた結果だ。こういった思いが常に最後には形になっていく摂理があればいいのだが、とその話を聞いたとき尾形はつくづく思った。


守護職屋敷で尾形らは、公用方諏訪常吉の困《こう》じ顔に迎え入れられ、茨木たちの待つ座敷に通った。

いくつもの若い顔が、憔悴《しょうすい》しきってそこにあった。対座しても、彼らは一様に近藤や土方を避けるように目線を漂わせるばかりだ。土方が尾形に目配せする。尾形は前へ進んで、「まずはわけをお聞かせ願えませぬか」とできるだけ穏やかな声を出した。餌を待つ雛《ひな》のように、みなが一斉に尾形に向いた。すべての目が、緊張のせいか見慣れたものとは違う形をしていた。

「罰せられることをしたのは重々承知です。ただ私共、局を抜け、勤王に尽くしたいという志は変わりません」

茨木が毅然《きぜん》と言った。その後ろに座っている中村五郎の赤い頰《ほお》が集団の中で唯一生彩を放っている。まだ十八、いや十九だったか。

「新選組とは他にご意志があれば、脱走などせず直々に申し出ればよかったでしょう」

「そんな猶予はございませぬ」

「どういうことです」

茨木の、ごくりと唾《つば》を飲み込む音が座敷に響いた。年長の佐野が代わりに口を開いた。

「幕臣に取り立てられるお沙汰がございました故。身分をもらってしまったら終いじゃ」

終いってのはなんだ、と近藤が呟いた。

「私共の主意は勤王にございます。もとより、新選組の本意もそこにあったはず。幕臣の身分を受けられれば、それに背くことになる」

「新選組にも未だ、尊皇の意志がある。公武合体を目指しておるのだ。君らも幕臣になったとて尊皇は貫ける」

後ろから近藤の声がした。公武合体という言葉を聞いたのは久しぶりだ。幕府を潰すか否か、もはや諸藩の動向はそこに集約しているのだ。

「みなさんのお気持ちはわかります。そうはいってもお屋敷にずっといるというわけにはいきませんでしょう。ひとまず屯所にお戻りなされ」

「会津侯に拝謁し、御陵衛士に加われますよう直々にお願いいたします。約定のために伊東先生は私共を受け入れられなかった。それはあまりにも理不尽にございます。まずは会津侯のお考えをうかがい、それに従いとう存じます」

佐野が一際声を張った。神経で編まれたような刺々《とげとげ》しい声柄である。このまま議論が紛糾するかと思いきや「取り敢えず一晩やる。頭を冷やせ」と土方が言い、あっけなくその日は切り上げることになった。帰りしな、公用方に「このまま置いていかれたでは困る」と耳打ちされて、尾形は詫《わ》びを重ねながら「明日、必ずや」と約してようよう屋敷をあとにした。

「あんな勝手をさせてよろしいのでしょうか」

会津屋敷を出ると、吉村が小走りに土方に寄って訊いた。土方は、「仕様がねぇだろう」と苦り切る。

「ああいう奴らはゾッとする」

それだけ言って土方は、足を速め、近藤に追いついた。

「今まで尊重したこともない会津侯に、仕切って欲しいて頼みに行く。打算が鼻につくっちゅうねや」

山崎に言われなくても、土方の心情が尾形にはよくわかった。

佐野たちの志もわかる、行き詰まったのもわかるが、新選組より御陵衛士より上の人物を捕まえてその場を治めてもらうように頼み込み、自分たちの希望を双方に下知という形で言い渡してもらう。新選組も御陵衛士も、会津侯からの達しならば従うしかない。やっていることは理に適《かな》っているが、尾形は得も言われぬ不快感を抱いた。

彼らは自ら進んで、武士を選んだはずだった。今まで新選組と反目した男たちもみな、最後は自分で引き受けて、片を付けてきた。若い者たちが、まったく無意識に老獪《ろうかい》な道を選んだことが尾形には堪《たま》らなかった。茨木たちへの愛惜とは別のところで、そう思った。

心なしか肩を落として、近藤が馬に揺られている。

翌日も揃って、守護職屋敷に赴いた。昨日の面々に加え、島田魁、大石鍬次郎など数人の隊士も同行している。

屋敷の一室に入るなり、「考えは改まったかい?」と近藤が柔らかく訊いた。佐野や茨木は真っ赤な目をしている。おそらく寝ずに、今後のことを談じ合ったのだ。

「先程会津侯に拝謁致しました」

佐野の声はもう昨日の精彩を欠いていた。

「とにかく、新選組に戻れ、と言われました」

「そうしろ、佐野、茨木。それから話し合えばいい」

「局を脱した者は切腹です。今、戻れば切腹になります」

それを酌量してくれ、ということだろう。口調がそれを物語っている。佐野はすがるような目で、近藤を見ていた。

そのとき、「佐野」という土方の冷めた声がした。場の空気が途端に硬直した。島田や山崎、大石までがなぜか背筋を伸ばした。

「君の志は勤王ではなかったか？」

「無論です」

「新選組にいて、貫ける類《たぐい》のものか？」

佐野は言葉に詰まり、隣に座った茨木を見た。茨木は黙ってうつむいた。

「俺にはどうも、君らの言っていることがわからねぇんだ。思想はわかるが、それをどうしてぇかわからねぇんだよ。身体に染みついてねぇ上辺の考えを振り回しているようにしか見えねぇんだ」

おい、歳、と近藤が叱咤《しった》する。会津屋敷でこれ以上の揉め事を起こすのは、近藤がもっとも危惧《きぐ》していることなのだ。

佐野たちは一様にうなだれた。中村が挑むような目で土方を見据えている。怒るな、と尾形は思う。冷徹に聞こえるかもしれぬが、これでも精一杯の温情で忠告しているのだ。

佐野はしばらく沈黙の後、佐野、茨木、富川十郎、中村五郎の四名は幕臣という立場を受けるよう検討する、その代わり他の六名はこのまま離隊させてやって欲しい、と申し出た。近藤はその案を受け入れ、「今一度考えたいから別室で討議させていただきたい」と願い出た佐野らに「今回は隊規を用いぬ。切腹にはせぬからよくよく話し合え」と声を掛けた。

「おめぇたちのような将来のある若い者が新選組には必要なんだ」

大声でそう言い「な、土方君」と念を押した。土方も今度は素直に頷いた。

そのまま半刻《はんとき》も経ったろうか。からりと障子が開いて公用方が顔を出した。「各々方」と呼びかけ、上座を空けるよう指示した。程なくしてふらりと入ってきたのは会津侯であり、一同慌てて平伏した。

「このたびは誠に、お詫びの仕様もございませぬ」

近藤の言を受けながら、細い身体を座に落ち着けた松平容保は、「若い者のすることじゃ」と笑みを浮かべた。

「それにしても幕臣になるのが嫌じゃとはな」

息を吐いたのが、近藤の「はあ」と曖昧に答える声に重なった。

かくいう容保もこの二月、京都守護職を辞し国元に帰るという申し出を大公儀にしたばかりである。

孝明天皇亡き後、薩摩と組んだ岩倉具視が暗躍し、朝廷内で反幕派の台頭がはじまった。将軍職に就いた徳川慶喜は公武合体を捨て去り、徳川を中心とする政を再興せんと躍起になっている。これまで以上に幕府と雄藩との対立が顕著になった。その中で会津は立ち場を失っていくようだった。一会桑として共に働いてきたにもかかわらず、幕府は会津を埒外《らちがい》にして事を進める。厄介事が出来したときばかりあてにされる。加えて、国元は度重なる飢饉《ききん》で食料にも事欠いている。これまで、土方が何度も訴えてきた銃入手も、予算がとれぬ、という理由で見送られてきた。財政難のために、公用人は駕籠《かご》を使うのも禁止されている、それほどに逼迫《ひっぱく》しているのだ。潮時だ、故郷に帰って藩政を整えるほうが先決だ、という意見が藩士から上がるのも当然である。

しかし容保の辞意も、徳川慶喜によって退けられた。ふた月にもわたる話し合いを経ても帰国の許可は下りず、容保は現状のままお役を全うせねばならぬ状況にある。おそらく苦渋の決断だ。

目の前の容保はしかし、会津の苦境は口にせず、新選組の日頃の働きをひたすらねぎらった。

「先帝の御遺志を継いで、御所をお守りするのも身共の役目じゃ。また公方様はより強靭な幕政を築こうと腐心しておられる。我らもそれをお助けせねばならん。薩長が我が物顔で朝議に介入するのを阻止せねばならん。新選組にも、もう一働きも二働きもしてもらわねばならんの」

穏やかな声音を聞くうちに、尾形の脳裡には、孝明天皇の葬列が甦った。間際になって、勤王派が葬列に分け入って佐幕派の徳川慶喜と松平容保に天誅《てんちゅう》を下す、という噂が飛び、会津や桑名藩士、新選組が厳戒態勢を敷いたのである。慶喜はその噂に怯《おび》え、危険を回避するために途中で葬列を抜け出した。容保は、なにかあればそのとき、と腹を決め、最後まで葬列に加わっていた。生前孝明天皇に受けた恩義を、義をもって返した。一会桑などと括って見ていたが、慶喜と容保、両者には根本的な違いがある。与えられた役目への殉じ方が違うのだ。

「薩摩が兵を擁して京に入った、ということも漏れ聞いております。天朝をお守りするためにも、武器の手配を急がねばなりますまい」

感傷的な空気を払拭《ふっしょく》するようなことを、土方が言った。

「ぬしはこのところそればかりじゃ」

と、容保は力無い笑みを漏らした。

「江戸の御用所に任せておっては埒があかぬのでな、京の御用所で、無理にでも金を用立てるということでようやく西洋砲の購入を決めた。梶原平馬《かじわらへいま》という者が動いておる。薩摩と組んでおる英国は無理じゃ。プロシアから買い付ける。ただし、本格的な仕入れには一年以上かかる」

「一年……」

「薩長に比べ、わしらは遅れをとっておる。幕府もフランスからの進言を汲《く》み、洋式軍隊の編成を進めておるが、薩長はいかほどの武器を持っておろうか」

「かなりの数と聞いております。やはり満足な武器がなければ、戦に勝つことは叶いません」

「戦を、するしかないのかの」

座の位置をずらしながら言った容保の顔に、はじめて辛そうな陰が浮かんだ。

「突然異国船が訪れ、みなが攘夷を唱えた。そこからすべてははじまっておろう。幕府が勝手に条約を結び、諸藩の怒りを買ったことは確かじゃ。しかし異国の武力に敵う強靭な国体を作るのが諸藩一致の考えであった。幕府も朝廷も一緒になり、諸藩も政に参画できる。それでよかった」

尾形の隣にいる近藤の身体がぐいぐいと前にせり出している。

「長州が朝議を操ろうとし、勤王派が跳梁跋扈《ちょうりょうばっこ》し、幕府は長州征伐を決行し、そして今度は、薩摩や土佐まで暗躍しはじめた。今はみな、開国ということでほぼ通じておるのに、だ。これでは、勢力争いじゃ。強靭な国体を作るということから逸《そ》れておる。他より少しでも前に出ようとしておるだけじゃ。慶喜公しかり、薩摩しかり。それがほんに世直しというものだろうか」

座が静まり返った。「せやなぁ」という山崎らしき呟きが聞こえてくる。

「幕府と薩長がどこかで折り合える道を探して、慶喜公に提言してゆくのがわしの責務じゃと思うておる。薩会同盟を破棄された故、薩摩には恨みを持っている藩士も多い。ただし恨みだけで戦うのは醜い。男子に生まれて、それはあまりにさもしい。我らが戦に加わるのは、義を貫くときだけじゃ」

容保が退出してもしばらく、一同口を開かなかった。こうした潔癖な思念が、丁々発止の勢力争いの中でどこまで通用するだろうか、と尾形はまた不安になった。義も、忠も、思想すらもはや、一時代前のものになっている。それほど、時勢の流れが加速している。

土方が近藤に「その義を貫くためにも、勝たねば仕様がねぇ」と言い、武器の購入をどうするかを談じはじめた。山崎が寄ってきて、「一橋公は好かんけど、わし、存外会津侯のような生き方には憧れてまんねや」と言い、容保とは対極にあるようなこの男の言葉を尾形は意外な思いで聞いた。

「随分待たされますな」

島田が言ったのが、それからまた半刻後。容保の話に聞き入って、みなすっかり自分たちがここにいる理由を失念しかけていた。

「お前、覗いてこい。これ以上居座ってはご迷惑だ。一旦帰営するよう、うまく言え」

近藤の言葉に頷いて出ていった島田が、すぐにどたどたと駆け戻ってきた。障子を力任せに開けた。建物が揺れた。「おい！　会津様もおわすのだぞ」と注意した近藤を見据え、茨木たちのいる座敷のほうを指さした。

「死んでいる」

え、と全員が座ったままで発した。

「早く来て下さい！　奴ら、腹を切った」

このあと、座敷で見た光景を、尾形は長い間忘れられなかった。畳が血塗《ちまみ》れになり、その上に四人の遺骸《いがい》が転がっていた。一番若い中村五郎は余程力一杯刀を腹に刺したのだろう、切先が背中まで突き抜けていた。茨木は目を開けたまま事切れていた。なにか言いたそうな顔をしていた。

土方が呻き声を上げた。さっき彼らに言ったことを悔いているのかもしれない。

「会津様にお報せしたほうがええですな」

山崎は平静を保ったまま、音もなく部屋を出ていった。大石鍬次郎が、骸《むくろ》の検分をはじめた。口許が弛んでいる。喉に短刀を突き刺して死んでいる佐野を覗き込んだとき、死体が急に起きあがった。誰もが呆気《あっけ》にとられる中、佐野は自分の喉から剣を引き抜き、大石に斬りつけた。一瞬の出来事だった。大石の顔から胸にかけてスウッと薄く切れ、逆上した大石が声を張り上げながら佐野にとどめを刺した。すべてが酸鼻を極めていた。

どやどやと公用方が集まり、騒ぎの輪が広がっていく中で、「腹を切るほど嫌か」という近藤の、誰にともない問いかけが、小さく響いた。

七

「三木。おい、三木」

足早に去ろうとする後ろ姿を呼び止めた。羽二重《はぶたえ》を着た背が振り向いた。苛立った表情を見て取り、阿部は控えめに切り出した。

「約束は守ってもらわねぇと困る」

「違《たが》えるつもりはないが、この間佐野や茨木のことがあったばかりだ。いくら除隊になった者とはいえ、今受け入れるのは難しい」

「じゃあ、いつならいいんだ」

「お前も知っているだろう。薩摩はいずれ討幕の兵を起こす。その形勢も固まらん時に、新選組隊士など組み入れられるか。今は薩摩の動きを見ながら、衛士も慎重に動くべきだ。そんなくだらん男の受け入れがもとで、伊東につまらん嫌疑が掛かるのは避けたい」

阿部が睨《にら》むと、三木は馬鹿にしたように笑った。

「その男を受け入れる条件で自分は衛士になってやったんだと言いたいのだろうが、こちらとしても君を誘ったのは単に人手を補うためなんだ。過度な期待は困る」

三木は、忙しなく背を翻してその場から消えた。

阿部の手が自然に大刀へと伸びた。右手を柄にかけ、左手の親指で鍔をはじく。その手が急に動かなくなった。自分のものではないもう一本の腕が鍔を押さえていた。

「止《や》めておけ」

斎藤一が、言った。筋張った腕は身体に比して太く、阿部は抗するのを諦めた。

「変わった八木瓜形《やつもっこうがた》だ。しかし随分痛んでいる。そろそろもう一口《ひとふり》あつらえたほうがいい」

鍔から鞘に目を走らせて、無口な男が珍しく口をきいた。

「新調するなら大鋩子《だいぼうし》ではなく中鋩子を選べ、そうすれば折れにくい」

はじめて間近に見る斎藤の双眼には、静謐《せいひつ》があった。この男にはずっと狂気を感じてきただけに、阿部は怯《ひる》んだ。斎藤は鞘からゆっくり手を離して言った。

「いちいち腹を立てるたびに抜くのは愚だ。感情にまかせれば、機を誤る。そいつはお前にとっても危険だ。技を磨けば、抜きどきがわかる」

「ここまでやってもこの程度さ。これ以上修練したって伸びるはずもない」

「修練？　お前は今までどんな修練をしてきたんだ」

見据えられて口ごもる。

「まだ、なにもしていねぇだろう」

静かな顔だった。威圧的なものはどこにもなかった。といって阿部に対する憐憫《れんびん》が含まれているでもない。ただ見たままを言った、そんな様子だった。それが阿部をまた、深くえぐった。

「浅野を覚えているか？」

沈黙を逃すために思い切って訊くと、斎藤が怪訝《けげん》な顔を向けた。

「浅野薫だ。あいつを衛士に入れてぇと思っている」

斎藤はまばたきもせずに立っていたが、

「篠原に言ってみろ。あいつは三木より話が早い」

と低く応えて、その場から去った。

阿部は部屋に戻って布団の上に転がった。黴臭《かびくさ》さが漂う。これまで、斎藤の目にぶつかったいくつかの瞬間が甦り、あの男は自分になにを見出《みいだ》しているのだろうか、とひどく気になった。それを聞いたところで、一層救いがなくなるだけだろう、とも思った。

天井を見据えながら、浅野を、早く衛士に入れようと、そのことだけを念じた。これまでの反情とは異なる無心の願いだった。もしかしたら、やっと得た唯一の光なのかもしれなかった。

八

蒸した空気に涼風が混じりはじめた頃、月真院を吉井幸輔と中村半次郎が訪れた。相好を崩して出迎えた伊東に軽く会釈して、「伏見に行った帰りに、様子を見ようと思うてな」と以前とは異なる気さくな様子で言った。御堂から富山弥兵衛が飛び出してきて挨拶をする。吉井は、「お働き、御苦労でごわす。ぬしが報せた新選組の動きで、わしらも随分命拾いをしもした。内田も、また寄れ、ゆいていたでごわんど」とやけに愛想がいい。中村もまた、かつて全身に漲らせていた殺気を解いており、篠原はその風《ふう》貌《ぼう》を改めて見て、随分純朴そうな若者ではないか、ということに今更ながら気付いた。

月真院には、伊東、篠原も含めて四、五人の隊士しかいなかった。ちょうど昼を過ぎたばかりでみな出払っていたのだ。それでも吉井は境内にくまなく目を走らせ、「こいはよか。大きな事ができやんど」と伊東を鼓舞するようなことまで言った。

ふたりをひと間に通し、富山が茶の用意をする。「篠原君も」と呼ばれ、座に入ろうとすると、後ろから「私もご一緒してよろしいでしょうか」と控えめな藤堂の声がした。

伊東は目を細めて頷き、藤堂は顔を明るくして篠原の後ろについた。

なにやらいっぺんに子供に戻ったようだ、と藤堂を見ながら思う。自分の抱いた思想を寸分違わず体現できていることに、彼は毎日心躍らせているのだ。新選組にいた頃は、なにかと議論を吹っ掛ける姿をよく見たが、ここに来てからはそれもなくなった。志に殉ずる、というのは存外こういうことなのかもしれない。行動の根本に、理想だけがある。時代を生きて、その中で大事に育《はぐく》んできた自分なりの着地点が、この若者は明確に見えているのだろう。

俺はどうだろうか、と考えてみる。情や気分や時勢や義理にまみれて、理想は遥か彼方《かなた》である。ただそれも、年を重ねたせいか、さほど悪くはない、と思えるようになった。理想通りに運ぶことよりも、納得のいく人物と共に自分の役目を果たせれば十分だった。

茶を啜《すす》りながら、吉井はもう一度屯所を褒め、最近の薩摩藩邸の賑《にぎ》やかさを世間話として語った。西郷吉之助や大久保一蔵が国元と京を行ったり来たりしていることも、やや冗談めかして付け加えた。薩摩の本意を語るわけではなかったが、雑談からもどうやら討幕を決めたらしいことは匂い立ってくる。

「いち早く、貴藩の御存念が果たせればよいのですが」と、主題をぼやかしながらも、伊東は言った。

「そう簡単にはいきもさん。国元にもまだ、幕府を支持する意見も多かです」

「支持？　つまり幕府を残せ、と？」

吉井は再び言葉を濁し、それでも伊東の言を肯定するように頷いた。

「それではなにも変わりもさん。慶喜公は力を持って、朝廷から薩摩ん勢力ば取り除こうちしとります。それに抗するんは薩摩だけではなかなか。土佐や越前にも声を掛け、懐柔を考えておいもす」

「土佐は……確か四侯会議で公方様と意見が割れた折、途中で諦めて帰国されたのが容堂公だとか」

「そういったこともあいもしたが、今は薩摩ん意志に従うちゆうちょいます。六月に弊藩の西郷、大久保、小松と、土州の後藤《ごとう》象二郎《しょうじろう》、坂本龍馬、中岡慎太郎と意志を同じくする旨、合意がなりもした」

「土州が、討幕に合意した、と。容堂公の公武合体は？」

伊東が討幕という言葉を出すと、にわかに場が固くなった。

「盟約を結んだだけでごわす。あまり過激なこつ口にせんほうがよか」

吉井がはぐらかした。

「慶喜公がああした強硬な態度では、諸侯が朝幕を結びつけようがありもさん。国に二王なく、家に二主なく、政権は一君に帰すべきもの。皇国とはそういうものでごあす」

以前の大久保と同じく、内情をさらりと明かす薩摩のやり方に、篠原は猜疑心を持っている。きっと核心は伏せているのだ。それでもこうして端切れを見せるというのは、見返りを欲しているからだ。

「西国ではぞくぞくと兵が集まっている、という噂も京に流れておりますな」

真意を聞き出そうと伊東が言ったのを、

「そん西国へ、おまんさぁに行ってもらえんかち思いましてな」

と吉井がかわした。

「私が？」

「遊説《ゆうぜい》をして幕府の無謀を広く訴えて欲しいと考えもんど、もうしお嫌でなければ」

伊東は少しの間、考え込んでいる風であったが「私でお役に立てますれば」と承知した。藤堂が、「私にも同道させて下さい」と力んだ声を出し、「相変わらず威勢が良かこつ」と吉井が嬉《うれ》しそうに笑った。

「おまんさぁも新選組に与していた頃の考えを拭うにはよか機会でごわんど。力ば見せておいを安心ばさせてほしかと」

「いえ、私共は新選組から変節したわけではなく、はじめから勤王の思想を持って……」

「それは、世間では通りもさん。思想は、行動によってのみ語られもそ」

伊東は身を縮めて黙った。

「それからかつてのおまんさぁの主《あるじ》でごわんど」

「その言い方はいささか抵抗がございますが」

伊東は遮って、無理に笑みを浮かべていた。世間は経歴しか見なくとも、この男は近藤を主と思ったことなど一度もないのだ。

「それはすまぬ。近藤勇がじゃ、最近建白書をしたため、朝幕に上奏していると聞く。長州を引き続き厳罰に処すよう訴えたものでごあす。それが政体を揺るがすとは思わんど、早く長州に許しが出ねばおいもなかなか動きがとりにくい」

徳川親藩会議に会津藩の公用人と共に出席した近藤は、長州寛典を唱える意見に激しく反論した。ここで長州の罪を免じれば、幕府が誤った戦を起こしたと認めることになる、と訴えたという。それでも厳典を渋る諸藩士に、

「薩長が暗躍する世情の中で、親藩の各々方が徳川に背を向けていかにする」

と大喝したという話も聞いた。さらにはそれから十日も経たぬうちに、幼い天皇に代わって執務を行う摂政《せっしょう》・二条斉敬《にじょうなりゆき》へ宛てた上書をしたため、それを土方や尾形が議奏に届けたともいう。

「おまんさぁにはそれ以上の動きをして、新選組ん動きば封じて欲しい思うちょります」

吉井はまた笑みを作る。

結局は信用されていないのだ、と篠原も笑みを作りながら感じていた。薩摩はなにも、伊東が今も新選組と結びついていると疑っているわけではない。それは一貫して伊東が態度で示してきたはずだ。むしろ、勤王の働きを成すために京に上ってきてまず新選組に籍を置いたという伊東の判断の鈍さから、その資質を未だ疑っているのだ。他人は、その個人が負っている状況や背景にまで踏み込んで解そうとしない。その後ろにある個人の思いなど、汲もうともしない。ただ誤った判断を犯せば、それが一生付いて回る。

吉井が辞したあと、篠原は自室に戻ろうとする伊東を引き留めた。

「なあ、伊東さん。薩摩に仕えるいわれはねぇと思うのだが」

伊東は、「またか」と呆《あき》れ顔を作った。

「君は誰かに命ぜられることを極端に厭《いと》うね」

「いや、そうじゃねぇが、利用されるのは嫌なんだ。なんの恩義もないんだぜ。局を抜けて独立したんだ。あんたが好きなようにやればいい。近藤と比べられるいわれもねぇだろう」

「恩義などということではないよ。志を同じくしている者を助勢するのは当然だ。僕は早々に勤王を趣旨とした建白書を編んで、板倉伊賀守《いたくらいがのかみ》様にお渡しする。長州寛典を望んだものを、衛士の連名で差し出せばよろしい。西国にも追って向かう。ちょうど真木外記殿にはまたお会いしたいと思っていたところだ。吉井先生の言ったことは、なにも僕の軸からずれてはいないよ」

「薩摩が言うことには全部裏があるんだ。あんたを純粋に見込んでいる、というわけではない。ああして用のあるときだけ来て、報を小出しにするのもこっちを利用するためだ。衛士のような同志とはまた違うんだ」

「諸藩士が国の意向を汲んで政略で動くのは仕方ないさ。ただ僕は僕で真っ当にやればいい。彼らの裏をかく必要などどこにもない。今までのように敵に囲まれているわけではないだろう」

　後ろを向いた伊東の、白い足袋《たび》が薄暗い廊下で発光した。心許ない、光だった。


　土佐まで薩長に合意したとあれば、討幕などあっという間だ。早く、伊東を独りで立たせなければ、と篠原は焦った。こぼれ落ちた仕事をもらうことを早く終わらせなければ、と気が急《せ》いた。他に頼らずに一隊を成すことが、これほど難しいとは思わなかった。日々、そんな感慨を抱くたび、土方の顔を思い浮かべて、気が鬱した。

　縁側で思案していると、とん、と肩を叩《たた》かれ、篠原の身体は自分でも大仰と思えるほどに跳ね上がった。振り向くと、阿部十郎が立っている。「脅かすなよ」。苦笑いすると、暗い眼光が、近くに寄った。

「頼みてぇことがあるんだ」

切羽詰まった声である。いや、この男は普段、どんな声を発していたろうか。記憶を辿ったが、それらしきものには辿り着けない。

「入隊させたい奴がいる」

「なんだ、そんなことか。随分神妙だから構えちまった」

「浅野薫なんだ」

すぐには顔が思い浮かばなかった。誰だろうと考えを巡らし、三条制札のときに斥候をやった男だ、と思い当たった。一緒に捕り物に加わった新井忠雄が「臆《おく》して動けなかった」と嘲笑《あざわら》っていた。そのあと確か除隊になった。

「今更、そんな奴を入れてどうする？」

「あいつの思想は尊皇攘夷だ。伊東さんと同じだ」

「時勢は動いているんだぜ。攘夷なんぞと言っている奴はもういねぇぞ」

阿部が草鞋《わらじ》でぐりぐりと土を踏みしめる。

「……そんなこと俺にはわからねぇが、浅野はここで働きたがっている。他に行くあてもねぇんだ。それに三木が以前、奴の入隊を承諾している」

三木のことだ。適当なことを言ったのだろう。

「わかった。会うだけ会うさ」

「相互の受け入れは禁じられているだろう？」

自分で言いだしておきながら、途端に気弱なことを口にした。

「ずっと前に除隊になった男だろう。そこまで新選組もこだわらねぇさ。それより、そいつの人物が問題だ」

阿部は虚をつかれた顔をした。

「人物？　そんなもので判ずるのか、あんたは」

一瞬、馬鹿にされたのかと思ったがそうでもなさそうだ。阿部はまったく正直に驚いており、しばらくすると嬉しそうに笑った。はじめて見る顔だった。この男にもなんの歪みもない笑顔があるのだ。

「浅野はいい奴だ。同志をなにより大事にする奴なんだ」

「わかったから、ともかく連れてこいよ。伊東さんにも会わせねばならんだろう」

阿部は顔を引き締め、それでも口許がむずむずと動いていたが、「わかった。明後日《あさって》会うことになっている。そこで伝える」と言って、会釈もせずに山門を駆け出していった。足軽のような風体《ふうてい》だ、と改めて思う。こんなに身軽そうな男が、今まで至極鈍重に見えていたのが、不思議だった。

＊

四条大橋のたもとに集まっている河原乞食のひとりに、男は和紙で包んだ銭を放り投げた。乞食はありがたそうにそれを受け取り、羨望《せんぼう》の眼差しを向ける他の乞食に愛想笑いをした。それでも幾多の目が無言で貼《は》り付いたままなのを見て仕方なく、和紙の中の銭を一文だけ自分の懐に入れ、あとは仲間に放り投げた。わらわらと人だかりができた。その群れを抜け出して、乞食は男を呼び止めた。

「お侍はん、いつもおおきに」

頬被りを取らぬまま、腰をかがめる。男が立ち止まると、乞食が声を落として言った。

「この薩土盟約ゆうのはまことでっか？」

掌《てのひら》にはさっきの和紙が乗っている。細かい字がみっしり並んでいた。

「伊東が言っている。薩摩の吉井に聞いたらしい」

「がせやおへんな」

「それはお前が裏をとれ」

へえへえ、と乞食は和紙を懐にねじ込んだ。

「どうでっか、住み心地は？」

「うるせえ」

「先生方が、藤堂さんを気に掛けております」

「わかってる。ただあいつは嬉しそうだぜ」

「ならよろしが。薩摩は新選組をだしに使って伊東を焚き付けてくるでしょうからな」

男は、ひとつ頷いた。「ほな」と乞食が去ろうとすると、

「くだらんことだが」

男が引き留めた。

「近く、浅野薫が衛士に加入する。除隊になった男だ。手出ししないでくれ」

乞食は意外な顔を作って、男を見た。

「それはかめしまへんけど。懇意でしたか？　浅野と」

「顔も覚えてねぇさ」

「なら、なぜまた」

「孤独な奴がいるんだ、あっちにも」

「は？　そら、誰でも元をただせば独りでっせ」

「そういうことを受け入れるには弱過ぎる。今はぎりぎり、浅野で繋がっている」

要領を得ない顔をした乞食を残して、男は土手を上っていった。六尺の上背のせいか、景色から浮いていた。まるで隙のない動きが、周りとの隔絶をよりはっきりとさせていた。薄暮れの中で、全身が青く見えている。

九

新選組に、どうも衛士の動きの子細が漏れているようだと言い出したのは三木で、七月も終わりの夕暮れ、篠原にいくつかの出来事を並べはじめた。

伊東が接触を試みた勤王家が家捜しをされたり、捕縛されたりすること何件か、城多善兵衛も月真院を出たあとに一度、それらしき男たちにつけられたと報告に来た。

「どうだろうな、思い過ごしという線もねぇか？」

「いや、十分だ。枝葉が漏れていれば当然、薩摩や城多から聞いた報が漏れている可能性もある」

「しかしこんな小隊に間者がいれば、すぐにぼろを出すだろう」

「こっちだって佐野や茨木を潜り込ませたのだ、向こうが同じことをしてきても不思議はない」

こいつは佐野や茨木を受け入れなかったことに、なんの罪悪感も抱かないのだろうか、と篠原は薄ら寒くなる。

三木はそれから、衛士ひとりひとりの動向を密かに辿りはじめた。新選組から離脱したあとは特に、今まで近藤や土方、沖田に向けられていた三木の神経質な目が衛士たちに注がれるようになり、全体が窮屈な思いをしている。例えば伊東への異論など吐こうものならたちまちやり込められるし、勝手な動きをすれば途端に詮索される。篠原はそれでも、三木の性質を鑑《かんが》みて仕様がないと受け入れているが、衛士の中には慣れない役目を任される上、事に当たるとき「しくじったら悲惨なことになるのだからな」と悲観的なことを捲《まく》し立てられ辟易《へきえき》している者も多い。特に伊東に従って動くことの多い新井忠雄など格好の標的となっていた。

伊東がその新井と西国に出立する前に、土佐の中岡慎太郎が陸援隊を結成したという報が入った。挨拶にうかがうにはちょうどいい機会だと伊東は篠原を誘い、中岡が潜伏している柳《やなぎのばんば》馬場の寓居《ぐうきょ》に赴いた。

入室してきた中岡慎太郎を見て、篠原は声を上げそうになった。

――あのときの男じゃねぇか。

ずっと以前、富山とふたりで薩摩の動向を探っていたとき、島原の揚屋に吉井と上っていた厳つい面相の壮漢だ。文久の頃に脱藩してから、薩摩や長州と渡り合ってきた男である。揚屋で見たのは、確か天狗党のことがあったあとだから、おととし。あの頃から中岡は既に吉井と会談していた。一昨年の段階では薩長が結ぶなど、夢のまた夢だった。都落ちした五卿を守りながら、京と筑前を行き来し、また薩摩の西郷や長州の桂と談じ、二藩を結びつけた。徒党を組まずにほとんど個人で、それをしたのである。しばらく混乱した。中岡は自分を凝視する篠原に気付き、

「これは、はじめての方ですな」

と頑丈そうな歯を見せた。伊東とは、太宰府で一度会っているはずである。

陸援隊は、土佐藩からの許しを得て結成したものだという。思うところに従ってなんの後ろ楯もなく、誰に従うわけでもなく、ひとりで奔走し続け、その実績をもって脱藩の咎《とが》まで鮮やかに払拭した。藩主に頼りとされ、一軍を率いるまでになった。ひとりで立つというのはきっと、こういうことだ。

「篠原泰之進と申します」

固くなって平伏すると、磊落《らいらく》な笑い声が返ってきた。

「堅苦しいことは苦手やき。そう改まられると、わしが悪いことでもしとるような気になるがや」

今まで接してきた薩摩の人間とは放っている雰囲気が違った。

「伊東さんとは長くお会いしませんでしたな。太宰府で会《お》うたときは、新選組がなにしに来やったとみな剣呑《けんのん》に接してすまんかったち思うちょります」

伊東が苦笑した。

「もう、お疑いは解けましたか？」

「御陵衛士じゃったな。うまい手を考えたもんぜ」

「こちらも、陸援隊とはまた素晴らしい」

「名前ばかり背負わされたがのう、先立つものがないんじゃ。屯営も立派なところは借りられん、白川にある土佐藩邸に移るしかない、世知辛い話じゃき」

「しかしあそこは昨年、土佐藩兵を駐屯させるためお買いになったばかりの新邸かと存じますが」

中岡は大袈裟《おおげさ》に息を吐いて「まあ、そうなんじゃがのう」と首の辺りを掻いた。

「場所がのう、洛北も洛北じゃ。不便でしょうがないぜよ。土佐でも長いこと使っておらんかったのを無理矢理借りたんじゃ。せっかく一隊を起こしたゆうに時化《しけ》た話ぜ」

大口を開けて笑った。金がないといいながら、陸援隊はさかんに銃を仕入れているという噂がある。発足したばかりなのに手際がいい。そういえば中岡は、禁門の変にも長州勢に混じって参戦し、第二次長州征伐でも奇兵隊に加わって戦ったのである。経験がある。戦には長けているはずだ。と、そこまで考えて、この中岡という仁は、他藩の戦に加わることに惑いや恐れはなかったのだろうか、という疑問に当たった。また、じわじわと畏怖がせり上がった。

「土佐は、海援隊に陸援隊と着々と準備を進めておられますな」

「その海援隊の隊長がくせ者よ。あいつは和平がまず第一じゃき」

「坂本龍馬先生ですな」

「わしはまず長州寛典じゃ、思うちょる。長州や五卿をいつまでも蚊帳の外に置いて、まともな政ができるはずもないがじゃ」

それでも坂本を語るときの中岡は、どこか楽しそうである。あん男はなにをしでかすかわかったもんやないきに、とひょうもない男じゃ、と嘆息しつつ、それを誇っている風でもあった。

「おまんさぁは、高杉晋作ゆう男を知っちゅうか？」

唐突に訊かれ、伊東は、ええまあ、と曖昧な返事をした。

「あれもとひょうもない男じゃった。奇抜なことばかりしよったが、奴が動けば長州が見事に変わるんじゃ。それ故冷遇もされとったが、ああいう面白い男に出会えるのがこの時勢のよいところじゃ。藩を超えて同志とまみえるなど、こういう世でなければならんちゃ。そん男が、この春死んだわ。新しい世を迎えるはずの男がみな死ぬ。こいつぁ間違っていると思わんか」

最後のほうは独り語りのようだった。

新しい世なぞ本当に来るのだろうか、と中岡の話を聞きながら、ふと御伽草子《おとぎぞうし》の世界にまぎれ込んだような心持ちになった。もうすぐだという気もするし、ひどく遠いところにあるような気もする。ぜんたい新しい世とはどんな姿をしているのか、想像など、とても及ばなかった。

いかんな、まだこれからじゃ、と中岡は場の空気を切り換え、「今日はなんの用じゃったかの？」と伊東に訊いた。

「先生の陸援隊にうちからもひとり隊士を出したいと考えておるのですが、受け入れていただけましょうか」

篠原には初耳のことで、ただ動転した。中岡も戸惑った風に「そや、なんのためじゃ？」と訊く。

「今後も共に働くためなにか、ご協力を致したく」

「しかし、あんたのとこも、そう人数が多いわけではないろう」

「橋本皆助という男ですが、本人が陸援隊で働くことを望んでおります故。かつて水戸天狗党に参加しており勤王の思想も根強い。彼なら、仮に新選組が間者を潜り込ませても看破できようか、と」

中岡は虚をつかれた顔をして、なるほど、と唸《うな》った。

「確かに京で徴募しつろじゃろ。身分を問わぬ募集じゃき、土佐者に限るわけにもいかんぜ、有象無象が集まってきちゅう。それはええんじゃが、怖いのは間者よ。潜り込まれて策を盗まれては事じゃき。確かにおまんさぁの古巣は抜け目なくそういうことをしそうじゃ」

中岡に他意はなかったのだろうが、「古巣」という言葉で常に新選組と一緒くたに語られることに、伊東はうんざりした顔になった。

「それはええのう、名案じゃ」

中岡は「白川に直接来てくれたらええ。伊東さんの紹介じゃいうてくれたらすぐに入隊じゃ」と笑った。諸国を渡って複雑な網目を散々かいくぐってきたのだろうが、それが微塵《みじん》も人物を汚していないこともまた、篠原にとっては謎であった。挫折《ざせつ》や失意や腹立たしさと、この男はどんな風に折り合いをつけてきたのだろう。彼が成した偉業よりむしろ、そちらのほうが気に掛かった。

「もう一踏ん張りせねばならんが、夜明けはすぐそこじゃ。きっと面白おかしい世の中になるぞ。わしや龍馬がこんだけ動いたんじゃ。馬鹿が遮二無二事を成したんじゃ」

「いい世の中になります」

「ほうじゃ。誰もが好きなように生きられる世ん中じゃ」

歯茎を剝《む》き出して、中岡は笑った。一生に一度でいいからこういう顔で笑ってみたいと篠原は思う。

柳馬場からの帰り道、篠原は、すぐに伊東を諫めた。中岡は優れた人物だが、なんでもかんでもこうへつらっていては彼のようになることは叶わぬ、という苛立ちがあった。伊東はそれを聞き流し、今はそういう時期だ、とだけ言った。橋本の件に、三木の影を感じた。

「もういいだろう。橋本君は了承しているんだ。それに、彼との行き来が途絶えるわけではない。土佐の内情も知りたかったからちょうどいい。薩摩と盟約を結んだばかりだ。土佐の動きは漏らしたくないんだ」

「そうかもしれねぇが、あんたはもっと上に立つべきだ」

「僕の立場などどうでもいいじゃないか。僕は今やっと世と繋がって、同志と言葉を交わしている。それで十分だ」

「だがな、このままじゃ駒《こま》のひとつで終わっちまう。薩摩にしたって西郷なんぞはこっちには姿も見せねぇだろう。それに思うんだが、伊東さん」

ザーッと吹き下ろしてきた風音に、篠原の声は掻き消された。「まさか、もう比叡《ひえい》おろしじゃないだろうね」と伊東が冗談らしきことを言った。

「薩摩と土佐、二藩は本当に同じところを目指しているのだろうか」

篠原が繰り返すと、当たり前だろう、という顔を伊東は向けた。

「中岡と、大久保や吉井はまるで人物が違うように見えるんだが」

「そうだろうか？　だとしても、ただ性質の違いさ。事を成すのに人物だの性質だのはそう関わりがなかろう。理想を持っているか否か、そこだけだ」

今度は後ろから強い風が吹き付けて、ふたりの袴を煽《あお》った。今年の冬は、今までに増して寒くなるかもしれない、と篠原は思う。

それから日をおかず、伊東は老中・板倉勝静に長州寛典を望んだ建白書を出し、新井と共に筑前へと旅立った。

十

不動堂村《ふどうどうむら》の新たな屯所は、数十本の太い柱に支えられた大御殿である。広さはおそらく西本願寺の屯所の二倍か三倍か。広い廊下の片側は平隊士の小部屋が並び、対面には副長助勤の部屋が据えられている。尾形の部屋も八畳ほどの贅沢《ぜいたく》な造りで、帰営するのが楽しみになった。どこにいても木の芳香が鼻をつき、この新たに建てた屯所でゆっくり休めればどんなに心地よかろうか、と毎日夢想する。夢想するばかりで、前にも増して寝る間もなくなってしまったのが、実状であった。

近藤名義の建白書の草案を編み、山崎や島田が御陵衛士に潜入している斎藤からもらってきた報をまとめて薩長土の動きを整理する。伊東が今以上に力を持たぬように監視する役目もある。新選組も、御陵衛士との表立った衝突はこの時期避けたいのだ。ほとんど手一杯だったところへ、土方が隊士募集のために東下すると言い出した。なにもこのような時期に京を離れなくともよさそうだが、土方は一貫して戦になると信じて疑わず、少しでも兵力を増やそうと東下を決めた。「東国で集めずともよろしいのではないでしょうか」と尾形は進言した。伊東のことも、薩長のことも、これだけ流動的な中で土方の指示を仰がずひとりで山崎を動かし、近藤と策を練ることが不安だったのである。「京で人集めをして間者に紛れ込まれたでは仕方がない。陸援隊にも御陵衛士にもうちの隊士がもぐり込んでいるだろう」と、土方はうっすら笑った。陸援隊には村山謙吉という男を送り込んだ。土佐の動向を探るためである。ところが意外な落とし穴があり、隊中に水野八郎と名を変えた橋本皆助が潜り込んでいるというのである。村山は「新選組を抜けた」とごまかしたものの、常に橋本の目が貼り付いており探索で得た報を運ぶのも一苦労という有り様で、思うような成果は上がっていない。

もうひとりの間者のことでも、山崎は最近不安を漏らしている。どうも勘付かれているのではないか、というのである。

「この間もな、三木と服部が、斎藤先生をつけとったんや。あの人も抜け目ないからつけられてんの気付いたらしいてな、わしの前を素通りしていかはった。わざわざわしの前を通ったいうんは、危うい目におうてるで、ゆうのを報せたんちゃうか」

「戻したほうがよろしいか」

「せやかてなぁ。土方先生もおらんしなぁ」

「しばらくは斎藤先生との接触を断ったほうがよいかもしれませんな」

「けぇど、大事な時期やしなぁ」

　この六月の編成で、尾形と山崎は助勤に昇格したのだが、役目は相変わらず監察のままである。山崎が拾って、尾形が整理して、土方に伝える、というやり方も変わっていない。

「斎藤先生は、商家からの金の受け取りの途中に、山崎さんや島田さんに文を落とされるんですな」

「せやな、大概」

「夜は、ずっと月真院に？」

「まあ適当に、女の所にも行っとるんやないですか」

「決まったお方がいるのでしょうか？」

　山崎は迷惑そうに顔の前で手を振った。

「誰と深間になろうと、それを探るんは監察の仕事やおまへん」

　変なところで潔癖なのである。

「けれど利用できます」

「なにを言いますのや。考えてもみいや、斎藤先生や。そんな女に目星つけて、こっちから密書でも届けてみなはれ、斬られまっせ、こっちが」

　一理ある。尾形は言葉に詰まり、しばし考える間を下さい、と話を打ち切った。

徳川慶喜の側近でかねてより「黒幕」と言われるほど影響力を持っていた原市之進《はらいちのしん》が旗本によって暗殺され、京は新選組ができた当初の不穏な空気が濃くなっている。その原市之進の後釜に、と賀陽宮《かやのみや》から近藤の名が挙がっているという会津からの報があった。その一介の武装集団の長ではなく、近藤は幕臣として一目置かれはじめているのかもしれない。しかし、肝心の幕府という土壌はまったく痩せ細ってしまったのだ。九月に入ると、薩摩の兵がにわかに大坂に集まりはじめた。煥然《かんぜん》たる威厳を蓄え続ける新選組の足下では、様々なものが少しずつ、だが確実に崩れている。

「昔、具足の指物《さしもの》の受け筒指すものを、がつたりといいまして、『なぜにがつたりとは言うぞ』と問う者あり、答えて曰《いわ》く『侍は知行《ちぎょう》を欲しがったり、手柄を欲しがったり、命を惜しがったり』」

永井尚志が豪快に笑った。なぜ永井の前に出るとくだらぬ話をしてしまうのかと尾形は自分でも不思議だった。近藤が恨めしげに尾形を見ている。武士を愚弄《ぐろう》するような話をすな、とその目が言っている。

近藤は未だ長州訊問使に随行したときの縁で親しくなった幕臣の永井尚志と交流を持っており、時勢論や今後の方策などを談じに屋敷を訪ねることを欠かさなかった。尾形も何度かそれに同行するうちに、身分は高いが気の置けないこの人物の前で、自分でも歯止めがきかぬほどにくつろいでしまうのが常で、せがまれるままに小咄《こばなし》なぞするまでになった。

「そいつぁ傑作だ。命を惜しがったり、か」

「江戸屋敷詰めのお留守居役をからかったものでございます故、平にご容赦を」

「吉原あたりで流行《はや》っていたんじゃねぇか。まあ諸藩の留守居役なんざそんなもんさ。昼から酒ばかり飲んで仕様もねぇ。そいつらがまあ、幕府を潰そうってんだから驚きだ」

永井のように考える幕臣は珍しく、ほとんどの幕吏は薩長を警戒しつつもさして危機感は持っていないようだ。江戸と京との距離もあろうが、慶喜や板倉勝静といった主軸の、なにを根拠にしているのかわからぬ強気も一因だった。フランスのロッシュが協力し、小栗忠順が軍艦を作っている。その先にあるのは、長州の殲滅《せんめつ》、薩摩への弾圧、諸藩の力も奪うというものである。これだけ時世が変わっても、幕府は独裁ともいえる体制を作ることからまだ、いかほども動いていないのである。

「土佐の、後藤象二郎という仁を知っているかえ」

「さあ」

近藤が首を傾げ、尾形は薩土盟約に関わっていた男ではなかったか、と思った。

「今度、あんたにも紹介するさ。また不思議なことを考えている」

そんな話があってからすぐに、永井の屋敷で近藤は後藤象二郎と会う機会を得た。尾形も従って、すっかり慣れ親しんだ座敷に通ると、異様に眉の太い下ぶくれの男が座していた。

「貴君のお腰の長いものが、私は大の嫌いにございます故、それを取った上でくつろいでお話ししたい」

これが、後藤の第一声だった。

「この人はまた、途方もないことを考えているんだよ」

「永井様、それはまた改めて」

近藤と尾形を置き去りにして、ふたりは話題を変えた。永井の口調はいつもと変わらず軽妙ではあったが、目の奥に鬱々としたものが見えた。座での話は長州のことに流れ、長州を厳罰に処すべきという再三再四言ってきた近藤の論に、「いつまでも長州にのみ固執している時勢ではござらん」と至極冷徹に後藤が言い放ち、永井は両者の討論にうんうんと首を振る、という塩梅《あんばい》であった。これだけ意見が対立しているにもかかわらず、最後に後藤は「挙国一致こそ成すべきこと。共に新しき世を作りましょうや」と芝居の口上めいたことを言ったのであり、尾形はその瞬間、すっと醒《さ》めるような心持ちになったが、近藤は例に漏れず、いたく感激したようであった。

「そいから近藤さん、土佐者は幕府と一体じゃ思うちょります。なんも貴殿らにご迷惑を掛けることはしちょりませんきに。わしがこうしてお会いできたのも、そのためじゃ」

後藤は、近藤に釘《くぎ》を刺した。坂本龍馬や中岡慎太郎といった志士たちにも手を出すな、ということだろう。近藤が「あいわかった」と応え、あとは雑談になった。永井に詰め寄って後藤の、いや土佐の腹蔵を聞き出したいという衝動に駆られながら、尾形はその場にいた。この朴訥《ぼくとつ》とした土佐の偉丈夫が、腹の中になにを抱えているのか。土佐は親幕的な藩論で通っているが、一方では薩摩と結んでいるのである。幕府や会津、もちろん新選組が握っていることなどほんの一部で、薩長土は水面下でどれほどの激しい蠢《しゅん》動《どう》を繰り返しているのだろうと思えば、肌が粟《あわ》立《だ》つ。もう自分の手には負えないのではないか、という不安ばかりがよぎって及び腰になる。

かつて伊東甲子太郎と渡り合っていた頃はまだ先が読めた。彼には他を欺ききれないなにかがあった。理想を信じて疑うことをしないから、動静が摑みやすかったのだ。

薩摩も理想を掲げ、それを軸に動いてはいる。けれど伊東のように、それが叶うことを手放しには信じていない。物事にはどこかに落とし穴があることを、身をもって知っている。だからこそあらかじめ様々な線を潰して進むことができる。予防線を張ることもできる。それ故、読めないのだ。信じていないからこそ強い、そういうことも、またある。

近藤はすっかり後藤の人となりを気に入ったらしく、その後何度も面会を申し入れた。約束を取り付けるところまではいくものの、直前や当日になって、風邪《かぜ》だの体調が悪いだのと言い訳をして、後藤は近藤を避け続けた。

陸援隊にいる村山が「大政奉還建白書」について書いて寄越したのは、それから幾日も経たぬ日のことである。土佐の山内容堂の名で、板倉勝静に大政奉還建白書というものを出そうとしているらしい。聞き慣れぬ言葉に、一同首を傾げた。

「つまり、政権を幕府から朝廷に戻せ、ということでしょうか」

尾形が言うと、近藤ははじめて事の大きさに気付いた風に「それで」と気色ばんだ。

「幕府を廃し、諸侯並んで政を行う、ということでしょう」

「倒幕を？　土佐が？　幕府を裏切ったのか」

近藤の、袴に押しつけた爪《つめ》の先が真っ白になっていた。

「近藤先生、そうとばかりはいえません。薩長が目論んでいる武力討幕を回避する策とも思えませぬか？　公方様が建白書を受理なさっても、徳川は残る。徳川が残り、朝議に加われればこれまでとなんら変わらぬ政ができる」

幕臣になったばかりの近藤にはしかし、内実よりも幕府がなくなるという事実のほうが遥かに大事だったのだろう、尾形がどう言葉を継いでも、曖昧に頷くだけである。

あのとき、後藤が永井と話を進めていたのはこのことではなかったか、と尾形は感じた。幕臣にも打診したのであれば、当然薩摩の了解を取っている。薩摩はそれに合意したのだろうか、それとも土佐と決裂したのか。薩土盟約はどうなったのか。

「これだけ続いた徳川幕府がなくなるなんて、そんな馬鹿なことがあるか」

近藤がぽそりと言った。

まだ、慶喜が大政奉還を受け入れたわけではないのだ、と尾形は励ました。そうしながらも、徳川が残って力を保っていなければ、勤王家を処罰し続けた新選組や会津は葬り去られる、というとてつもない不安が凄《すさ》まじい勢いで湧《わ》き上がった。

「土佐の後藤さんなら建白書を持っているだろう。早速に、その写しをいただけるよう書状を出す」

「建白書の写し、ですか？」

「そうだ。中身を知らねば、打つ手がないさ」

後藤象二郎は、近藤の求めには応じないだろう。それでも、少しでも可能性があるならばそこを辿っていかねばならない。

「私が、書をしたためましょう」

言うと、「頼む」と近藤が言った。ますます強大になった薩長、その狭間で独自に動き出した土佐。走っても、走っても、どこにも辿り着けないことに、とてつもない焦りを感じた。防衛ばかりで、時流からどんどん遅れてしまっていることにも気が塞いだ。

「これからは監察の動きがもっとも大事になる」と土方に仕事を託されてから、なにひとつまともな働きをしていないことが情けなくなった。

近藤の居室を退出し、広々とした廊下を行く。木目がくっきり見える。毎日隊士が磨き上げるので、塵ひとつなく、ほどよい光沢が生まれていた。

「尾形先生」

前から声を掛けられ、慌てて顔を上げた。つい先日入隊したばかりの相馬主計《そうまかずえ》という男が昂揚した顔でこちらを覗き込んでいた。

「どうですか、新選組は」

話をする気持ちの余裕は失《う》せていたが、かろうじて訊いた。

「入隊させていただき、感謝しております。先程も、原田先生に槍術《そうじゅつ》の指南を受けました。私は剣も槍《やり》もまだまだです。習練を重ねて一人前の使い手になりたいと思っております」

外から戻ってきたばかりだからか、額に汗を浮き上がらせて、所信表明のようなことを語る。

——大砲が一門。鉄砲が数挺《ちょう》。

尾形はぼんやり相馬の顔を見ながら考える。相馬が笑みを止めて不思議そうに目を開いた。

――それだけだ。新選組にはまだそれだけだ。

相馬をその場に残したまま、尾形は悄然《しょうぜん》と自室へと向かった。


「ええ女がおりまんねや」

山崎が言った。この緊迫したときになにを言い出すのかと、尾形は久方ぶりに無性に腹が立ってきた。

「瓜実顔《うりざねがお》のな、身の丈五尺にちょいと足らんくらいやな。粋な女やで。口許が色っぽい」

だらしなく間延びした顔である。

「あの、山崎さん、今はそういう……」

「どや、斎藤先生にぴったりやおまへんか？」

ああ、と尾形は首を伸ばした。すっかり忘れていた。案を考えると言いながら、また時勢に圧されて重い気分に浸《つ》かっていただけだった。

「しかし、どうやって使います。その方は斎藤さんと面識はございませんのでしょう」

「付け文ですわ。そいつを月真院に届けます。三木あたりがチラとでも見てくれればええんやけど。使いの者が行くとな、大概あの人が応対に出るんや。なんぞいろいろ改めておんのやろな」

「で？」

「どこぞで逢おうとしたためておきます。斎藤先生は女やとは思わんでしょう、わしかあんたがなんぞ言うてきた思いますから、素直に出るでしょう、そいつを三木がつける。うまいことすればな」

「それで待ち合わせたところでは、本当に女が待っている、と。しかし斎藤先生は実際女が待っておれば驚きましょう」

「まああれで結構勘がええから、なんとかするんやないか。ほんまはな、自分で疑いを解くようなことをしてくれればええのやけど、まあそこまでは器用じゃないわな。そいでも新選組の命であの人は間者なんぞをやっとんのや、こっちも危のっないよう助勢せなあきまへん」

付け文には、四条大橋でお待ちしております、と女の手でしたためた。使いの者には、斎藤を呼び出さず、応対に出た者に渡して欲しいと言伝《ことづ》てた。山崎がどこかから連れてきた、本当に見目麗しい町娘をこちらで指定した刻限にそこに立たせると、程なくして雑に結った髪をバサバサと揺らしながら斎藤がやってきた。肩をいからせ、懐手。いつもの様子である。尾形と山崎は、少し離れた甘味屋に入って、格子の中からそっと様子を見守っている。

「ほら、あれ。やはり文が届くと中身を改めるんやな」

なるほど、三木と服部が橋向こうに姿を現した。木の陰に立って様子をうかがっている。斎藤からは身を隠しているつもりだろうが、尾形たちからは丸見えだ。

斎藤は橋を渡りきって、歩を緩めながら用心深く周囲を見渡した。三木につけられていることを、今日はわかっているのかいないのか、山崎も島田もいないと悟ると、立ち止まらずにそのまま河原町のほうに歩いていこうとした。娘が気付いて、斎藤を呼び止めた。自分の名を、見知らぬ小娘に呼ばれたことに驚いたのか、ひどく不快そうに顔をしかめた。女が何事かを言っている。三木が様子を見ようとしたらしく木の陰から伸び上がった。斎藤の視界に、その姿が入ったのだろう、急に無理矢理な笑みを作って女と話をはじめた。遠くから見ていると、逢瀬《おうせ》を果たした男女にしか見えない。

「な、勘がええんや。剣客やからな。ちゃんと周りが見えとるんや」

自分のことのように得意になって山崎が言う。

三木と服部はしばらく様子を見ていたが、何事かを話したあとその場から去った。

「これで完全に疑いが晴れるわけやないと思うけどな。小さいことでもこういう布石を打っておかんといつか手痛いしっぺ返しを食うからな」

「山崎さんは疑いがないですね」

「なにが？　疑うのがお役やで」

「いえ、ご自身の役目に疑いなく殉じている」

「あんたは、これ、どうなんかな、つまらんな、思うてやってんのんか」

「まさか」

尾形は言った。

「ただ、やってもやっても泥沼にはまっていくようで。本当にお役に立っているのかと」

「役に立つ、て。そういうこと考え出したらキリないで。だいたいそれは、他人が決めることや」

「でも私はなにも救えないのではないか、と」

「救う、て！　怖いなぁ、あんたそんな滅法なところを目指してましたんか」

「め、滅法？」

「せや。そんなもん、意識してすることやない」

近くを通りかかった仲居に、山崎は甘酒を注文した。

「わし、普段酒が飲めんお役やからの。たまには息抜き」

そう言って、すぐに運ばれて来た甘酒を、熱い熱いと言いながらチビチビと啜りだした。それからなにげなく格子の外に目をやって「あ！」と頓狂《とんきょう》な声を上げた。

「まだ話しとる」

見れば、斎藤と女が大橋のたもとで、向かい合っている。女がなにか言うたびに、背の高い斎藤が片耳をずいっと前に出すような格好をする。普段の斎藤からは想像しがたい、愛嬌《あいきょう》のある姿だった。

「あの先生、女がようさんおるようなこと言うてるけど、存外疎いのかもしれまへんで」

山崎は、得意の少し意地の悪い笑みを漏らして、また甘酒を啜りだした。

横を仲居が通ったので、尾形は引き留めて「私にも、これをひとつ」と山崎の真似をした。

十一

平気じゃろうか、ご迷惑がかかるのじゃなかろうか、と何度も浅野薫が言うので、終いには引っ張るようにして月真院に連れてこなければならなかった。まずは伊東さんに会わなければはじまらんだろう、と説いても、浅野はあの三条制札での失態を未だに引きずっているらしく、自分のような者が受け入れられるとは思えぬ、と弱気な繰り言を呟くばかりだ。「世の中は、複雑なものではない」と微笑《ほほえ》んでいた男が、何事も信じられなくなっているのが阿部には堪らず、ともかくこの男に自信を取り戻させたいと躍起になった。しつこく浅野を説き伏せながら、自信が持てないのはどっちだ、と微《かす》かな自嘲が頭に響いた。

ようよう浅野が月真院にやってきたのが、伊東が西国に出立してしまったあと。屯所に入ってまず服部武雄と目が合ったらしく、浅野は不器用に身をすくめた。三条制札で、服部も一緒だったからだろう。三木の剣呑な眼差しがあり、藤堂の「久しぶりじゃないか。君もこちらにつくことにしたのか」という純朴すぎるほどの歓迎を受け、浅野はゆっくり歩を進めながら御堂の中に入った。篠原が伊東に話を付けていたらしく、ことのほか容易《たやす》く入隊を許された。

「ただし、佐野や茨木のことがあったあとだ。しばらくは山科に隠れてほとぼりがさめたらこっちにこい」

極めて淡泊に言った。山科というのは、京の東にある農村である。預け先も、篠原が既に手配していた。ひと通り話を聞いた浅野が、「ありがとうございます」とすっかり染みついてしまった物乞いのような仕草で感謝し、その場にいた三木が忌まわしいものでも見るような目つきをした。

集まった衛士たちが三々五々に出ていったあとも、

「俺は伊東からなにも聞いていない」

と、三木は憤りを抑えた声で篠原に言う。

「俺は入隊を希望している者がある、と伊東さんにお伝えしただけだ。阿部はお前にもった。

三木は阿部に一瞥《いちべつ》をくれ、「伊東に話すようなことではなかったはずだ」と冷たく言った。

「もう伊東さんも認めたんだ。いいじゃねぇか」

「あのう、ご迷惑でしたら……」と口を挟みかけた浅野の袖を阿部は引き、篠原も「君には関係のないことだ」といなした。

「これで新選組の害が伊東に及ぶようなことになったらどうする？」

「そういうことがないように、山科に預けることを伊東さんと決めたんだ」

「だから、俺は伊東から、この件聞いておらん」

「そうか。だったら伊東さんもやっと弟離れをしたんじゃねぇか。お前もそろそろもそっと普通に兄に接しちゃどうだ」

「……なんだと」

「裏で手を引かなくとも、おめえのことを伊東さんは信頼している。肉親だろう。ただいるだけで大事に思っているさ。それに誰のためでもねえ、おめえ自身が自分のために信念を持たねば、他を守ることなどできねぇんだぜ」

篠原は立ち上がりしな、「一応の用心だ。ひと月ほど様子を見ろ」と阿部と浅野を交互に見て言った。阿部は、額を畳に擦り付けた。人の好意に感謝だけを思ったのははじめてのことだ。三木がもう一度浅野を睨《ね》め付けてから退出すると、座敷には阿部と浅野だけになった。

「骨を折らせたの。すまんかったのう」

言ううちに、目尻からボロボロとこぼれ落ちるものがあって、たちまち顔がぐしゃぐしゃになる。

「別段、俺はなにもしてない」

浅野はそんな言葉も耳に入らないのか、阿部の両手をギュッと掴み、もう一度「すまんかったのう」と言った。これで浅野の流浪の生活が終わる。一緒に働けることも、自分がここに至るまでに成したことも、その事実の前ではどうでもいいことだった。

「わしを雇ってくれたんじゃ。伊東先生のためならどんな働きでもする。御陵衛士として役に立つならなんでもしようと思うんじゃ」

「そんなに気張るな。先は長いんだ」

浅野は勢いよく首を縦に振って、濡れてベタベタになった顔をほころばせた。

それから懐に手を突っ込んで、しばらくの間なにやらごそごそと探っていた。ややあって薄汚い紙のようなものを取り出して畳に広げた。しわくちゃの千代紙大の紙片が十枚近くある。

「おめぇ、これは……」

「ほうじゃ。ぬしが金をくれるときにそいつを包んでいた紙じゃ」

「こんなもんを集めてどうする」

「借りた金は何年掛かってもきっとぬしに返す。何度都合してもらったか忘れんようにするためじゃ」

「あれは貸したんじゃねぇ。やったんだ」

「阿部には感謝しておるんじゃ。なにせ命の恩人じゃ」

浅野は一枚一枚紙の皺を伸ばして、丁寧にそれを重ねていった。

「わしはな、果報者じゃ。人に恵まれておるんじゃ」

強がりだろうか、と阿部は思った。でも浅野の表情にはそうした虚飾はまるでなかった。

「右も左もわからねぇ田舎者が京に上って、まともに飯が食えるあてもなかったのに今日まで生き延びることができたのも、みなの親切があったからじゃ」

「そうはいうが……いいことばかりではなかったろう」

「それは誰でも同じじゃ。いろんなことが起こるのが道理じゃ」

「そんな風に割り切れることか」

浅野はゆっくり微笑んだ。

「除隊にされて当然のことをわしはしたんじゃ」

でも、としつこく言葉を継いでしまう。浅野があまりに聖人めいたことばかり言うからだ。昔からそうだが、ひどい目に遭っても人を責めることがない。それが阿部には不可解なのだ。浅野の心情を顧みる余裕もなく、答えを手繰《たぐ》りたいというさもしい欲求にとりつかれた。

「うまくいかんかったことを他人に押しつけるのは容易いが、わしはそれをするのが怖いんじゃ。そういうことを繰り返すと、他人の人生を生きとるような気にならんかのう。わしゃそれが一番怖い。理不尽だとしても自分の関わったことじゃ、受ければええんじゃ」

角を揃えた紙片をまた懐にしまった。鎖骨が浮き上がっているのが見えた。そういえばこの男は随分痩せた。

「けどのう、阿部。わしはしばらく、人を怖ぇと思うとった。それが一番苦しかったぞ。でもようやくそこから抜けられるような気がする。ぬしのお陰じゃ。信じねば開けんのじゃな。やはり、世は辻褄《つじつま》がおうておるぞよ、阿部」

ずっと昔、「否から入ると絶対ずれるんだ」と言った沖田の言葉を何故《なぜ》か思い出した。

黒目がちの目が反射している。浅野の目が戻っていた。

「そうだな」

浅野に何度となく言ってきた言葉だった。いつもはこの善良すぎる男の楽観を受け流すために使っていた。やっと、本音でこの言葉を使えたことが、無性に気持ちを高ぶらせた。

浅野はそれからもう一度、月真院にいる衛士ひとりひとりに頭を下げて回った。大概の者は愛想良く浅野を迎えた。三木も機嫌を直したらしく、「さっきはすまなかった。よろしく働いてくれ」と声を掛け、毛内は「浅野君もご本がお好きでしたな」と学者らしいことを言って和ませた。広間の隅に寝転がっていた斎藤だけが、膝をついて挨拶をした浅野に一瞥をくれただけで、ぐるりと向こうを向いてしまった。

その日のうちに浅野は山科へと向かった。もう日暮れが迫っている。阿部は、篠原から預かっていた地図と紹介状を出がけに手渡した。浅野は境内の椿《つばき》を見上げて「こげに大きくなるんじゃな」とさも感心したように言った。

「送っていこうか？」

訊くと、

「なに、身を隠すために行くのに、ぬしに護衛してもろうたでは筋が違う」

と、明るく笑った。鼻の頭に皺が寄った。童子のような顔だと思った。

「じゃあ、またな」と片手を挙げて、山門の前まで歩いたところで浅野は急に立ち止まり、しばらくそのまま動かなかった。どうしたのだろうと、見送っていた阿部は二、三歩駆け寄る。不意に浅野はきびすを返して、再び阿部のほうに向かってきた。思い詰めたような顔をしていた。

「なんだえ。どうした」

「ぬしには、本当に感謝しておる。馬鹿のひとつ覚えじゃが、口では言えねぇくらい感謝しておるんじゃ」

こっちのほうが、どれだけこいつに救われてきたか。言葉が出かかったが、口には出せなかった。

「さっき聞いたぜ。戻ってきてまで言うことか」

「こういうときはどうすればええのじゃろうか。言葉では伝わらんようなことを伝えたいんじゃが」

浅野は途方にくれたようにそわそわと頭を掻いて、片手を懐に入れた。カサコソと紙の鳴る音がした。

「いいからもう行け。ちゃんと伝わっている」

その背を押した。浅野は勢いに乗って歩を進め、振り返って笑みを作った。詫びているような笑みだった。すっかり細くなった背中が、門の外に消えた。カサコソとまた近くで音が鳴った。落ち葉が風に転がっている。

阿部が回廊に腰掛けてぼんやりしていると、遠くにひとつ提灯が見えた。ゆらゆらと左右に揺れ、周囲の闇《やみ》を吸い込みながら次第に大きくなっている。陰気な橙《だいだい》の灯りを見て、ああいう月があるな、と思った。気味の悪い月だ。その月が、月真院の門をくぐった。紋が見える。奉行所のものだと知れた。

「誰かあるか？」

同心が声を張った。書院からぞろぞろと衛士が出てくる。

「京都町奉行所から参った。川勝寺村《せんしょうじむら》で斬死体《ざんしたい》が出たのだがこちらの方ではなかろうか。念のため検分に立ち会われたい」

「うちの者はみなおりますが」

篠原が出てきて応える。

「川勝寺村に用のあった者もおらんはずだな」

衛士を見回して訊き、「三木と服部は戻っているか」と確かめた。今日外出したのはこのふたりくらいで、あとの者はみな屯所に居続けている。

同心は提灯でそこにいる全員を照らし、「いや、こちらのはずじゃ。添書を持っておったが」と呟いた。

「添書？」

阿部は裸足《はだし》のまま庭に下りて、提灯に駆け寄った。

「なんの書状だ？」

「紹介状のようなものじゃ。山科の農家じゃか商家じゃかにあてたものじゃ。そこにこちらの伊東先生のお名前があった」

阿部はすべてを聞き終わる前に、月真院を飛び出していた。川勝寺村、川勝寺村といったな、それだけを頭の中で反芻《はんすう》した。七条までまっすぐに駆け下りた。通りをひたすら走った。焦りはするのに、いくら駆けても、距離が縮まらないのに苛立った。それでもこのまま永遠に川勝寺村に着かなければいいとも思っていた。一生、辿り着かずに、走っていたほうが楽だ、と頭の奥に聞こえた。

川勝寺村につくと、通りには人だかりがしている。骸には筵《むしろ》が掛けてあり、両脇に同心が立っていた。息が上がって、耳の側《そば》ではあはあとやかましい。

「御陵衛士の方か？」

訊かれてうなずくと、同心は「改められよ」と筵をめくった。

さっき別れたばかりの男が横たわっていた。いつもと同じで端然として見えるのに、戸惑った。

「背後から袈裟懸けにやられておる。人通りの多い場所だが、日が暮れてからのことで、見ていた者がおらんのだ」

同心のひとりが、隣にしゃがみ込んで耳打ちした。浅野は薄く白目をむいていた。さっきまで黒目がちでよく動く目をしていた。骸の上にかがみ込んで、必死に目を閉じようとした。「あ、なにをなさる」という同心の腕を振り払った。力任せに目を瞑《つぶ》らせようとしても、固まった瞼《まぶた》はもう動かなかった。

どやどやと後ろが騒がしくなり「浅野」と口々に叫ぶ声が上がる。

「お仲間か？」

同心の呼びかけに、篠原らしき声が、むうと唸った。

「下手人《げしゅにん》は？　目星はまだつきませぬか」

「それが、この方にもお話ししたのだが見た者がおらんのだ。遺留の品もない」

「きっと新選組だ」

三木の声。

「ここは屯所の方角じゃ。浅野がうちに入ったのを知って、あとをつけたのだろう」

「一刀で仕留めたのなら、沖田あたりの仕業かもしれん。我らへの報復だろう」

やけに甲高い服部の声が聞こえる。

「まさかそこまでしないでしょう。第一、なぜ浅野君を」

藤堂が困惑した風に言った。

提灯で照らされた骸の上に黒い影が落ち、ちょうど浅野の脳天にかがみ込むような格好になった斎藤が目に入った。阿部のほうを見て、「悪いが調べるぜ」と小声で言うと、同心の許しも得ずに、ガバッと浅野の上体を持ち上げた。

「これ、なにをする」

同心が再び諌めたが、有無を言わせぬ斎藤の仕草に手を出せない。斎藤は、浅野の両脇を背後から抱え上げる形で、しげしげと傷口を見ていた。それからゆっくりと骸を戻し、丁寧に筵を掛けた。地面に目を据えたまま、

「おい服部」

ゾッとするほど低い声を出した。

「こいつがなんで、一刀でやられたとわかった？」

答えあぐねる服部の気配が、阿部の背中に伝わる。

「さっきここに向かう途中、奉行所の方にうかがったのだ」

三木の声。

「そうか」

斎藤は立ち上がった。

「しかしこれは沖田じゃねぇなぁ。あいつはこんななまくら剣じゃねぇ。新選組だとしても下の下の腕前だ。大方勘定方あたりが斬ったのかもしれねぇな」

「なんだと」

服部が反応し、「なんでてめぇが腹を立てる」と斎藤が応じた。その辺りで、阿部の耳からは音が掻き消えてしまった。シーンという音が唯一聞こえていた。内耳から聞こ

えているのか、外の音かわからなかった。筵から浅野の腕が出ていた。そのすぐ横に、泥と血にまみれた自分の足があった。それだけしか世の中にはなかった。

カサコソとなにかが鳴ったような気がした。

第5章　自　走

一

不思議な騒ぎを何度も見た。道中で行き会った群衆のひとりを捕まえて、わけを訊《き》こうにも、狂ったように踊り続けるばかりでこちらの問いかけは無情に流れた。

尾張名古屋についてすぐに、一丁目の旅館、丸屋久左衛門方に投宿した伊東甲子太郎と篠原泰之進はすっかり毒気を抜かれて座敷に転がった。道中の疲れより、何度か目にした奇観に打ちのめされていたといったほうが正しい。茶を持って入ってきた女中に伊東が騒動のことを話し、それがこの付近で最近流行《はや》りだした「ええじゃないか」という農民たちの乱舞だということがわかった。

「一揆《いっき》とは違うのか？」

女は、さあ、という風に首を傾《かし》げ、

「天照皇大神宮《てんしょうこうたいじんぐう》のお札が降ったゆうのが、騒ぎの発端でしたな。そこからはもうああしてみな踊ってばかりで。世直し一揆なぞと私の周りではいうものもおりますが」

度重なる物価の高騰と政《まつりごと》の基盤が揺らいでいることを、民衆は敏感に察している。いずれ京坂にもこの波は来るのだろう。女が男装し、男が女装して踊り狂う。奇怪な世の中になった。

「お女中は」

と丁寧に声を掛けられ、腰を浮かしかけた女はもう一度膝《ひざ》をついた。

「この乱舞の元凶はなんだと思われる？」

伊東は笑みを絶やさずに問うた。

「へえ。難しいことはようわかりまへんが、物価も高い、戦《いくさ》は起こる、みな大公儀がうまく治めてないのやないかと……」

「薩摩や長州の噂《うわさ》はどうだ？」

「へえ。天朝様を中心に治めてくれはったらええのやけれど、ということはよう言うておりますな」

伊東が銭をやると、女は胸元にそれをねじ込んで、そそくさと部屋を出た。

「幕府は金を使って朝廷を席巻《せっけん》しようとしている。何百両もの金を公卿《くぎょう》にばらまいているると西国で聞いた。軍役令を布《し》いて、銃隊組織の増強も計っている。薩長も軍備の増強に金を使っている」

「いずれ戦がはじまるのなら、そうだろうな」

「けれど、いずれも民から絞り上げた金だ。早く片を付けなければならんな。政の失敗を、民が負うのはおかしい」

疲れていたのか、畳に寝転がった伊東は、すぐに軽い寝息を立てはじめた。ずっと動き通しなのだ。

西国で談じた長州藩士から、長州寛典を主張している尾張の徳川慶勝に面会し、上京を促してほしい、と頼まれて、筑前から戻って数日しか経たぬうちに、今度は篠原と共に京を出て尾張に赴いたのだ。徳川慶勝は第一次長州征伐の際、総督を命じられた尾張前藩主である。その後、第二次征長では幕府の命に従わず、参戦も回避。当時から長州征伐の無益を訴え、幕府のやり方には否定的である。徳川慶勝が京に上り朝廷にて長州寛典を説けば、政論も変わる、とかの長人に言われ、伊東も同意した。はじめて会ったような西国者の命に従うことに篠原は抵抗があったが、伊東は、「長州の人間が直々に進言に行くことは叶《かな》わぬだろう。ならば僕が代わりにやればいい。今はできる者ができることをせねば変革の機を逸してしまう」と取り合わなかった。

陸援隊に水野八郎と名を変えて入隊した橋本皆助は、土佐が大政を奉還させよと動いていることを報《しら》せた。薩摩に出入りしている富山弥兵衛は、大政奉還がなされれば討幕のきっかけを失うことになると、薩摩は独自に武力討幕を目指すことを決めたと伝えた。

「土佐の後藤象二郎は、討幕の兵を引き連れて上京すると、西郷さぁに約束をして国元に帰ったのでごあす。そいを大政奉還書だけ携えて戻ってきたゆいます。後藤は薩摩にも了承を懇願しとるち聞きもす。なんば図々しいてもそこまでできんこつ、内田さぁは言うておいもす」

「大久保先生はいかがしておられる？」

「まだ西国に。おそらく討幕の挙兵を促しに行っておりもそ」

思い切ったことをするな、土佐は、と伊東は嘆息した。賛同とも非難とも言い難いことだったらしい。とはいえそんな建白書を幕府が受けるはずもない、と篠原は平易に考えていた。伊東はしかし、そうは見なかった。「一橋慶喜なら受け入れるかもしれぬ」と言った。

将軍職に就いてから、雄藩を退け、四侯会議を失敗に終わらせ、公武合体の道を潰《つぶ》した、そんな強硬策を続ければ、反幕感情を一層煽《あお》ることくらいは想像がつく。武力討幕の動きがあることも嗅《か》ぎつけているはずだ。ここは一度政権を差し出すのも得策と考えるやもしれない、と伊東は言うのだ。

「朝廷には政を行う体制がない。となれば公方様《くぼう》が土佐の案に乗っても、大政を奉還せずに幕府を続けよ、と押し戻される。そこではじめて幕府存続を布告する、という手もある。朝命により幕府を続けるとなれば、討幕の大義名分は永遠に失われることになる」

「そんなにうまくいくだろうか」と篠原が言うと、伊東は苦笑した。

「わからん。ただもし僕がその立場であったら、雄藩と歩み寄った政体を作るだろうね。幕府側でも松平慶永公などは、ずっと諸藩の合議で決めることを言上《ごんじょう》しているだろう。位や身分にしがみつくのはくだらぬ。利欲を捨てて、広く見なければならん。それは薩長も同じなのだが」

　伊東の推論を聞きながら、幼い頃に聞いていた軍記とこたびの戦はまるで違う、と愚にもつかぬことを考えた。これほど敵がよく見えない戦というのは、かつてあったのだろうか。武人の戦ではない、政客《せいかく》の戦だ。薩摩も長州も土州も徳川も真意が見えなかった。朝廷を中心にくるくると入り交じりながら円を描いている。その中心点になにがあるのか、といえば、朝廷の意志はただ周囲から操られるだけで何事かを語ることはない。

「岩倉卿にお目通りをしたいものだ。朝議では今、あの方が影響力を持っておられる」

目を覚ましたらしく、それでも瞼《まぶた》は閉じたままで伊東が言った。

「朝権を回復せねばならん。いつまでも幕府と諸藩の争いに終始していては仕方ない」

　朝権が回復し、そのあとどうなるのか、なにかが変わるのか。結局薩摩が力を持てば、今の徳川と入れ替わるだけで、同じことをするのではないか。問いたかったが、伊東の呼吸は再び寝息に変わっていた。

翌日、犬山城主、成瀬《なるせ》隼人正《はやとのしょう》の邸《やしき》に赴いた。そこで尾張藩士の長谷川壮蔵、本多彦三郎と面談、徳川慶勝の上洛《じょうらく》を請うたが、反応は鈍いものだった。ふたりは伊東の言に丁寧にうなずきはするものの、「いずれ検討して」とお茶を濁した。諸藩は様子をうかがっている。幕府か、薩長か。どちらにつけば分があるか。芸州や肥後もふらふらしている。大政奉還か、武力討幕か、旧態が維持されるのか。その動きに関わっているのもまた、一部の者だけだ。あとはみな、この争いに片が付いたときに損をしない位置を想定して動いている。

尾張を発って京に戻る途中、また「ええじゃないか」と踊る一群と出くわした。伊東は迷わず道を空けた。両側を畑に囲まれた一本道の縁《へり》に立って、ふたりして言葉もなく一群が通り過ぎるのを見ていた。もうもうと土埃《つちぼこり》が上がって咳《せ》き込みそうになる。太鼓や鼓が打ち鳴らされる騒がしい音が耳に痛かった。男の着物を羽織って手を振り上げる女の片手に、まだ幼い子が引かれ、激しい動きに半ば足を引きずられ泣き声を上げていた。

「世を変えるというのは、素晴らしい行いだと僕は思っている。ただ、そこに立ち会えば醜いものも見なければならない」

「あいつらのことか？」

通り過ぎた一群を、篠原は顎《あご》でしゃくった。伊東は道の中央に戻って、首を横に振った。

「いや。民をないがしろにして己の利欲だけで事を謀《はか》る人間のことだ」

それは幕府だけのことではない、と篠原は思う。そのことに伊東もまた、うすうす勘付いていることを知った。それでも伊東はきっと世を変えるまで意思を貫くのだろう。昔から寸分違わぬ潔癖さをもって、描いた理想を守り切るのだろう。

鬼にも蛇にもなりきれず、諸藩の老獪《ろうかい》なやり方に対する釈然としない思いを追いやりながら、伊東は次に行くことを決めたのだ。

篠原は後ろを振り返った。土煙の中の人影は、米粒ほどの小ささで、やはり狂ったように跳ねているのだった。

二

耳の中を、虫が飛んでいる。何度も指を入れて掻《か》き回すのだが、一向に出てくる気配はない。血の付いた人差し指を眺めても、蚊も小蠅《こばえ》も付着していないのだ。それだけは厄介だが、あとはひどく静かだ。視界もやけに明るい。いい光だ。

月真院を出ようとすると、誰かに腕を摑《つか》まれた。

「おい阿部、聞こえねぇのか？　ずっとおめぇを呼んでいたんだぜ」

篠原泰之進の顔があった。

「どこへ行こうってんだ。しばらく休んでいればいいと言ったろう」

「沖田はまだ討たねぇんですか」

篠原が口を開いたまま動かなくなった。

「沖田と決まったわけではねぇさ。ともかく大政奉還が成るかどうかというときだ。少しおとなしくしていろ」

座敷に連れ戻され、障子を閉められた。程なくしてまた障子が開き、藤堂平助の顔が覗《のぞ》いた。

「干菓子をいただいたんだ。食うか？」

黙って見ていると、「ここに置いておくよ」と言って遠慮がちに笑った。そのあとに三木が入ってきた。

「新選組の奴《やつ》ら、なんの思想もない鼠賊《そぞく》のような行いばかりだ」

耳鳴りがする。また虫が飛び回っているのかもしれない。

座敷に誰もいなくなって、阿部はそっと忍び出た。すべての言葉が自分の頭上を通り過ぎていった。誰も自分に語りかけてはいないのだ、ということだけがわかった。

通りを気まぐれに歩いていると、「阿部さん」と呼び止められた。

「よかった、ちょうどあなたのところにご挨拶《あいさつ》に行くところだった」

この男は誰だろう、と思う。

「……お忘れでしょうか」

男は心許《こころもと》ない声を出した。「周平です。谷周平です」と繰り返した。

「このたび局を抜けることになりました。あれから私も悩みましたが、永倉さんが近藤先生に言って下さって、何事もなく除隊になりました。これから人坂の兄のもとに向かいます。その前に、世話になったあなたにお会いしたい、と」

男は言いながら、泣き出しそうな顔になった。

「仇討《かたきう》ちを諦《あきら》めたわけではありません。ただはっきりとした下手人《げしゅにん》がどうしても摑めぬのです。恨みを抱くばかりで月日を送るのが、辛《つら》くなりまして」

脳味噌《のうみそ》の奥で、弾《はじ》けるものがあった。パラパラとした矛盾が、眼前を飛来した。

「阿部さん……？　阿部さんでしょう？」

「沖田はどうしている？」

男は首を傾げ、口ごもった。

「最近、伏しておられることが多いんです。病が重くなったようでして」

なんの病だろうか、と少しだけ気持ちが動いた。

土を擦る草履の音が下から響く。「阿部さん」という男の声が、肩の後ろに聞こえていた。ワンワンとまた虫が騒ぎ出して、再び指を耳に突っ込んだ。

三

土方歳三が新規隊士を連れて屯所《とんしょ》に戻ってきたのが、十一月の三日。

肩には、京に降った初雪が薄く積もっていた。

切袴《きりばかま》の裾《すそ》を払うのに、玄関口で中腰になった土方を見て、尾形俊太郎は矢も盾もたまらず駆け寄った。刀を受け取った小姓の市村鉄之助が一礼して脇《わき》にどいた。

「大政奉還がなされました、先生」

しがみつくような勢いで言うと、土方は中腰のまま斜め上に顔を上げて尾形を睨《にら》んだ。後ろで結った髪が顔にかかっている。そのせいで目だけしか見えなかったが、双眼には揺れや淀《よど》みがまるで存在しなかった。

「久しぶりに帰ったんだ。然《しか》るべき挨拶があるだろう」

上体を起こして、言った。框《かまち》に上がると、市村が猫のように機敏な動作で、土方の脱いだ草鞋《わらじ》を片付けた。

「え？　あ、いや。お帰りなさいませ」

尾形が言い、土方が顎を引く。

「しかし、お聞き及びではないかと思いますが、幕府が政権を返上いたしまして」

「道中、四日市で聞いた。総司の部屋に行く。話はそれからだ」

廊下を歩きながら羽織を脱いだ。いつの間にか後ろに従っていた市村が「お持ちいたします」とすかさず声を掛けた。


近藤の居室には、土方、尾形、山崎。本題に入る前に、「君が慌てるようでは困る」と尾形は土方から小言を食らった。

「討幕派が土佐を止めると思っていたのですが、薩摩も土佐に賛同し、さらに朝廷も大政奉還など受理せぬだろうと考えておったのですが、薩摩系の公卿が受けるよう圧力をかけたとかで」

「誰と誰だ？」

「へえ」

横から山崎が帳面を取り出して、人差し指をぺろりと舐《な》め、それをめくった。

「主な人物は岩倉卿。随分前から薩摩の大久保と懇意で、西郷や家老の小松帯刀ともちらちら動いておる公卿です。この岩倉と、西郷、大久保の画策でしょうな。小松が後藤象二郎と共に、二条摂政に会《お》うて、公方様の大政奉還を受けるようにと持ちかけました」

「またよく調べたな」

近藤が唸《うな》る。

「高台寺からと、薩摩藩邸にもちょろっと人を入れておりますから」

山崎は月代《さかやき》を掻いた。今日も青々と剃《そ》られている。

「薩摩は武力討幕を諦めた、ということか？」

「いえ、おそらく公方様の裏をかいただけでしょう」

尾形が語りはじめると、土方が足を崩して袖《そで》をまくり上げ、近藤がぐりぐりと顎をさすった。夢中になると、ふたりともいつも決まった仕草だ、と尾形はあらぬことを考える。

「公方様はおそらく、朝議は大政の奉還を許さじと考えておりました。朝廷に政を任されても今はまだその体制がございませんから。もし幕府を続けよ、という命が天子様から下りましたら、反幕を叫ぶ輩《やから》も手出しできなくなる。なにしろ朝廷の望みで公方様はお役を担う形になりますから、朝廷の対抗勢力ではなくなるわけでございますね」

「前から言《ゆ》お思てたんやけど、あんたのしゃべりは聞いとると眠うなるな」

口を挟んだ山崎を、近藤が睨《ね》め付けた。

「薩摩の西郷、大久保といった藩政を担う連中は武力討幕に持ち込みたい、ですが薩摩の国元ではまだ意見が割れておる、しかも土州が掲げた大政奉還の提案に諸藩は乗った、となると薩摩も賛同するよりない。なにせ、長州は未《いま》だ朝廷から許しを得ておりませんから、薩摩単独で事を運ぶのは至難の業。ここは大政を奉還させた、という事実を作って、公方様の権限を少しでも奪い、自分たちが朝議での発言権を勝ち取ればよい、という結論に落ち着いたのか、と。となれば、これでひとまず武力討幕は避けられた、ということになりましょう」

土方が尾形を見て、「ならばなぜ、君はあれほど慌てていた？」と直截《ちょくせつ》な問いを投げかけた。

「それだけで終わりまっかいな、と思とるからやないですか」

代わりに山崎が答えた。

「西郷、大久保、小松とも、もう京にはおらんのです。なんやおかしい思いまへんか？」

兵を集めているのだろう、という思念がおそらくそれぞれの頭に浮かんでいたろうが、誰もそれを口にはしなかった。

「会津侯はどうしておられる？」

土方が近藤に訊いた。

「もっともお気を落とされたのは会津様だろう。大政奉還が発布されたあとは床に伏しておられる」

「土佐は、会津にも大政奉還の建白書の存在を示していたとうかがいましたが」

「後藤象二郎が行って、説得したゆうことですな」

「後藤か……」

近藤が呟《つぶや》いた。尾形が再々動いて、近藤の書状を後藤に届けたが、建白書の写しを見せるどころか、終《しま》いには返事すら寄越さなくなった。後藤にとっては新選組など、政治を語る相手に相応《ふさわ》しくないのだ。

「天下の形勢は外患日に迫り、内は人心和せず。いまや政権を万世一系の皇室へ返し奉り、国威を新たに拡張し、皇室を泰山の安きに置くには大政奉還あるのみである、というようなことを後藤先生はお伝えになった、と」

「本心かいのう」

「本心でしょう。これだけ討幕の気運が高まっているときに、身を挺《てい》してそれを食い止めたのです。和平を望んでのことでしょう」

「存外性善説やもんな、あんたは」

「は？」

「確かにな、大政奉還ゆう道筋をはじめに考えたもんは純真に和平を望んでいたとしてもやな、藩で御取り上げになったゆうことはどっかで『ああ、これしといたら得やなぁ』て判じた奴がおんのやて。上まで意見が通るっちゅうのは、そうやって手垢《てあか》にまみれていくことや。単純に情熱にほだされるなんてことはない。あったとしても、それは上にいる奴の器が小さいだけやな。感情で動かされる程度っちゅうことでっせ」

「そうでしょうか？　そうだとしたら信ずるに値することなどなにもなくなる」

そうだ、と近藤が無闇《むやみ》に大きな声を上げた。尾形は続ける。

「幕府はなくなれど、徳川が残った。それを忘れてはなりません。徳川が残れば再起の道はある」

「公方様が走り過ぎたんちゃうか。もう少しうもう薩長を取り込めばよかったんや。対抗してくる奴に対抗し返すから、厄介なことになるんや」

「ともかくだ、ここで迷っていてもはじまらねぇ。山崎、探索はそのまま続けてくれ。俺《おれ》は明日にでも会津屋敷にうかがう」

土方が場を締めた。

「近藤さん、あんたもだ。軍備の話をせねばならん」

「せっかく幕臣になったのにこれだ。俺はいつも時流に乗り遅れているのかもしれねぇな」

「おい、あんたがそんなことじゃ困るぜ。大将が、負けることを考えてもらっては困る」

珍しく明るい調子で言った。火鉢の炭がボッと音を立てて崩れた。不吉なものがまた四人の間をよぎった。

「串打《くしう》ち三年、板五年、火鉢一生。ああ鰻雑炊《うなぎぞうすい》が食いたなりますな」

山崎がその空気を救った。


その夜のうちに再び土方に呼ばれたので、てっきり今後の方策の話だろうと決めつけていたのだが、用向きは沖田の居室まで一緒に来て欲しいという案外なものであった。たまには顔を出していたが、最近では沖田の姿を見るのが辛くなり朝のうちに挨拶に寄るくらいになっている。それだけに、夜更けの病室に足を踏み入れるのはなぜだか緊張した。襖《ふすま》を開けると、部屋に籠《こ》もった臭《にお》いが漏れだしてきた。寒い日が続いており締め切りにしているためだろう、息苦しさを感じた。背の高い角行灯《かくあんどん》を使っているせいか、闇が足下に沈澱《ちんでん》している。その闇の中に、沖田がひっそり横たわっていた。世話についている小姓ももう休んだらしく、水の入った盥《たらい》がひとつ、枕元《まくらもと》に置いてあった。

土方は音をさせぬように布団の横に腰を下ろした。尾形もそれに倣った。気配を察したのか、沖田がうっすら目を開けた。「起きてましたよ」とこちらがなにも言わないうちに言った。

「熱は下がったようだな」

土方は、沖田の額に乗せた手拭《てぬぐ》いを取り替えている。

「きっと土方さんが江戸から持ってきてくれた虎労散《ころうさん》が効いたんでしょう」

からからと乾いた声がした。今年の頭まで、斬《き》り合いをする元気があったのに、と尾形は虚《むな》しくなった。「四条で逃がしたのは十津川の勤王家だって。斎藤君と永倉さんと私がいて逃がすなんて、まったくなっちゃいないね」と笑っていたのだ。その十津川にも討幕の兵が集まりはじめている。いったいどれほどの兵が京を目指しているのか。

「お前、近藤さんの休息所に移らねぇか？」

「どうして？」

訊いてから、少し咳き込んだ。

「私がここにいては邪魔ですか？」

「そういうことじゃないさ。ただ、ここは大所帯だし、四六時中騒がしい。身体《からだ》に障るだろう」

土方は尾形に「総司が移る手筈《てはず》はお前に任せていいか？」と訊き、戸惑う沖田を後目《しりめ》に話を進めた。沖田は目を凝らして、その様子を眺めていた。慣れ親しんだ隊士たちと離れたくはなかったろうが、土方の指示に口を挟むことをしなかった。ひとしきり土方が話し終えると、

「今すぐじゃなくてもいいでしょう？」

と、小さな声で訊いた。

「早いほうがいい」

「……戦がはじまりそうだから？　私だって逃げるくらいはできますよ」

「戦なんぞはじまるはずはねぇだろう。ただ、あそこのほうが休める、それだけだ」

沖田は「そうか」と嗄《しやが》れ声で言った。

「病になって嫌なのは、私を見るみんなの目が変わったことだ。泣きそうな顔で見るんだよ。前はさ、怒っていたり、悪意が見えたり、笑っていたり、結構いろんな顔があって面白かったのに。今はみんな同じ顔だ」

「いいじゃねぇか。悪意をもった目で見られるのは嫌なもんだぜ」

「誰になんと思われようと平気でしょう、土方さんは。ねぇ、尾形さん」

はあ、と尾形は答えあぐねた。近藤や、井上や永倉や原田、それからこの沖田に背を向けられたら、いかに強靭《きようじん》な土方でも立ってなぞいられないことを長い付き合いの中で知っているからだ。

「悪意をもって見られるのもね、渡り合っているからですよ。私は今、のけ者にされている心持ちだ。でもまあこれも、治るまでの間だね」

嬉《うれ》しそうに笑った。そう信じ込んでいることに、怖いような気持ちを尾形は抱いた。なにがこの若者を明るいほうに導き続けるのか。混沌《こんとん》とした時勢に放り出されて途方に暮れる毎日の中で、病の沖田が放っている光が得がたいものに感じられた。

「ちょっとの間です。もうちょっとだけここにいさせて下さいよ。本当に邪魔になったら、いつでも醒《さめ》ヶ井《がい》に移りますから」

コトッとすべてが途切れてしまったように、沖田は不意に目を瞑《つぶ》った。そのまま静かになった。

「おい？　総司！」

土方が狼狽《うろた》えた声を出した。すうすうときれいに拍子を取った寝息が聞こえて、土方は肩から力を抜いた。そのままふたり揃《そろ》って、そっと退出した。

「仕方ねぇ。戦になるまで奴も一緒だ」

土方は尾形に言い残すと、暗い廊下をひっそりと自室へ歩いていった。

四

橋本皆助が月真院を訪れて、薩摩や十津川が討幕の兵を挙げはじめていることを告げたのが、大政奉還が成る少し前のこと。伊東は伊東で尾張から帰った後、篠原や三木を連れて大久保一蔵の邸に日参し、なんとか面会の叶った大久保から、「御陵衛士《ごりょうえじ》の他の者にもけっして漏らさぬように」と厳命された上で、薩摩に「討幕の密勅」が下りていることを知らされている。

大久保は土佐の動きに同調しつつも、討幕派の公卿、中山忠能《なかやまただやす》、正親町三条実愛《おおぎまちさんじょうさねなる》、中御門経之《なかみかどつねゆき》に働きかけ、朝命として討幕を了承させた。

「慶喜公はこの動きを察して、討幕の大儀を奪おうと大政奉還を決めたのでしょうか」

大久保に伊東が問うと、「どうだか」とだけ応《こた》えた。

「しかし土佐の案はなかなかに妙案と思えたのですが。これで徳川は諸侯と並び、幕府もなくなる。血も流さずに事が収まる」

「いつも正しいことを言うな、貴君は」

大久保が薄く笑った。

「徳川が残っては困るのだ。慶喜公がいたでは、政体は変わらぬ」

「……そうですが」

「君も以前吉井君に、一会桑の無益を語ったそうじゃなかか」

随分前に伊東が吉井幸輔と会合をもったときのことを、耳に入れている。傍らで聞いていて、篠原はやはりうんざりした。

「あのときは無論、朝議を開かねばと思っておりましたが、今や公卿にも岩倉卿ほか反幕派の方々が多く入り、朝廷中心の政が可能か、と……」

「そういうことではありもさん。詰めを甘くしては、またいつ敵となって立ちはだかるかわかりもさん。一度潰したはずのもんが、いつの間にか力を蓄えて這《は》い上がってくるのは、長州の前例があうでごあす」

伊東は黙るしかない。

「朝議を諸侯のものとし、徳川を追い出し、それで抗するようなら武力行使もやむをえぬとおいは思うちょいもす。幕府に仕掛けるのは薩摩にとっても大きな賭《か》けじゃ。しかしもう引くに引けぬところまで来ておいもす」

いつも怜悧《れいり》で奥が見えぬ男には似ぬ、気張った物言いだった。その大久保は既に京にはいない。

篠原には冷静に政局を見ることなど、もはやできなくなっている。日に日に複雑に絡まっていく諸藩の動きを把握することすら、難しくなっているのだ。大政を奉還した日に、討幕の密勅が下りる。いたく矛盾している。その異様がこれまでも世の条理であったかのように、簡単に起こる。

伊東は、薩摩への接触を続け、土佐の中岡慎太郎へも何度か面会を求めた。薩摩と土佐がここで割れてはいかん、としきりに案じている。あれほど上洛を渋っていた徳川慶勝も朝命によって京に入り、知恩院に宿陣しながら朝議に参入し、討幕派を支持する発言をしているとの噂も聞こえてきた。

「尾《び》の老公まで討幕を支持するのなら、そちらに動き出すかもしれないが」

大政が奉還された今、伊東は、既に戦になることは望んでいないようだった。けれどやはり薩摩が言うように、幕府がなくなっても徳川慶喜は今まで以上に権威を振るっているのは確かなのだ。朝廷も衆議によるとしながらも、庶政は実質、慶喜に任せている。大政奉還とは名ばかり、旧態が維持されている。薩摩は討幕の先鋒《せんぽう》という位置がますます巷《ちまた》で明らかになり、会津藩兵などは、薩摩屋敷を焼き討ちにすると息巻いている。このまま徳川が力を持ち続ければ、今度は薩摩が危うきを見る。彼らにしても、もうあとがないのだ。

一隊を賄う金が底をついてきた。西国や尾張に飛んだことが金銭の上では痛手であった。少しまとまった金を借りねばならず、篠原は周旋を請おうと、なにかと相談事を持ちかけている山科能登之助の屋敷へ足を向けた。月真院を出ようとすると藤堂が目ざとく見つけたらしく、「私もご一緒したいのですが」と寄ってきた。

「山科殿なら江戸への便を頼めましょうか」

「なんだい、親御さんへでも書状かい？」

訊いてしまってから、この若者にはもう肉親と呼べる存在はいないのだと気付いて、口をつぐむ。藤堂はそれを気にする風もなく、「いえ、伊東先生から言付かったものがありまして」と応えた。

「伊東先生にお母上への便りを託されまして。いつもは河原町の某《なにがし》という商家で頼んでいるのだそうですが、あいにくこのひと月ほどお休みだそうで、急ぎ送りたいものがあるから山科殿に託してくれ、と申しつかったのです」

伊東は常州に残してきた母親をなにかと気にしており、激務の合間を見て、金品をこまめに送っている。時折三木にも託しているようだが、三木は三木で伊東以上に忙《せわ》しなく駆け回っており、ほとんどの世話を伊東が担う形になっていた。屯所ではけっしてそんな話はしなかったが、夜遅くまで書院に籠もって丁寧に金を包んだり、どこかで買い求めてきた笄《こうがい》を風呂敷《ふろしき》に包む後ろ姿を、篠原は何度も見ている。ぽそっとついた灯りの下で書状をしたためる姿は、声を掛けてはいけない類《たぐい》のものだった。

「まめだな、伊東さんは」

「羨《うらや》ましいことです」

母がいるということがだろうか。それともこれほど伊東に気に掛けてもらえる母親を羨んでいるのか。

「でも先月よりお母上が病に伏されているそうで、そんなに重いものではないらしいのですが、それを見舞うお手紙なのだ、と。あと、これも」

掌《てのひら》に小さな包みを取り出した。

「こいつは伊東さんがいつも身につけているやつじゃねぇか？」

「さすが篠原さんだ。伊東先生のことならなんでも知っているな」

笑い声を立てた。

「この木彫りの仏さん、誰が作ったのでしょうね。随分昔のものだ」

「俺が伊東道場に入り浸っていた頃から持ち歩いていたから、相当前だろう。買い求めたものじゃねぇな」

「存外、三木先生がお小さい頃に作られたものだったりして。おふたりは離れて暮らしていたんでしょう？」

藤堂はふざけて言ったが、存外そうかもしれぬ、と篠原は思った。なんの確証もなかったが、おそらくそうだ、という実感が湧《わ》いた。掌に収まるほどの小さな仏像で繋《つな》がっている――あのふたりの至極控えめな関係としっくり似合う。

「伊東さんだって今は仏にすがりたいだろうに、手放して大丈夫かね。俺なんざもう、世の中についていけなくて右往左往さ」

「平気ですよ」

やけに威勢良く藤堂が返した。

「きっと、平気だ。私たちがついているもの。伊東さんをちゃんとお守りしますよ」

山科邸までは存外距離があるな、と篠原がぼやき、そんなことでは新しい世は迎えられませんよ、と藤堂が軽口を叩《たた》いた。こづいてやろうと横を見ると、意外と高いところに顔があり、背が伸びたのだろうか、とその横顔を改めて見遣《みや》った。頰《ほお》から顎にかけて、鋭い線を描いている。精悍《せいかん》な男の顔になっていた。

「なんです？　顔になにかついていますか？」

仏像の入った包みを懐にしまいながら藤堂が睨んだ。「大きくなったな」と言うと、「馬鹿にしないで下さい」と吹き出した。

初雪が降って、篠原は月真院の庭に出て空から落ちてくる灰色のものを見た。東山にどんよりした雲が懸かり、薄呆《うすぼ》けた明かりが回っていた。一心に上を見ていたら、足下がふらついた。ひとり苦笑した拍子に、江戸の伊東の道場が目の前に浮かんだ。

篠原は伊東に出逢《であ》うまで、決まった師範について剣術を習ったことがなかった。大概、見よう見真似《みまね》の聞きかじりで事を済ませた我流の末技で、型などあったものではなかった。竹刀《しない》剣法を会得したいのではない、真剣での斬り合いに勝てばよいのだと言い訳半分本音半分で稽古《けいこ》というまどろっこしい行為から逃げ回っていた。その篠原に「何事にも基礎というものがあるのだ」とくどいほどに言い聞かせたのが、伊東だった。

「基礎というのは平凡に感じるかもしれない。だから魅力もないし、退屈に思える。だが大概のことは平凡の上に成り立っているんだ。修練というのはね、己が平凡であるということを認識する機会でもあるんだ」

日が射し込んだ道場で言った、伊東の顔を今もはっきり覚えている。まだなにもしていないのに、なんでもできるだろうと己を買いかぶっていた篠原は、冷や水を浴びせられたような気分になった。けれど同時に、やっと地面に足が触れたという実感も得たのだ。

その伊東が新選組に入隊し、京で時勢のただ中に入って、忘我した。近藤や土方といった、まるで枠などない人物と行動を共にして焦りを募らせた。そこから脱してやっと意気を通じる人物に巡り会え、無心に働いている。

なにも言うべきではないだろう。もうすぐ、彼の望んだ世が来るのだ。

篠原は反芻《はんすう》しながら、雪の上に下駄の跡をつけた。規則正しい歯形に見入る。もう一度苦笑して、建物の中に入った。それから大刀を取り出して切っ先から刃区《はまち》までゆっくり眺める。久しぶりに剣を振るいたくなった。

外から足音が入ってくる。刀を抜いている篠原を見て、おっと身を引いたのは三木である。

「暇を持て余して刀の手入れだ」と面倒な詮索《せんさく》をかわすため先に口にした。

「戦がはじまるやもしれんからな。薩摩は幕府を徹底して叩き潰す気でいる」

三木が応じた。

「なあ篠原、討幕の密勅ってのは本物の詔《みことのり》だと思うか？」

「不謹慎なことを言うなよ。だいたいそのことは、ここじゃ口にしてはいけねぇと、大久保先生にも言われているだろう」

三木は篠原の苦言を気にする様子もなく、話を続けた。

「だいたい話がうますぎる。薩摩と岩倉卿が仕組んででっち上げたんじゃないかと俺は思っている」

大政奉還を受理した日に、討幕の密勅を朝議が出すか、といえば偽勅の線もあるかもしれないが、もう薩長は動きはじめているのである。

「薩摩は三条実愛卿と組んで動いているだろう。一度、三条卿の邸で、大久保先生と近藤が鉢合わせになりそうだったこともあると聞いたぜ。あすこで討幕の密勅が下されたというだろう、存外その日に、近藤は辺りをうろうろしていたのかもしれん」

「それは別段あり得ぬことではなかろう。新選組は新選組で探索や警護があるんだ」

「探索と警護しかないのさ、あの集団は。あれだけ働いても、一生政の舞台には立てん」

喉《のど》に異物が引っ掛かっているような声で笑った。三木が愚弄《ぐろう》しきった口調でなにかを言い出したとき、篠原は極力それに乗らないようにしている。いびつな方向に会話が走るのを避けるためだ。

「大久保先生はじめ薩摩にとって、新選組にこううろちょろされてはかなわんだろうな」

「今にはじまったことじゃねぇだろう。向こうも重々承知だ」

「しかし俺たちもまだ、あの一派という烙印《らくいん》を押されているんだ、なんとかしなきゃいけないさ」

「なんとかする？」

「近藤を討つんだよ。そうすれば薩摩の動きに貢献できるし、俺たちが新選組と切れていることも証《あか》せる。衛士の株も上がる」

篠原は、刀を鞘《さや》に収めた。

「そんなことで株を上げてもしようがねえだろう。もうそういう時代じゃない」

「そうかもしれんが、このまま伊東が薩摩の手先のように使われて、あんた、なんとも思わんのか？　俺からすれば、伊東は随分低く見られている。それも前歴が響いているからではないのか」

「新選組を選んだのは伊東さんだ。俺たちにしても同じことだ。時世が変わって前歴が響いているかもしれねぇが、俺たちは無理矢理あそこに収監されたわけではねぇんだ。自ら望んで入ったんだぜ」

「そんな次元の話をしているわけじゃない。薩摩や土佐や長州が、どれだけ陰で動いていると思う？　まるで魑魅魍魎《ちみもうりょう》だ。なにひとつ真実が浮かび上がってこぬだろう。伊東はそういう奴らと渡り合うには真っ当すぎるんだ」

それはさんざん自分も言ってきたのだ、と言いかけて止《よ》した。

「伊東さんも薩摩や土州の奥の深さはもうわかっている。ただ、あの人なりの世との関わり方というのがある。新選組を抜けて、ようやっと好きなようにやっているんだ、少し見守ってやれ」

「甘いことを言うな。周りにいる人間が画策しなければ、伊東は守れぬのだ。それをするのが俺の役目でもある」

「お前の場合、それだけではあるめぇ」

篠原が呟くと三木は微《かす》かに口を歪《ゆが》めた。

「伊東さんの良さは、あの真っ当なところだ。そのままで勝たせてぇとお前は思わないのか？」

「とにかく、我らで近藤を討つ。それを土産《みやげ》に、薩摩と絆《きずな》を深める。中岡や坂本のように、諸藩の人間が向こうから近づいてくるような立場を作るんだ。あんたは時世が変わったというが、いつの世でも先にやらねばやられるんだ。そいつは時代とは関係ない。条理だ」

大袈裟《おおげさ》に袴を払って出ていった。

「おい、三木」

篠原が呼び止めると、険しい顔のまま振り向いた。

「お前、阿部のことをなんとかしてやれよ」

障子の閉まる激しい音が鳴った。


三木はその後、近藤暗殺を衛士全員の集まった席で口にした。新選組と一緒くたにされるのを避けねばならぬこと、いつまでも彼らの影に怯《おび》えるのを終わりにするのだ、ということ、佐野や茨木が負ったような悲劇を二度と生まぬためだということ。延々と理由を述べた。伊東もはじめは反対したものの、薩摩の改革に累が及んでいることを言われ、「大久保先生にもうかがおうか」と逡巡《しゅんじゅん》を口に出した。藤堂がひとり「今、なにもそのようなことを……。向こうも手出しはしておらぬのですから」としどろもどろに言ったが、三木に一言「試衛館組の温情か？」と詰め寄られ、口をつぐんだ。

「これからの世に、新選組のような野蛮な力はいらん。それを我々がまず、駆逐するのだ」

三木が珍しく声を張り上げ、篠原は最後まで反対したが、他の者は終《しま》いには三木の考えに納得したようだった。

篠原は伊東に直接、近藤暗殺を思いとどまるように告げた。

「そうなのだが」

伊東は言い淀む。

「討幕の密勅まで画策して手に入れている薩摩が、近藤の首くらいのことで喜ぶはずもねぇだろう」

「そうかもしれぬ」

「ならやめておけ。しばらく様子を見ろ。向こうは仕掛けてこないんだ」

「……あいつが、そうしたいと言っているからな」

それが誰を指すのか、すぐにはわからなかった。伊東が奴のことを口にするのは、そういえばこれまで聞いたことがなかったのだ。

「今まで随分、弟には救ってもらったんだ」

随縁という言葉が、不意に浮かぶ。わからぬものだな、と思った。日頃理性的な伊東が、どうあがいても人を疑いきれないわけが浮かび上がったような気がした。

尾張で見た「ええじゃないか」が最近では京坂でも盛んである。

世論は幕府を見限り、ぐんぐん薩長に傾いていく。

理《ことわり》では割り切れぬものが、残っていくのだ。

＊

羽織に手を通さず、懐手にした手代が、七条通を小走りに行く。隣には六尺余りの大男が従っている。油小路辺りまで来ると、「島田はん、あんたこのまま、天満屋《てんまや》に寄ってくれへんか？」と小さいほうが大男に告げた。島田と呼ばれた男は頷《うなず》いて、右に折れようとした。

「ちょ、ちょっと」

引き留められて足を止めた。

「三浦休太郎様を訪ねるんやで。あとで近藤先生が行きまっさかいにな。御世話になる男は、山口二郎、いう名でっせ」

「斎藤先生じゃ……」

シッと言葉を遮って、「山口二郎でええねんて」と睨んでから、ふたりは別々の道に分かれた。醒ヶ井のほうに走っていく男が、「今頃なんやねんな」と苛立《いらだ》った声を出した。

五

役目からはずされて日がな一日、二階の小部屋で鬱々《うつうつ》としている。それでも一時より内耳の喧噪《けんそう》は収まった。少しだけ起こったことを理解できるようになった。

昼でも薄暗い座敷に座し、阿部は脇差で手の爪《つめ》を削《そ》いでいた。嚙《か》むのが癖になっているせいで、ギザギザになった爪が、丸く形を整える。そんな作業に没頭した。ミシミシと廊下が軋《きし》んで、ゴッと梁《はり》が鳴った。誰かが頭を打ったのだろう。一階の鴨居《かもい》は極端に低い。天井も七尺ほどの高さしかないのだ。足音は阿部のすぐ後ろで止まり、「邪魔をするがいいか」と低い声が聞こえた。阿部の前にしゃがんだ男を見て、頭を打ったのも致し方ない、とうっすら思う。六尺の上背がある斎藤には、この二階は窮屈だろう。

「俺が祇園で気に入っている妓《おんな》がいるのだが、おめぇも一緒に座敷に上がらねぇか？」

この男と口をきくのは三度目だ。一度は蹴上奴茶屋で、二度目はついこの間、抜こうとするのを止められた。それがいきなり遊びを勧めるなど、こいつも他の奴と一緒だ。そう思ったら、浅野の笑った顔が甦《よみがえ》って、逃げ出したくなった。首を横に振っても、斎藤はまだそこにいた。

「なんでも起こるな、昨今は」

斎藤は世間話を続ける。

「まあ、俺のようになんにも抱え込んでねぇと、この時世もさして響かねぇんだが」

なにが言いたいのだろう、と考えることも億劫《おっくう》だった。阿部はまた爪に目を落として削りはじめた。斎藤も気まずそうに、しばらく黙っていた。

同じ動作を繰り返しているうちに、なぜか故郷を出るときの母親の顔が浮かんで難儀した。秋から冬に変わる頃だった。冬を越す十分な食料が家にはなく、どうしても幼い子らは見捨てられないから、と母親は言っていた。家を出すのにお前には金もやらないで申し訳ない、とうなだれていた。

阿部にはけれど、ひとりでも生きていけるという妙な自信があった。雑草を食っても生きられると信じていた。口減らしのためではなく、大志のために故郷を出るのだと思い込んでいた。

「お前も武士に憧《あこが》れた口か？」

斎藤が訊く。故郷を出るとき胸にあった大志というのはなんだったろうか、と思った。なにひとつ思い出せなかった。思い出せないのではなく、きっとなかったのだ、と今更ながら気付いた。確かまだ十二か十三だった。親に見捨てられたという事実を、そうやって封じ込めていたのだという答えに行き当たって、脂汗が流れた。

「全部を拒絶すれば、陥れられることもない。剣を磨くにはそっちのほうが都合がいいんだ。しかしそうでもないのかもしれねぇな」

途切れ途切れに話が続いた。阿部の耳には呪文《じゆもん》のように聞こえた。

「俺は剣技じゃ沖田と五分だが、もし奴と立ち合って負けるようなことがあったら、その差だな」

独り言のように言って、首を鳴らす。

「そういう意味ではお前にも負けているかもしれねぇな」

　斎藤は立ち上がって天井に腕を伸ばした。手首から肘《ひじ》までが、傾斜した天井にぺたりと付いた。

「これから藤堂に会ってくる。あいつには言っておかないといけないことがある」

　わざわざそう断って、最後に「お前、本当に妓はいいんだな」と念を押した。阿部は応えずに背中を向けた。

六

　是か非か、ということだけで談じ合いは進んでいくのだが、その主題が、どちらとも言い切れないものばかりになっているのだ。わからないことだらけだ。善悪など、もっと彼方《かなた》にある。

　伊東甲子太郎の件も同じだった。斎藤からの密書を受け取り、すぐさま話し合いがもたれた。近藤は、今討たぬでもよい、と言い、土方が、あんたを近く討つと言っている者を野放しにはできぬ、と反論した。じりじりと平行線が続き、意見を請われた尾形は答えに窮した。そんなことを考えねばならぬことが、ひどく虚しいのだ。土方は、政局が予断ならないのに、そこへくだらぬ横槍《よこやり》が入るのはうんざりだと言う。しかし、伊東をこういった形で始末することが、なにを指すのか、おそらく誰にもわかっていない。

大小さまざまなことが起こり続ける中で、俯瞰《ふかん》の目が消えていく。時代だ、新しい世だ、なんだというが、渦中にいる者は虫瞰でしか見えないのだ。戦がはじまりそうな世情の中にあって、ようやっとそれだけがわかった。

土方は近藤の感情的な言葉を振り切り、さっさと手順を決めた。近藤の休息所に伊東を呼び、帰り道に斬る。討ち手には大石鍬次郎他、数人を当てる。そのまま骸《むくろ》を放置し、そこに集まった御陵衛士もすべて片付ける。残党を作って報復の憂き目に遭うのを避ける。

「平助もか？」

近藤の声は悲愴であった。自分が衛士に狙《ねら》われていると聞いたときよりずっと切迫していた。土方が目を閉じた。

「助ける手筈は考える」

毅然《きぜん》と言った。

近藤や土方、井上といった連中が、弟のようにかわいがっていた若者である。志を違えて別々の道を進んだが、情は変わらない。そうした情と理性の方向がまるでちぐはぐに、すべての物事が運んでいく日々に、尾形は一抹の不安を覚えた。このまま自分たちの拠《よ》り所を失って、ただ壊れていくようなことになったら、と背筋が冷えた。

「なあ、歳。たった五年だ、京に上って。なのにこの変わりようはなんなのだろうな」

「そういうことを言うなよ。時勢が変わろうと、こっちは一貫してる」

感傷を厭《いと》う土方が素早く話題を変え、決行は十一月十八日の夜と決めた。冷える頃だな、と尾形は思った。骨が疼《うず》くほど寒くなる時期だ。


次の日、天満屋に赴いた尾形は、玄関先で二度ほど両掌《りょうて》で顔を叩いた。固くなった顔の肉を、解《ほど》くためだった。なるたけ明るい顔で接しようと以前から決めていたからだ。暖簾《のれん》をくぐり、「お頼もうします」と声を掛け、しばらくして出てきた主人に「山口さんはおりますでしょうか」と訊いた。主《あるじ》は表情を固くし、「どちらさんどすか」と慇《いん》懃《ぎん》に返す。紀州藩士の三浦休太郎が隠れ家に使っている宿である。その三浦が預かっている人物を訪ねるとあらば、警戒するのも無理はない。「尾形、といってもらえればわかると思います」。そう言うと主は疑わしげな顔のまま奥へと入っていった。程なくしてやけに愛想のいい笑みを浮かべ戻ってきて「ささ、どうぞ、どうぞ」と部屋に通した。

こざっぱりと整えられた部屋には、斎藤が腕枕で横臥《おうが》している。

「長い間、お疲れ様でございました」

尾形が手をついて言うと、ふうっと息を吐いて起き上がった。斎藤が、山口二郎と名を変えて天満屋に居を移してから五日ほどが経っている。御陵衛士で近藤刺殺の計があがった、という報を持って来たのは十日ほども前。それを受けた土方が、斎藤を帰営させることを決め、山崎が急ぎ宿を手配し、近藤が三浦休太郎に話をつけた。準備が整ったところで、斎藤は月真院を抜けてきた。隊士の相互受け入れを禁ずる約定《やくじょう》がある。それをかわすために、すぐに屯所に戻すことなく潜伏用の宿を手配したのだ。

目の前の男は、半年以上も異なる一隊にいたようには微塵《みじん》も見えなかった。高台寺潜伏の間、尾形が斎藤を目にしたのは一度きり、あの四条大橋で山崎と眺めたときだけだ。いつだったか斎藤には、探索に出る尾形をなにかと警護してくれていた時期があった。あの頃の刺々《とげとげ》しさは和らいだような気もするが、やはりこの男も内側に揺らがぬものをもって己を保っているのだろうと感じた。

「で、どうするって？」

寝ていたせいか、斎藤の元結《もとゆい》が緩くなっている。後れ毛がしまりなく飛び出ている。以前から清潔な風でもなかったが、さすがに疲れているのだろう。

「やはり、伊東先生を討つ、と」

「土方が？」

「ええ。近藤先生が狙われる前に、事を済ませねばいけない、ということで。伊東さんを近藤先生の休息所にお呼びして、その帰りに」

「あとの奴はどうする」

「伊東先生の骸をそのままにして、おびき寄せるということです」

「よくやる手だな」

斎藤は目の辺りをゴシゴシとこすってから、首を回した。

「他の方策はないか、という議論もなされたのですが」

「新選組を守ることが先決だろう。仕様がねぇさ」

「でも斎藤先生は、長くみなさんと一緒におられた……お辛いでしょうが」

斎藤は、目を伏せただけだった。

「藤堂にはそれらしいことを含んできた。あいつに伝わったかはわからねぇが」

「なんと言われたのです？」

「……まあいいよ。ここで言うことじゃない」

また静かになって、斎藤はしばらくなにかを逡巡していたが、「なあ、ちょいと訊きてぇんだが」と切り出した。

「信じようとしたものを覆される、それが続く、ってのはどうなんだろうな」

「ほんとに。昨今の政局はそんなことばかりで」

「政局？　なんの話だ？」

「は？」

気まずい沈黙になった。

「時勢の話じゃない。俺なんざ独りだから、どんな世でも気楽なもんだ」

「しかしなにも抱え込んでいないわけではないでしょう」と尾形は口にしかけ、野暮になると思って黙っていた。こうして戻ってきたのだ。新選組という場所を、斎藤はどこかで背負っているはずだ。

「自信がねぇから粋がっていた頃は良かったが、せっかく反骨を取り去って素になろうとしたところで、裏切られてまた振り出しに戻った。俺と違って、受け入れようとしたのにな」

なんとか聞き取れるほどの小さい声で言った。自分自身のことを言っているわけではないらしい。この男はそういった類の弱さは持っていない。汚いものもきれいなものも隔てずに見て、そこから一度真っ新《さら》になって這い上がってきた強さである。

「けれどそういうことは、誰にでも等しく当たり前にあることです。厳しいですが。志という言葉を皆が口にするのも、理不尽な現実に押し流されぬようにするためかもしれません」

「志ってのも厄介だ。勤王だの世直しだの、俺には遠いな」

「私もそうですよ。土方先生が近藤先生のために働く、そちらのほうがずっとわかります。志というのは必ずしも先にあるものではない。あとからついてくるものでもありますから」

「薩長や土州の人間は違うか？」

「いえ、同じでしょう。みな素直な欲求や守りたいものがあって、そこからはじまるのでしょう。藩のことかもしれないし、坂本龍馬のように海運貿易という夢かもしれない。もしかしたら権力かもしれない。それに大義名分をくっつけるから複雑になるだけです」

風が出てきたのか、カタカタと障子が鳴った。

「伊東先生も同じように、なにかがおありになるのでしょうな」

仕様がねぇさ、ともう一度斎藤が言った。

「伊東は……、俺は相容《あいい》れねぇが、信念も違えねぇで、あそこにいる連中を導いて救ってきたろう。簡単なことじゃねぇだろう」

ええ、と尾形は言った。おそらく一番難しいことだ。自分はこれだけ生きてきてもまだ、それを成し得ていない。成そうと思って成せるものでもないのだ。

「でも奴は、伊東のように志を持つことすらできずにいる。信じても容易に裏切られる。唯一救おうと決めた人間も救えなかった。もうなんの繋がりも残ってねぇんだ」

「いえ、それは違います」

強い調子の声になった。斎藤がはじめて目を上げた。

「どなたのことかわかりませんが、現にこうして斎藤先生が案じておられる。それで十分繋がりがある。その方には見えないだけでしょう。信じてもそれは叶わぬときも裏切られるときもあります。ただ、繋がりの線はどこかに必ず延びておりますから」

斎藤はしばらくの間こちらを凝視していた。それから「あんた、随分楽観的だな」と言った。

「山崎さんにも、最近同じようなことを言われました」

ほ、ほ、ほ、と甲高い笑い声が漏れた。斎藤と、はじめて言葉を交わしたという実感が嬉しかった。斎藤はもう一度寝転がって、「もうちょっと早くそいつを聞いとけば、うまいこと言えたんだが」とやはり聞き取れないほどの小さな声で言った。

七

篠原は止めた。

つい先日も、坂本龍馬と中岡慎太郎が斬られたばかりだった。中岡と懇意にしていた伊東の落胆は大きかった。「これからというときに」と声を絞って言っていた。土佐藩士や海陸援隊の隊士、薩摩の中村半次郎あたりも、下手人は新選組ではないか、と憤っている。陸援隊に在籍していた橋本皆助は、新選組から間者として入っていた村山謙吉をすかさず訴え、村山は嫌疑を背負って入牢《じゅろう》した。それでもまだ、下手人は絞り切れていない。誰がやったかということよりも、坂本や中岡が死んだということのほうが重要だった。

「中岡先生とは、ともに維新を迎えたかった。これで土佐の動きは止まる。あとは薩摩が討幕に向かうだけだ」

悲憤慷慨《ひふんこうがい》しながらも、伊東はどこか釈然としない顔をしていた。

徳川慶喜は大政奉還以降も、朝廷への絶対的な勢力を楯《たて》に、これまでとなんら変わらぬ政を行っている。諸侯に口を挟む隙《すき》を与えず、朝議にひとり加わって五卿の処置などを決めている。長州寛典は有耶無耶《うやむや》にしたままである。この体制を改め、なんとか雄藩と徳川、朝廷での話し合いをもって新たな政権を作るのが得策だと、伊東は言い続けている。力で片を付ければ話が早いが、武力討幕ということがどれほど世間を恐怖に陥れるか、各地を旅し、民衆の暮らしを間近に見て、実感している。尾張からの帰り、呟いたのはそういうことではなかったか。

伊東が、近藤の休息所に呼ばれたのは、坂本、中岡暗殺の件があってすぐのことである。「ときには酒宴を開き、時勢を語り合いたい」と書状には書かれてあった。伊東は即座にそれに応じる返事を出した。話を聞いた三木と藤堂が、過剰なまでに行くことを阻もうとし、篠原もまた三木たちに同調した。今更時勢論など、空々しすぎる。思想を違えていることぐらい気付いているはずだろう。

「だからこそさ」と、伊東は言うのである。

「だからこそ今、僕を討つはずがない。損をするのは彼らだ。薩長との戦がはじまるかもしれぬというときに、それを煽るようなことはすまい。幕府側は今、情勢を静観している。彼らも単純に薩摩の動きを知りたいだけだ」

「そんな常識は通用せぬのが新選組です。今は行かれぬほうがよろしい」

藤堂が気色ばんだ。その場にいた、三木、服部武雄、毛内有之助、富山弥兵衛、加納鷲雄、みなが藤堂の意見に頷いた。

「いや。しかし、離脱のときの条件は、折を見て僕たちが探索の結果を報せるというものだろう。建前ではそうなんだ。それをまるで行わぬでは向こうもかえって危ぶんでなにをするかわからぬ」

伊東の言うことはなにもかも、まっすぐな正論だった。それはこの男の本質でもあるのだ。

「既に、こちらの計を摑んでいるとしたらどうする」

篠原も案じる。数日前に斎藤一がふらりと出ていったきり戻ってこないのも気になっていた。最後に斎藤と話したという藤堂に訊いても、「常に平静を保て」と突然言われたきりで、ただの世間話を一言二言交わしただけだという。大方女の所に逃げ込んだのだろう、というのがみなの見方である。確かにさほど気を入れて働いていたわけではない、公用の途中に女を買うような奴だった。

篠原の言葉にも、せめて供をつけて行け、という三木の言葉にも伊東は耳を貸さなかった。

先方は私がひとりで行くのを望んでいるのだ、多勢で行けば僕が臆《おく》しているように見える。武士が徒党を組んで歩くのは見窄《みすぼ》らしいものだよ。

なぜ、ここまで伊東が頑《かたく》なに近藤の書面に準じたかはわからない。衛士たちの話し合いは一刻《いっとき》以上も続き、ついに根が尽きて伊東の意にみなが従いはじめた。それでも三木や藤堂が異を唱えるのに、「いいから」と遮った。

「彼らとは一度対峙《たいじ》せねばならん、とずっと思っていたんだ」

穏やかな様子で言った。きっと、二年余りも働いたあの場所に、残してきてしまったものがあるのだ。自分には後ろめたいことはなにもないのだ、と近藤や土方に改めてあかそうとしているのかもしれなかった。周りを欺いて得のあるほうに流れてきたわけではない、ただ志を貫いてきたのだ、と正面切って言ってみたかったのかもしれない。そして、自分もまた己の場所を自力で築いたことを、反目する立場とは別に、どこかで表したいという意地もあったのだろう。

「伊東さんがここまで言うなら、御意志に任せよう」

最後は篠原がまとめた。不服面の三木も、そこで渋々言葉をしまった。

部屋の中で火鉢に当たっていても、芯《しん》から冷えてくる寒さである。耳朶《みみたぶ》や首筋が痛いほどだった。伊東は黒紋付きの羽織を着て、仙台平《せんだいひら》の袴をはいていた。皺《しわ》ひとつない秀美な立ち姿だった。苦労がこれほど表に出ない人間も珍しい、と篠原は改めて感じ入った。伊東も中岡慎太郎と同じく、様々なことに手を染め、しかしなににも汚されない。

「奇妙だな」と感慨が漏れた。「なにが？」と白い顔が篠原に向く。慌てて出任せを吐いた。

「前にあんたと七条を歩いたときも、今日みてぇな寒さだったな。局を抜ける少し前だ」

「泣き落としだった」

「え？」

「君に去られては困るから、あれは僕が生まれてはじめてした泣き落としだった」

伊東は、下駄に足を通した。菊桐《きくきり》の提灯《ちょうちん》を受け取ると、笑みをこぼした。黒紋付きはすぐに闇に馴染《なじ》んで消えた。門を出たところで、白い顔がこちらを振り返った気がした。

伊東の骸が油小路に置き放たれている、と報されたのは六ツ過ぎ。

篠原も、三木も藤堂も、伊東の帰りが遅い、見に行ったほうがよいか、と言い合っていた矢先だった。服部や毛内、富山は度を失って騒ぎ出し、仇を討つのだと得物《えもの》を手にした。藤堂は紙のように白い顔をして震えていた。

木津屋橋通《きづやばしどおり》で待ち伏せしていた何者かに斬られた、ということしか、報せに来た町奉行所の役人は言わなかった。伊東はそこから身体を引きずって、本光寺の石段の前に座って事切れていた、と。泥酔をしていたようだ、とも役人は言った。

「酔った伊東先生を、物陰に隊士を潜ませて討ったんだ。汚ねぇ、あいつら」

服部の叫びはどこか芝居じみて聞こえた。

「ともかく伊東を、引き取りに行かねばなるまい」

三木は冷静だった。横顔がひどく伊東に似ている。

「今宵《こよい》は取り立てて寒い。伊東も、これでは凍えているだろう。あれは、特に寒いのが苦手なんだ」

静かな声だ。本当に伊東は死んだのだろうか、と疑いたくもなる声だ。みなが熱に浮かされたように立ち上がった。服部や毛内が股立《ももだち》をとり襷《たすき》を掛けているのを見て、「罠《わな》が張られているはずだ。亡骸《なきがら》を取りに行くだけでは済まぬ。着込みをつけろ」と篠原は大呼していた。色褪《いろあ》せた言葉である。無惨なまでに理路整然とした言い条だ。

「待ち伏せでも構わぬ。伊東先生をお運びするのだ。斬り合いになればこの大業物《おおわざもの》がある。着込みなど用意するのは武士として恥じゃ」

毛内が敢然と言った。体面を喚《わめ》くな、と脳裡《のうり》に浮かんだ。生き残らねば、新しい世など見られないのだ、と誰でもいい、誰かの胸ぐらを掴んで言いたかった。身体が熱でうなって暴走しそうだ。なのに頭はやけに森閑としている。

骸を運ぶための駕籠《かご》を用意し、それぞれに得物だけ持って、月真院をあとにした。

伊東の骸は本光寺ではなく、油小路の通りの真ん中に晒《さら》されていた。

さっき見た折り目の美しかった仙台平の袴はじっとりと血を吸い込んでおり、それが寒さのために凍りついていた。肩から首に掛けて槍のようなもので突かれた跡がある。他にも無数の太刀傷《たちきず》が身体に走っていた。刀は鞘に収まったままだった。全くの不意打ちをくらったことは明らかだった。

明るい月が出ていた。確かあのときの月は滲《にじ》んでいたな、と篠原は思った。

「先生……」

藤堂が骸の傍らにしゃがみ込んだとき、それを横からはね除《の》けた者があった。その影は伊東の上に覆い被《かぶ》さり、両肩を掴んで揺すった。

「兄者、兄者。しっかりせい。起きろ。しっかりするんじゃ」

三木の泣き声に支配される前に、篠原は通りの向こうで待っている駕籠を近くに呼んだ。「お乗せしよう」とみなを見回し、伊東の両脇を抱えた。少し前まで人だったとは思えぬ程に冷たく固くなった物体だった。駕籠に押し込んでみたが、容易には収まらなかった。

そのとき、傍らで服部が弾かれたように立ち上がり、藤堂もハッと身を固くした。背後からなにかが押し寄せてくる。篠原も立ち上がって音のするほうを見ると、龕灯《がんどう》提灯《ぢょうちん》の光が、わっと当たった。眩《まぶ》しさに細めた目の中に、黒一色の装束に身を包んだ一隊が、家々から刀を翳《かざ》して走り出てくるのが映った。

「新選組だ。やはり罠だったんだ」

藤堂が呻《うめ》いて、刀を抜く。服部と毛内もそれに続いた。見たところ向こうは、四、五十。こちらはたった七人。服部が真っ先に駆け出して一隊に突っ込み、毛内もあとを追った。篠原は咄嗟《とっさ》に、駆け出そうとする藤堂の腕を捕まえた。

「無理だ。ここは一旦退《いったんひ》くんだ」

「伊東先生の仇です」

「お前まで死んでどうする？　いいから態勢を立て直すんだ」

「死にませんよ。私は、新しい世が来るのをこの目で見るまでは死ねないんだ。伊東先生だって同じはずだった」

藤堂は腕を振り払った。「やめろ！」。篠原が叫ぶそばから、服部らに続いて走り去る。やあっという藤堂の甲高い叫び声が尾を引いて篠原の耳に残った。

「藤堂！　戻れ！　ここで戦っても仕方がない！」

藤堂はぐんぐん遠ざかっていく。服部や毛内はもう影も見えない。

「今は退け！」

三人はすぐに新選組の隊士に飲み込まれた。激しい怒号に、すべてが掻き消された。

一隊の中に、永倉の姿を見つけた。伊東さんに一時期は付き従っていた男が、と篠原は
手足の感覚が痺《しび》れていくようだった。

「加納」

「はい」

「三木を連れて逃げろ。薩摩藩邸に逃げ込め。中村半次郎か、大久保先生を頼るんだ」

「はい」

加納は、自失した三木を引っ張るようにして七条通を醒ヶ井のほうへ走り去った。

斬りかかってくる隊士を防ぎながら、篠原もじりじりと後退した。頭を駕籠に突っ込んだままの伊東から、少しずつ遠ざかっていった。太刀を受けたときに伝う振動が、すべてを麻痺《まひ》させていった。頭の芯まで痺れている。周りを敵が囲んでいた。刀を振り回しても、かすりもしない。太刀風が頼りのない音を立てるばかりだ。向こうも斬りつける間合いを計りかねて往生していた。見知らぬ険しい目がいくつもあった。次第に、篠原を囲む隊士が増えてゆく。たった七人だ、それをこんな多勢を送り込みやがって。冷徹な土方の顔が浮かんで、伊東さんは負けたわけではねぇんだ、と叫び出したかった。

篠原は自棄《やけ》になって、もう一度闇雲に刀を振り回した。まるで愚だ。なにも守れねぇで。なにをやってきたんだ。どこを見てきたんだ。ふらふらと視界が揺れて、その中を無数の隊士が行き来した。何事かを必死に叫びながら斬りつけると、一本の道が見えた。血路が開けた。伊東の袴が、瞬間目に映った。篠原は迷わず走り出していた。なんの存念もなかった。後ろから怒号と足音がついてきて、それを振り切って転がるように駆けた。闇の中で、どこを走っているのか景色はまるで見えなかった。足の裏に地面の感触だけがある。しばらくすると複数の足音が遠くなって、途切れた。いったい、自分はどれほどあそこにいたのだろうか。絵空事のような実感しかなく、馬鹿らしくもなった。はっ、はっ、はっ、というたぶん自分のものであろう短い息づかいだけが聞こえている。本当に伊東は死んだのだろうか、ともう一度思った。

顔を上に向けると、東の空が白みはじめていた。薄い光が、まるで新しいもののように、あった。不意に混乱が去り、立ち止まって辺りを見回した。東洞院《ひがしのとういん》は過ぎているか。どうやら今出川通を走っているらしい。追っ手から身を隠さねばならない、と急に冷静になった。一軒の邸を見つけ門をくぐる。わけを話すと快くかくまってくれた。桂宮《かつらのみや》家の権太夫《ごんのだいぶ》尾崎刑部《おざきぎょうぶ》の邸だと知ったのは、泥だらけの草鞋を脱いだときである。

「とにかくお二階へ」と急き立てられ、礼もそこそこに薄暗い階段を駆け上がった。

「その右手の部屋どす」。下から声を掛けられ、躊躇《ためら》わずに襖を引き開けた。三畳ほどの小部屋に飛び込んで襖を後ろ手に閉めた瞬間、下でものものしい音がし、玄関口で男が「頼みまする！」と叫んだのが聞こえた。

「ここに御陵衛士の者が逃げ込んでおりませんか？」

新選組だ。虱《しらみ》潰《つぶ》しに家捜しをしているのだ。呼吸がまだ上がっている。襖に耳をつけながら、音が漏れぬように手で口と鼻を覆った。男衆が応対に出たらしく、

「へえ、特にどなたもおいでになりまへんが」

至極緩慢な口調で言うと、「次だ！」と声がして、複数の足音が屋外に消えた。篠原は口許から手を離した。はあ、はあ、という情けない息が止《や》まなかった。目を落とすと手と腕にべったりと血が付いていた。急いで傷を改めたが、どこにもそれらしきものはない。

「伊東さんの血だ……」

声に出して言った。両手を、顔の前に持ってきてその血を見た。篠原はそのまま両の掌で顔を覆う。指の隙間から、微かな嗚咽《おえつ》が漏れていた。

八

阿部はたまたまその日、衛士の内海次郎と連れだって、伏見にある巨椋池《おぐらのいけ》に鳥撃ちに

行っており、月真院にはいなかった。鳥撃ちなんぞ行きたくもなかったが、二階に籠もって燻《くすぶ》っていても仕方がねぇと、篠原が特別に計らってくれたのである。とはいえ、それに興じる気にもなれず、適当に時を潰して翌日、月真院に戻った。ところが、月真院はもぬけの殻だ。不審に思い、内海とふたり表に出てうろうろと辺りを探し回っていると、以前どこかで見た町役人の男が「あんた！」と言って駆け寄ってきた。

「ここにいては危険だ」と息せき切って言う。

「なにがあったんです」

内海が訊くと「伊東さんという方が斬られたんだ」と応えた。

「先生が？　死んだのか？」

内海は見ている前で震え出し、しかしそんなことはお構いなし、という風に町役人は、

「他にも三人やられた。骸は今、油小路に晒されたままだ」

と無愛想に言ってから、こちらを警戒しているのか「ただし、引き渡すわけにはいかんぞ。お取り調べがある」と居丈高に付け足した。

阿部たちは行き場を失って、京の町を北へと、闇雲に走った。走りながら、行き場をなくしたのはこれで何度目だろうか、ということを思った。内海の機転で土佐藩邸に逃げ込もうとしたのだが薩摩藩邸に入るように促され、「薩摩じゃ、薩摩しかない」という興奮しきった内海の声に従って二本松へと向かった。門前で声を張り上げ、するとす

ぐに薩摩藩士が駆け出してきて、こちらが名乗る前に「御陵衛士の方か」と問うた。上がった息の下で頷く。「よく来なすった」とその藩士が吐いた言葉が、阿部の耳にも懐かしく響いた。緊迫していたはずもないのに、とてつもなく大きい安堵《あんど》に覆われた。

上《あ》がり框《かまち》に腰掛け、草鞋をはぎ取り、奥の座敷に通る。座敷には三木や加納、富山がいた。阿部や内海が入ってきたのを見ても、みな口を開かなかった。程なくしてまた表が騒がしくなり、廊下を辿《たど》る音が近づき、篠原泰之進が入室した。鬢《びん》は乱れ、ひどく荒《すさ》んでいる。それでもこの男らしい落ち着き払った声を出して、「無事か」と一同を見回した。富山が「中村さぁが計らって下さい、昨日の夜のうちにここへ入れもした」と申し訳なさそうに応える。

「阿部も、内海もここが知れて良かった」

篠原は、一昼夜どこかに身を隠し逃げ回っていたのだろう。目が真っ赤でいやな光を放っている。

「他の者は？　藤堂や服部、毛内は？」

「薩摩のお方が調べてくれもしたが……」

そのあとはただ首を振った。

「遺骸《いがい》は？」

「油小路にそのまま。また衛士が取りに来るのを待っております」

この寒さじゃ容易に腐敗はしないだろう、という妄念がいきなり頭に浮かんで、阿部はそれを振り払うように首を振った。昼は溶け、夜は固まる。藤堂も服部も、それを繰り返すのだ。懲りずにそんなことを考える自分が、果てしなく忌まわしかった。

襖が開いて、中村半次郎が入室した。みながまた、無表情な目をそちらに向けた。

「このたびのご親切、なんと申し上げたらよいのか……」

篠原が冷静に言いかけたのを制して、「大変なことでごあした」と優しい声を出した。

「伊東さぁのことは残念でごあした。吉井や内田も無念がりましてな、みなさんにはくれぐれも、と。薩摩が貴殿らをかくまうのは当たり前のことでごあす。勤王ちゅうことで、同じ志を抱いておる者を見殺しにするわけにはいきもさん」

がっしりとした身体を畳に沈め、ひとりひとりを見ながら言った。いろんなことが起こりすぎた。どれから紐解《ひもと》けばいいのか、見当もつかない。

「伊東さぁの様々なお働き、薩摩も随分世話になりもした。実を言えばな、おいはあん人を、はじめは怖ろしかこつ思うとりました。新選組にいながら、平気で吉井さぁと会うて、なにを考えておるんじゃ、と呆《あき》れておりもした」

厳つい顔が僅《わず》かに笑った。

「しかもわかった風なことばっかい並べる、おいがいっぱん好かん男でごあす。この日和見《ひよりみ》が、と思うちょったとです。そいがまあ、よう行いが伴ったとこんところは感心しておいもした。藩の後ろ楯もなくようやったと、吉井さぁや大久保さぁと渡り合っているお姿を見て、おいは思うとりました」

加納と内海、富山が声を上げて泣きはじめた。中村はいたたまれないような顔をした。そんなつもりで話をはじめたわけではなかったのだろう。

「泣くのは早か。これからでごあす。これから薩摩や貴君らが望んでおる世が来る。そいを忘れてもらっては困りもす」

中村は深々と一礼し、そっと襖を閉め退出した。すすり泣きがまだ座にはおさまらなかった。波のようにそれは強くなったり弱くなったりを繰り返した。

「おい、篠原」

場にそぐわぬ、乱暴な声がした。三木の声である。

「兄者は、近藤の邸に、向こうはなんら策謀がないと信じて行った」

兄者というのは、なんのことかと阿部は訝った。みなが無表情に泣く中で、その声だけが表情を持っている。感情を帯びた三木の声をはじめて聞いた。

「兄者は確かにまっすぐな人物だ。あんたに言われるまでもなく、俺はそれを誇りに思ってきた」

三木は片膝を立て、そこに手を置き、力を入れてようよう立ち上がった。ふらふらと篠原のほうに歩んでいき、その襟首を摑んだ。何事が起きているのか、わからなかった。

わからないことに、阿部はもう慣れはじめていた。三木は、右手で摑んだ襟首を左手に持ち替えると、拳《こぶし》を握りしめ、篠原の頰に振り下ろした。殴られて、篠原の大きな身体が飛んだ。

「真っ当なままで勝てるわけがねぇだろう！　素直にやっていて、生き残れるはずはねぇだろう！」

言葉は悲鳴に変わった。

阿部の脳裡になにかが生まれそうだった。守ることも、救うことも、貫くことも無縁だった己の姿が浮かび上がった。久方ぶりに戻ってきた思考はやけに残酷だ。目の前の光景を通過して、思考はぐるぐると渦巻いた。出口は見えるはずもない。

夜半、中村半次郎から伏見の薩摩藩邸に落ちることを勧められ、衛士の残党は、同志を道端に置き去りにしたまま、京を去ることになった。

九

「王政復古？　どういうことだ」

会津からの使者を前に、近藤が言った。

八日の晩から、御所では諸藩主、重臣と摂政二条斉敬、三条実愛、中山忠能といった公卿の会議が開かれており、長州寛典、五卿の赦免などが談じられた。薩摩は積極的に寛典を推したが、反対派も多く議論は紛糾した。朝方になって長州藩主父子の官位を戻すという決定が出て、話し合いはそこで終わるはずだった。ところが、御所の唐御門《からごもん》と蛤御門を警護していた会津藩兵は、時を示し合わせて一斉に押し寄せた薩摩藩兵、芸州藩兵にその位置を奪われた。その後王政復古が発されたのだ。

さらに九日の夜、小御所にて御前会議が開かれた。議題に上ったのは、徳川慶喜の辞官・納地、加えて京都守護職、京都所司代の廃止である。一会桑政権の追放であった。薩摩は徹底して徳川を潰しにきた。大政奉還後も徳川慶喜を諸侯頭に、と主張してきた土佐の山内容堂が反論するのも虚しく、議論は薩摩の主張通りに片が付いた。

討幕派を中心とした政権が樹立した。朝廷を牛耳っているのは薩摩を中心とした諸藩であり、徳川慶喜は議定職からも除外された。

「そんな簡単に、世の中というのは変わるものか」

近藤はまだ信じられぬのだろう、すがるような目つきで言う。京都守護職がなくなれば新選組もまた、その名を失う。

「会津や桑名は、公方様は、なぜその会議に加われなかった」

土方が訊く。

「おそらくは、使いが来ておらぬのかもしれません。詳しいことは私まで下りてはきませんが」

「いねぇところで全部決めたか」

八月十八日の政変と同じやり方である。天子様の御前、一部の者だけで大事を決めた。一夜にして体制を覆した。あのときは長州が追い落とされ、今度は徳川が葬り去られる。以前はまだ、先帝の御意志があった。が、今、幼い天皇の下、討幕という周囲の思惑が策略によってまかり通った。

「そんなに徳川を潰してぇだろうか。もう幕府も差し上げているんだ。征夷大将軍までも差し出そうとしたのに……」

「いや、慶喜公がこのまま以前と変わらずに政の中心でいれば薩摩の出番はないと見切ったのだ。長州が朝廷より許された後に、薩摩は大手を振って長と結託して徳川を討とうというわけだ。さすがに辞官・納地を迫られて、徳川も引き下がるわけにはいかねぇだろう」

「戦になるな」

近藤がぽつりと言う。

土方は押し黙っていた。

大丈夫だ、と尾形は胸の内で、己に言い聞かせた。近藤は、隊士を、新選組を守るという自らに課した責を是が非でも全うするだろう。土方は、次の手を思い巡らせているだろう。今まで常にふたりがやってきたことだ、今度もそれと同じだ。まるで下地のないところから、彼らはそうして生き残ってきたのだ。

土方は次の日、給金を皆に配分し、一日だけ隊士に暇を与え、親族と別れを交す時を作った。尾形を呼んで、沖田を近藤の休息所に移すように指示した。

沖田の部屋を覗くと、彼は布団に座ってぼんやり外を眺めていた。大砲を持ち出し、具足を担ぎ出している隊士たちが、細く開けられた障子の向こうを右往左往していた。

「やあ尾形さん」

今日は具合が良さそうだ。血色がいい。

「聞きましたよ。さっき土方さんが来た。近藤さんのお宅へ移るんでしょう？」

「ええ、駕籠を用意いたしますので、それで」

「すぐ近くなのになぁ。走ったらすぐのところにあるのにね」

着物の前を掻き合わせたので、尾形は座敷の隅に置いてあった丹前を取って、すっかり細くなってしまった肩に掛けた。

「政はよくわからないけれど、どんどん変わってしまうんだね、世の中は。土方さんはつい二十日ほど前に、伊東先生を斬ったろう」

そんな小競り合いをしている場合ではなかった、と尾形は己を悔いた。近藤暗殺の嫌疑があれば先手を打つのも必定ではある、故に反対しきれなかったが、時流がここまで激しく揺れていることを摑めずになんら進言できなかったことが情けなかった。結局、ただ働いているだけで、誰も助けられず、なにも救えないのだという事実だけが、長く働いてきた尾形の手元に残ったことだった。山南や藤堂や伊東や、そして今度は近藤や、土方も。

「でもさ、やるべきことがあるんだろうね、それぞれに。その理由がさ。それがいつでも時流とまったく一緒だったら気味が悪い。その人の流れがあるからね」

準備はもうできているよ、私には特に持ち物はないから、と沖田は言い、出立を促した。ああでも、刀だけは持っていくからね。立ち上がった沖田は痩《や》せてはいたが丈は尾形より随分高く、子供のようなこの男を見上げて話すのがふとおかしくなった。

「尾形さん、今笑っているでしょう」

急に言われて、は？　と頓狂《とんきょう》な声を上げた。

「尾形さん、みんなに陰で長袖《ちょうしゅう》様って呼ばれているんだよ」

初耳である。

「お公家さんみたいに見えるって」

武士にならんと気張ってきたのに形無しだ。しょんぼりとした心持ちになった。

「私はでもね、尾形さんの顔が読みとれるんだ」

「読みとる？　私はそんなに喜怒哀楽がわかりにくい造作をしておりましょうか」

沖田は久しぶりにケラケラと笑った。一旦笑いを止め、尾形の顔をまじまじと見てまた笑った。

「そうだね。でもちゃんとその場を咀嚼《そしやく》した顔をするんだよ。内心を隠すのに必死だったり、大きく見せようと気張ったり、結構そういう顔って多いからさ。尾形さんはさ、そこにあるものを見ようとしている顔というか、まあ見ているんだろうね」

玄関口に駕籠が来ていた。沖田は身体をくの字に折り畳むようにしてそれに乗り込んだ。刀は私があとでお持ちしますから、と声を掛けると「気をつけてよ。大事な一口《ひとふり》だ」と憎まれ口をきいた。近藤が出てきて、駕籠の脇にしゃがみ込み、「すぐに迎えに行く。おめぇはただ待っていればいいよ」と言葉を掛けた。沖田はひどく嬉しそうな顔をして、大きくひとつ頷いた。

駕籠が出たあとに、「沖田先生に、存外表情豊かだ、と言われました」と随分曲解したことを近藤に言ってみた。

「お前が？　馬鹿を言うな」

豪快に笑った。近藤は、一日にして元の屈強な男に戻っていた。

「なあ尾形。俺は藤堂を助けられなかったな」

不意をつかれて尾形は黙った。近藤は、油小路で一隊を率いた永倉に、藤堂だけは逃がすよう命じていたのだった。永倉も乱刃の中でそれを成そうとし、藤堂に道を開けた。そこを背中から斬りつける隊士があって、逆上した藤堂は逃げずに来てるまで戦った。尾形はしかし、王政復古という波に飲まれて、そのこともはや霧の向こうになっていたのだ。

「私は、思いすら残しておりませんね」

ひとりごちると、ん、という風に近藤は首を傾げた。

「さっき歳が俺の所に来て、『すまなかった』と詫《わ》びるんだ。藤堂のことだ。奴もあれで思い悩んでいたんだろう。よかったのか悪かったのか、自分でもわからなくなることもある。そういうことが増えた。次が読めずにこうしてしくじったりもするだろう」

具足を目一杯に積んだ大八車が、気忙しい音を立てて、目の前を通り過ぎていく。隊士たちが近藤に深々と頭を下げた。

「しかし揺らがねぇ果報もあってな、そいつぁ、下駄を預けられる奴がいるということだ。こいつのやることだ、と心の芯から思える者と出逢えた、ってことだ」

すーっと息を吸い込んで、近藤は空を仰いだ。

王政復古の報に接した山崎の、蒼白《そうはく》になった顔が甦る。これは山崎が摑める類の報ではないのだ。いつもは多弁なのに、御門を薩摩の兵が占拠したという報せをただ黙然と聞いていた。「追いつかんかったな」と一言だけ漏らした。

誰もが責任に押し潰されそうになっている。

「なあ尾形」

近藤に呼び掛けられ「へっ」とまた奇妙な声になった。その癖を直せ、と近藤は口をへの字に結んだ。

「戦が終わったら、お前はなにをしたい？」

考えてもいないことだったので、答えあぐねた。戦が終わって命が繋がっていること自体、想像もしていないのだ。

「さあ。ただ、またみなさんと共に働きとう存じます」

「新選組でか？」

「もちろんです」

近藤は満足そうに笑っている。

「お前は学者だから、そういう職もあったろうにな。師範の道もあったろう」

「いえ、足手まといかもしれませんが、私はここにおるのがなによりです。師範は、年を取って職を退いてからの楽しみと致しましょう」

「そうだな。塾でも開け。その金は用立ててやる。仙境堂という名はどうだ？」

「仙境堂？　どういういわれです」

「そのものじゃねぇか」

言うなり、たまらない、といった風に近藤は吹き出した。土方が奥から出てきて、「近藤さん！」と呼んだ。「二条城の警護の件で話がしてぇのだが」。近藤はひとつ頷き、土方と並んで廊下を歩いていった。羽織が同じような拍子をとって揺れている。昔、黒谷で見た背中だった。背中はあのときとなんら変わらぬものを放っている。どこか泥臭く、ひどく異質だ。

庭では暖をとるための大きな焚《た》き火が燃えさかっており、そこにチラチラと白いものが舞いはじめた。

十

伏見の薩摩藩邸は、王政復古の報に湧き返っている。西郷先生と大久保先生がとうとうやりおった、と一同気勢を上げている。すぐ近くにある寺田屋で討幕か否かで意見が割れ、薩人同士で斬り結んだ悲劇から六年目の悲願である、狂喜乱舞しないほうがおかしい。

「土佐の容堂公が、徳川の顔を立てぬとは何事ぞ、とお怒りになって『幼冲《ようちゅう》の天子を擁し奉りて、政権を欲しいままにせんとの嫌いあらん』とやった、それに岩倉卿が『幼冲とはなにごとぞ』と大喝して、封じ込めたいいます」

「薩摩、芸州、越前、尾張とも朝議の終わる刻に兵を差し向け、会津より御門を奪いもしたが、刻を決めておったとに尾張だけ早くに兵を差し向けましてな。会津と衝突しそうになりもした。尾張の総督が気を利かせて、慶勝公が賊に襲われたと聞いたもんでこうして駆けつけましたとごまかして事なきを得たいいます。機転の利く仁じゃ」

二本松からこぼれ落ちてくる話を、藩士たちは口々に篠原に告げた。天下を取ったような騒ぎである。いや、実際、天下を取ったのかもしれない。それでも大公儀に戦を仕掛ける、というのは大英断で、まだ国元にも様子を見ようという消極的な意見が多いのだ、と彼らは言った。おそらくは戦になる。その機会を、双方慎重に見極めている。諸藩は未だ日和見を決め込んでいた。徳川慶喜は、松平慶永、徳川慶勝と話し合う機会を持ち、戦を避けるべく腐心しているという。

徳川慶勝は討幕派についたか、と篠原は不思議な思いでそれを受け止めた。伊東と尾張まで下ったときのことを思い出した。なにも無駄ではなかったのだ。

薩長の軍勢が続々と京へ上ってくる。最後まで和睦《わぼく》の道を探り続けた土佐もまた、兵を起こして京へと向かっている。堀川沿いに建つ薩摩藩邸の一室にはじめて入ったとき、川の流れる音くらいしか聞こえなかったこの辺りに、喧噪が満ちている。銃や大砲が運び込まれている。その軍備に篠原は目を見張った。新選組の兵器とは比べものにならなかった。

「戦がはじまれば、御香宮《ごこうのみや》に籠もって幕軍を討つことになりもす。皆さんにもご加勢お願いいたす」

薩摩藩士が、部屋を訪れるたびに同じことを言った。幕軍はおそらくもぬけの殻になっている伏見奉行所に屯営する。御香宮は小高い丘の上にあり、ちょうどいい塩梅《あんばい》に奉行所を見下ろせる。これだけの銃があれば、容易に片が付く。

喧噪から逃れるように篠原はひとり、堀川縁を気まぐれに歩き、薩摩の蔵屋敷を眺めた。どこをどう流れて、ここまで来たのか、と自分に問うてみた。伊東の顔が思い浮かぶだけだった。

──伊東さん。あんたが望んだ世は本当に来ているだろうか。

「なあ、篠原」

伊東の声がすぐ後ろでして、篠原は振り返った。そして苦笑した。戻るはずもないのだ。

三木は少しだけ憔悴《しょうすい》から抜け出している。好みの黒羽二重を着込んで、そこに立っていた。

「俺は、新選組を討とうと思うのだが」

「なあ、三木。何度も言うが、諦めるんだ。戦がはじまろうというときにそいつぁ無理だ」

「意味がないと言いたいのだろう。あんたにとってはどうでもよくても、俺にはもうそれしかないんだ」

どうでもいいはずがない。だが、そうすることは伊東の生きた姿を汚すことになる。領地争いにも似た、卑小な闘争に貶《おとし》めることだ。伊東の意思はもっと高い場所にあったのだ。

「とにかく俺は乗らん。今は戦に備えろ」

「ならば阿部と共に勝手に動く。俺たちだけでもやるさ」

「あいつを利用するのはいい加減よせよ」

三木は眼窩《がんか》を圧した。神経質な仕草だった。

「利用ではない。俺もあいつも、ずっと恐れていたんだろう。うまくいくはずがないと決め付けてきたような気がする。兄者とは正反対だな」

「新選組を討ったところでどうなるものでもなかろう」

「いいんだ、ご大層な理由は。感情だけだ。そういうこともある。理詰めで事を進めるのには飽いた」

三木はそのまま後ろを向けた。止める気は起こらなかった。遠ざかっていく伊東によく似た姿を眺める。眩しいような気持ちがした。

どこかへ行けるだろう、という妙な確信がある。伊東の道場をはじめて訪れたときと同じ心持ちだ。いや、あのときより、ずっと澄んでいる。どこを歩いているのかわからないが、どこかに繋がってはいくのだ。

強い北風が吹きつけて、思わず身震いをした。だんぶくろを着込んだ薩摩の兵が、宇治川のほうへ歩を進めている。規則正しい動きを見ていたら、瞼が重くなってきた。立ったまま眠るわけにもいかなかったが、たまらず目を閉じる。ギュオーギューと風のうねりだけの世界だった。なにかが足に貼《は》り付いて、薄目を開けてみると、袖章《そでしょう》のような布切れだった。手にとって見ても、擦り切れてもう文字は読めない。いくら目を凝らしても、敵のものだか、味方のものだかわからない。そこまで考えて、今やすっかり希薄になってしまった「味方」という言葉に胴震いした。

篠原は手を差し上げて袖章を放した。襤褸布《ぼろきれ》はすぐに風に飛ばされて、川の上空をくるくると所在なげに移動していくのだ。

十一

徳川慶喜が二条城をあとにして大坂城に移ったのに伴い、新選組も大坂に下った。幕臣の永井尚志に同道する形での下坂である。天満宮まで下ったときに、永井は相も変わらぬ気安さで、近藤に話しかけた。近藤がかしこまると、「もう幕臣でもなんでもねぇんだ。あんたと俺は同じさ」と快活に笑いながら言った。

「俺が訊問使《じんもんし》で西国に出向いたときに、もうちょいと詰めておきゃあこんなことにならなかったんじゃねぇかと、そういうことも考えちまうな」

永井が言えば、

「私は土佐の後藤先生にお会いしたときに、より胸襟を開いて幕府の行く末を談ずべきだったかと」

と返す。これを延々繰り返しているが、心底悔いているかといえばそうでもない。近藤は既に戦のことに気が向いている。この男はただまっすぐに現実と向き合う強さを持っている。

慶喜は開戦に向けて意志を固めつつあるという。その前に英仏を交えた異国に新政府の違法性を説き、同じ件を天朝に上奏する心づもりだとも聞いた。戦となっても朝敵とならぬよう布石をうつためだろう。大坂城に移るのは、薩長との無用の諍《いさか》いを一時的に避けるためで、幕府は近く開戦に踏み切るだろうと誰もが見ていた。

「まあこうした動乱の時期に幕臣に生まれた俺も因果だ。三百年近くも安泰が続いたってぇのにさ、そん中のごちゃごちゃ面倒くせぇこの一年に当たっちまった。おめぇ、こんな時期に当たらなきゃあ、毎日お天道《てんと》さまが真上にくるころには仕事を終えて、昼寝三昧《ざんまい》、遊び三昧だ。役人なんて、そんなもんよ」

近藤がつられて笑った。

「でもまあ、唯一得をしたのは、おめぇさんのような人物と共に働けたことだ。時代が時代ならおめぇ、幕臣と百姓が一緒に語らうなんざけっしてなかった」

まるで嫌味なく言った。傍らで聞いていた尾形も吹き出し、近藤に睨まれた。

「薩摩は業腹《ごうはら》だが、まあこれだけ因習がなくなっていけば、面白い奴も出てくるんじゃあねぇだろうか。いや、そんな仏心を起こしちゃいけねぇ。目にもの見せてやらねぇとな」

これから大坂城に登る永井は供の者に耳打ちされて、「わかった、わかった。そうせかすな」とうるさそうに答えながら立ち上がる。「近藤さん、あんた、ちゃんと生き残らないと駄目だぜ」と去り際に言葉を残した。

新選組はその後、伏見に引き返して奉行所跡に布陣することになった。伏見には薩摩屋敷もあり、薩兵が陣を張っている御香宮もある。最前線に繰り出すことになる。土方は先に、山崎と吉村を密偵として送った。他の者が到着するまでに、伏見の様子を入念に調べ上げろ、という命である。

その翌日、百名の隊士が奉行所に入った。途中、かなりの脱走者が出た。戦を恐れて、移動の途中に逃げる者があとを絶たないのだ。それを追う余裕もない。鉄の隊規はもうない。新選組はどさくさの中で少しずつ形を崩していった。

奉行所には既に会津の兵が入っている。大砲が二門、旧式のものだ。それから銃が幾ばくか。これも火縄銃と同じ精度のものである。くまなく陣内を歩き回った尾形は、先に着いているはずの山崎を捜した。

敷地内では、会津藩兵が随分旧式の重たそうな具足を体中に巻き付けて、槍の修練に励んでいる。

山崎は既に土方と何事かを談じ合っていた。尾形が遠慮しつつ入っていくと、「えらいことでっせ」とまたいつものふざけた口調で言った。

「薩摩の銃と大砲を見たらな、もうこんなところにおれませんて。みんな白旗挙げて逃げ出しまっせ」

「薩摩はまた、新たな銃を仕入れておるんでしょうか？」

「いや前にわしが報せたミニエー銃や。そいつがようけある」

「軍備では負けている。ただ、皆には言うな。志気が下がる。こっちの軍備でも勝てるような戦を、俺が考える」

土方が御香宮のほうを見上げた。怖れるでも怯えるでもない、どこかで見た顔だった。

尾形はこれまで見てきた光景を辿った。遊冶郎《ゆうやろう》のような顔だというところまで行き着いた。遊んで戯れている顔だ。難関にぶち当たるたびに、この男はこういう顔をしてきたのだ。

「尾形はん、あんたよう戦わんでしょう、逃げるなら今でっせ。わしはミニエー銃の威力を間近で見てきたんや」

山崎はあくまでもふざけていた。逃げるつもりなどございません、と言っても、そう言わんと、としつこく言い募る。いつもカラリとした皮肉しか言わない男とは思えぬ、気色ばんだ様子だった。土方を気にして、尾形は山崎に軽口を止めるよう、何度も目で制す。素知らぬ振りの土方は、頭の中で戦略を張り巡らしているようにも、山崎の声に耳を傾けているようにも見えた。

「ここで薩摩がまた新手の軍備を整えとったらわしもまだ気が楽やったが」

「山崎さんが調べ上げた通りでしたね。見事な探索だ。私たちはお陰で、いち早く薩長の状況を把握することができました」

「そうでっしゃろ。出し抜かれたことも多かったが、結構ええ報を仕入れてきたな、わし」

ポンと膝を打った。得意満面という顔をした。その顔が、みるみるうちに崩れていって山崎はうつむいた。「糞《くそ》っ！」という呻き声を出した。

「あんな言うたんや。なんでどこも、こっちに鉄砲をまわしてくれんかったんや」

おい、見ろよ、と唐突に土方が言って、尾形と山崎がその人差し指を辿っていくと、前庭で原田左之助と永倉新八が相撲《すもう》をとっている。それこそ幻覚を見たのではないかと尾形は疑った。こんな深刻なときに相撲など。しかも遊興でやっているわけでもないらしく、なにか口論の末に力で片を付けることにでもなったのだろう、井上源三郎が困り果てた顔をして間に入っている。斎藤が少し離れたところで取り組みを見ながらにやついていた。

「馬鹿げた連中だ」

土方は笑みをこぼした。こういう連中にしかできないこともある、と言った。

「山崎」

山崎は土方に見据えられて、居住まいを正した。

「おめぇの探索には、いつも舌を巻いてたんだぜ。敵になったら怖ろしいと思っていた。尾形、おめぇもだ。お前の読みも大概当たっていたからさ。それで十分じゃねぇか。あとは自分の戦をするだけだ」

山崎は身をすくめ、尾形はいたたまれなくなった。みなを危険に晒してしまったのだ。なにもできなかったのだ。すべてを取りこぼしてしまったのだ。

「土方先生、それは違います、私は……」

「いいか、俺は別段感傷で言っているのではない。言い忘れていたことを、思い出しただけだ。ふたりには、多くを救ってもらった。俺も近藤さんも、どれだけ救われてきたか知れないさ」

鼻の奥が絞られたようになって、尾形は難儀した。これから戦がはじまるのだと、必死に堪《こら》えた。

「あ、そや」と意味のわからぬ呟きを残して、山崎はその場から消えた。尾形は逃げる機会を失って、全身を固くしたままそこにいた。

土方もこちらを見られないのか、気を遣っているのか、庭のほうを向いて無邪気な笑い声を立てている。尾形がようよう顔を上げて庭に目線を戻すと、滲《にじ》んだ視界の中、ちょうど原田に投げられた永倉が、どうっと音を立てて、地面に落ちたところだった。

十二

飯粒を嚙みしめつつ、向かいに座った三木の顔を見る。口を動かしながら奴は、漠然と視線を彷徨《さまよ》わせていた。富山が、ぺちゃぺちゃと飯を飲み込む音が響いた。

沖田が、近藤の休息所にいる、という報を受けて駆け込んだのが一刻ほど前。醒ヶ井には女がひとりだけおり、沖田の名を出すと声を震わせながら、さっき伏見にいかはりました、とそう言った。それぞれの抜刀した姿が途端に見窄らしく変わった。富山が捨《す》て台詞《ぜりふ》を残したが他にしようもなく、薩長の軍勢が大手を振って歩いている洛中をあとにし、伏見まで戻ろうと洛南まで下ったところで富山の知人の家に寄って、飯を恵んでもらっている。

三木はあくまでも新選組を討つ気である。弱っている沖田なら討ちやすい、と言い出したのも三木だ。阿部は請われて、従うことにした。沖田を斬りたい、という気持ちは以前ほどではなくなっていた。むしろ、あれは沖田だったのかどうか、それもぼやけてきている。

三木のように私怨《しえん》ではなく、もっと大きなものに突き動かされた。これまで漫然と続いてきたものを、一度終わりにしたかった。ずっと熱に浮かされてきたようだ、と振り返って思う。京に上ってから、ただ闇雲に走り、すべてを見失ってきたのだ。

「奉行所におったら沖田には手ば出せんと」

飯を食い終えた富山が言った。「なぜ篠原さんは手伝ってはくれんのか。伊東先生のことはもうよかか」

正義感を剝《む》き出しにした富山の言葉を聞き流して、三木は、

「おまえは、なにをしようとしているかわかるか、阿部」

と訊いてきた。阿部が首を横に振ると、「俺もだ」と言って箸《はし》を置いた。

「恨みに引きずられるのはしんどいが、そう簡単に見切れるものではないのだな」

三木にしてみればそうだろう。感情を持たず、ずっと伊東の歩く先にある小石を拾っては除けてきたのだ。でも自分は違う。見切ったものなどひとつもない。信じることも叶わず、疑うことで強さを身につけることもできず、ただ怯えてきただけだろう。それを、この仕事で一旦終わらせるのだ。倒す相手があれば、自分が立てるという奇怪な妄想に再び囚《とら》われていた。どこかに、それだけでは割り切れぬ、感情のようなものも残った。あの闇に戻ってしまう怖さがあった。

三人は寺町に出て、富山が寄りたいという武具屋に入った。薄暗い店内は埃臭さが立ちこめている。富山は以前から目をつけていた品があるらしく、早速土に交渉をしはじめた。銘を訊き、由来を訊き、さんざ聞き出した挙げ句に値切りに入った。

「いつまでかかる？」三木が苛立った声を出したが、富山は夢中でそれどころではないらしい。阿部も暇を持て余して、店の三和土《たたき》に置いてある縁台に腰を掛け、外を眺めていた。

いい日和だ。早くこのまま、なにもないまま春にならねぇか、とさっきとは真逆のことを考えた。遠くに馬のいななきが聞こえる。それから蹄《ひづめ》が地面を蹴《け》る音。ゆっくりとした歩みだ。そいつがだんだん近づいてくる。光の加減と、埃臭さと、馬の歩く音、どれも懐かしかった。故郷ではこういうものに囲まれていたのかもしれない。

足音がすぐ目の前まで来て、阿部は夢想から醒《さ》めて目を上げた。

白い馬が一頭、店の前を通りすぎるところだった。

馬の背に乗った人物に目を移し、阿部は咄嗟に「しまった」と身構える。向こうは気付いていない。なのに、なぜそんな風に思ったのか、一瞬前のことなのに判然としなかった。今、久しぶりに見た厳つい顔はやはり、阿部にとっては懐かしい感触があった。一団が通り過ぎてから、男が通ったことに誰も気付いていないことを期待して、そっと店内に目をやった。不運にも、三木の炯々《けいけい》とした目に突き当たった。

「近藤だ。近藤勇だ」

声が震えて、奇妙な笑みを作っている。

「おい、富山、お前、すぐ銃を用意しろ。墨染のほうに向かったな。すぐあとを追う」

三人ともが弾かれたように走り出す。富山は薩摩藩邸に入り、銃を抱えて戻ってきた。尾張藩邸の裏に丹波橋《たんばばし》に抜ける近道がある、そこを行けば追いつく、と三木は言い、阿部は、頭の隅に微かなわだかまりを残したまま、やはりすべてが判然としないままに、三木について走った。冷たい空気が耳を打ったが、全身が火照りだすとそれも気にならなくなった。枯れ草が足に絡まり何度も転びそうになる。富山の荒い息づかいがすぐ後ろについてくる。汗が、額から胸まで滑り下りた。

どこへ向かっているのだろう、と思った。ずっと同じ疾走をしてきたような既視感に襲われた。

丹波橋筋に出ると富山が、「あそこに！」と叫ぶ。遥か遠方に、先程の一隊がいる。

「うまく前へ出ることができもしたな」とはしゃいだのは富山だけで、三木も阿部も素早く辺りを見回した。空き家を一軒見つけて、そこへ駆け込んだ。板壁にはいくつもの隙間が空いており、そこから日が射し込んでいる。薄明かりの中で、富山は早速銃の点検をしはじめた。

「この手の銃ははじめて使う、うまくいくか……」

「よいか、通り過ぎたときに背後から撃て。近藤だけを狙え。雑魚《ざこ》に当たって、獲物に逃げられては終いだぞ」

みながみな肩で息をしている。熱気があばら屋に充満した。

細く戸を開けて、外の様子をうかがった。近藤はさっきよりずっと近づいている。キュルキュルと、富山が弾を込める音が鳴る。三木が苛立たしげにそれを覗き込む。

「間に合うか？　もう近い」

額に汗を浮かべて、もう一度込め掛けた弾を取り出し、金具の辺りをむやみにいじくった。

「おい、富山。なにをしている？」

「黙っていて下さい！」

三木に背を向け、板壁の裂けたところまで行き、明かりに透かして派手に音を立てはじめる。近藤がぐんぐん近くなる。「ちくしょうっ」と富山が銃に手こずっている声を聞きながら、阿部は馬上の姿に目を凝らしていた。やけに大きい、と思った。あの大きさはなんだろう、と訝った。馬丁らしき男と、隊士ふたり、ひとりは確か島田魁とかいう男だ。長身の島田が、なにかを話しかけた。近藤が岩のような顔で、頷いている。

「富山っ！」

三木が言うのと同時に、富山が立ち上がった。掠《かす》れた声で「たぶん、これで」と言って、銃を持って戸口に寄る。火薬の匂いが鼻を突いた。細く開けた隙間から、銃口を出した。

「いいか、通り過ぎてからだ。まだ撃つな」

富山を中心にして、阿部と三木がその両側にしゃがみ込んだ。

「もし外したら、すぐに俺たちが出ていって斬る」

三木が抜刀し、阿部もそれに続く。

蹄の音が高くなった。阿部の位置からはもう近藤は見えない。呼吸が速くなる。意識を集中するために、暗闇の中で、一点を見つめていた。床の木目がはっきり見える。復隊を許された日、近藤に平伏したときに見た畳の目がよぎった。

土方の態度、沖田の奇妙な言葉、伊東の揺るぎなさ、斎藤が高台寺からいなくなる前に残したもの、浅野が常に口にしていたこと。様々な光景が、阿部の中を去来した。

蹄の音が一際大きくなって、そしてまた少しずつ遠くなる。島田あたりと話しているのか、「いいんだよ、それで」と明るく言った近藤の声が聞こえた。

阿部の頭の中で、今までばらばらだったものが、ひとつずつ繋がっていく音がした。その奥に流れていたものが、浮かび上がって姿を現しかけた。

「あそこの木だ。そこまで行ったら撃て」

三木の声に引き戻された。富山が顎をひいて、銃を構える。

「おい、違う」

阿部が突然立ち上がって言ったのを、三木が忌々しそうに見上げた。

「なにが？　なにが違う。立つな。勘付かれる」

「……こういうことではねぇんだ」

「おい、木の所に行った！」

富山がうわずった声を出した。

「よし、撃て」

「いや、違うんだ！」

瞬間、メリメリと空気の裂ける音が鳴って、焦げた硝煙の臭いにまみれた。

三木が戸口を引き開け、飛び込んできた光の中に、馬の首にしがみついた近藤が見えた。

「やった！　命中した」

富山が叫ぶ。近藤の肩が、みるみるうちに赤く染まっていった。

「死んだか？　やったか！」

三木は刀を携えて表に飛び出していった。阿部も反射的にそれに従った。隊士が抜刀して応戦してくる。わけもわからず刀を振り回しているうち、馬が一際高いいななきを上げ、次の瞬間、近藤を乗せたまま、凄《すさ》まじい勢いで走り出した。

「追え！　追え！」

三木が叫んで、富山と共に馬を追って駆けていった。

阿部はひとりそこに取り残された。周りにはいつの間にか人気《ひとけ》がなく、いくつかの骸が転がっているばかりだった。

日が射して、静かだ。

刀を鞘に収めようとして、右手にうまいこと力が入らず、取り落とした。微かな金属音を立てて、それは土埃の中を転がった。

喚《わめ》き声が内耳の奥で鳴りはじめた。ぎゃーというようにも、あーというようにも聞こえた。声は反復を続け、だんだん大きくなって、いつまでも鳴り止まなかった。それが幻聴ではなく、自分の喉が叫んでいるものだということにしばらく経ってから阿部は気付いた。
やっと、声を聞いたのだった。

明治四年十二月　会津

遠くを、あれは雁《かり》だろうか、無数の鳥の群れが旋回していた。

巨椋池で鳥撃ちをした日のことを思い出す。もう遠い昔だ。記憶がぼやけているのは、けれど、時間のせいではない、あの日々は、すべてが、曖昧《あいまい》だった。

維新後、京で弾正台少巡察を務めていた阿部十郎は、弾正台廃止に伴い、北海道開拓使に出仕することとなった。その北上の途中、思いたって会津に立ち寄った。彼らが戦った道程を辿《たど》ってみようか、という気になった。

明治四年（一八七一）がもう、終わろうとしている。

京に上ったときは二十五か六か、そんな歳《とし》だった阿部も、三十を超えた。

会津の山河は、想像以上に美しかった。茶店で休みながら、何時間も、それを眺めていた。あの藩士たちのまっすぐ過ぎる気質が育《はぐく》まれたのがよくわかる。

慶応四年（一八六八）、鳥羽《とば》・伏見の戦《いくさ》がはじまると、阿部は薩摩の軍勢に加わって働いた。御香宮に布陣して、伏見奉行所を見下ろす。小さな人影がたくさん見えた。あの中に、奴《やつ》らもいるのだろう、と複雑に思った。三木三郎も、篠原泰之進も、共に薩軍に加わった。三木は戦いながら、近藤勇を討ち漏らした後悔を何度となく口にした。馬を撃てばよかったのだ、と中村半次郎に言われたと、口惜しがった。篠原はそれを聞くたび「もうよせ」と言うだけだった。

その近藤は、右肩を負傷し、鳥羽・伏見の戦には加わらなかったらしい。旧幕府軍は敗走を繰り返し、ついには京をあとにし、江戸に渡った。彼ら新選組もまた、京には戻らなかった。

御陵衛士《ごりようえじ》の一員で阿部と同じく薩摩に加わった加納鷲雄は、大久保一蔵や吉井幸輔に、江戸との使いを頼まれ、往き来を繰り返していた。それから東征先鋒《せんぽう》として、甲州、江戸を目指し進軍した。

阿部は篠原や三木と共に、江州松尾山に向かい、そこで伊東と懇意だった城多善兵衛の紹介を受けた勤王家・油川練三郎《ゆかわれんざぶろう》や相楽総三《さがらそうぞう》と共に、赤報隊なる一隊を作った。江州では、おそらく伊東がこまめに遊説《ゆうぜい》をしたのだろう、御陵衛士の名を出すと、商家から農民まで進んで尽くしてくれた。みなが伊東のことを聞き「惜しいことをした」と一様に言う。篠原も、三木も、それを聞くことさえ辛《つら》そうだった。「あの人は、すべてをやり尽くしたのかもしれねぇよ」と篠原が気休めのようなことを言い、「それでも世が変わるのを見られなかった。それだけは見せてやりたかった」と、三木が憤って返した。

その伊東甲子太郎や藤堂平助、服部武雄、毛内有之助、それから、その前に死んだ佐野七五三之助や茨木司の亡骸《なきがら》を引き取って、泉涌寺塔頭《たっちゅう》戒光寺に埋葬したのは二月のことである。戦の最中にもかかわらず、驚くほど多くの会葬者が集まり、賑《にぎ》やかに伊東らを送り出すことができたのは、救いだった。

江戸に渡った加納が、幕臣の大久保大和《おおくぼやまと》と名乗る近藤勇に出会ったのはその四月のことだ。

面通しのため加納が入室すると、あの岩のような男に、わずかな動揺が走ったという。加納は「あの顔だけは忘れられん」と未《いま》だに口にする。

東山道鎮撫総督府《とうさんどうちんぶそうとくふ》の副参謀である薩摩の有馬藤太《ありまとうた》は、近藤を丁重に取り扱おうとしたが、その有馬が留守の間に、同じ隊にいた香川敬三の一存で、近藤の斬首《ざんしゅ》が決まった。薩摩にも長州にも、そして坂本龍馬暗殺の嫌疑を抱《いだ》いている土佐にも、近藤は恨まれていた。切腹ではなく、斬首であったのは、そういうわけだろう。

沖田総司は、労咳《ろうがい》が重くなり、江戸までは辿り着いたがしばらくして病床で果てたと聞く。阿部が局を抜けたときにはまだ刀を振り回していたから、あの男が病の床についている姿さえ、想像に難い。

土方歳三は、旧幕軍に交わり、五稜郭《ごりょうかく》まで戦ったという。執拗《しつよう》で簡単には折れぬあの男らしいと、ぼんやり思う。それも戊辰《ぼしん》戦争の最中、明治二年の五月に銃で撃たれて死んだ。

果たして、生き残った者はあの中にいるのだろうか？

監察の山崎烝も鳥羽・伏見の戦で負った傷がもとで、命を落とした。

原田左之助は江戸で死んだという。井上源三郎も銃で撃たれて死んだ。

永倉新八や、斎藤一は生きているというが、その後噂《うわさ》は聞かない。

斎藤は北上を続ける土方と会津で別れて、この地で戦ったという。

尾形俊太郎も同じく会津まで転戦をしたという。

会津の戦は、悲惨なものだった。薩長の攻撃を、会津が一手に負った形になった。あれだけ強硬に諸藩を退けながら、最後は逃げ続けた徳川慶喜の分まで、戦を引き受けたような具合だった。

家臣の多くが自刃し、領地を失った。

尾形も消息は知れぬが、おそらく、この会津で死んだ。

篠原や三木は、明治に生き残った。

大久保一蔵や、吉井幸輔、内田仲之助は新たな政府の官僚になった。中村半次郎は桐野《きりの》利秋《としあき》と名を改め、陸軍少将、従五位《じゅごい》である。

未《いま》だに京で過ごした日々は輪郭がぼやけている。

なにが起こったのか、頭の中でうまくまとめることができずにいる。

思い出すと、苦いものがこみ上げてくるが、それでもあのときからようやく動き出せたような気もするのだ。

ただ、いずれにしてもわからなかった。これだけ生きても、わかることは僅《わず》かだ。そういうものなのかもしれん、という心持ちに、京から会津まで黙々と歩く中で行き着いた。

ずっと先になって、もっと霞《かす》む。なにかが手元に残る。良きにつけ、悪《あ》しきにつけ。そうなるまで図太く生き延びればいいと腹を括《くく》った。一旦《いったん》真っ白になってから、自らを生きればいいと開き直った。これから起こることには、目を瞑《つぶ》ることもない。そういう恐れは、もうなかった。


「あら」

背後で声がした。

「お茶、冷めてしまいましたね。取り替えましょうか？」

茶店の女が、立っている。

「いや、このままでいい」

阿部が応《こた》えると、女は珍しそうに覗《のぞ》き込んで訊《き》いた。

「お客さん、東京から？」

江戸から変わったばかりの呼称を楽しむように言う。

「いや、京からだ」

「へえ、お珍しい。随分遠くからお越しになったんですねぇ」

数年前まで、会津は京との往き来を頻繁にしていたはずだと不思議に思っていると、女のほうから「私、この地へ来たの、最近だから」と断った。

「戦のあとにほら、ここらの人は他の領地に流されたりしましたから、新参者も今は多いんです」

会津の藩士には北へ流された者も多いと聞く。松平容保も戦以来謹慎となった。

「へえ、京から」

女はもう一度言って、「あ、そういえば、京にいたという人が、近くに住んでたわ」と、なにがおかしいのか、笑い出した。

「地味な人でね、ついついいることを忘れてしまうのだけど。自分は京で新選組にいた、なんて言ってね」

阿部はやにわに立ち上がる。女は盆を抱えて飛び上がった。

「なに？　どうしたの？」

「名は？　なんという男だ」

「なんだったろう。もし本当に新選組にいたのなら、お名は変えているんでしょうけど。だって今の大公儀、じゃない、新政府でしたっけ、そっからすれば仇《かたき》ですもんね。生きていても身を潜めているでしょう」

「名を、訊いている。そいつの名だ」

「えーと」

しばらく上を向いたり下を向いたりしていたが、「やっぱり思い出せない」と女は言った。

「先生、先生ってみんな呼んでいるから。目が細くてね、なまっちろい人なんですよ。でもきっと新選組にいたなんて嘘《うそ》ですよ。この御時世にわざわざそんなこと名乗るのもおかしいし、第一、お侍にはとても見えないもの」

その男のことを思い出したのか、女はけたたましく笑った。

確かに、そうだ。薩長の世になって、新選組などと名乗る馬鹿もいない。隊士の親類縁者まで息を殺して生きているような時世だ。冗談か、がせか、ともかく偽者だろう。新選組の名が出て、身体《からだ》が勝手に反応した自分に苦笑した。

阿部はまた床几《しょうぎ》に座って、遠くの空を見た。

「気になるなら行ってごらんなさいよ。ここから一里もしないところに住んでいるから。私塾の先生なんですよ。冴《さ》えない風貌《ふうぼう》なんだけど、子供たちには人気があってね」

冷めたお茶を啜《すす》って、阿部は適当に相づちを打った。

「仙境堂って名前の塾だから。もし行くなら声かけて。道を教えますから」

やかましく言い募る女に背を向け、まだ円を描き続けている雁の群れを見た。

目を地平に戻すと、ずっと遠くまで見通せた。こういう景色は、はじめてだと思った。

解説

橋本紀子

世の中には、物事の「表」を好む人と、「裏」を好む人がいるように思う。

前者は、例えば勝者と敗者なら勝者側の歴史や、名だたる英雄たちの偉業に圧倒されることを好み、「裏」の途方もなさにからめとられる危険性を予《あらかじ》め察知してか、とりあえずは表面的な知識や理解の中に安住したがる傾向がある（……ような気がする）。対して後者は、敗者や端役、名もなき庶民など、知る人ぞ知る人物が織りなす知られざる歴史を好み、それこそ蓋を開けたら最後、裏の裏の、そのまた裏を求めてあてどもなくさすらい続けることに、むしろ愉悦を感じているふうでもある。

そのどちらもが、実は危うさを孕む。表あっての裏、裏あっての表が互いに響き合ってこそ、この世の全ては存在するのだから。表だけ、裏だけを見ても、事の本質が見えてこないのは道理であって、そもそも人のやることに裏も表も、実はあるようでないのかもしれない。

裏表録、と書いて、「うらうえろく」と読む。

著者・木内昇氏（ちなみに女性）には本書『新選組裏表録　地虫鳴く』に先んじて『新選組　幕末の青嵐』（二〇〇四年アスコム刊、二〇〇九年集英社文庫刊）があり、同書が小説家としてのデビュー作でもあった。

幕末物の中でもとりわけ人気が高く、それだけに先行作品や〝マニア〟も多い新選組に初小説で挑むからには、やはりそれなりの筆力や目新しさ、角度が求められる。その高いハードルを、彼女は土方歳三、近藤勇、沖田総司、永倉新八、斎藤一といった看板役者の新たな魅力を探り当て、余すところなく活写することで、見事クリアーして見せたのだ。

以下、目次を追うと、土方、沖田らのほか山南敬助、芹沢鴨、井上源三郎、原田左之助、藤堂平助、武州・日野宿の名主で土方の義兄にあたる佐藤彦五郎など、総勢十六名の語り手が名を連ね、彼らの独白によって物語は進む。芹沢暗殺に池田屋事件、禁門の変に長州征伐、鳥羽伏見の戦いといった主要事件を一通り網羅しながらも、同書は単なる「新選組事件簿」にとどまらない。なにしろ視点が十六ある。隊士らが代わる代わるに語る事件の様相はもとより、近藤や土方の人物像一つとっても、見る者によって評価は真逆にすら分かれ、好き嫌いや思いの一方通行など、内なる声が乱反射して、とりとめがないのである。

もっとも斎藤一が〈どうも人間というのは厄介だ。ひとりの人物に凄まじい数の尾鰭《おひれ》がついている〉というように、または永倉新八が〈自分らしさは白ら決め込むものではない。他人が勝手に判断すればいいことだ〉というように、周囲の目によって外側から彫り上げられた人間像と自分が自分で思う自分像の、どちらかだけが「ほんとう」であることなど実はないのかもしれない。にもかかわらず登場人物はみな、自らの内と外に流れる時間や温度のズレに焦燥し、外界との違和感を持て余しているように映る。それもこれも幕末という激動の時代だからか、あるいはそれが青春というものだからか、彼らは自身の生きる意味や志、もしくは居場所を求めて空回りを繰り返し、傍から見れば不器用なこと極まりない。

が、そうした個々の逡巡《しゅんじゅん》や屈託の一つ一つが、新選組という歴史の一風景を織りなしてもいたのだという木内氏の確信めいた意志が、この初小説からは感じられた。それだけに時代の荒波に呑みこまれていく彼ら「個」の運命がいとおしく、また、かなしく、あくまでも抑制のきいた筆致によってスケッチされた遠景と近景に読む者は感情を様々に揺さぶられ、これはとんでもない書き手が現れたものだと、とにかく舌を巻いたものだ。

さて、ひるがえって本書はどうか。二〇〇五年六月に刊行された際には『地虫鳴く』

（河出書房新社刊）とだけ銘打たれたこの新選組小説第二弾の視点は三つ。豪華メンバーの居ならぶ前作に比べると、今回の語り手は一見地味といえば地味である。

まず一人は、一度は新選組を脱退しながら元治二年（一八六五）に復帰、その後、組がいわゆる近藤派と伊東派に分裂した際には伊東甲子太郎側についた伍長、阿部十郎である。

明治三十二年六月、戊辰戦争後は阿部隆明を名乗っていた彼が、東京で開かれた史談会で証言するシーンで本書は始まる。現在は北海道で林檎農園を営んでいるというこの老人は、ときおり咳き込みながらもこう言った。〈近藤勇を討ちましたのが私でございます〉——。

新選組もしくは幕末史に詳しい読者でなければ少々戸惑う序章ではあるが、阿部がその晩年、新選組の生き残りとして当時のことを証言した『史談会速記録』の一部を木内氏は冒頭に引き、〈頬骨は鋭角で、目が鋭かった。痩せて、しなびて、腰の曲がった身体の中で、そこだけがなにか、とても生きていた〉と続けている。その目に宿る光の理由を、いわば私たち読者はのちのち読むことになるのだが、読後、あらためてこの「とても生きていた」という一文を嚙みしめずにはいられないほど、その人生は胸に迫る。

いま一人は、やはり伊東側についた伍長・篠原泰之進。もっとも篠原は伊東が新選組に加わる以前からの盟友で、新選組を我が物にせんとした伊東の野心をよく知る人物でもあった。実際、水戸学を修め、北辰一刀流の遣い手でもある伊東の垢ぬけた身なりや明瞭な弁舌は隊士らを魅了し、局内での人気を日に日に高める伊東を、あるとき土方は自身と同格の「参謀」に据える。が、この人事は、伊東の野心を見抜いた土方の〈果たし状〉であった。そして自身の政治思想実現のためにはもはや結ぶべきは薩摩だとして篠原や実弟の三木三郎らと裏工作に走る伊東をあえて泳がせ、逆に薩摩ほか諸藩の動きを探らせようとするのである。

このころ薩摩は同じく公武合体をめざす会津と薩会同盟を結んでいながら、第一次長州征伐に際しても西郷吉之助らが不可解な動きを示し、中岡慎太郎、坂本龍馬といった土佐脱藩者とも密かに通じていた。その目的は何か、伊東らを監視すると同時に諸藩の動向を探るべく「諸士取調役兼監察」を命じられたのが、三人目の語り手、尾形俊太郎である。

〈お前が俺の役目、引き継いでみねぇか〉と土方は言い、上方商人に扮して諜報活動を続ける監察方・山崎烝が摑んだ情報を吟味の上、次の指示を出せという。その飄々とした物腰が武士より公家に見えるとして「長袖様《ちょうしゅう》」とも囃《はや》される尾形は、武骨な男たちの中にあって異質の存在だ。確かに武より文に長け、洞察力にも優れながらどこか超然としている彼は、さすがは土方が見こんだだけあって、私たち読者にとっても格好の「観察者」なのだ。

この尾形にしても、理想に邁進《まいしん》できる伊東にどことなく距離を感じている篠原にしても、どちらかといえば傍観者的で、鳥と虫なら鳥の目を持つ。そして尾形は近藤や土方ら試衛館派、篠原は伊東派にいて、のちに血で血を洗う決裂劇を演じることになる新選組の瓦解および各隊士のその時々の表情を、それぞれの側から伝えてくれるのである。

とはいえ〈大小さまざまなことが起こり続ける中で、俯瞰の目が消えていく。時代だ、新しい世だ、なんだというが、渦中にいる者は虫瞰でしか見えないのだ〉と、尾形にして焦る時代である。一途なだけでは生きられない時代を、彼ら新選組もまた生き抜かざるをえなかった。〈善悪も、正誤も、軸すら世にはない。その中で残るものはなんだろうか〉という尾形の問いが本書の主題の一つでもあろうが、愚直なまでに義を貫く近藤にしろ、その近藤を支えるためなら汚れ役も厭《いと》わない土方にしろ、こと理想に関しては純粋すぎるくらい純粋な伊東にしろ、それぞれ信じるものがあり、どちらが善で悪などと断ずることは誰にもできない。たとえそれが間違った選択であっても、己の信じた道を信じて突き進む人々を、木内氏は決して愚かとは書かず、むしろ美しいものとして描くのである。

その中にあって、自身の暗部をひたすら覗きこむような阿部の虫の目はつらい。思想も剣も、自分すら信じられない彼は、わざわざ露悪的にふるまって人を遠ざけ、自ら居場所をなくすように生きてきた。〈ひとつところに留まれず、挫折を繰り返す間に身に

付いた、己を逃す手管である。こうでもしなければ、ことあるごとに己の卑小さを真に受けなければならない〉
　それでいて土方から自分がどう見られているかを気にし、自己を肯定することを知らぬこの男が、大坂の不逞浪士狩りに駆り出されたときのこと。局内での立場をなくし、手柄を逸《はや》る隊長の谷三十郎が、無抵抗の老儒者を拷問する姿を冷ややかに眺めるシーンが印象的だ。〈常軌を逸した行いであった。しかし三十郎の行いは、時の激情に任せたものではないはずだった〉〈自信のなさが、無駄な鎧を背負わせる。その抱え込んでしまった荷物が、今度は周りと調和することも、易き方へと流れることも拒むのだ〉〈自分や三十郎のような男は腐った溝《どぶ》を身の内に流し、それでも、それだけに支えられてようやっと生き延びている〉〈潔癖で立派で人徳がある、そいつが他のなにより罪深く見える人間も世の中にはいるんだ〉――。
　ここまで深い怨嗟《えんさ》を、屈託を、描ききった新選組小説があっただろうか。もちろん読んでいて気持ちのいいものではない。が、その深すぎる闇を、私たちはどこかで見たような気もするのだ。人は環境や状況によって転べば転ぶ。近藤や伊東のように揺らぎない信を貫ける者など一握りであって、この阿部というひねくれた男が抱える屈託を、〈しがみついて生きることの見窄しさ〉を、〈醜穢《しゅうわい》な思い〉を、とても小説の中の他人事として看過できないのである。

そして木内氏は後半、阿部の耳内でしつこく鳴り続ける不穏な喧騒《けんそう》を通奏低音としながら、他の隊士たちの迷いや逡巡をもつぶさに描き、新選組という青春の終焉《しゅうえん》までを見届ける。その屈託の書きわけが見事だ。あるいは「明度」の書きわけといってもいい。どこまでも疑心や屈折に支配され、泥の中にずぶずぶと自らはまり込んでしまう人。裏の、そのまた裏を読む策士だが、それでいてどこかが突き抜けて明るい人。明るさの裏に諦観を、暗さの裏にかすかだが決して消えない種火を抱える人……。そこには完全な善人も悪人も、明るいだけ・暗いだけの人もいない。全ては程度や見え方、めぐりあわせのなせるわざで、つくづく人というのは厄介だ。

阿部にしても最後の最後には心を開け放てる友を得、得たと思いきや失ってしまう運命の理不尽さに今度こそは背を向けず、自らの手で決着をつけようとする姿には、不覚にも涙がこぼれた。信じるべき、守るべき誰かがいてこそ、真の開放も絶望もまたあるという事実を、この孤独な男が初めて知った瞬間だった。果たしてそれが近藤勇暗殺未遂の瞬間であったとしても、神でもない誰が良し悪しを云々できるだろう。

といって敗者だけが美しいというわけでもない。勝者も敗者も、賢者も愚者も、主役も端役も、ともかくそこに「存在した」命のきらめきを、木内氏は等しく愛しむ。個人的には彼女の書く土方や沖田や斎藤、そして、飄逸で毒があるがブレない山崎の大・大ファンになってしまったが、そうした好き嫌いすら超えて私たちが生きる足許の地層の成分を砂の一粒一粒の手触りまで確かめるようなこの作家を、読者としてはとにかく信じられるのだ。

ちなみにその姿勢は二〇〇八年発表の連作小説集『茗荷谷の猫』（平凡社刊）においても引き継がれ、木内氏は翌年、第二回早稲田大学坪内逍遥大賞奨励賞を受賞している。同賞は第一回の大賞が村上春樹氏、奨励賞が川上未映子氏、第二回の大賞が多和田葉子氏と、早くも受賞者の多彩な顔ぶれが注目を集めており、今後ますます木内昇という作家の真価が「表面的なジャンル」を問わず発揮されていくだろうことは、想像に難くない。

前作『幕末の青嵐』が表の物語だとすれば、本書『地虫鳴く』は裏の物語なのだろうか——果たしてそれもわからない。が、それこそ地中からジッジッと、あるかなしかに鳴り響く次なる時代への胎動のような小さくとも確かに存在した音に気づかせてくれる本書は、読む人の「芯」や「根」の部分に何かしらの光を灯してくれるはずだ。いい小説を読んだ。

この作品は二〇〇五年六月、河出書房新社より刊行された「地虫鳴く」を改題いたしました。

本文中、『史談会速記録』(原書房)を参考にし、読みやすいようにあらためたうえで引用しました。また、その他多くの資料を参考にしています。

木内　昇の本

新選組　幕末の青嵐

身分をのりこえたい、剣を極めたい、世間から認められたい——土方歳三、近藤勇、沖田総司ら……。新選組隊士たちのそれぞれの思いとは。切なくもさわやかな新選組小説の最高傑作。

集英社文庫

集英社文庫　目録（日本文学）

鎌田實　あきらめない
鎌田實　それでもやっぱりがんばらない
鎌田實　ちょい太でだいじょうぶ
鎌田實　本当の自分に出会う旅
鎌田實　なげださない
鎌田實　たった1つ変わればうまくいく　生き方のヒント幸せのコツ
鎌田實　いいかげんがいい
鎌田實　がんばらないけどあきらめない
鎌田實　空気なんか、読まない
鎌田實　人は一瞬で変われる
鎌田實　がまんしなくていい
神永学　イノセントブルー　記憶の旅人
神永学　浮雲心霊奇譚　赤眼の理
神永学　浮雲心霊奇譚　妖刀の理
加門七海　うわさの神仏　日本闇世界めぐり
加門七海　うわさの神仏　其ノ二　あやし紀行
加門七海　うわさの神仏　其ノ三　江戸TOKYO陰陽百景
加門七海　うわさの人物　神霊と生きる人々
加門七海　怪のはなし
加門七海　猫怪々
加門七海　霊能動物館
香山リカ　NANA恋愛勝利学
香山リカ　言葉のチカラ
香山リカ　女は男をどう見抜くのか
川上健一　宇宙のウインブルドン
川上健一　雨鱒の川
川上健一　らららのいた夏
川上健一　翼はいつまでも
川上健一　四月になれば彼女は
川上健一　渾身
川上弘美　風花
川西政明　決定版評伝　渡辺淳一
川端康成　伊豆の踊子
川端裕人　銀河のワールドカップ
川端裕人　今ここにいるぼくらは
川端裕人　風のダンデライオン　銀河のワールドカップ ガールズ
川端裕人　雲の王
川端裕人・三島和夫　8時間睡眠のウソ。　日本人の眠り、8つの新常識
川端裕人　天空の約束
川村二郎　孤高　国語学者大野晋の生涯
川本三郎　小説を、映画を、鉄道が走る
姜尚中　在日
姜尚中・森達也　戦争の世紀を超えて　その場所で語られるべき戦争の記憶がある
姜尚中　母―オモニ―
姜尚中　心
神田茜　ぼくの守る星
木内昇　新選組　幕末の青嵐
木内昇　新選組裏表録《うらうえろく》　地虫鳴く

集英社文庫　目録（日本文学）

木内　昇　漂砂のうたう
木内　昇　櫛《くし》挽《ひき》道《ち》守《もり》
木内　昇　みちくさ道中
岸本裕紀子　定年女子　これからの仕事、生活、やりたいこと
喜多喜久　真夏の異邦人　超常現象研究会のフィールドワーク
喜多喜久　リケコイ。
北　杜夫　船乗りクプクプの冒険
北大路公子　石の裏にも三年　キミコのダンゴ虫的日常
北大路公子　晴れても雪でも　キミコのダンゴ虫的日常
北方謙三　逃《の》がれの街
北方謙三　弔鐘《ちょうしょう》はるかなり
北方謙三　第二誕生日
北方謙三　眠りなき夜
北方謙三　逢うには、遠すぎる
北方謙三　檻《おり》
北方謙三　あれは幻の旗だったのか

北方謙三　渇きの街
北方謙三　牙
北方謙三　危険な夏―挑戦Ⅰ
北方謙三　冬の狼―挑戦Ⅱ
北方謙三　風の聖衣―挑戦Ⅲ
北方謙三　風群の荒野―挑戦Ⅳ
北方謙三　いつか友よ―挑戦Ⅴ
北方謙三　愛《いと》しき女たちへ
北方謙三　傷痕　老犬シリーズⅠ
北方謙三　風葬　老犬シリーズⅡ
北方謙三　望郷　老犬シリーズⅢ
北方謙三　破軍の星
北方謙三　群青　神尾シリーズⅠ
北方謙三　灼光　神尾シリーズⅡ
北方謙三　炎天　神尾シリーズⅢ
北方謙三　流塵　神尾シリーズⅣ

北方謙三　林蔵の貌《かお》(上)(下)
北方謙三　そして彼が死んだ
北方謙三　波《は》王《おう》の秋《とき》
北方謙三　明るい街へ
北方謙三　彼が狼だった日
北方謙三　罅《ひび》・街の詩《うた》
北方謙三　皸《ひび》・別れの稼業
北方謙三　草莽《そうもう》枯れ行く
北方謙三　風裂　神尾シリーズⅤ
北方謙三　風待ちの港で
北方謙三　海嶺　神尾シリーズⅥ
北方謙三　雨は心だけ濡らす
北方謙三　風の中の女
北方謙三　水滸伝一～十九
北方謙三・編著　替天行道　―北方水滸伝読本
北方謙三　魂の岸辺

集英社文庫　目録（日本文学）

北方謙三　棒の哀しみ
北方謙三　君に訣別の時を
北方謙三　楊令伝　一　玄旗の章
北方謙三　楊令伝　二　辺烽の章
北方謙三　楊令伝　三　盤紆の章
北方謙三　楊令伝　四　雷霆の章
北方謙三　楊令伝　五　猩紅の章
北方謙三　楊令伝　六　徂征の章
北方謙三　楊令伝　七　驍騰の章
北方謙三　楊令伝　八　箭激の章
北方謙三　楊令伝　九　遥光の章
北方謙三　楊令伝　十　坡陀の章
北方謙三　楊令伝　十一　傾暉の章
北方謙三　楊令伝　十二　九天の章
北方謙三　楊令伝　十三　青冥の章
北方謙三　楊令伝　十四　星歳の章
北方謙三　楊令伝　十五　天穹の章
北方謙三・編著　吹毛剣　楊令伝読本
北方謙三　岳飛伝　一　三霊の章
北方謙三　岳飛伝　二　飛流の章
北方謙三　岳飛伝　三　嘶鳴の章
北方謙三　岳飛伝　四　日暈の章
北方謙三　岳飛伝　五　紅星の章
北方謙三　岳飛伝　六　転遠の章
北方謙三　岳飛伝　七　懸軍の章
北方謙三　岳飛伝　八　龍蟠の章
北方謙三　岳飛伝　九　曉角の章
北方謙三　岳飛伝　十　天雷の章
北方謙三　岳飛伝　十一　烽燧の章
北方謙三　コースアゲイン
北方謙三　岳飛伝　十二　飄風の章
北方謙三　岳飛伝　十三　蒼波の章
北方謙三　岳飛伝　十四　撃撞の章
北方謙三　岳飛伝　十五　照影の章
北方謙三　岳飛伝　十六　戎旌の章
北上次郎　勝手に！文庫解説
北川歩実　金のゆりかご
北川歩実　もう一人の私
北川歩実　硝子のドレス
北村薫　元気でいてよ、R2-D2。
北森鴻　メイン・ディッシュ
北森鴻　孔雀狂想曲
城戸真亜子　ほんわか介護
木村元彦　誇り　ドラガン・ストイコビッチの軌跡
木村元彦　悪者見参
木村元彦　オシムの言葉
木村元彦　蹴る群れ
京極夏彦　どすこい。

集英社文庫　目録（日本文学）

京極夏彦　南極。
京極夏彦　文庫版 虚言少年
京極夏彦　文庫版 書楼《しょろう》弔堂《とむらいどう》 破暁《はぎょう》
清川妙　人生のお福分け
桐野夏生　リアルワールド
桐野夏生　I'm sorry, mama.
桐野夏生　IN
久坂部羊　嗤う名医
櫛木理宇　赤と白
久住昌之　野武士、西へ 二年間の散歩
工藤直子　象のブランコ ——とうちゃんと
久保寺健彦　ハロワ！
熊谷達也　ウエンカムイの爪
熊谷達也　漂泊の牙
熊谷達也　まほろばの疾風《かぜ》
熊谷達也　山背郷

熊谷達也　相剋の森
熊谷達也　荒《あら》蝦夷《えみし》
熊谷達也　モビィ・ドール
熊谷達也　氷結の森
熊谷達也　銀狼王
雲田康夫　豆腐バカ 世界に挑み続けた20年
倉本由布　ゆめ結び むすめ髪結い夢暦
倉本由布　迷い子の櫛 むすめ髪結い夢暦
栗田有起　ハミザベス
栗田有起　お縫い子テルミー
栗田有起　オテルモル
栗田有起　マルコの夢
黒岩重吾　黒岩重吾のどかんたれ人生塾
黒川祥子　誕生日を知らない女の子 虐待——その後の子どもたち
黒木瞳　母の言い訳
桑田真澄　挑む力 桑田真澄の生き方

桑原水菜　箱根たんでむ 駕籠かきゼンワビ疾駆帖
見城徹　編集者という病い
小池真理子　恋人と逢わない夜に
小池真理子　いとしき男《アダム》たちよ
小池真理子　あなたから逃れられない
小池真理子　悪女と呼ばれた女たち
小池真理子　双面の天使
小池真理子　無伴奏
小池真理子　妻の女友達
小池真理子　ナルキッソスの鏡
小池真理子　倒錯の庭
小池真理子　危険な食卓
小池真理子　怪しい隣人
小池真理子　律子慕情
小池真理子　短篇セレクション サイコ・サスペンス篇I 会いたかった人
小池真理子　短篇セレクション 官能篇 ひぐらし荘の女主人

集英社文庫

新選組裏表録《しんせんぐみうらうえろく》 地虫鳴《じむしな》く

2010年2月25日 第1刷
2018年3月18日 第4刷

定価はカバーに表示してあります。

著 者 木内《きうち》 昇《のぼり》

発行者 村田登志江

発行所 株式会社 集英社
東京都千代田区一ツ橋2-5-10 〒101-8050
電話 【編集部】03-3230-6095
【読者係】03-3230-6080
【販売部】03-3230-6393(書店専用)

印 刷 株式会社 廣済堂

製 本 加藤製本株式会社

フォーマットデザイン アリヤマデザインストア　マークデザイン 居山浩二

ISBN978-4-08-746536-5 C0193